EIN HELD FÜR EMBER

Delta Team Zwei, Buch7

SUSAN STOKER

Besuchen Sie Susan im Netz!
www.stokeraces.com
facebook.com/authorsusanstoker
twitter.com/Susan_Stoker
bookbub.com/authors/susan-stoker
instagram.com/authorsusanstoker
Email: Susan@StokerAces.com

EBENFALLS VON SUSAN STOKER

Delta Team Zwei
Ein Held für Gillian
Ein Held für Kinley
Ein Held für Aspen
Ein Held für Jayme
Ein Held für Riley
Ein Held für Devyn
Ein Held für Ember
Ein Held für Sierra (1 Mar)

Das Bergungsteam vom Eagle Point
Ein Retter für Lilly
Ein Retter für Elsie
Ein Retter für Bristol
Ein Retter für Caryn (4 Apr)
Ein Retter für Finley
Ein Retter für Heather
Ein Retter für Khloe

Die Zuflucht in den Bergen

Vielen Dank an LaTonja King und Renita McKinney, die dafür gesorgt haben, dass ich mit Embers Charakter keine Fehltritte gemacht habe. Eure Ratschläge und Kommentare waren von unschätzbarem Wert.

KAPITEL EINS

Craig »Doc« Wagner saß an einem Tisch in der Cafeteria des Wohnheims, das ihnen im Olympischen Dorf zugewiesen worden war. Auf diesen Auftrag hatten sich die Männer im Team schon seit Monaten gefreut. Delta-Force-Teams wurden bei den Olympischen Spielen zur Verstärkung der örtlichen Sicherheitskräfte eingesetzt. Ihre Aufgabe war es, die US-Athleten und alle anderen zu beschützen, die für die Dauer der Olympischen Spiele am Austragungsort lebten und arbeiteten.

In diesem Jahr fanden die Olympischen Sommerspiele in Seoul statt. Aufgrund der Nähe zu Nordkorea waren die Deltas in höchster Alarmbereitschaft. Geheimdienstberichte deuteten darauf hin, dass der Führer des kommunistischen Landes der Welt unbedingt beweisen wollte, dass man sein Land nicht unterschätzen durfte. Und wie könnte man das besser tun, als die Olympischen Spiele anzugreifen? Alle Augen waren auf Seoul gerichtet und ein Terroranschlag würde für großes Aufsehen sorgen.

»Du siehst angespannt aus«, sagte Trigger zu Doc, während sie zu Mittag aßen.

Doc zuckte mit den Schultern. »Die Bedingungen sind nicht gerade ideal, um alle zu beschützen«, erklärte er seinem Teamleiter.

»Der Wohnbereich für die Athleten hat die höchsten Sicherheitsvorkehrungen des Olympischen Dorfes«, erklärte Lefty. »Niemand kann die Gebäude ohne Ausweis betreten. Es sind weder Eltern noch Reporter erlaubt ... nur die Athleten und Trainer haben Zugang.«

»Richtig ... und es ist noch nie jemandem gelungen, einen Ausweis zu fälschen«, erwiderte Doc sarkastisch.

Das Gebäude, in dem sie einquartiert wurden, war im Grunde ein großes Luxushotel. Es gab mehrere dieser Art im Olympischen Dorf, um die Tausende von Athleten zu beherbergen, die in die Stadt gekommen waren, um an den Wettkämpfen teilzunehmen. Beim Bau der Wohnquartiere hatte sich die südkoreanische Regierung selbst übertroffen. Jedes Gebäude hatte dreißig Stockwerke, die nach Ländern und Teams aufgeteilt waren. Es wäre keine gute Idee, wenn zwei konkurrierende Teams auf derselben Etage wohnten.

Doc und seine Kameraden hatten Zimmer im zwanzigsten Stock ihres Gebäudes bekommen, zusammen mit den US-amerikanischen Wasserball- und Pentathlonteams. Einschließlich der Deltas waren es ungefähr sechsundzwanzig Leute. Die meisten hatten bereits eingecheckt.

Trigger war durch alle Zimmer gegangen, hatte sich vorgestellt und erklärt, dass das Team zu ihrer Sicherheit hier war, und die Athleten gebeten, es sofort zu melden, wenn sie etwas Verdächtiges sahen. Er hatte nicht erwähnt, dass sie Delta-Soldaten waren, sondern nur gesagt, sie gehörten zur US-Armee, die für Sicherheit sorgte.

»Hat schon jemand Ember Maxwell gesehen?«, fragte Lucky.

»Nein. Wohnt sie überhaupt hier?«, fragte Grover. »Ich

würde annehmen, dass sie und ihr Gefolge in einem der Fünfsternehotels in der Stadt wohnen.«

»Sie ist als Bewohnerin in den Unterlagen aufgeführt, die ich erhalten habe«, entgegnete Trigger.

»Kaum zu glauben, dass sie hier sein wird. Auf der gleichen Etage wie wir«, sagte Lefty. Die Aufregung in seiner Stimme war deutlich zu hören.

»Wer ist Ember Maxwell?«, fragte Doc.

Fünf Augenpaare richteten sich überrascht auf ihn.

»Das weißt du ernsthaft nicht?«, fragte Trigger.

Doc schüttelte den Kopf. »Ich hätte nicht gefragt, wenn ich es wüsste.«

»Sie ist die bekannteste Influencerin, die es in den sozialen Medien gibt. Es wird behauptet, dass die Verkaufszahlen für alles, was sie auf ihrem Instagram-Konto bewirbt, sofort um etwa vierhundert Prozent steigen«, ergänzte Brain.

»Woher zum Teufel weißt du, wie die sozialen Medien funktionieren?«, fragte Doc. »Wir dürfen dort nicht einmal eigene Profile haben.«

»Wie zum Teufel kannst du nicht wissen, wer Ember Maxwell ist?«, feuerte Lucky trocken zurück.

»Weil mir so etwas scheißegal ist. Ich verbringe meine Zeit nicht auf Instagram oder anderen Webseiten. Das ist Zeitverschwendung und ich spreche lieber mit meinen Freunden, um zu erfahren, wie es ihnen geht, anstatt mir anzusehen, was sie auf ihrem verdammten Computer gepostet haben«, grummelte Doc.

»Du hast Freunde? Außer uns?«, neckte Lefty ihn.

»Ach, halt die Klappe«, sagte Doc, knüllte eine Serviette zusammen und warf sie auf seinen Teamkameraden.

Die Wahrheit war, dass er außerhalb seines Delta-Force-Teams nicht viel hatte. Aber das war ihm recht. Er liebte diese Männer wie seine Brüder und jetzt, da die meisten verheiratet waren und eigene Familien gründeten, war er zufrieden damit, seinen Freundeskreis um ihre Frauen und Freundinnen erweitert zu haben.

»Im Ernst, Ember Maxwell ist wie eine Adlige«, sagte Trigger. »Jeder möchte von ihr bemerkt und erwähnt werden. Obendrein ist sie noch wunderschön. Darüber hinaus ist sie auch eine erstaunliche Athletin. Es gibt nur zwei Frauen und zwei Männer im Team des modernen Fünfkampfs, und sie gehört dazu.«

»Einige Leute behaupten, sie hat sich ins Team eingekauft«, warf Brain ein.

Doc hörte keinen Tadel im Ton seines Freundes. »Hat sie das?«, fragte er neugierig.

»Das glaube ich nicht«, warf Lucky ein. »Ich habe sie bei Wettkämpfen gesehen. Fechten ist nicht ihre Stärke, aber sie ist eine anständige Schwimmerin, kann gut reiten und beim Laufen und Schießen ist sie fast immer ausgezeichnet. Der moderne Fünfkampf ist interessant, weil die Athleten in einem Bereich schwach sein, sich aber trotzdem durchsetzen können, da die Sportart auf einem Punktesystem basiert.«

Doc hatte den weniger bekannten olympischen Sportarten nie viel Beachtung geschenkt. Er war eher der Typ für Baseball, Basketball und Football.

»Wie auch immer, sie soll jedenfalls hier wohnen«, stellte Trigger fest. »Da das Fünfkampfteam nur aus vier Mitgliedern besteht, hat jeder ein eigenes Zimmer. Sie ist die Einzige aus ihrer Gruppe, die nicht an der Eröffnungsfeier teilgenommen hat und noch nicht hier ist.«

Doc nickte abwesend. Wo sich die verwöhnte Sportlerin aufhielt, war ihm ziemlich egal. Er war hier, um zu verhindern, dass verrückte Terroristen das Dorf infiltrieren und ein Chaos anrichteten.

»Kannst du glauben, wie verrückt dieser Ort ist?«, fragte Grover und wechselte mit einem Kopfschütteln das Thema. »Es scheint, als würde hier jeder Sex mit jedem haben.«

»Ja, überall stehen Schüsseln mit Kondomen. In jedem Gemeinschaftsraum, direkt am Eingang des Gebäudes und ich habe sogar einen Beutel gesehen, der am Geländer im Aufzug befestigt ist«, sagte Lefty.

»Das ist ziemlich verrückt. Ich hätte angenommen, dass die Athleten sich mehr Gedanken darüber machen würden, guten Schlaf zu bekommen und sich auf den Wettkampf vorzubereiten ... und nicht, wo sie den nächsten Schuss landen können«, kommentierte Brain.

»Für einige Leute ist Sex ein gutes Mittel zur Stressbewältigung«, sagte Trigger mit einem Achselzucken. »Es ist wie ein Ablassventil für ihre Angst und Nervosität.«

»Und nach dem Ende der Wettkämpfe geht jeder wieder seiner Wege«, fügte Lefty hinzu.

Doc blendete seine Freunde aus – es war ihm ehrlich gesagt egal, ob die Athleten Sex hatten oder nicht. Er konzentrierte sich auf sein Mittagessen. Eines musste man dieser Mission lassen. Das Essen war viel besser als ihre übliche Kost – keine Fertignahrung aus der Tüte. Sie konnten sich fast jede Mahlzeit wünschen, die sie wollten, reich an Kohlenhydraten, Proteinen oder glutenfrei. Es gab eine große Auswahl, darunter natürlich auch asiatisches Essen. Zum Abendessen wurde in einer Ecke der Cafeteria sogar McDonald's angeboten.

In ihrem Gebäude wohnten amerikanische, kanadische und britische Athleten. Es war also ziemlich homogen. Basierend auf ihrem Wettkampfplan gingen ständig Athleten ein und aus. Für die Sicherheitskräfte sollte das Olympische Dorf ein Albtraum sein, aber die südkoreanische Polizei und das Militär leisteten gute Arbeit, damit niemand in die Wohnbereiche kam, der nicht dazugehörte. Es gab mehrere Kontrollpunkte, an denen man sich immer wieder ausweisen musste.

Morgen würden Doc und der Rest des Teams die ihnen zugewiesenen Sportstätten besichtigen und hoffentlich würden die Sicherheitsmaßnahmen dort genauso streng sein. Er wusste, dass es immer die Chance gab, dass jemand in die Sperrbereiche eindrang oder Sprengstoff und Waffen dort deponierte, wo Zuschauer zugelassen waren. Hoffentlich würde das dieses Jahr kein Problem sein.

»Hat jemand eine Ahnung, wie wir Shin-Soo Choo für Logan ausfindig machen können?«, fragte Lucky.

Alle schüttelten den Kopf.

»Für die Baseballspieler waren Zimmer in diesem Gebäude vorgesehen, aber keiner von ihnen übernachtet hier«, sagte Trigger. »Sie wohnen alle in einem Hotel in der Nähe.«

»Mist«, fluchte Grover. »Das wird es fast unmöglich machen.«

»Wir werden es hinbekommen«, erwiderte Brain. »Wir haben Oz und Logan versprochen, nicht ohne Autogramm aus Korea zurückzukommen.«

Oz, dem siebenten Mitglied ihres Teams, war es gestattet worden, bei seiner hochschwangeren Frau in den USA zu bleiben. Logan war sein Neffe und Shin-Soo Choo war das Idol des Jungen. Als Choo es ins Olympia-Baseballteam geschafft hatte, hatte Logan die Männer angefleht, ihn zu finden und sich ein Autogramm zu besorgen, während sie dort waren. Aber auch wenn Deltas Teil der Sicherheitskräfte waren, hatten sie dadurch keinen Freibrief, um am Austragungsort der Olympischen Spiele hinzugehen, wo sie wollten. Es würde einiges an kreativem Denken erfordern herauszufinden, wie sie in die Nähe des äußerst beliebten Baseballspielers kommen könnten.

In diesem Moment gab es einen leichten Aufruhr in der Cafeteria. Doc sah zur Tür und stellte fest, dass eine Frau eingetreten war, die buchstäblich die Blicke aller auf sich zog. Aber es sah nicht so aus, als hätte sie es bemerkt. Sie ging zum Buffet, schnappte sich ein Tablett und stellte sich in der Schlange an.

Doc rutschte auf seinem Sitz herum. Er hatte keine Ahnung, wer die Frau war, aber ihr bloßer Anblick bereitete ihm Unbehagen.

Zunächst einmal war sie wunderschön. Ihre braune Haut mit dem warmen orangeroten Unterton erinnerte ihn an die Penny-Sammlung, die er als Kind gehabt hatte. Er hatte es geliebt, mit seinen Händen über das Kupfer zu streichen ... und es war überraschend, dass er den Drang verspürte, dasselbe mit ihr zu tun. Ihre schwarzen, lockigen Haare hatte die Frau im Nacken zu einem Knoten zusammengebunden, wodurch die Muskeln ihrer Schultern und des Rückens freigelegt wurden. Das Trägerhemd, das sie trug, hob diese weiter hervor. Ihre Jeans schmiegte sich an ihre muskulösen Oberschenkel und ihren kurvigen Hintern.

Alles an ihrem Aussehen gefiel Doc.

Aber die Aufmerksamkeit um ihre Person, obwohl sie es nicht einmal darauf anlegte, gefiel ihm nicht.

Schon in jungen Jahren hatte er sein Leben damit verbracht, nicht aufzufallen. Als er aufwuchs, war er das Objekt neugieriger und geradezu anstößiger Blicke vieler Menschen gewesen. Er stach in seiner Familie heraus wie ein schwarzes Schaf. Selbst jetzt zog er es vor, in den Hintergrund zu treten. Seine Arbeit als Soldat in einer Spezialeinheit kam seinem Bedürfnis, unbemerkt zu bleiben, entgegen. Hineinschleichen, die Arbeit erledigen und wieder verschwinden. Das war genau nach seinem Geschmack.

Aber diese Frau würde niemals in den Hintergrund treten können. Sie schien den Raum zu erhellen, nur indem sie ihn betrat. Sie zog die Blicke aller auf sich, ohne es zu versuchen. Sich auch nur vorzustellen, diese Art von Aufmerksamkeit zu bekommen, bereitete Doc Unbehagen.

Grover pfiff leise. »Sie ist in echt noch schöner als auf Bildern, wenn das überhaupt möglich ist.«

»Fürs Protokoll, das ist Ember Maxwell«, sagte Lucky lächelnd zu Doc und stieß seinen Freund mit dem Ellbogen an.

Doc musterte die Frau neugierig, die alle außer ihm zu kennen schienen. Er hatte erwartet, dass sie hübsch war, und das war sie. Er hatte erwartet, dass sie in guter Form war, und es war offensichtlich, wie kräftig sie war. Und zugegebenermaßen hatte er erwartet, dass die Frau im Rampenlicht stehen würde, dank ihres Ruhms in den sozialen Medien.

Aber anstatt begeistert davon zu sein, im Mittelpunkt der Aufmerksamkeit zu stehen, bemerkte Doc, dass sie ihre Augen auf den Boden gerichtet hatte ... als würde ihr das dabei helfen, so zu tun, als würden sie nicht alle anstarren.

Je länger er sie ansah, desto neugieriger wurde Doc. Einige seiner Eigenarten, die er sich angewöhnt hatte, um nicht bemerkt zu werden, erkannte er in Ember Maxwell wieder. Sie nahm mit niemandem Blickkontakt auf, nicht einmal mit den Kellnern. Als jemand in der Schlange sie ansprach, senkte Ember den Kopf und zuckte nur mit den Schultern. Sie benahm sich nicht so, wie Doc es erwartet hatte – und das überraschte ihn.

Als ein Mann am Tisch neben ihnen sein Handy herausholte, ihren Namen rief und dann ein Foto von ihr machte, als sie sich umdrehte, sah Doc, wie sie die Schultern senkte und schnell wegsah.

Dies war keine Frau, die gern im Rampenlicht stand.

Als sie es durch die Schlange geschafft hatte und sich wieder der Cafeteria zuwandte, sich auf die Lippe biss und äußerst unbehaglich aussah, während sie sich im Raum umsah, schob Doc seinen Stuhl zurück und stand spontan auf.

Es war untypisch für ihn, aber er dachte nicht einmal über das nach, was er tat.

Doc ging zu Ember und nahm ihr wortlos das Tablett aus den Händen. Sie sah ihn überrascht an.

»Du kannst dich zu uns setzen«, sagte er leise, bevor er mit dem Kopf auf seinen Tisch deutete.

»Ähm ... okay«, sagte Ember.

Ihre seidige Stimme trug nicht dazu bei, dass Doc sich in ihrer Gegenwart wohler fühlte. Alles an dieser Frau beunruhigte ihn, aber es war zu spät, um sich umzudrehen und so zu tun, als hätte er sie nicht abgefangen. Ohne ein weiteres Wort drehte er sich um und ging zu dem Tisch, an dem seine Freunde saßen.

Die Männer starrten ihn überrascht an und fragten sich wahrscheinlich, was um alles in der Welt in ihn gefahren war.

Darüber hinaus waren alle Augen in der Cafeteria auf sie gerichtet.

Doc tadelte sich innerlich dafür, genau das getan zu haben, was er am meisten hasste – sich selbst ins Rampenlicht zu rücken. Noch schroffer als üblich wandte er sich an Ember und sagte: »Du kannst hier sitzen«, bevor er ihr Tablett zwischen Trigger und Brain abstellte.

»Ähm, okay, danke«, murmelte sie.

Doc drehte sich um und sah, dass die Männer am

Nebentisch ihre Telefone auf sie gerichtet hatten. Er ging zu ihnen, beugte sich über den Tisch und sprach in einem tiefen, drohenden Tonfall: »Wenn ihr diese verdammten Kameras nicht einsteckt, werdet ihr es bereuen.«

Es war ein ziemlich schwache Drohung, aber Doc würde den Männern sowieso nicht wirklich wehtun – selbst wenn er es wollte.

Die drei Männer ließen sofort ihre Telefone sinken.

»Danke«, stieß er hervor. »Es sieht so aus, als wärt ihr mit dem Essen fertig, also schlage ich vor, dass ihr euch auf den Weg macht.«

Wortlos nahmen die Männer ihre Tabletts, brachten sie weg und verließen den Speisesaal.

Doc hätte sich besser fühlen sollen, aber die meisten Leute in der Cafeteria sahen immer noch in seine Richtung. Er drehte sich zu dem Tisch um, an dem er Ember zurückgelassen hatte, und bemerkte, wie sie ihn mit ihren großen, braunen Augen anstarrte. Sie sah nervös und verwirrt aus.

Er wusste, dass er nicht mit ihr an einem Tisch sitzen und ein normales Gespräch führen konnte. Nicht, wenn alle im Raum sie anstarrten. Nur bei dem Gedanken daran, sein Mittagessen zu beenden, drehte sich ihm der Magen um.

Wortlos stolzierte er zu seinem Platz, schnappte sich sein Tablett und ging zum Ausgang.

KAPITEL ZWEI

Ember starrte dem Fremden hinterher, als er die Cafeteria genauso abrupt verließ, wie er sie an seinen Tisch gesetzt hatte. Sie war keine Idiotin, sie wusste, dass Aussehen nicht alles war … aber es war sehr lange her, dass jemand sie so offenkundig abgewiesen hatte. Sie konnte nicht anders, als ein wenig beleidigt zu sein – und verwirrt.

Einer der Männer am Tisch räusperte sich. Ember wandte die Aufmerksamkeit von dem schroffen Mann ab, der gerade gegangen war, und warf einen Blick auf den Kerl neben ihr.

»Ich bin Trigger«, sagte er und streckte seine Hand aus.

Ember schüttelte sie. »Ember.«

»Ich weiß«, sagte er mit einem kleinen Lächeln. Es war weder herablassend noch anzüglich. Es war … sanft. Wenn ein Lächeln sanft sein konnte.

»Und ich bin Brain«, sagte der Mann zu ihrer anderen Seite. »Das sind Lefty, Lucky und Grover«, fuhr er fort und deutete auf die anderen am Tisch.

»Und das mürrische Arschloch, das gerade gegangen ist, war Doc«, ergänzte Trigger.

»Wow, ich fand meinen Namen schon ungewöhnlich«, murmelte Ember.

Alle lachten leise.

»Das sind Spitznamen«, sagte Lucky. »Wir sind Teil der Sicherheitskräfte, die für die Spiele angeheuert wurden.«

Ember nickte. Das machte Sinn. »Ich nehme an, ihr seid beim Militär«, sagte sie.

»Wie kommst du darauf?«, fragte Grover.

Er war ein großer Mann, groß und muskulös. Ember hätte vielleicht eingeschüchtert sein sollen, aber ihre Eltern hatten im Laufe der Jahre viele Leibwächter angeheuert. Sie war an die Gegenwart muskulöser Männer gewöhnt. »Eure Spitznamen und wie ihr euch bewegt und benehmt. Einfach ... alles irgendwie.«

Alle lachten wieder.

»So viel dazu, unauffällig zu bleiben«, warf Lefty ein. »Wir könnten auch Ringer sein«, sagte er mit hochgezogener Augenbraue.

Ember war sich nicht sicher, warum sie sich in Gegenwart dieser Männer nicht unwohl fühlte, wie es sonst fast immer der Fall war. Vielleicht lag es an den Ringen, die die meisten von ihnen an ihrer linken Hand trugen, was darauf hinwies, dass sie verheiratet waren. Vielleicht lag es daran, dass sie bei ihrem Anblick nicht wie vom Blitz getroffen aussahen. Vielleicht war es auch die Art, mit der sie ihr in die Augen sahen, als sie mit ihr sprachen. Was auch immer es war, sie spürte förmlich, wie ihre Muskeln sich entspannten.

Sie hatte sich gegen ihre Eltern durchgesetzt und darauf bestanden, im Olympischen Dorf zu wohnen anstatt in der Suite, die sie in einem nahe gelegenen Hotel gemietet hatten. Sie brauchte etwas Abstand von ihnen. Ihre Eltern meinten es gut, aber im Laufe der Jahre hatten sie ihr Leben komplett übernommen. Sie trafen alle Entscheidungen über ihren Kopf hinweg und fragten nie, was sie wollte, immer in der Annahme, dass sie es besser wüssten.

Sie hatten ihre Online-Präsenz aus dem Nichts aufgebaut, die besten Trainer engagiert, um ihr zu helfen, es zu den Olympischen Spielen zu schaffen, und mit ihrem Namen so viel Geld verdient, dass es fast schon obszön war. Aber nichts davon war ihr Wunsch gewesen. Sie hatte einfach nur zugestimmt.

Bis jetzt.

Sie hatten geschimpft und getobt, aber das hatte nichts an ihrer Meinung geändert. Sie wollte sich einmal normal fühlen und wie jede andere Sportlerin sein.

Sie hätte wissen müssen, dass das nicht wirklich passieren würde.

Als sie in ihr Zimmer eingecheckt hatte, hatte sie sich gut gefühlt. Sie hatte einige ihrer Sachen in die Schränke geräumt, bevor sie eine Pause machte, um etwas zu essen. Aber als sie die Cafeteria betrat, wurde sie sofort daran erinnert, wer sie war. Sie war nicht Ember Maxwell die Fünfkämpferin, sie war Ember Maxwell, ein Star in den sozialen Medien. Eine Frau, die angestarrt und unter die Lupe genommen wurde.

Sie lebte in einem goldenen Käfig, was sie für den Bruchteil einer Sekunde vergessen hatte.

Der Mann, der auf sie zugekommen war, während sie überlegt hatte, wo sie sich zum Mittagessen hinsetzen sollte, hatte sie verblüfft. Sie war bereits darauf vorbereitet gewesen, ihn abzuwehren. Aber er hatte nicht wie ein weiterer Verehrer ausgesehen. Er hatte nicht den Eindruck gemacht, begeistert davon gewesen zu sein, *die* Ember Maxwell kennenzulernen. Er schien fast ... irritiert gewesen zu sein. Nicht ihretwegen, sondern allgemein.

Seine Drohung an die Männer am Nebentisch war ihr nicht entgangen.

Sie hätte Doc gesagt, dass sie es nicht einmal mehr wahrnahm, wenn Leute sie filmten. Es war ein Teil ihres Lebens. Sie mochte es nicht, aber sie hatte gelernt, damit umzugehen, wenn sie in der Öffentlichkeit war. Aber sie hatte nicht einmal die Gelegenheit bekommen, ihm zu danken. Sobald die Männer am anderen Tisch gegangen waren, war er verschwunden.

»Ember?«, fragte Lucky. »Geht es dir gut?«

Sie holte gedanklich tief Luft. Sie war in Gedanken versunken, was nur allzu oft der Fall war. Es war überraschend, da sie ständig von Menschen umgeben war. Aber niemand interessierte sich wirklich dafür, sie kennenzulernen. »Mir geht es gut, danke.«

Alle nickten und begannen dann, miteinander zu reden, als wäre sie nicht da.

Nein, das stimmte nicht. Sie schlossen sie in ihr zwangloses Gespräch ein, aber sie stand nicht wie sonst im Mittelpunkt der Aufmerksamkeit. Es war ...

Fantastisch.

»Wie geht es Chance?«, fragte Lucky Brain.

Der Mann richtete sich in seinem Stuhl auf. »Es geht ihm ausgezeichnet. Ich habe gestern Abend mit Aspen gesprochen. Er hat ganze fünf Stunden am Stück geschlafen und sie war überglücklich. Anscheinend ist das für ein Neugeborenes nicht normal, aber wir freuen uns darüber.«

»Das ist toll. Hat jemand etwas von Oz gehört?«, fragte Lefty.

»Er hat mir gestern eine SMS geschrieben«, antwortete Grover. »Riley geht es großartig. Sie wird voraussichtlich entbinden, bevor wir zurückkehren. Es ist also gut, dass er nicht mitgekommen ist.«

Das Gespräch ging weiter und Ember hörte zu, während sie aß. Sie genoss es, wie offen die Männer über ihre Lebensgefährtinnen sprachen. Sie hatte immer versucht, ein paar ihrer Leibwächter kennenzulernen, aber sie schienen nie wirklich an einem Gespräch interessiert zu sein. Die Gegensätzlichkeit zwischen der liebevollen Hingabe dieser Männer zu ihren Frauen und ihrem tödlichen Aussehen war faszinierend. Sie war von ihnen nicht eingeschüchtert. Im Gegenteil, Ember hatte sich von grob aussehenden Männern schon immer angezogen gefühlt. Vielleicht lag es daran, dass die Jungs, mit denen sie in Beverly Hills aufgewachsen war, mehr Wert auf ihr Aussehen gelegt hatten, als sich die Hände schmutzig zu machen.

»Also, was ist deine Geschichte?«, fragte Lucky.

Ember schluckte den Bissen in ihrem Mund herunter und wischte sich mit einer Serviette über den Mund, bevor sie erwiderte: »Was meinst du?«

»Woher kommst du, wie bist du zum Fünfkampf gekommen, wie alt bist du, was machst du am liebsten in deiner Freizeit, wie um alles in der Welt kommst du damit klar, dass jeder einzelne Mensch auf diesem Planeten zu wissen scheint, wer du bist? Du weißt schon, so etwas in der Art«, stellte er mit einem breiten, offenen Lächeln klar.

Ember wusste, dass sie den Schutzschild aufstellen sollte, den sie normalerweise trug, wenn Leute ihr Fragen stellten, die ihre Eltern für zu persönlich hielten. Sie sollte kichern und davon ablenken … aber sie fühlte sich in der Nähe dieser Kerle wohl. Und ihre Eltern waren nicht hier, um jede ihrer Bewegungen zu kontrollieren. »Beverly Hills. Ich war eine durchschnittliche Schwimmerin und Läuferin, aber es hätte niemals für eine Goldmedaille gereicht. Also haben meine Eltern entschieden, dass Fünfkampf perfekt sei, da ich in den Einzelsportarten durchschnittlich sein, aber trotzdem die Nase vorn haben könnte. Ich bin fünfundzwanzig. Freizeit habe ich keine und ich versuche ehrlich gesagt, nicht daran zu denken, dass jeder mich kennt und weiß, was ich tue.«

»Ich bin mir nicht sicher, ob ich irgendetwas an dir als durchschnittlich bezeichnen würde«, entgegnete Grover.

Ember drehte sich zu ihm um. Er schaute sie weder anzüglich an, noch grinste er blöd. Es schien, als hätte er nur eine allgemeine Feststellung gemacht.

»Danke, aber glaub mir, ich bin ehrlich gesagt ziemlich langweilig. In den sozialen Medien kann jeder wie der faszinierendste Mensch der Welt aussehen.«

Grover lachte nicht. Auch sonst niemand. Stattdessen durchbohrte er sie mit seinem Blick. Schließlich sagte er: »Du hast einen ziemlich dicken Schutzschild um dich herum errichtet. Bei fünfundzwanzig Millionen Abonnenten auf Instagram, die dein Leben in Bildern verfolgen, ist das nicht verwunderlich. Du erinnerst mich an Doc.«

Ember war von seiner Einsicht überrascht. Aber sie war neugieriger auf seinen Freund. »Was ist los mit ihm? Mag er keine Afroamerikaner oder was?«

Schweigen begegnete ihrer Frage – und Ember fühlte sich zum ersten Mal unwohl.

Sie wusste, dass es immer noch viele rassistische Menschen auf der Welt gab, die andere nach ihrer Hautfarbe beurteilten. Sie mochte mit wohlhabenden Eltern, die ihr alles geben konnten, was ihr Herz begehrte, in Beverly Hills aufgewachsen sein, aber das änderte nichts an dem Hass und Ekel, mit dem manche Leute sie ansahen. Es war ihnen egal, ob sie ein guter Mensch, eine gute Athletin oder Olympionikin war. Sie würden immer noch die Straßenseite wechseln, um nicht in ihrer Nähe sein zu müssen, als hätten sie Angst, dass sie sie ausrauben würde, wenn sie ihr zu nahe kamen. Dann gab es Leute, die dachten, sie sei entweder zu hellhäutig, um als Afroamerikanerin zu gelten, oder zu dunkel, um kaukasischer Abstammung zu sein.

Trigger schob sein Tablett beiseite und stützte seine Ellbogen vor sich auf den Tisch. Er musterte Ember mit einem Blick, den sie nicht deuten konnte. Dann sagte er: »Doc ist der absolut letzte Mensch, der dich nach deiner Hautfarbe beurteilen würde. Ihr zwei habt nur mehr gemeinsam, als ihr vielleicht glaubt.«

Ember schnaubte. »Genau, er ist was, zehn Jahre älter als ich? Und außerdem hat er eine andere Hautfarbe und ist beim Militär. Was könnten wir gemeinsam haben?«

Als niemand antwortete, hatte Ember das Gefühl, sie hätte lieber den Mund halten sollen.

Sie war selbstgefällig geworden und hatte sich bei diesen Männern zu wohlgefühlt. Sie hatte vergessen, dass alle immer etwas von ihr wollten. Ein Autogramm, eine Erwähnung in den sozialen Medien, ein Bild, einen Blowjob, irgendwas gab es immer.

Jetzt fragte sie sich, was diese Männer wollten. Doc war derjenige gewesen, der sie an ihren Tisch geführt hatte, aber vielleicht war es Teil eines eingeübten Tricks. Vielleicht hatten sie auch in Bezug auf ihre Frauen und Kinder gelogen.

Als merkten sie alle gleichzeitig, wie unsicher sie wurde, lehnten die fünf Männer sich lässig in ihren Stühlen zurück, als wollten sie ihr Raum geben.

»Hab keine Angst vor uns«, sagte Grover leise. »Von allen Leuten an diesem verdammten Ort bist du bei uns am sichersten. Sowohl physisch als auch in Bezug auf dein wahres Ich. Um deine Frage zu beantworten, Doc ist vierunddreißig. Er ist der Älteste in unserem Team. Er hatte ein hartes Leben. Ja, er ist hellhäutig und du bist dunkelhäutig, aber das bedeutet ihm buchstäblich nichts.«

Ember war sich da nicht so sicher. Viele Leute behaupteten, dass die Hautfarbe für sie keine Rolle spielte, aber sie wusste aus erster Hand, dass das nicht immer stimmte.

»Du wirst es sehen«, sagte Brain.

Er klang so zuversichtlich, dass Ember noch neugieriger auf Docs Geschichte wurde. Aber sie hatte keine Gelegenheit nachzuhaken, als Lucky zu sprechen begann.

»Du hast ein Zimmer auf der gleichen Etage wie wir. Warst du schon oben?«

Ember nickte. »Ich habe meine Sachen hochgebracht und bin dann hier runtergekommen.«

»Leila, Nick und Aiden sind heute Morgen zu einer Tour durch die Stadt aufgebrochen und haben gesagt, sie würden nach dem Mittagessen zurück sein«, sagte Lucky.

Ember nickte. Leila Mason war die zweite Frau im Fünfkampfteam. Sie kannte sie gut von anderen Wettkämpfen, an denen sie teilgenommen hatten. Aiden Covington und Nick Hodge bildeten das Männerteam.

»Das Wasserballteam war schon vor der Eröffnungszeremonie hier. Soweit ich weiß beginnen ihre Wettkämpfe erst in einer Woche«, meldete sich Lefty zu Wort. »Wann trittst du an?«

»Der Fünfkampf ist eine zweitägige Veranstaltung«, erklärte sie den Männern. »Am ersten Tag findet die erste Runde Fechten statt. Es gibt fünfunddreißig Runden, in denen jeder gegen jeden antritt. Danach werden wir nach Anzahl unserer Siege eingestuft.«

»Heilige Scheiße, das sind aber viele Wettkämpfe!«, rief Trigger aus.

»Ja, es dauert fast den ganzen Tag. Am zweiten Tag wird

die zweite Fechtrunde ausgetragen. Die beiden rangniedrigsten Konkurrenten scheiden zuerst aus. Wer diese Runde gewinnt, tritt gegen den Dritten an. Und so weiter, bis alle wieder gekämpft haben.«

»Wie funktioniert das mit dem Schwimmen? Werdet ihr dort nach der schnellsten Zeit eingestuft?«, fragte Grover.

Ember freute sich, dass sie wirklich interessiert zu sein schienen. »Nein, es ist anders als bei den üblichen Schwimmwettkämpfen. Es gibt kein Finale und wir treten nicht direkt gegeneinander an. Wir schwimmen zweihundert Meter und erhalten Punkte basierend auf der Zeit. Zwei Minuten und vierzig Sekunden bringen zweihundertfünfzig Punkte. Jede Zehntelsekunde über oder unter dieser Zeit entspricht plus oder minus einem Punkt. Je schneller man also schwimmt, desto mehr Punkte bekommt man.«

»Interessant. Ich habe nie darüber nachgedacht, wie das alles funktioniert. Ich hatte angenommen, dass der Sieger dieses Teils einfach mehr Punkte bekommt«, sagte Brain.

»Nun, das stimmt auch irgendwie«, bestätigte Ember. »Denn je mehr Punkte wir beim Fechten, Schwimmen und Springen sammeln, desto größer ist der Vorsprung, den wir am Ende fürs Schießen und Laufen bekommen. Sobald der Lauf beginnt, gewinnt derjenige, der zuerst die Ziellinie überquert. Daher ist es wirklich wichtig, einen möglichst großen Vorsprung zu haben.«

»Du könntest also auf dem letzten Platz sein, aber trotzdem noch gewinnen?«, hakte Brain nach.

»Technisch gesehen ja. Aber aus Erfahrung weiß ich, dass das sehr schwer zu bewerkstelligen ist. Man müsste jeden Schuss treffen«, erklärte Ember ihnen.

»Was ist deine stärkste Disziplin?«, fragte Grover.

Ember liebte das. Sie liebte es, Leuten über den Fünfkampf zu erzählen. Sie liebte es, nicht über andere Influencer, Marken oder irgendeinen anderen Mist zu reden, den ihre Eltern so sehr liebten, ihr aber völlig egal war. »Schießen«, sagte sie, ohne zu zögern.

Die Männer grinsten alle.

»Was?«, fragte sie.

»Schade, dass es hier keinen Schießstand gibt. Ich würde dich gern bitten, dich uns anzuschließen«, sagte Trigger.

»Ich möchte euch nicht in Verlegenheit bringen«, neckte Ember.

Alle lachten und sie hatte das Gefühl, dass sie ihren Spaß verstanden.

»Mit einem Laserpointer zu schießen, wie im Wettkampf, ist etwas anderes, als mit echten Kugeln zu schießen«, wandte Lefty ein.

»Ich weiß«, stimmte Ember zu. »Obwohl ich mich behaupten kann.«

»Ich bin mir sicher, dass du das kannst«, sagte Trigger. »Hast du schon Pläne fürs Abendessen?«

Ember blinzelte. Wollte er sich an sie ranmachen?

»Nicht, weil ich versuche, dich zu verführen. Ich liebe meine Frau mehr als mein Leben und würde sie niemals betrügen«, erklärte Trigger, der offensichtlich ihre Gedanken lesen konnte. »Ich dachte nur, du hättest vielleicht Lust, woanders als in der Cafeteria zu essen. Heute ist der einzige Abend, an dem wir alle freihaben. Vielleicht möchtest du dich zu uns gesellen.«

»Oh, das ist wirklich nett, aber ich will das Olympische Dorf nicht verlassen. Und ich muss morgen früh aufstehen, um etwas zu trainieren. Aber danke für die Einladung.« Und sie meinte es ernst. Sie mochte diese Typen. Sie waren bodenständig und witzig und gaben ihr das Gefühl ... normal zu sein. Für sie schien sie nicht Ember Maxwell, Star in den sozialen Medien zu sein, sondern einfach nur Ember, die Sportlerin ... und das gefiel ihr.

»In Ordnung, aber wenn du deine Meinung änderst, lass es uns einfach wissen. Unsere Zimmer sind über die Etage verteilt. Da du schon oben warst, hast du vermutlich gesehen, dass an unseren Türen ein S für ›Sicherheit‹ steht. Klopfe einfach an oder schiebe eine Notiz unter der Tür durch, dann holen wir dich ab, bevor wir uns auf den Weg machen.«

»Das werde ich, danke.«

»Keine Ursache.«

»Und ... Trigger?«

»Ja?«

»Könntest du Doc von mir danken?«

»Wofür?«

»Dafür, dass er mich zum Essen an euren Tisch eingeladen hat. Ich war mir nicht sicher, wo ich mich hinsetzen sollte, und so selbstherrlich es auch schien, es war eine Erleichterung, mir diese Entscheidung abnehmen zu lassen.«

»Na sicher. Und fürs Protokoll, die Aufregung um dich ist vollkommen außerhalb von Docs Komfortzone«, sagte Trigger zu ihr.

»Was meinst du?«

»Doc hasst Aufmerksamkeit. In einem überfüllten Raum auf *die* Ember Maxwell zuzumarschieren und dich an unseren Tisch zu holen, war völlig untypisch für ihn.«

»Oh, na ja ... ich weiß es zu schätzen. Und dass er diese Kerle dazu gebracht hat aufzuhören, mich zu filmen.«

»Passiert das oft?«, fragte Brain.

Ember zuckte mit den Schultern und versuchte, es herunterzuspielen. »Oft genug.«

»Ah ja, also andauernd«, murmelte Brain.

»Ich habe mein Recht auf Privatsphäre irgendwie aufgegeben, nachdem ich so viele Follower gewonnen hatte«, erklärte Ember.

»Das ist nicht richtig«, sagte Grover zu ihr. »Du solltest dir keine Sorgen machen müssen, dass dich jemand beim Essen filmt oder wenn du irgendetwas anderes Privates machst. Du bist bei den verdammten Olympischen Spielen. Andere Athleten sollten dir den Rücken freihalten und nicht zu dem Stress beitragen.«

Seine Worte fühlten sich gut an.

»Nur um es mal gesagt zu haben ... Doc ist ein guter Mann«, sagte Trigger zu ihr. »Er kann ziemlich intensiv sein, aber er ist auch einer der loyalsten Männer, die ich je getroffen habe. Es kann schwierig sein, ihn kennenzulernen, aber sobald er entscheidet, dass du seiner Freundschaft würdig bist, gibt es nichts, was er nicht für dich tun würde.«

»Ähm ... okay«, sagte sie nach einer langen Pause.

Ember schätzte seine beruhigenden Worte, war sich aber nicht sicher, warum Trigger ihr das erzählte. Nach seinem hastigen Rückzug zu urteilen war es offensichtlich, dass der Mann von ihr nicht allzu beeindruckt gewesen war. Seine Freunde behaupteten vielleicht, dass er von ihrer Hautfarbe nicht abgeschreckt war, aber seine Reaktion auf sie war ihr nur allzu vertraut. Sie hatte es immer wieder in der Welt von Beverly Hills gesehen, in der sie aufgewachsen war. Ihre Eltern waren sehr gut darin geworden, den Rassismus zu ignorieren, aber sie konnte nicht so gleichgültig damit umgehen.

Sie mochte diese Typen und schätzte ihr Freundschaftsangebot, aber ihre Zeit in Korea war kurz. Am besten war es, sie nicht zu nahe kommen zu lassen. In nur wenigen Tagen würde sie zu ihrem Leben in den USA zurückkehren. Sie war sich nicht sicher, was für ein Leben das war, in dem sie vierzehn Stunden am Tag trainierte, aber das war alles, was sie je gekannt hatte. Ihre Eltern hatten sie aus der High-school genommen und online unterrichten lassen, damit sie mehr Zeit zum Trainieren hatte. Ein College kam nicht infrage, da sie ihrer Ausbildung viel zu viel Aufmerksamkeit hätte schenken müssen. Sie hatte die Qualifikation für die letzten Olympischen Spiele nur knapp verpasst, also war das hier der Traum ihrer Eltern gewesen.

»Wir haben auf die harte Tour gelernt, jemanden niemals nach seinem Aussehen zu beurteilen«, fuhr Trigger leise fort. »Das süßeste Kind könnte ein Köder sein, damit sein Vater in der Nähe ein Bombe zünden kann. Die hübscheste Frau im Raum könnte die tödlichste Person sein. Braune Haut, schwarze, weiße, gelbe … natürlich sehen wir Hautfarben, aber sie bedeuten uns nichts. Wir lesen Menschen auf andere, tiefere Weise. Offensichtlich hat Doc dein Unbehagen bemerkt und das Bedürfnis verspürt zu helfen, obwohl er Aufmerksamkeit hasst. Das sehen wir nicht oft von ihm.«

»Was spielt es für eine Rolle?«, fragte Ember. »Ihr seid wegen der Sicherheit hier und ich, um beim Wettkampf anzutreten. Wenn ich fertig bin, kehre ich zurück nach Kali-fornien in mein Leben und ihr fliegt zurück nach … wo auch immer ihr herkommt.«

»Texas«, klärte Lucky sie auf. »Fort Hood, um genau zu sein. Das ist in der Nähe von Killeen.«

»In Ordnung, ihr fliegt also zurück nach Texas und ich kehre in mein Leben zurück.«

Trigger starrte sie für einen langen Moment an und

Ember hatte keine Ahnung, was hinter seiner verschlossenen Miene vor sich ging.

Schließlich sagte er: »Ich will nur sagen, dass Doc sich von deinem Ruhm nicht davon abhalten lässt, dich zu beschützen ... oder irgendjemand anderen hier bei den Spielen, obwohl er selbst nicht gern im Mittelpunkt steht. Dasselbe gilt für uns alle.«

Seine Worte beruhigten Ember.

Trigger stand auf und gab ihr keine Chance, noch etwas zu sagen. Die anderen folgten ihm. Ember tat dasselbe, denn sie wollte nicht allein am Tisch sitzen bleiben. »Komm, wir bringen dich zurück auf unsere Etage. Wir zeigen dir, wo unsere Zimmer sind, für den Fall der Fälle. Dann lassen wir dich in Ruhe und du kannst auspacken und tun, was auch immer Spitzensportlerinnen tun, bevor sie bei den verdammten Olympischen Spielen antreten.«

Ember folgte den Männern, um ihr Tablett zur Rückgabestelle zu bringen. Gemeinsam stiegen sie in den großen Fahrstuhl und fuhren hoch zu ihrer Etage. Die Männer verabschiedeten sich und sagten ihr, dass es schön war, sie kennenzulernen, bevor sie in ihren Zimmern verschwanden.

Trigger blieb für einen Moment zurück. »Wir haben den Rest des Tages frei und werden wahrscheinlich unsere Frauen anrufen. Durch den Zeitunterschied ist es schwierig, also nehmen wir jede Gelegenheit wahr, mit unseren Frauen zu sprechen, während wir weg sind«, sagte er. »Später gehen wir zusammen essen, wie bereits erwähnt.«

»Ihr scheint euch alle sehr nahezustehen«, kommentierte Ember.

»Das tun wir. Es gibt nichts, was ich nicht für diese Männer oder ihre Familien tun würde.«

Ember verstand diese Art von Freundschaft einfach nicht, weil sie es nie selbst erlebt hatte.

»Hier ist mein Zimmer«, betonte er, als sie an seiner Tür vorbeigingen. »Wenn du es dir wegen heute Abend anders überlegst, lass es mich einfach wissen«, sagte er zu ihr.

»Ich wünschte, ich könnte mitkommen.« Und sie meinte es ernst. Mit diesen Männern Zeit zu verbringen erschien ihr viel reizvoller, als sich in ihrem Zimmer vor der Öffentlichkeit und vor ihrer Familie zu verstecken.

»Sollte ich dich vor deinem Wettkampf nicht mehr sehen, viel Glück.«

»Danke.«

Trigger nickte ihr respektvoll zu, bevor er zurück in sein Zimmer ging. Ember schloss ihre Tür hinter sich und lehnte sich gegen das schwere Holz, als sie erschöpft die Augen schloss.

Sie hätte vor Aufregung wegen des Wettkampfes und der Aussicht, hoffentlich eine Medaille zu gewinnen, im Raum herumspringen sollen. Alle warteten gespannt darauf, ob sie es schaffen würde, Olympiasiegerin zu werden. Und sie wollte es gut machen, weil sie von Natur aus ein konkurrenzfähiger Mensch war. Und sie hatte Fans, die wirklich nur das Beste für sie wollten.

Natürlich gab es auch diejenigen, die sehen wollten, wie sie scheiterte.

Ihre Eltern hatten Leute engagiert, um ihre Konten in den sozialen Medien zu verwalten, also las sie nicht oft die Kommentare unter den inszenierten Bildern ... aber sie konnte ihre Neugier nicht immer unterdrücken und meldete sich manchmal an, um selbst zu sehen, was die Leute schrieben.

Sie bereute es fast jedes Mal. Manche Leute konnten unglaublich grausam sein. Sie verachteten sie, nur wegen ihres Aussehens oder wegen der Verbindungen, die sie zu anderen Prominenten und bekannten Sportlern hatte, oder weil sie reich war. Sie wusste, dass viele der gemeinen Kommentare das Ergebnis von Neid waren. Aber was am meisten wehtat, waren abfällige Bemerkungen über ihre Hautfarbe.

Einige behaupteten, sie würde der afroamerikanischen Gemeinschaft einen Bärendienst erweisen, weil sie ihre Herkunft nicht würdigte. Andere drohten ihr und sagten, alle Afroamerikaner sollten sterben. Viele waren der Meinung, dass sie überhaupt nicht an den Olympischen Spielen teilnehmen sollte, dass es in ihrer Position unmöglich sei, es ins moderne Fünfkampfteam zu schaffen, ohne jemanden bestochen zu haben. Es wurde Mist erzählt, dass jemand wie sie gar nicht schwimmen könne, es aber keine Überraschung sei, dass sie so gut schießen könne. Als ob die Farbe ihrer Haut irgendetwas damit zu tun hätte.

Natürlich gab es auch Fans, die sie unterstützten, ihr wirklich wünschten, erfolgreich zu sein, und immer positive Nachrichten sendeten. Embers Mutter hatte ihr ein paar Briefe von Fans gegeben, die ihr alles Gute wünschten. Beth hatte ihr gesagt, sie sei die hübscheste Frau bei den Olympischen Spielen. Thomas hatte geschrieben, dass er dafür bete, dass es ihr gut gehe. Christine hatte ein sehr süßes Gedicht darüber geschrieben, dass sie auf ihre Fähigkeiten vertraut. Alex hatte einen zweiseitigen handgeschriebenen Brief geschickt, in dem er detailliert darlegte, warum er sie bewunderte und daran glaubte, dass sie eine Goldmedaille gewinnen würde.

Der letzte Brief war der süßeste von allen gewesen. Ein kleines Mädchen hatte ein Bild von Ember mit einem breiten Lächeln auf dem Siegerpodest gemalt.

Sie ging hinüber zu ihrem Bett, setzte sich und starrte

auf ihre Taschen auf dem Boden. Sie musste mit dem Auspacken fertig werden, aber ihre Gedanken drehten sich im Kreis.

Ember stand an einem Scheideweg. Ihre Entscheidung, im Olympischen Dorf zu wohnen, hatte ihre Eltern verärgert, aber sie hatte diese Pause gebraucht. Sie liebten sie, aber es erstickte sie gleichzeitig. Sie kontrollierten jeden Aspekt ihres Lebens. Beide hatten ihre Arbeit aufgegeben, um sie zu managen. Training, öffentliche Auftritte, Fotoshootings, Marketing ... sie kümmerten sich um alles. Diese blöde Realityshow im Fernsehen vor ein paar Jahren hatte sie auf keinen Fall machen wollen, aber am Ende hatten sie Ember irgendwie dazu überredet. Sie war unglücklich gewesen und hatte es gehasst, die ganze Zeit Kameras um sich zu haben. Aber die Show hatte ihre Popularität gesteigert und ihr Vermögen um einen achtstelligen Betrag erhöht.

Aber das war alles Quatsch. Tief in ihrem Inneren wollte Ember mehr. Oder besser gesagt ... etwas anderes. Aber sie hatte keine Ahnung, was genau.

In der Zwischenzeit sprachen ihre Eltern bereits von den nächsten Olympischen Spielen in vier Jahren.

Ember wollte nicht die nächsten vier Jahre weiterhin jeden Tag trainieren. Sie wollte leben, reisen, sich verlieben, eine Familie gründen.

Und sie wollte nicht mehr im Rampenlicht stehen. Wenn sie ihr Instagram-Konto einfach löschen könnte, zusammen mit allen fünfundzwanzig Millionen Followern, würde sie es tun. Ihre Eltern würden einen Herzinfarkt bekommen. Es war ihre erfolgreichste Plattform. Aber sie kam immer näher an den Punkt, an dem es ihr egal war.

Sie war fünfundzwanzig und lebte noch bei ihren Eltern. Sie kaufte nicht für sich selbst ein, kochte nicht und musste nicht putzen. Ihr Zimmer war so groß wie das gesamte Haus mancher Leute. Sie wusste, dass das nicht normal war – und Ember wollte unbedingt Normalität.

Solange sie unter dem Dach ihrer Eltern lebte und ihnen erlaubte, ihr Leben zu bestimmen, würde sie das nie bekommen.

Sie hatte noch nie außerhalb Kaliforniens gelebt. Sie reiste zwar zu Wettkämpfen, ging aber selten weit über die Grenzen des Hotels und der Veranstaltungsorte hinaus. Sie sehnte sich nach Abenteuern. Um die zu erleben, würde sie ihre Eltern enttäuschen müssen – und mit den Schuldgefühlen fertigwerden.

Und sie würde nicht nur ihre Eltern enttäuschen, sondern auch ihre Trainer. Sergei, Helen und Lonnie waren unglaublich. Sie waren hart, wenn es sein musste, aber auch motivierend. Und dann waren da noch die anderen Athleten, mit denen sie trainierte, und ihre Fans und Follower.

Plötzlich fühlte es sich an, als würde sie das Gewicht der ganzen Welt auf ihren Schultern tragen. Es schien, als wollten alle anderen viel mehr, dass sie gewinnt, als Ember selbst. Das war verrückt.

Was machte sie hier eigentlich? Und wie könnte sie sich aus dieser Lage befreien?

Es fiel ihr keine Antwort ein, während sie in der Mitte des spärlich eingerichteten Zimmers saß. Sie hörte mehrere Leute im Flur reden und nahm an, dass es sich um Mitglieder des Wasserballteams handelte, die vom Training zurückkehrten. Sie klangen glücklich und aufgeregt. Und warum sollten sie es nicht sein? Sie waren bei den verdammten Olympischen Spielen.

Ember seufzte und stand auf, um ihre Sachen wegzuräumen. Im Untergeschoss des Gebäudes befand sich eine hochmoderne Trainingsanlage. Sie würde später runtergehen und auf dem Laufband etwas joggen. Das würde ihr helfen, einen klaren Kopf zu bekommen und sich wieder in die richtige Stimmung für den Wettkampf zu bringen. Sie liebte es zu laufen. Sie würde ihre Kopfhörer aufsetzen und sich ihrer Musik hingeben.

KAPITEL DREI

Doc warf einen Blick auf die Uhr. Es war zehn nach elf. Er und das Team waren vor ungefähr einer Stunde zurückgekehrt, nachdem sie zum Abendessen in ein Restaurant außerhalb des Olympischen Dorfes gegangen waren. Sie waren länger ausgeblieben als sonst, da es für eine Weile ihr einziger gemeinsamer Abend sein würde. Sie würden ihre Zeit damit verbringen, die Menschenmenge zu überwachen, das Gelände zu patrouillieren und dafür zu sorgen, dass die Athleten, die nach Südkorea gekommen waren, um in ihren jeweiligen Sportarten anzutreten, in Sicherheit waren.

Trigger und die anderen hatten den größten Teil des Abendessens über Ember Maxwell gesprochen und rekapituliert, was sie ihnen über sich und ihren Sport erzählt hatte. Natürlich zogen sie Doc damit auf, dass er das Mittagessen hatte ausfallen lassen.

Doc konnte nicht erklären, was ihn an ihr so verunsicherte. Es lag nicht daran, dass sie hübsch war und offensichtlich immer im Mittelpunkt stand. Es war etwas anderes, etwas Tieferliegendes.

Sie schien definitiv einen Freund zu brauchen. An der Art, wie sie am Buffet gestanden und gezögert hatte, als sie sich nach einem Sitzplatz im Speisesaal umgesehen hatte, erkannte er die Anzeichen dafür, dass sie sich unwohl fühlte. Er wusste nicht, warum Ember sich unbehaglich fühlte, vermutlich war sie die meiste Zeit von Menschen umgeben. Aber ihr Gesichtsausdruck und ihre Körpersprache verrieten ihre Gefühle. Also war er sofort losgegangen, um ihr zu helfen.

Er hatte oft selbst in ihren Schuhen gesteckt und sich fehl am Platz und nicht in seinem Element gefühlt. Egal wie bekannt oder beliebt sie war, das Unbehagen, das sie offensichtlich verspürt hatte, bewegte etwas tief in ihm. Und darum hatte er gehandelt.

Dann war er von sich selbst irritiert gewesen, nachdem er sich um diese Arschlöcher mit den Kameras gekümmert hatte. Er war verwirrt darüber, warum er sich überhaupt Gedanken um eine Frau machte, die offensichtlich mehr hatte, als ihr Herz jemals begehren könnte.

Nach dem Abendessen war Doc unruhig gewesen. Er hatte nicht in seinem Zimmer sitzen und riskieren wollen, sich mit seinen Handlungen vom Mittagessen auseinandersetzen zu müssen. Also hatte er beschlossen, einen Spaziergang zu machen, um sich davon zu überzeugen, dass in der Wohnanlage alles in Ordnung war. Er hatte jede Etage überprüft und nichts Außergewöhnliches festgestellt. Nun ging er zurück in sein Zimmer. Während seiner Visite hatte er mehrere laute Partys in einigen Zimmern gehört, worüber er nur verwundert den Kopf schütteln konnte. Die Dinge hier gingen verrückter zu als bei den vorherigen Olympischen Spielen, für die sein Team gearbeitet hatte. Wie sich jemand bei einer Party auf den Wettkampf seines Lebens vorbereiten konnte, war ihm schleierhaft.

Als Doc auf seiner Etage ankam, war er dankbar, dass die Athleten im zwanzigsten Stock zu schlafen schienen, oder zumindest nicht feierten. Auf dem Weg zu seinem Zimmer kam er am Gemeinschaftsraum vorbei – und blieb stehen.

Er trat einen Schritt zurück und starrte hinein.

Ember Maxwell saß auf einem Stuhl, den sie so nahe wie möglich an das winzige Fenster in der Ecke gerückt hatte. Das Fenster war nicht mehr als ein langer Schlitz und es gab nicht wirklich viel zu sehen. Aber sie schaute nicht auf die Umgebung, sondern nach oben.

»Ember?« Ihr Name kam einfach heraus, bevor er es sich anders überlegen konnte. Er sollte sie in Ruhe lassen, aber er hasste es, sie so ... einsam zu sehen. Sie hatte ihre Beine angezogen und die Arme um ihre Knie gelegt. Ihre Schultern waren leicht gebeugt, obwohl ihr Kinn nach oben gestreckt war.

Als sie ihren Namen hörte, drehte sie den Kopf herum und starrte ihn einen Moment lang an, bevor sie sagte: »Tut mir leid. Störe ich dich?«

Aus irgendeinem Grund irritierte ihre Frage Doc. »Natürlich nicht. Du bist mucksmäuschenstill, was man nicht von vielen Leuten in diesem Gebäude behaupten kann. Geht es dir gut?«

Sie blinzelte. Dann nickte sie und sagte: »Nein.«

Doc konnte nicht anders, als zu schnauben. »Was nun, gut oder nicht gut?«

Ember seufzte, legte die Wange auf ihr Knie, starrte aus dem Fenster und blendete ihn effektiv aus. »Mir geht es gut«, sagte sie leise.

Doc wusste, dass er in sein Zimmer gehen und vor seiner Schicht am Morgen etwas schlafen sollte. Aber alles, was seine Freunde ihm beim Abendessen erzählt hatten, hallte in seinem Kopf wider.

Sie hatten erwähnt, dass Ember verloren ausgesehen hatte. Sie sollte begeistert sein, bei den Olympischen Spielen dabei zu sein, aber stattdessen schien es, als würde sie nur mitlaufen.

Brain hatte auch ihr Instagram-Konto auf seinem Handy geöffnet und Doc einige der Bilder gezeigt. Auf den meisten lachte sie und schien sehr viel Spaß zu haben. Es gab inspirierende Zitate und Bilder, auf denen sie mit verschiedenen Produkten posierte. Offensichtlich handelte es sich um bezahlte Werbeaufnahmen. Und auf jedem Bild sah sie aus, als wäre sie gerade aus dem Schönheitssalon gekommen. Ihr Haar war perfekt, ihre Zähne glänzten weiß, die Ohrringe baumelten süß herab und ihre Haut und ihr Make-up waren makellos.

Aber diese Ember war für ihn viel attraktiver. Sie war echt und keine Karikatur in den sozialen Medien. Ihr Haar war zerzaust, die Jogginghose, die sie trug, war offensichtlich schon älter, und ihr T-Shirt hatte einen Riss im Ärmel. Sie war nahbar – jemand, den die Welt sonst nicht zu Gesicht bekam.

Doc schaute über den Flur und stellte fest, dass er leer war. Er konnte immer noch schwach den Lärm von einer Feier aus dem Stockwerk über ihnen hören, aber im Moment waren hier nur sie beide.

»Es tut mir leid, dass ich vorhin so abrupt gegangen bin«, sagte er zu ihr.

»Schon okay«, erwiderte Ember, ohne aufzusehen.

»Das war unhöflich von mir«, beharrte Doc.

»Im Ernst, es ist in Ordnung«, versicherte sie ihm und starrte weiter aus dem Fenster. »Du bist nicht der erste

Mensch, der mich auf den ersten Blick nicht mag, und du wirst nicht der letzte sein.«

Doc runzelte die Stirn. »Es ist nicht so, dass ich dich nicht mag. Ich kenne dich gar nicht. Wie kann ich dich da nicht mögen?«

Daraufhin hob Ember den Kopf und fixierte ihn mit einem so intensiven Blick, dass Doc sich zwingen musste, ihm standzuhalten. »Es gibt viele Leute, die mich aufgrund dessen, was sie online sehen und lesen, nicht mögen.«

Doc zuckte nicht zusammen. »Dann sind es ignorante Arschlöcher.«

Ember starrte ihn für einen weiteren Moment an. »Das meinst du wirklich ernst, oder?«

»Ja. Schau, ich weiß, dass ich vorhin nicht den besten Eindruck gemacht habe, aber wenn ich jemanden nicht mag, liegt das niemals an dem, was ich online über ihn gelesen habe, sondern weil die Person unhöflich oder diskriminierend ist oder beim Essen schmatzt.«

Sie schenkte ihm ein kleines Lächeln und fragte: »Warum bist du dann gegangen?«

Doc überlegte, sie anzulügen und ihr zu sagen, dass er keinen Hunger hatte oder einen Anruf tätigen musste. Aber er konnte es nicht. Irgendetwas an der Traurigkeit in ihren Augen sprach zu ihm. Es zog ihn an wie eine Flamme die Motte. Er wusste, dass sie möglicherweise die Rüstung durchbohren könnte, die er zu seinem Schutz immer um sich trug, aber er konnte nicht widerstehen. »Weil du mir Unbehagen bereitet hast.«

Sie zog die Augenbrauen hoch. »Habe ich das?«

»Ja.«

»Das tut mir leid.«

Doc zuckte mit den Schultern. »Das braucht es nicht. Es liegt an mir, nicht an dir.«

Sie schenkte ihm ein weiteres kleines Lächeln. »Das klingt wie ein ziemlich blöder Anmachspruch«, stellte sie fest.

»Das ist es nicht. Du bringst mich dazu ... Dinge zu empfinden, die ich nicht mag. Bei der Aufmerksamkeit, die du auf dich ziehst, fühle ich mich unwohl. Ich bin es gewohnt, mich im Schatten zu verstecken, und du bist wie ein helles, glänzendes Licht. Und jeder, der sich dir nähert, wird von diesem Licht angestrahlt.«

Seine Worte schienen sie noch trauriger zu machen, was nicht seine Absicht gewesen war.

»Ja, das stimmt. Und wo wir gerade ehrlich sind, ich würde alles dafür geben, dieses Licht ausschalten zu können. Nur einmal, um mich mit dir in diesem Schatten zu verstecken.«

Sie teilten einen langen, intimen Blick. Er merkte, dass sie es ernst meinte.

Nachdem er ihr Instagram-Profil gesehen hatte, hätte er nie gedacht, dass es Ember Maxwell unangenehm sein könnte, im Rampenlicht zu stehen, aber er hätte es besser wissen müssen. Die sozialen Medien waren totaler Mist. Leute sagten Dinge, nur um populärer und interessanter zu wirken, als sie tatsächlich waren. Sie gaben vor, ein Mensch zu sein, der sie im wirklichen Leben nicht waren. Und Ember war der lebende Beweis dafür ... aber auf andere Weise, als er es erwartet hatte.

»Was machst du hier?«, fragte er.

Sie zuckte mit den Schultern. »Ich versuche, die Sterne zu sehen.«

Das war nicht die Antwort, die er erwartet hatte. »Wie bitte?«

»Sterne! Jeden Abend, bevor ich schlafen gehe, setze ich

mich ans Fenster und schaue nach oben. Die Welt ist groß und das Funkeln der Sterne erinnert mich daran, dass es da draußen viel mehr gibt als mein beschränktes Leben. Aber von meinem Zimmer aus kann ich sie nicht sehen. Direkt vor meinem Fenster steht ein anderes Gebäude und das Licht in den Fenstern macht es unmöglich, etwas zu sehen. Also bin ich hierhergekommen. Aber die Aussicht ist nicht viel besser.«

»Ich kann sie von meinem Zimmer aus sehen«, platzte Doc heraus.

Sie starrte ihn wieder an.

»Schau ... du kennst mich nicht, aber ich schwöre bei meiner Ehre als Soldat der US-Armee, dass du bei mir sicher bist. Wenn du dir für eine Weile aus meinem Zimmer die Sterne ansehen möchtest, habe ich nichts dagegen.« Doc wusste, dass das wohl nach dem schlechtesten Anmach-spruch aller Zeiten klingen musste, aber er bereute sein Angebot nicht.

»Mein Zimmer muss auf der anderen Seite des Flurs sein als deins«, fuhr er fort. »Man kann das Stadion sehen. Wenn ein Wettkampf stattfindet, kann man wegen des Lichts nichts erkennen, aber heute Abend ist alles ruhig und der Himmel ist klar. Du solltest also in der Lage sein, die Sterne zu sehen.«

»Warum bietest du das an?«

Er war nicht überrascht, dass sie seinem Angebot gegen-über skeptisch war. »Abgesehen von meinem Verhalten beim Mittagessen scheue ich normalerweise nicht vor Dingen zurück, die mir unangenehm sind. Verdammt, mein ganzes Leben war ziemlich unbequem. Dich für eine Weile in meinem Zimmer sitzen zu lassen sollte im Großen und Ganzen keine große Sache sein. Und wenn es dir hilft, besser zu schlafen, damit du für den Wettkampf ausgeruht bist, umso besser. Ich kann auch hierbleiben, wenn du dich dabei wohler fühlst.«

Ember rümpfte die Nase und Doc konnte nicht anders, als es hinreißend zu finden.

»Ich werde dich nicht aus deinem Zimmer schmeißen. Die Leute denken vielleicht, ich sei eine Diva, aber das bin ich nicht.«

Doc holte tief Luft, trat auf sie zu und streckte einladend seine Hand aus. »Dann lass uns das machen, damit du schlafen kannst. Ich würde es mir nie verzeihen, wenn du keine Medaille gewinnst, weil du zu lange aufgeblieben bist.«

Sie schenkte ihm ein schüchternes Lächeln. »Glaub mir, ich habe viele Nächte zu wenig geschlafen. Vor allem vor Wettkämpfen. Das wird nicht der Grund sein, wenn ich keine Medaille gewinne.«

Doc blieb mit ausgestrecktem Arm stehen und hielt praktisch den Atem an, als sie auf ihn zukam. Er hatte plötzlich das Gefühl, dass sein Leben sich für immer ändern würde, sobald sie ihn berührte.

Zum Guten oder Schlechten, das war die Frage.

Ihre Finger berührten sich, dann hielt sie seine Hand fest.

Als Doc sich umdrehte und mit Embers Hand in seiner zu seinem Zimmer ging, wusste er, dass er recht hatte. Sein Leben hatte eine Wendung genommen.

Es war lächerlich. Er kannte Ember nicht und sie kannte ihn nicht. Ihr Leben war alles, was er nicht wollte – Ruhm und Reichtum und Rampenlicht. Aber er hätte sie in diesem Moment genauso wenig allein zurücklassen können, wie er seiner Familie den Rücken kehren könnte.

Er hatte einen Blick auf die echte Ember Maxwell bekommen, die sich hinter all dem Glanz und Ruhm verbarg, den die Welt zu sehen bekam. Und er war fasziniert. Er wollte mehr über sie erfahren. Er wollte alles über sie wissen.

Es machte keinen Sinn ... aber andererseits machte es mehr Sinn, in diesem Moment mit ihr zusammen zu sein, als so ziemlich alles andere, was er je in seinem Leben getan hatte.

Er hielt ihre Hand fest, führte sie in sein Zimmer und ließ sie nur widerwillig los, um einen Stuhl vor das Fenster zu schieben. Er ging ins Badezimmer und schaltete das Licht ein, dann die Lampe auf dem Nachttisch aus. Es war leichter, die Sterne in einem dunklen Raum zu sehen, aber er dachte, sie würde sich allein mit ihm wohler fühlen, wenn es im Zimmer nicht pechschwarz wäre. Schließlich ging er zurück zum Fenster, zog die Jalousien hoch und trat einen Schritt zurück, während er auf den Stuhl deutete. »Ihr Thron, Mylady.«

Ember verdrehte die Augen, ging aber auf den Stuhl zu und setzte sich. Sie sah in den Himmel und Doc hörte sie erleichtert seufzen. »Oh ja, das ist es, was ich brauchte.« Sie beugte sich vor, als würde sie das den Sternen näher bringen.

Doc trat einen Schritt zurück. Für einen langen Moment sagte niemand ein Wort. Ember saugte alles auf, was die Sterne ihr gaben, und Doc genoss den Anblick der schönen Frau, die in seinem Zimmer saß.

Objektiv bewunderte er ihr Aussehen. Sie hatte einen athletischen Körper. Sie war stark und in Topform. Aber das war es nicht, was ihn an ihr anzog. Es waren die kleinen Dinge, von denen er bezweifelte, dass sie jemals jemandem aufgefallen waren. Die Art, wie sie an ihrer Unterlippe knabberte, während sie in den Himmel starrte. Wie ein Teil ihres Körpers ständig in Bewegung war, als hätte sie so viel

Energie, dass sie sich bewegen musste, damit sie nicht aus ihr herausschoss. Mit den Zehen eines Fußes klopfte sie auf den Boden. Dann trommelte sie mit den Fingern auf ihren Oberschenkeln. Dann wackelte sie mit ihrem Bein hin und her.

So wie sie jetzt aussah, hätte Doc nie vermutet, dass sie eine Prominente war. Sie sah aus, als könnte sie eine Freundin seiner Schwester sein. Jeden Moment könnte seine Mom die Tür öffnen und ihnen sagen, dass es Zeit zum Schlafen war.

Aber sie waren nicht in Georgia. Und sie war mit Sicherheit kein Mädchen, das seine Schwester jemals mit nach Hause gebracht hätte.

Doc wusste nicht, wie lange sie dort saß und zu den Sternen hochsah. Es war ihm auch egal. Er würde sie so lange dort sitzen lassen, wie sie es brauchte. Aber schließlich drehte sie sich um und sah ihn an. Angesichts der Dunkelheit glaubte Doc, dass sie ihn nicht gut erkennen konnte, da er sich auf der anderen Seite des Raumes gegen die Wand gelehnt hatte.

»Deine Freunde haben etwas gesagt, das mich neugierig gemacht hat«, begann Ember.

Doc versteifte sich. Mist. Er hatte keine Ahnung, was sie gesagt hatten. Er liebte seine Freunde, aber jetzt, da die meisten von ihnen verheiratet und wahnsinnig glücklich waren, war es ziemlich offensichtlich geworden, dass sie ihn und Grover ebenfalls verkuppeln wollten. »Ach ja?«, hakte er nach.

»Ja, sie sagten, dass wir viel mehr gemeinsam hätten, als ich vielleicht glauben würde. Es erschien mir in dem Moment lächerlich. Aber jetzt bin ich mir nicht mehr sicher. Ich weiß, dass du dich in meiner Nähe unwohl fühlst, aber ich fühle mich wohl bei dir und ich weiß nicht warum.

Normalerweise würde ich niemals mit einem Mann, den ich gerade erst kennengelernt habe, in sein Zimmer gehen. Aber aus irgendeinem Grund vertraue ich dir. Es ist seltsam.«

»Das ist nicht seltsam. Ich würde weder dir noch irgendeiner anderen Frau jemals wehtun.«

»Ich weiß. Aber wie kann ich das wissen? Ich habe dich gerade erst kennengelernt.«

Doc zuckte mit den Schultern, obwohl sie ihn wahrscheinlich nicht sehen konnte. »Vielleicht sollten wir von vorn anfangen und uns von unserer Voreingenommenheit darüber befreien, wer der andere ist.«

»Das klingt gut.«

»Hallo, ich heiße Craig Wagner, aber alle nennen mich Doc.«

»Ich bin Ember Maxwell. Alle nennen mich Ember«, sagte sie mit einem kleinen Lächeln. »Warum Doc? Bist du Arzt?«

»Nein, obwohl Mama Luisa das bestimmt gefallen hätte. Während meiner Grundausbildung haben wir eine Nahkampfübung gemacht und einer der Soldaten wurde etwas zu enthusiastisch und schlug seinem Partner ins Gesicht. Es hat den Typen sofort umgehauen. Ich war am nächsten dran und habe mich irgendwie um ihn gekümmert, bis der Krankenwagen kam. Ich habe nicht wirklich viel getan, aber einer der Unteroffiziere fing an, mich Doc zu nennen ... und es blieb hängen.«

»Ich nehme an, du hättest einen schlechteren Spitznamen erwischen können«, sagte Ember.

»Sehr richtig.«

»Ich habe eine andere Frage.«

»Schieß los.«

»Mama Luisa?«

Doc nickte. »Ja, meine Mom. Sie ist nicht meine leibliche Mutter, aber ich liebe sie mehr, als ich es je erklären könnte.« Doc überlegte, Ember seine Geschichte zu erzählen, und entschied sich, es zu tun. Seine Freunde hatten recht gehabt. Sie hatten mehr gemeinsam, als man auf den ersten Blick vermuten würde.

»Als ich fünf war, kamen meine Eltern bei einem Hausbrand ums Leben. Ich hatte die Nacht im Haus meines Freundes Deiondre verbracht. Er wohnte einen Block weiter und unsere Eltern waren gut befreundet. Das Feuer wurde als Unfall bewertet. Ein defekter Schalter am Herd oder so. Ich war natürlich am Boden zerstört, aber Mama Luisa und ihr Mann haben keine Sekunde gezögert, sich darum zu bewerben, mich aufzunehmen. Sie mussten durch die Hölle gehen, um das Recht zu bekommen, mich zu behalten. Fünf Jahre, unzählige Gerichtstermine und einen lächerlich harten Rechtsstreit später konnten sie mich endlich adoptieren.«

»Das verstehe ich nicht. Warum war das eine so große Sache? Wenn sie die besten Freunde deiner Eltern waren und du bei ihnen sein wolltest, warum war es dann so schwer für sie?«

Zur Antwort zog Doc seine Brieftasche heraus und lächelte einen Moment über das Bild, das er herausholte. Er erinnerte sich daran, wie hart seine Schwester Nichelle daran gearbeitet hatte, es zu inszenieren. Alle trugen passende Farben und obwohl sein Dad und Deiondre über die Aktion gemeckert hatten, strafte ihr Lächeln ihre Worte Lügen. Doc hatte eine größere Kopie des Bildes in Texas eingerahmt an seiner Wand hängen.

Familie bedeutete ihm alles. Jaime und Luisa hätten ihn nicht bei sich aufnehmen müssen. Ihr Leben wäre in vielerlei Hinsicht einfacher gewesen, wenn sie es nicht getan hätten.

Er stieß sich von der Wand ab, ging auf Ember zu und gab ihr das Bild. »Das ist meine Familie«, sagte er, bevor er sich wieder zurückzog.

Ember starrte für einen langen Moment auf das Bild in ihrer Hand. Dann begegnete sie seinem Blick und sagte: »Es sind Afroamerikaner.«

»Das stimmt.«

»Ich nehme an, das war ein Problem.«

»Nicht für mich, aber für alle anderen scheinbar ja. Oberflächlich betrachtet scheint Amerika den Rassismus im Griff zu haben, aber das ist oft nicht der Fall. Mama Luisa und Jaime sind durch die Hölle gegangen, als ich klein war. Ich kann mich nicht einmal mehr erinnern, wie oft die Polizei gerufen wurde, wenn wir zusammen unterwegs waren, weil die Leute dachten, ich wäre entführt worden. Es war für viele unvorstellbar, dass ein hellhäutiger Junge von dunkelhäutigen Eltern aufgezogen wurde. Als wir Disney World besucht und gerade unseren Tag genossen haben, wurden wir plötzlich alle eingesperrt. Ich wurde von den Menschen, die ich auf der Welt am meisten liebte und denen ich am meisten vertraute, getrennt und im Grunde genommen verhört. Ich weiß noch, wie verängstigt ich war, weil ich dachte, sie würden sie mir wegnehmen und einsperren, obwohl sie nichts falsch gemacht hatten. Die Sicherheitskräfte dachten, ich sei einer Gehirnwäsche unterzogen worden. Ich war am Boden zerstört, als sie uns schließlich wieder ziehen ließen. Es ist wohl unnötig zu erwähnen, dass Familienurlaube danach auf Camping und Ausflüge in der Nähe unseres Hauses beschränkt waren.«

»Das ist scheiße«, sagte Ember leise.

»Ja, das ist es. So ging es meine gesamte Kindheit über.

Wann immer ich mit meinen Geschwistern Deiondre und Nichelle abhing, wurde mir gesagt, dass sie mich in Schwierigkeiten bringen würden oder ich verhaftet werden würde. Eines Abends waren wir auf einer Party, die von der Polizei aufgelöst wurde. Der Garten war voller betrunkener Schüler und Deiondre und ich blieben zurück. Wir versuchten, das Richtige zu tun und nicht vor der Polizei davonzulaufen. Einer der Polizisten ging an mindestens einem Dutzend anderer Kinder vorbei und hatte sich stattdessen auf meinen Bruder eingeschossen. Er hatte nichts getan. Er stand buchstäblich nur da. Dieses Arschloch schleuderte ihn zu Boden und schrie ihn an, er solle aufhören, sich zu widersetzen. Natürlich konnte ich diesen Scheiß nicht einfach hinnehmen. Also stieß ich den Polizisten von Deiondre weg. Weißt du, was passiert ist?«

»Was?«, fragte Ember.

»Deiondre musste die Nacht im Gefängnis verbringen und ich wurde mit einer Verwarnung nach Hause geschickt.« Doc schüttelte den Kopf, empört über diese Erinnerung. Er holte tief Luft. Er wusste, dass er sich aufregte, wenn er nur an den Rassismus dachte, gegen den seine Geschwister und seine Eltern bis heute kämpften. »Menschen, die behaupten, dass sie die Hautfarbe anderer nicht sehen, machen sich etwas vor. Es liegt in der menschlichen Natur und kann nicht geändert werden. Es könnte aber geändert werden, wie man darauf reagiert. Muss man aus Angst um sein Leben die Straßenseite wechseln, wenn man einen Afroamerikaner auf sich zukommen sieht? Ist es richtig, Frauen aus Asien oder dem Nahen Osten zu übergehen, wenn sie sich um Arbeit bewerben, weil man denkt, sie seien nicht so schlau wie eine Frau kaukasischer Herkunft? Das muss aufhören.«

Ember sah auf das Bild, das sie immer noch in der Hand

hielt, und starrte es für einen langen Moment an. Dann sagte sie: »Als Teenager bin ich einmal in unserer Nachbarschaft in Beverly Hills joggen gegangen. Ich wusste, dass ich hätte ins Fitnessstudio gehen sollen, aber ich war sauer auf meine Eltern und brauchte einfach etwas Freiraum. Ich war noch keine Viertelstunde gelaufen, als ein Streifenwagen neben mir anhielt und wissen wollte, was ich in dieser Gegend mache. Ich hatte keinen Ausweis dabei und merkte sofort, dass der Polizist mir nicht glaubte, als ich sagte, dass ich dort wohne. Er fuhr mich nach Hause und erst als er meine Eltern sah, ließ er mich endlich in Ruhe. Ich habe meine Lektion gelernt. Ich weiß, dass ich mit sehr viel mehr Privilegien aufgewachsen bin als viele andere Afroamerikaner, aber ich werde trotzdem nach meiner Hautfarbe beurteilt.«

»Ich habe mir einige der Kommentare auf deinem Instagram-Konto angesehen«, sagte Doc. »Du bist sehr beliebt und doch gibt es diese ignoranten Arschlöcher, die das Bedürfnis haben, gemeine und ungebildete Kommentare abzugeben.«

Ember nickte.

Sie starrten einander an und Doc konnte förmlich spüren, wie sich die Verbindung zwischen ihnen vertiefte. »Die Farbe deiner Haut spielt für mich keine Rolle. Ich bin beim Mittagessen gegangen, weil ich die Aufmerksamkeit um deine Person nicht ertragen konnte. Das ist aber mein Problem, nicht deins«, sagte Doc ehrlich.

»Ob du es glaubst oder nicht ... ich wollte nie *die* Ember Maxwell sein. Als meine Mutter jemanden engagierte, der sich um meine Konten in den sozialen Medien kümmert, war mir das egal. Ich war zu sehr damit beschäftigt, meinen Trainern zu gefallen, meine Schulaufgaben zu erledigen und meine Eltern glücklich zu machen. Ich tat, was sie mir sagten, und wollte das Boot nicht ins Wanken bringen. Ich habe für Fotos posiert, wenn sie es mir sagten, ließ meine Nägel und Haare machen, wo und wie sie es wollten. Ich lächelte wie gewünscht und bin nicht einmal für mich selbst eingetreten, als der verdammte Vertrag für diese Realityshow unterzeichnet wurde. Ich habe hart dafür gearbeitet, heute hier zu sein, und bin stolz darauf, Olympionikin zu sein, aber das war nie mein Traum. Es ist der Traum meiner Eltern und meiner Fans. Versteh mich nicht falsch, ich will eine Medaille. Ich bin wettbewerbsorientiert und habe in den letzten Jahren verdammt hart gearbeitet. Es wäre dumm, an den Olympischen Spielen teilzunehmen und nicht gut für mich und mein Land abschneiden zu wollen. Aber wenn es nach mir ginge, würde ich mich danach für immer aus den sozialen Medien zurückziehen. Keine Fototermine mehr, keine Werbung mehr als Influencer. Meine Eltern haben mehr Geld mit meinem Namen verdient, als ich in zwei Leben jemals ausgeben könnte. Ich weiß, es ist albern, denn mit so viel Geld hätte ich schon längst aufhören können, aber ich denke, es war einfacher, mit dem Strom zu schwimmen und zu tun, was sie von mir wollten, weil ich mir selbst nicht sicher war, was ich mit meinem Leben anfangen soll.«

»Und das tust du jetzt?«, fragte er.

»Ich weiß, dass ich leben und nicht jede Sekunde mit Training verbringen will. Ich möchte irgendwohin ziehen, wo mich niemand kennt, und mein Leben in Frieden leben. Vielleicht werde ich professionelle Puzzlerin oder eine Einsiedlerin, die nur das Haus verlässt, um Kinder anzuschreien, die es wagen, einen Fuß in meinen Garten zu setzen.«

Doc lächelte. Himmel, sie war bezaubernd. »Warum tust du das nicht?«

»Warum tue ich was nicht?«, fragte sie mit schräg gelegtem Kopf.

»Deine Online-Profile deaktivieren, umziehen, mit deinem Leben machen, was du willst.«

Sie starrte ihn schweigend an.

»Du bist erwachsen, Ember. Ich verstehe, dass du deine Eltern nicht enttäuschen willst, aber du musst tun, was du tun möchtest.«

»Ich bin mir nicht sicher, ob das so einfach ist«, flüsterte sie.

»Oh, es wird sicher Tränen und Streit geben«, stimmte Doc zu. »Aber es gibt Dinge, für die es sich lohnt, einige Unannehmlichkeiten auf sich zu nehmen.«

»Ich kenne die Passwörter für Instagram und Facebook«, grübelte Ember.

Doc lächelte.

»Heilige Scheiße, ziehe ich das wirklich in Betracht?«, fragte Ember leise. »Meine Mom würde ausflippen. Ganz zu schweigen von den vier Managern, die sich um meine Online-Präsenz kümmern. Mein Dad würde es wahrscheinlich verstehen ... vielleicht. Er weiß, wie anmaßend meine Mom werden kann.«

»Das Wichtigste zuerst, Champion. Du hast ein paar intensive Wettkampftage vor dir. Warum stehst du diese nicht erst durch, bevor du große Entscheidungen für dein weiteres Leben triffst?«

Dann stand Ember auf und ging auf ihn zu.

Doc spannte sich an. Aus irgendeinem verrückten Grund wollte er nach ihr greifen und sie an sich ziehen, seine Arme um sie legen und herausfinden, ob sie so gut zusammenpassten, wie er es sich vorstellte. Sie war nicht viel kleiner als er. Und sie war stark. Er würde keine Angst haben müssen, sie zu ersticken.

Er hatte auch das Gefühl, dass sie nie wieder zulassen würde, dass jemand ihr Leben diktierte, wenn sie erst einmal zu sich selbst gefunden hatte.

Er hielt den Atem an, als sie näher kam. Sie berührte ihn nicht, stand aber definitiv dichter vor ihm, als es normalerweise jemand tun würde, den er erst vor ein paar Stunden kennengelernt hatte.

»Du hast eine gut aussehende Familie«, sagte sie, als sie ihm das Bild hinhielt, das er ihr gezeigt hatte.

Doc nahm es ihr ab. »Vielen Dank.«

»Es tut mir leid, dass ich dir Unbehagen bereite.«

»Das ist mein Problem, nicht deins.«

»Trotzdem. Danke, dass ich aus deinem Fenster sehen durfte.«

»Jederzeit. Das meine ich ernst. Wenn du morgen vorbeikommen und dir die Sterne ansehen willst, ist das kein Problem.«

»Werde ich dich nicht stören?«, fragte Ember.

»Nein.«

»Wann machst du morgen Feierabend?«

»Um fünf.«

»Möchtest du dich morgen mit mir zum Abendessen treffen? In der Cafeteria«, stellte sie klar. »Ich bin nicht bereit dazu, Ember Maxwell auf Südkorea loszulassen. Mir wurde gesagt, dass ich hier ziemlich viele Anhänger habe, und ich möchte den anderen Athleten nicht das Leben schwer machen.«

»Ich glaube nicht, dass das andere Influencer stören würde. Wahrscheinlich würden sie sich über jede kostenlose Werbung freuen.«

Ember rümpfte die Nase. »Ich glaube, wir haben bereits festgestellt, dass ich nicht wie andere Influencer bin.«

»Richtig. Ich würde gern mit dir zu Abend essen. Ich

werde höchstwahrscheinlich vorher duschen müssen, also würde ich vorschlagen, dass ich an deine Tür klopfe, sobald ich bereit bin. Dann musst du nicht unten auf mich warten und riskieren, von anderen Leuten, die dich vielleicht erkennen, dumm angemacht zu werden.«

Sie starrte ihn lange an.

»Was?«, fragte er.

»Für jemanden, der sich mit meinem Ruhm nicht wohlfühlt, scheinst du gut zu wissen, wie man damit umgeht.«

»Ich kenne mich überhaupt nicht damit aus«, gab Doc ehrlich zu, »aber ich weiß, wie man unauffällig bleibt.«

Sie neigte fragend den Kopf. »Du bist kein normaler Soldat, oder?«

»Nein«, sagte Doc schlicht. Es war zu früh, um näher darauf einzugehen. Außerdem würden sie in ein oder zwei Wochen getrennte Wege gehen. Es gab keinen Grund, ihr zu erzählen, dass er ein Delta war.

»In Ordnung.« Sie holte tief Luft und trat dann zurück.

Doc konnte nicht umhin, Enttäuschung zu verspüren. Er tat sein Bestes, um es zu verbergen. »Was steht für morgen auf deinem Plan?«

»Training. Ich soll mich mit Leila, Nick und Aiden treffen, um zu trainieren und ein paar Interviews zu geben. Wir haben auch einige Fototermine, die wir wahrnehmen müssen. Samer, einer meiner Manager für die sozialen Medien, ist mit uns gereist und hat alle möglichen Dinge geplant. Er will Bilder und einige Videos für meine Konten machen. Für den Nachmittag hat meine Mutter weitere Interviews arrangiert. Und ich bin mir sicher, dass noch mehr Bilder gemacht werden.«

Doc zuckte zusammen.

Ember seufzte. »Ja, ich glaube, ich soll einige der

Fanbriefe vorlesen und mich für Kommentare auf Instagram bedanken. Die Follower lieben so etwas.«

Doc zuckte mit den Schultern. »Keine Ahnung.«

»Hast du kein Facebook- oder Instagram-Konto?«, fragte Ember.

»Nein«, sagte Doc zu ihr. »Ich habe weder Zeit noch Verwendung für diesen Scheiß. Du hast meine Freunde beim Mittagessen getroffen. Das sind die Menschen, die mir wichtig sind. Ich sehe sie fast jeden Tag und wir hängen mindestens einmal die Woche zusammen ab. Es ist mir scheißegal, was jemand, mit dem ich zur Highschool gegangen bin, heute macht. Wenn derjenige sich nach unserem Abschluss nicht die Mühe gemacht hat, mit mir in Kontakt zu bleiben – und glaub mir, das hat niemand –, dann möchte ich auch keine Bilder seiner glücklichen Familie oder von seinem Urlaub sehen oder was auch immer für einen Mist er andere über sich wissen lassen will.«

»Wow, du redest nicht lange um den heißen Brei herum und sagst, was du wirklich denkst«, stellte Ember lachend fest.

Doc fuhr sich mit der Hand durchs Haar. »Tut mir leid.«

»Nein, das muss es nicht. Es ist tatsächlich erfrischend. Die meisten Leute kriechen mir die ganze Zeit über in den Arsch und sagen mir nur, was ich ihrer Meinung nach hören will.«

»So einen Mist mache ich nicht«, sagte Doc ehrlich.

»Gut zu wissen.«

Doc warf einen Blick auf die Uhr und war überrascht, wie lange sie miteinander geredet hatten. »Es ist spät. Du musst etwas schlafen. Ich klopfe gegen viertel nach fünf oder so an deine Tür. Das sollte mir genügend Zeit geben, den Gestank des Tages von mir zu waschen, bevor wir uns auf den Weg in die Cafeteria machen.«

»Klingt gut, bis morgen.«

»Pass auf dich auf da draußen.«

»Das werde ich. Du auch.«

Ember warf ihm einen letzten langen Blick zu, bevor sie zur Tür ging. Doc folgte ihr in respektvollem Abstand und sah ihr nach, als sie den Flur entlang zu ihrem Zimmer ging. Er wartete, bis sie sicher drinnen war, bevor er seine Tür schloss und verriegelte.

Er stand mehrere Minuten im Dunkeln und dachte über ihr Gespräch nach.

Er mochte Ember wirklich. Das hatte er nicht erwartet. Er hatte gedacht, sie wäre nur eine weitere dieser nervigen Stars aus den sozialen Medien. Er hatte auch nicht erwartet, dass diese Reise mehr als nur eine weitere Mission sein könnte.

Die Tatsache, dass er Ember fast die ganze Nacht nicht aus dem Kopf bekam, bewies ihm, dass er hier wirklich in Schwierigkeiten stecken könnte. Er hätte ihr wahrscheinlich sagen sollen, dass er arbeiten musste und nicht mit ihr zu Abend essen konnte. Warum sollte er etwas mit ihr anfangen, wenn sie in Kalifornien lebte und er in Texas? Es gab viel zu viele Hindernisse für jegliche Art von Beziehung zwischen ihnen.

Warum freute er sich schon jetzt auf morgen, um zu hören, wie ihr Tag gelaufen war? Und warum wollte er unbedingt sein Handy herausholen und ein Instagram-Konto eröffnen, um all diese Livevideos sehen zu können, von denen sie gesprochen hatte?

Angewidert von sich selbst schüttelte Doc den Kopf. Er zog seine Brieftasche und sein Handy aus den Hosentaschen und warf beides auf den Schreibtisch. Dann zog er sich bis auf seine Boxershorts aus und kletterte unter die Bettdecke des zu schmalen und zu kurzen Bettes. Er schloss die Augen und versuchte, sich einzureden, dass er nur nett zu Ember war, weil sie so aussah, als könnte sie einen Freund gebrauchen.

Wenn Mama Luisa hier wäre, würde sie ihm auf den Hinterkopf schlagen und ihm sagen, er solle aufhören, sich selbst zu belügen. Er war nett zu Ember, weil sie ihn faszinierte. Und weil er unbedingt mehr über sie wissen wollte.

Scheiße, er war geliefert.

Er hatte gesehen, wie schnell seine Freunde sich in ihre Frauen verliebt hatten. Er erkannte die Zeichen. Der Unterschied war, dass ein gebrochenes Herz für ihn quasi vorprogrammiert war. Ember war eine verdammte Ikone. Sie war auf der ganzen Welt bekannt und hatte wahrscheinlich mehr Verbindungen als der berüchtigte Tex. Sie würde selbst in einer Million Jahren nicht mit einem einfachen, alten Soldaten wie ihm zusammen sein wollen.

KAPITEL VIER

Ember war so aufgeregt wie schon lange nicht mehr. Nicht wegen der Teilnahme an den Olympischen Spielen morgen ... sondern weil sie Craig bald wiedersehen würde. Sie konnte ihn nicht Doc nennen. Das klang ihr etwas zu komisch.

Sie hatte einen langen Tag gehabt. Sie sollte über ihre Fechttechniken meditieren für den bevorstehenden Wettkampf in siebzehn Stunden oder so. Stattdessen konnte sie an nichts anderes denken, als wieder Zeit mit Craig zu verbringen.

Sie wollte sehen, ob der Funke, den sie am Abend gespürt hatte, immer noch da war.

Vielleicht fühlte sie sich zu ihm hingezogen, weil sie schon so lange mit niemandem mehr ausgegangen war. Sie konnte sich nicht einmal an das letzte Mal erinnern. Vielleicht war es auch die Tatsache, dass er in einer afroamerikanischen Familie aufgewachsen war, die sie so fasziniert hatte, dass sie mehr über ihn wissen wollte. Oder es lag daran, dass er seine ganze Aufmerksamkeit auf sie richtete, wenn sie redete, und nicht darauf, wer sie sonst noch beobachten könnte, oder ihre Brüste. Er sah ihr in die Augen, als wäre das, was sie sagte, das Wichtigste, was er je gehört hatte.

Sie wusste instinktiv, dass er nichts von ihr wollte. Er wollte nicht, dass sie Produkte für ihn bewarb, oder in ihrem Instagram-Konto erscheinen. Sie vermutete, dass er entsetzt wäre, wenn sein Bild dort auftauchen würde. Bei Craig konnte sie sie selbst sein, einfach Ember.

Vielleicht war das der falsche Grund, sich in jemanden zu verlieben, aber Ember wollte mehr davon. Sie wollte jede Sekunde mit ihm aufsaugen. Sie wollte das Gefühl, das er ihr gab, als wäre sie eine normale Frau, am liebsten einwickeln, damit sie es später wieder herausholen und sich darin aalen könnte.

Ihr Training heute war gut verlaufen. Sie fühlte sich gut, wirklich gut. Leila hatte sich gefreut, sie zu sehen, und sie hatten viel Spaß gehabt. Sie würden gegeneinander antreten, aber sie repräsentierten beide die Vereinigten Staaten und wollten ihr Bestes geben. Nick und Aiden waren heute auch gut gelaunt gewesen. Alle hatten Scherze gemacht, als sie für die Pressefotos posierten. Der moderne Fünfkampf war nicht gerade die populärste Sportart bei den Olympischen Spielen, aber die Tatsache, dass Ember im Team war, hatte die Aufmerksamkeit um den Sport verzehnfacht.

Selbst ihre Eltern hatten sie heute nicht heruntergezogen. Samer hatte eine Menge Bilder für ihr Profil gemacht und aufgeregt darüber gesprochen, was er in Zukunft noch posten wollte. Er hatte einige Kommentare ausgewählt, die sie vorlesen sollte, und obwohl Ember sich dabei albern vorgekommen war, machte sie kein großes Aufhebens darum. Es fühlte sich an, als wären die Augen aller auf sie gerichtet, und Ember war entschlossen, ihr Bestes zu geben. Es war vielleicht nicht ihr Traum, aber je näher sie dem eigentlichen Wettkampf kam, desto aufgeregter wurde sie.

Vielleicht lag es daran, dass sie zum ersten Mal in ihrem Leben eine Ziellinie sehen konnte.

Ember wusste, dass ihre Eltern mit ihrer Entscheidung, sich aus dem Sport zurückzuziehen, nicht einverstanden sein würden, aber sie hatte bereits entschieden, dass sie genug hatte. Sie war bereit, mit ihrem Leben weiterzumachen.

Das Gespräch mit Craig hatte geholfen, ihre Entscheidung zu festigen. Sie war fünfundzwanzig, nicht mehr vierzehn. Sie musste aus ihrem Elternhaus ausziehen und ihren eigenen Platz in der Welt finden. Einerseits war sie ihren Eltern dankbar dafür, dass sie sie gedrängt und genügend Geld mit ihrer Person verdient hatten, dass sie buchstäblich alles tun konnte, was sie wollte ... oder nichts. Auf der anderen Seite hatte sie aber angefangen, sie mehr und mehr dafür zu hassen, dass sie alles für sie bestimmten. Sie musste sich ihrer Kontrolle entziehen, bevor ihre Beziehung daran zerbrach.

Sie war auch bereit dazu, Ember Maxwell, den Liebling der sozialen Medien, hinter sich zu lassen und ihre Bekanntheit für etwas Sinnvolles einzusetzen.

Nachdem sie gestern Abend in ihr Zimmer zurückgekehrt war, war ihr eine Idee gekommen. Sie hatte darüber nachgedacht, was zum Teufel sie mit dem Rest ihres Lebens anfangen wollte. Sie hatte keine College-Ausbildung, aber es war noch nicht zu spät, ihren Abschluss zu machen. Und sie hatte über Craig und seine Geschichte nachgedacht. Darüber, wie er seine Eltern in einem Hausbrand verloren hatte, als er noch so jung gewesen war. Er musste verwirrt und verängstigt gewesen sein, obwohl er Glück gehabt hatte, dass Mama Luisa und ihr Mann ihn aufgenommen hatten. Es musste für alle nicht einfach gewesen sein. Beziehungen jeglicher Art zwischen Menschen unterschiedlicher Hautfarben waren in ihrem Land nicht einfach.

Sie wollte am liebsten das Kind in die Arme nehmen, das er gewesen war. Es ließ sie an andere Kinder denken, die vielleicht ähnlich schwere Zeiten durchmachten. Der Sport hatte ihr schon in der Grundschule ein Gefühl der Zugehörigkeit gegeben ... Vielleicht konnte sie mit Kindern arbeiten. Kinder, die nicht einmal davon träumen könnten, an teuren Sportarten wie Fechten oder Springreiten teilzunehmen. Sie könnte eine Art Fitnessstudio eröffnen, wo Kinder fechten, schwimmen, reiten, laufen und schießen konnten. Es würde mehr um Spaß und Kameradschaft als um Wettbewerb gehen.

Ihre Gedanken drehten sich um die vielen Möglichkeiten und je mehr sie darüber nachdachte, desto mehr gefiel es ihr.

Sie hatte das Geld und sie konnte ihren guten Namen dafür einsetzen, Mitarbeiter und Teilnehmer zu rekrutieren. Sie stellte sich vor, dass es für Kinder, die aus armen Familien stammten, kostenlos wäre, und für andere nur eine geringe Gebühr gab.

Zum ersten Mal in ihrem Leben freute sie sich auf ihre Zukunft und Ember wusste, dass sie das Craig zu verdanken hatte.

Als sie ihn darüber reden hörte, wie sehr er das Rampenlicht hasste, wurde ihr klar, dass es vielen Männern wahrscheinlich genauso ging. Und mit denen, denen es nicht so ging, wollte sie nicht zusammen sein. Wenn sie jemals eine eigene Familie haben wollte, musste sie sich gegen ihre Eltern behaupten und tun, was sie wollte.

Die Fototermine, die sie für diesen Nachmittag arrangiert hatten, waren wie erwartet verlaufen. Sie hatte gelächelt und wie angewiesen posiert. Ihre Eltern schienen zufrieden mit der Aufmerksamkeit zu sein, die sie bekam, und Ember wusste, dass die Bilder wahrscheinlich bereits auf ihren Online-Profilen zu sehen waren. Zum ersten Mal seit Langem störte es sie nicht.

Nach den Olympischen Spielen standen große Veränderungen an und Ember konnte es kaum erwarten.

Ihre Aufregung über die Zukunft schien ihr neue Energie zu verleihen. Sie freute sich darauf, an den Wettkämpfen teilzunehmen. Sie wollte es allen beweisen, ihre Karriere mit der höchstmöglichen Punktzahl beenden und vielleicht sogar eine Medaille mit nach Hause bringen.

Und dieselbe Aufregung galt auch in Bezug auf Craig. In seiner Nähe fühlte sie sich wie ein anderer Mensch, wie jemand, den sie wirklich mochte.

Ein Klopfen ertönte und Ember sprang vom Bettrand auf und hüpfte praktisch zur Tür, um sie zu öffnen.

»Hi«, sagte sie glücklich.

Craig blinzelte sie an. Dann lächelte er und Ember schmolz fast auf der Stelle dahin.

»Hey, du bist heute aber gut drauf.«

»Das bin ich. Ich hatte einen guten Tag und bin bereit, diesen Wettbewerb zu beginnen.«

Craig legte den Kopf schief und betrachtete sie einen Moment lang. »Irgendetwas ist anders an dir«, stellte er fest.

Ember strahlte. Es war lächerlich, wie sehr sie sich freute, dass er es bemerkt hatte. »Ja, unser Gespräch gestern Abend hat mich zum Nachdenken gebracht.«

»Hoffentlich ist das eine gute Sache.«

»Das ist es.«

»Hunger?«

»Ich bin am Verhungern«, erwiderte sie.

»Ich auch. Heute war anstrengend.«

Nun war Ember an der Reihe, den Mann vor ihr zu mustern. Sie war so in ihre Gedanken und Vorfreude auf die Zukunft versunken gewesen, dass sie es zuerst nicht bemerkt hatte ... aber jetzt konnte sie sehen, dass er ein wenig mitgenommen aussah. Auf seiner Stirn waren Falten, als hätte er sie den ganzen Tag gerunzelt. »Ist alles in Ordnung?«

»Ja, ich bin nur gestresst.«

»Kann ich etwas tun?«

»Ja, du kannst sehr vorsichtig sein. Achte jederzeit auf deine Umgebung und geh nirgends allein hin. Wenn du Nick und Aiden dazu bringen kannst, dich und Leila zu begleiten, wäre das großartig.«

Ember starrte zu Craig auf. »Was ist los?«

Er fuhr sich mit der Hand durchs Haar, blickte den Flur hinunter, trat dann einen Schritt auf sie zu und zwang Ember zurück in ihr Zimmer. Er schloss die Tür hinter sich, kam aber nicht näher. Ember hatte keine Angst vor Craig, obwohl er im Moment sehr angespannt aussah.

»Du weißt, dass ich hier bin, um die Sicherheitskräfte zu unterstützen.«

Ember nickte.

»Ich bin bei der Delta-Force-Spezialeinheit der US-Armee. Mein Team und ich haben uns heute die Veranstaltungsorte angesehen und dann eine Übersicht der geltenden Sicherheitsprotokolle erhalten. Ehrlich gesagt denken wir, dass sie strenger sein könnten. Die Olympischen Spiele sind die perfekte Gelegenheit für Terrorgruppen auf der ganzen Welt, um zuzuschlagen.«

»Glaubst du wirklich, jemand hat etwas geplant?«, fragte Ember.

»Terrororganisationen planen immer etwas«, gab Craig mit einem Achselzucken zurück.

»Zum Beispiel?«

Er klang fast etwas gelangweilt, als er antwortete: »Auto-bomben, Rohrbomben, koordinierte Angriffe auf Sportler.«

Ember drehte sich der Kopf. »Ernsthaft?«

»Ja.«

»Sind wir in Gefahr?«

Ihre Frage schien in Craigs Gedankengänge einzudrin-gen, denn er machte einen Schritt auf sie zu und legte eine Hand auf ihre Schulter. »Ich hoffe nicht. Bleib einfach wach-sam, wenn du nicht an Wettkämpfen teilnimmst. Behalte deine Umgebung im Auge. Wenn jemand fehl am Platz erscheint oder sich verdächtig verhält, verschwinde so schnell wie möglich.«

»Okay«, stimmte Ember sofort zu.

Craig drückte tröstend ihre Schulter und ließ dann seine Hand sinken. »Es tut mir leid, dass ich dich erschreckt habe. Das war nicht meine Absicht.«

»Es ist okay. Alle in meinem Leben reden hinter meinem Rücken und machen Pläne, ohne es mir zu sagen. Sie machen Termine und planen im Grunde mein Leben, ohne mich nach meiner Meinung zu fragen. Du verheimlichst mir nicht, dass etwas passieren könnte ... das bedeutet mir viel. Danke.«

»Achte einfach darauf, was um dich herum vor sich geht, Em«, sagte Craig.

Ember blinzelte. Hatte ihr jemals jemand einen Spitz-namen gegeben? Einen schönen? Sie konnte sich nicht daran erinnern. Ihre Eltern hatten sie immer Ember genannt und ihr gesagt, dass sie den Namen extra ausge-wählt hatten, weil sie den Klang mochten. Es wäre unhöf-lich, ihn abzukürzen. »Das werde ich.«

»Gut, aber fürs Protokoll, mein Team und ich kümmern uns um dich, wenn du bei uns bist. Du sollst dich neben dem Wettkampf um nichts anderes sorgen müssen.«

»Also sind deine Freunde alle in dieser Spezialeinheit?«

Craig nickte.

Ember lächelte.

»Was?«, fragte Craig.

»Nichts, es ist einfach cool.«

Craig entspannte seine Schultern ein wenig und Ember fühlte sich gut, dass sie das für ihn tun konnte. »Es ist nur ein Job.«

Ember schnaubte. »Ja, genau. Und ich bin die Präsidentin der Vereinigten Staaten.«

Sie teilten ein Lächeln.

»Komm schon, ich bin genauso hungrig wie du.«

»Bist du dir sicher, dass es sicher ist?«

»Du bist bei mir, es ist sicher«, antwortete er schlicht.

Ember hatte keinen Zweifel, dass das stimmte.

»Wirst du dich heute Abend mit Kohlenhydraten vollstopfen oder bevorzugst du Protein, bevor du an einem Wettkampf teilnimmst?«, fragte Craig.

Ember wusste, dass er absichtlich das Thema wechselte, aber das war in Ordnung. Sie hatte vor, später im Internet zu recherchieren und so viel wie möglich über die Delta Force herauszufinden. Sie wusste nur, dass diese Soldaten knallhart waren, aber das war es auch schon. »Ein bisschen von beidem«, antwortete sie, als er die Tür öffnete. Sie ging vor ihm in den Flur hinaus und beobachtete, wie er sich vergewisserte, dass ihre Tür sicher verschlossen war, bevor er ihr bedeutete, ihm zum Aufzug vorauszugehen.

Sie bemerkte, dass seine Augen ständig in Bewegung waren. Er sah sich ständig um und hielt nach Personen Ausschau, die möglicherweise fehl am Platz waren. Als sie jetzt darüber nachdachte, fiel ihr auf, dass seine Kameraden in der Cafeteria dasselbe getan hatten. Es war offensichtlich, dass diese Art der ständigen Wachsamkeit in ihnen genauso verwurzelt war wie das Atmen selbst.

Im Fahrstuhl stand er dicht neben ihr und als in einem der unteren Stockwerke jemand einstieg, stellte er sich vor sie, als wollte er sie beschützen. Es war ein wenig übertrieben, aber Ember konnte das Gefühl der Sicherheit nicht abstreiten, das es ihr gab. Sie hatte Leibwächter gehabt, die nicht so wachsam waren wie Craig.

Als sie die Cafeteria betraten, sagte er: »Ich hoffe, es macht dir nichts aus, aber Trigger und Lefty gesellen sich zum Abendessen zu uns.«

»Schön.«

»Ich meine, ich würde dich ganz für mich allein haben wollen, aber bei allem, was vor sich geht, dachte ich, es würde nicht schaden, ein paar zusätzliche Augen zu haben.«

Das gefiel ihr. Nicht die Sache mit den zusätzlichen Augen ... sondern dass er sie für sich allein haben wollte. Sie bekam Gänsehaut auf den Armen. »Es ist okay.«

Craig hielt sie an, legte eine Hand an ihren Ellbogen und drehte sie herum, sodass sie ihn ansah. »Ich meine es ernst, wenn du das Gebäude verlässt, musst du in Alarmbereitschaft sein. Du bist ein wertvolles Ziel, Em. Terrororganisationen würden viel Aufmerksamkeit bekommen, wenn es ihnen gelänge, Ember Maxwell bei den Olympischen Spielen zu verletzen oder zu töten.«

Das verstand sie nur zu gut. Wahrscheinlich besser als er. Verdammt, selbst wenn sie in der Öffentlichkeit einen Schokoriegel aß, war das in manchen Kreisen eine große Sache. Erschossen oder getötet zu werden, scheiße, die Leute würden den Verstand verlieren. Und das war keine Einbildung, es war Tatsache. Ihre Eltern waren sehr klug und hatten beide einen guten Sinn fürs Geschäft. Sie hatten aus ihrem Namen eine Marke gemacht und dieses Ziel weit über ihre Vorstellungskraft hinaus übertroffen. Für sie war es eine Qual und sie wusste, dass es da draußen Leute gab, die sie nicht mochten und sie vielleicht als Zielscheibe für ihre eigenen Pläne betrachteten.

»Okay«, sagte sie leise.

Craig sah aus, als wollte er noch mehr sagen, aber jemand räusperte sich in der Nähe.

Seine Reaktion war augenblicklich. Er bewegte sich sofort so, dass sein Körper zwischen ihr und der Person stand, die sich ihnen genähert hatte.

»Ich bin es«, sagte Trigger.

Craig nickte und wandte sich wieder Ember zu. »Komm schon, Trigger wird dir den Rücken decken, während wir uns anstellen.«

Ember folgte Craig, als er zum Buffet ging. Zum Glück war es relativ ruhig. Sie konnte die Blicke der Leute auf sich spüren, aber so, wie sie zwischen Craig und seinem Team-kameraden eingeklemmt war, war niemand mutig genug, sich ihr zu nähern.

Das Gefühl der Sicherheit zwischen den beiden Männern war etwas, das sie noch nie zuvor empfunden hatte. Das war der Grund, warum sie im Laufe des letzten Jahres noch mehr zu einer Einsiedlerin geworden war. Immer wenn sie ausging, wurde sie angestarrt oder Leute machten Fotos und kamen ihr zu nahe. Berühmt zu sein war ziemlich scheiße und Ember fühlte sich sehr unwohl dabei. Also hatte sie sich angewöhnt, vom Training direkt nach Hause zu fahren. Den Kontakt zu den wenigen Freun-dinnen, die sie vor Jahren in der Schule gemacht hatte, hatte sie verloren. Die einzigen Menschen, mit denen sie regel-mäßig sprach, waren andere Athleten in der Einrichtung, in der sie trainierte. Bobby, Julio, Shawn, Lori, Megan, Marie und Becci waren alle daran gewöhnt, sie um sich zu haben. Für sie war sie nur eine weitere Athletin, mit der sie trainierten, nicht die berühmte Ember Maxwell. Abgesehen von den Fans, die ihr Briefe schickten, hatte sie wenig Kontakt zur Außenwelt.

Ihr Vater verstand nicht, warum sie so gern ihre Fanpost las, und sagte, sie hätten Angestellte, die sich um diese Dinge kümmern würden. Aber selbst durch unhöfliche oder gemeine Briefe fühlte sie sich menschlicher und nicht wie eine Cartoon-Version ihrer selbst, die nur im Internet existierte. Die Bilder, die auf ihren Profilen gepostet wurden, waren immer so bearbeitet, dass sie keine Makel hatte. Make-up und Haare waren stets perfekt und ihre Zähne weißer als weiß.

»Em?«

Sie zuckte zusammen und sah zu Craig auf. »Entschuldige, was?«

Er lächelte sie an. »Verdammt bezaubernd«, murmelte er leise. Dann sagte er lauter: »Ich habe gefragt, ob du einen Salat möchtest.«

Ember errötete, dankbar, dass es auf ihrer dunklen Haut schwerer zu erkennen war. »Ja bitte.«

Die Schlange bewegte sich ziemlich schnell und Craig ging voran zu einem Tisch an der Rückwand des Raumes. Sie hatte es am Vortag nicht wirklich bemerkt, aber sie hatten auch gestern an einem abgelegenen Tisch gesessen. »Könnten wir noch weiter weg vom Buffet sitzen?« scherzte sie.

»Hier kann sich niemand hinter uns setzen«, erwiderte Trigger, als er neben ihr Platz nahm. Craig saß an ihrer anderen Seite und alle drei blickten in den Raum. Lefty saß am Ende des rechteckigen Tisches.

Ember nickte. Sie vermutete, dass alles, was diese

Männer taten, sehr durchdacht war und aus einem Sicherheitsbewusstsein heraus geschah.

Das Gespräch war anfangs etwas holprig. Ember fühlte sich unbehaglich und war unsicher, was sie sagen sollte. Und Craig war ziemlich ruhig, also waren Trigger und Lefty gezwungen, das Gespräch zu führen.

Lefty fragte: »Hast du schon Gelegenheit gehabt, andere Athleten zu treffen?«

Ember zuckte mit den Schultern. »Ein paar. Die meisten Teams bleiben unter sich. Ich schätze, nach Ende ihrer Wettkämpfe werden sie sich ein bisschen mehr öffnen und kontaktfreudiger sein.«

»Ja, da liegt eine seltsame Spannung in der Luft«, stimmte Trigger zu.

»Kannst du es ihnen verübeln? Es sind die Olympischen Spiele. Wahrscheinlich der wichtigste Wettbewerb, an dem sie in ihrem Leben teilnehmen werden«, sagte Lefty.

»Wow, danke, dass ihr versucht, mir die Nervosität zu nehmen«, scherzte Ember.

Sowohl Lefty als auch Trigger starrten sie mit ängstlichen Gesichtern an.

»Scheiße«, fluchte Lefty.

»Dummkopf«, ermahnte Trigger ihn.

Craig lachte leise.

Ember warf ihm einen Blick zu und teilte sein Grinsen.

»Hey, veralberst du mich?«, fragte Lefty.

Ember zuckte mit den Schultern. »Ein wenig.«

»Verdammt«, seufzte Lefty. »Und ich dachte, ich hätte es wirklich vermasselt.«

»Bist du nicht nervös?«, fragte Trigger.

»Oh, das bin ich, aber ehrlich gesagt fühle ich mich heute weniger gestresst als gestern«, sagte Ember.

»Warum? Was hat sich geändert?«, hakte Lefty nach.

Ember ließ den Blick unwillkürlich nach links huschen und sie sah, dass Craig sie aufmerksam betrachtete. Sie griff nach ihrem Wasserglas, um einen Moment darüber nachzudenken, was sie sagen wollte. Nachdem sie geschluckt hatte, erklärte sie: »Zum einen hat es geholfen, von meinen Eltern getrennt zu sein. Sie sind ziemlich intensiv und immer auf mich fokussiert, wenn es um den Sport oder die sozialen Medien geht. Versteht mich nicht falsch, ich liebe sie und bin dankbar für alles, was sie für mich getan haben, aber einmal nicht Ember Maxwell sein zu müssen hat mir in den letzten vierundzwanzig Stunden wirklich geholfen, mich zu entspannen.«

»Ich kann mir kaum vorstellen, wie schwierig das sein muss«, sagte Trigger.

»Es ist schwierig«, stimmte Ember zu.

»Ich schätze, das ist eine Untertreibung«, kommentierte Lefty.

»Ja, jedenfalls fühlte ich mich bis gestern, als würde das Gewicht der ganzen Welt auf meinen Schultern lasten. Ich hatte das Gefühl, eine komplette Versagerin zu sein und meine Anhänger zu enttäuschen, wenn ich nicht gewinne oder zumindest keine Medaille mit nach Hause bringe. Aber ich fange an zu begreifen, dass ich niemandem etwas schulde. Ich kann nur mein Bestes geben. Und wenn das bedeutet, dass ich als Letzte durchs Ziel komme, dann soll es so sein. Dass ich Olympionikin bin, kann mir keiner mehr nehmen.«

»Sehr richtig«, stimmte Trigger zu.

»Wie stehen deine Chancen auf eine Medaille?«, fragte Lefty.

Trigger drehte sich um und schlug seinem Freund auf den Hinterkopf. »So etwas fragt man nicht, Arschloch! Hast du nicht gehört, dass sie gerade gesagt hat, dass es egal ist?«

»Das habe ich, aber ich bin trotzdem neugierig«, konterte Lefty.

Ember war nicht beleidigt. Sie mochte diese Kerle. Sie waren ehrlich bis auf die Knochen, was in ihren Kreisen ein seltenes Vergnügen war. Oft waren Leute freundlich zu ihr, drehten sich dann aber um und machten abfällige Kommentare über sie in den sozialen Medien. Sie verstand sich gut mit den Athleten, mit denen sie trainierte, aber das waren bestenfalls oberflächliche Beziehungen.

»Es ist okay. Ehrlich gesagt denke ich, dass ich eine Fifty-fifty-Chance auf eine Medaille habe. Ich bin eine gute Fechterin, ein bisschen schwach im Springen, aber ich bin verdammt gut im Laufen und Schießen, wenn ich das so sagen darf. Wenn es mir gelingt, genügend Punkte zu sammeln, um vor Beginn des Laufs im Mittelfeld zu liegen, habe ich eine Chance.«

»Was denkst du über Zuschauer?«, fragte Craig.

Ember drehte sich zu ihm um. Es war das erste Mal seit Beginn des Gesprächs, dass er etwas sagte. »Was meinst du?«

Er zuckte mit den Schultern. »Trotz allem, was vor sich geht, habe ich es geschafft, für morgen in das Sicherheitsteam deines Veranstaltungsorts versetzt zu werden.«

»Tatsächlich?«, fragte sie mit hochgezogenen Augenbrauen.

»Tatsächlich«, bestätigte Trigger. »Der Rest von uns wird im Stadion sein, in dem die ersten Basketballspiele stattfinden, aber er hat mit jemandem aus einem anderen Team den Platz getauscht.«

Ember konnte ihren Blick nicht von Craigs abwenden. »Ich habe nichts gegen Zuschauer. Normalerweise blende ich alles aus, was um mich herum passiert.«

»Gut. Ich werde bereits am Veranstaltungsort sein, wenn

du morgen dort eintriffst, aber ich habe dafür gesorgt, dass du und der Rest deines Teams morgen früh von hier dorthin eskortiert werdet.«

»Ist das nötig?«, fragte Ember.

»Ja«, erwiderten alle drei Männer gleichzeitig.

»Schau mal«, sagte Trigger, »wir wissen, dass Doc dir erzählt hat, dass wir mit den Sicherheitsvorkehrungen nicht zufrieden sind. Also, Vorsicht ist besser als Nachsicht und so.«

Ember nickte sofort. »In Ordnung, und die Eskorte nehme ich gern an. Vielen Dank.«

»Ich werde da sein, um dich am Ende des Tages zurückzubringen«, sagte Craig zu ihr.

»Nochmals vielen Dank.«

Er nickte.

»Also ... kennst du vielleicht Shin-Soo Choo?«, fragte Lefty.

Ember hob die Augenbrauen angesichts des abrupten Themenwechsels. »Den Baseballspieler? Ja, in der Tat, warum?«

Aller drei Männer rissen auf komische Weise die Augen auf.

»Tust du das? Das sollte nur ein Witz sein, aber das ist toll«, sagte Lefty.

»Ich habe ihn vor ein paar Jahren kennengelernt. Wir haben ein Fotoshooting für Sportler aus Minderheitsgruppen gemacht. Er kam nach Los Angeles und ich habe ihn und seine Familie kennengelernt. Sie sind großartig«, sagte Ember. »Ich habe mich sehr für ihn gefreut, als er die Qualifikation für die Olympischen Spiele geschafft hat. Er ist einer der ältesten Spieler im Team.«

»Wir brauchen sein Autogramm«, platzte Trigger heraus. »Nun, nicht für uns, aber für Logan.«

»Logan?«, fragte Ember und erinnerte sich vage, dass der Name am Vortag beim Mittagessen gefallen war.

»Diese beiden Witzbolde hier wollen sagen, dass der Junge unseres Teamkameraden Oz – der nicht hier ist, weil seine Frau bald ein Baby bekommt – ein riesiger Fan von Choo ist. Er hat Poster von ihm an der Wand und hat gerade selbst angefangen, Baseball zu spielen. Er vergöttert den Mann förmlich, also haben wir ihm versprochen, Choo aufzuspüren und ein Autogramm für Logan zu organisieren.«

»Oh, in Ordnung. Das sollte nicht sehr schwer sein. Auch wenn wir ihn hier nicht finden werden, denn ich habe gehört, dass die meisten Basketball- und Baseballspieler außerhalb des Olympischen Dorfes übernachten. Aber ich kann mich mit ihm in Verbindung setzen, wenn ich wieder zu Hause bin. Ich bin mir sicher, dass er Logan gern ein paar Fanartikel und ein Autogramm schicken wird.«

»Oh mein Gott, das wäre so fantastisch«, sagte Lefty mit einem breiten Lächeln.

»Aber wir wollten nicht, dass du dir deswegen Umstände machen musst«, warf Craig ein.

»Ach, halt den Mund, doch, genau das wollen wir«, fuhr Trigger mit einem Lachen dazwischen. »Ich kann es kaum erwarten, Lucky zu erzählen, dass er diesmal nicht derjenige war, der Glück hatte.«

Ember beobachtete amüsiert, wie sich die Männer in kleine Jungen verwandelten, schwindelig vor Aufregung darüber, dass sie ihren Freund übervorteilt hatten. Sie nahm sich vor, Shin-Soo zu bitten, dem kleinen Jungen ein Paket mit Fanartikeln zu schicken. Sie musste zugeben, dass es sich gut anfühlte, einmal nicht selbst darum gebeten zu werden, Sachen zu verschicken. Sie wollte, dass dieser Teil ihres Lebens eher früher als später hinter ihr lag. Und obwohl sie wusste, dass sie Dank des Internets und dieser verdammten Realityshow niemals vollständig unbekannt sein würde, vermutete sie, dass die meisten Leute sie ziemlich schnell vergessen würden.

Während sie sich weiter unterhielten, war Ember sich bewusst, dass die anderen Leute zu ihrem Tisch hinüberstarrten, obwohl sie das Gefühl hatte, dass es weniger an ihr lag als an den drei gut aussehenden Männern, mit denen sie zusammensaß. Sie lachten und scherzten weiter während des Essens und Ember war noch entspannter, als sie aufstanden, um ihre Tabletts zur Rückgabestelle zu bringen. An ihren Wettkampf am nächsten Tag hatte sie nicht mehr gedacht, wodurch sie noch weniger gestresst war.

Trigger sagte, er müsse an einer Besprechung teilnehmen, und sie bemerkte, wie er und seine Freunde ein paar intensive Blicke austauschten. Aber sowohl Craig als auch Lefty nickten nur und sagten, sie würden bald nachkommen. Lefty und Craig begleiteten sie zurück auf ihre Etage und Lefty ging in sein Zimmer, nachdem er ihr noch einmal für ihre Hilfe bezüglich des Autogramms für Logan gedankt hatte. Sie und Craig gingen zu ihren Zimmern.

»Möchtest du dir heute Abend noch einmal die Sterne anschauen?«, fragte Craig. Dann fuhr er fort, ohne auf ihre Antwort zu warten: »Du bist herzlich eingeladen. Ich muss mit Trigger reden, sodass du das Zimmer für dich allein hast und meditieren kannst oder was auch immer du sonst tun musst, um bereit für morgen zu sein.«

»Ich bin so bereit, wie ich nur sein kann«, gab Ember zurück. »Ich bin in der besten Form meines Lebens, habe gut gegessen und bin verdammt gut gelaunt. Aber ich nehme die Einladung sehr gern an, wenn es in Ordnung ist, dass ich dein Zimmer für eine Weile in Beschlag nehmen darf. Ich meine, ich bin normalerweise nicht abergläubisch, aber ich möchte mein Glück an dieser Stelle lieber nicht herausfordern. Ich möchte mich nur vorher umziehen.«

Craig lächelte sie an. Sie standen an seiner Tür und er entriegelte sie mit der Schlüsselkarte in seiner Hand, bevor er sie ihr gab.

»Das ist absolut in Ordnung. Ich werde in ungefähr fünfzehn Minuten oder so gehen. Lucky und Grover bleiben auf der Etage und behalten die Dinge im Auge, falls du etwas brauchst. Ich werde sie wissen lassen, dass du in meinem Zimmer bist.«

»Du stehst deinen Freunden wirklich nahe, nicht wahr?«

Craig nickte. »Sie sind mehr als meine Freunde. Sie sind meine Rettungsleine, wenn wir auf Mission sind. Wir können praktisch die Gedanken der anderen lesen.«

Ember verspürte einen Anflug von Eifersucht, unterdrückte ihn aber. In einer Woche würde es ihr hoffentlich möglich sein, ihre eigenen Freunde zu finden. Es würden keine Soldaten einer Spezialeinheit sein, die die Welt vor Terroristen und anderen Gefahren retten, aber vielleicht, und nur vielleicht, würde sie ein paar Leute kennenlernen, mit denen sie eine enge Bindung aufbauen könnte.

»Das freut mich wirklich für dich«, sagte sie zu ihm.

»Vielen Dank.«

»Ich werde zurechtkommen. Gehst du auf Patrouille?«

»Nein, ich treffe mich nur mit ein paar Männern einer anderen Spezialeinheit, die ebenfalls hier sind, um unsere Notizen zu vergleichen. Wir versuchen, Schwachstellen in den Sicherheitsvorkehrungen zu identifizieren.«

Ember fühlte sich sicher bei dem Gedanken, dass Craig und seine Freunde ihre Arbeit sehr ernst nahmen. »Okay. Was soll ich mit deiner Schlüsselkarte machen?«

»Bleib einfach in meinem Zimmer, bis ich zurückkomme«, sagte Craig bestimmt.

»Wie lange wirst du weg sein?«

»Das weiß ich noch nicht.«

Ember starrte ihn an. Er war plötzlich ein wenig herrisch. »Was ist, wenn ich nur zwanzig Minuten bleiben möchte?«

»Ich werde länger weg sein«, antwortete Craig.

Ember stieß die Luft aus. »Und wenn ich nur zwanzig Minuten bleiben will?« wiederholte sie.

Craig fuhr sich mit der Hand durchs Haar ... und Ember vermutete, dass er das immer tat, wenn er frustriert oder unsicher war. »Ich würde dich gern sehen, wenn ich zurückkomme«, gab er mit leiser Stimme zu. »Ich habe dich beim Abendessen nicht für mich allein gehabt, also dachte ich, wir könnten vielleicht noch ein bisschen reden. Aber das ist dumm. Du brauchst deinen Schlaf, damit du morgen ausgeruht bist. Lass die Schlüsselkarte einfach auf dem Schreibtisch liegen, ich hole mir eine neue von der Rezeption.«

Embers Herz schmolz dahin. Er wollte nichts von ihr ... nun, nichts anderes als ihre Gesellschaft. Sie konnte sich nicht erinnern, wann ihr so etwas das letzte Mal passiert war. »Ich werde auf dich warten.«

Aber Craig schüttelte den Kopf. »Nein, das war albern von mir.«

Ember nutzte die Chance und legte ihre Hand auf seinen Arm. Sie bemerkte zum ersten Mal, wie braun er war. Ihre Haut war natürlich dunkler, aber der Kontrast war nicht übermäßig. Ihre Hautfarben schienen perfekt ineinander überzugehen. »Ich würde gern eine Weile mit dir abhängen. Ich mag deine Freunde, aber ich habe mich auch darauf gefreut, mit dir zu reden ... nur mit dir.«

Craig nickte. »Okay, ich werde mich bemühen, dass es nicht zu spät wird. Aber wenn du müde wirst, schlaf ein bisschen. Wir können uns auch morgen unterhalten, nachdem du angetreten bist.«

Ember nickte. Sie starrten einander lange an, bis ihr klar wurde, dass sie immer noch seinen Arm berührte. Widerwillig ließ sie ihre Hand sinken und trat zurück.

Als er sich nicht bewegte und sie einfach weiter anstarrte, fragte Ember nervös: »Willst du mir zusehen, wie ich in mein Zimmer gehe?«

»Ja.«

Das war alles, einfach »ja«.

»Ich bin mir sicher, dass keine Terroristen herausspringen und versuchen werden, mich zu töten, während ich mich umziehe«, scherzte sie.

»Wenn es welche versuchen sollten, werde ich mich darum kümmern«, sagte Craig unverblümt. Dann seufzte er. »Mach dich nicht lustig, Em. Es liegt in meiner DNA, dafür zu sorgen, dass du sicher in dein Zimmer kommst.«

Da sie seine Schlüsselkarte hatte, konnte er seine Tür nicht zufallen lassen, also nickte sie, ging ein paar Schritte zurück und hielt weiter Blickkontakt mit ihm, bevor sie sich umdrehte und zu ihrem eigenen Zimmer ging. Sie fummelte einen Moment mit ihrer Schlüsselkarte herum, bis die Tür sich entriegelte. Sie blickte noch einmal den Flur hinunter und sah, dass Craig sie immer noch beobachtete. Sie winkte ihm unbeholfen zu und bemerkte, wie sich seine Lippen nach oben bogen. Er nickte ihr zu und sie seufzte, als sie ihre Tür hinter sich schloss.

Scheiße, sie verknallte sich in diesen Kerl. Sie kannte ihn erst seit einem Tag. Das war verrückt, geradezu lächerlich.

Aber es fühlte sich so verdammt gut an.

Craig war ein wunderbarer Mann. Er war bei einer Spezialeinheit, gut aussehend und seine Freunde hielten offensichtlich viel von ihm. Sie hätte es viel schlimmer treffen können, so viel war sicher. Aber war er an mehr interessiert, als nur mit ihr zu reden? Fernbeziehungen funktionierten nur sehr selten.

Aber hatte sie nicht gerade entschieden, dass sie damit fertig war, ihre Eltern ihr Leben bestimmen zu lassen? Dass sie aufhören würde, Ember Maxwell, Influencerin in den sozialen Medien zu sein?

Sie konnte leben, wo sie wollte. Sie hatte viel Geld und war erwachsen. Wenn sie bis ans andere Ende der Welt ziehen wollte, könnte sie das tun. Aber es wäre verrückt, nur wegen eines Mannes in einen anderen Bundesstaat zu ziehen, oder?

Ember wusste, dass sie jetzt nicht darüber nachdenken sollte. Es war nicht der richtige Zeitpunkt, um impulsive Entscheidungen zu treffen.

Sie verdrängte den Gedanken, mit Craig etwas anzu-fangen – es war sowieso ziemlich lächerlich –, und beschloss, ungefähr dreißig Minuten zu warten, bevor sie in Craigs Zimmer gehen und die Sterne betrachten würde. Wenn er zurückkam, würden sie sich unterhalten, dann würde sie in ihr Zimmer zurückgehen und schlafen.

Ein Schauer lief ihr über den Rücken, als ihr klar wurde, dass sie morgen an den Olympischen Spielen teilnehmen würde. Sie wollte es gut machen. Nicht für ihre Eltern, ihre Fans oder ihre Trainer und alle anderen, die ihr geholfen hatten, sondern für sich. Sie wollte eine Medaille. Sie hatte sich jahrelang den Hintern dafür aufgerissen. Sie hatte es verdient.

Plötzlich konnte sie den morgigen Tag kaum erwarten.

Lächelnd ging Ember zu der Kommode, in die sie ihre bequemsten Klamotten gelegt hatte.

Alex ging aufgeregt im Raum auf und ab. Es war fast so weit. Ember würde bald antreten. Sie würde es allen zeigen und der Welt beweisen, was für eine gute Pentathlon-Athletin sie war. Der Sport würde endlich die Aufmerksamkeit bekommen, die er verdiente.

Und dank ihrer besonderen Verbindung würde Alex es selbst zu den nächsten Olympischen Spielen schaffen.

Alex und Ember waren wie Seelenverwandte. Sie waren auf einer tiefen Ebene miteinander verbunden. Und morgen war der nächste Schritt zu seinem eigenen Aufstieg zum Ruhm.

Im Laufe der Jahre hatte Alex Ember viele Geschenke geschickt, um sie wissen zu lassen, wie besonders sie war. Und er plante bereits das perfekte Geschenk, das er verschicken würde, nachdem sie eine olympische Medaille mit nach Hause gebracht hatte. Es musste keine Goldmedaille sein ... Silber oder Bronze wären genauso gut.

Alex lächelte und warf einen Blick auf den Fernseher. Zuvor war eine Reportage über Ember und ihre Familie sowie die Geschichte des modernen Fünfkampfs ausgestrahlt worden. Wahrscheinlich hatten Millionen von Menschen sie gesehen. Alex wusste, dass die Popularität des Sports zunahm.

Es war spät, fast drei Uhr morgens, aber Alex war zu aufgeregt, um zu schlafen. Bald würde Ember der Welt beweisen, dass sie eine großartige Sportlerin war ... und dadurch sein eigenes Leben zum Besseren verändern.

Sein Leben war viel zu lange scheiße gewesen. Ein Wechsel war fällig.

Und der würde kommen ... gleich nachdem Ember eine Medaille für die Vereinigten Staaten gewonnen hatte.

KAPITEL FÜNF

Doc fluchte leise. Sein Treffen mit dem anderen Delta-Team hatte über vier Stunden gedauert. Alle waren sich einig, dass die Sicherheitsvorkehrungen an den Sportstätten zu lax waren. Es gab keine konkreten Drohungen, aber die Delta-Teams wussten besser als die meisten, dass ein großes Ereignis wie die Olympischen Spiele zwangsläufig Terroristen anziehen würde. Die Teams hatten die Austragungsorte kartographiert und die am stärksten gefährdeten Bereiche eingekreist, wobei sie sich einig waren, dass auch die Eingangstore des Olympischen Dorfes besser kontrolliert werden mussten. Dann hatten sie versucht, für den Ernstfall einen Plan zur Gefahrenminderung zu entwickeln. Trigger und der andere Teamleiter wollten sich mit den anderen Sicherheitsdienst- und Polizeichefs treffen, um zu sehen, ob sie irgendwelche spezifischen Bedrohungen ausfindig machen und die Sicherheitsmaßnahmen erhöhen könnten.

Doc war aus unbestimmtem Grund unruhig und die Nackenhaare standen ihm zu Berge, aber an diesem Abend konnten sie nichts mehr ausrichten.

Alle waren sich einig, dass die Athleten im Dorf sicher waren. Am Tor und an den Zugängen zu den Unterkünften gab es Ausweiskontrollen. Aber auf dem Weg zu den Veranstaltungsstätten waren die Athleten Freiwild. Genauso wie die Arbeiter, Freiwilligen, Zuschauer und Fans. Terroristen könnten jederzeit zuschlagen und alle mussten auf Trab bleiben.

Doc sah auf die Uhr und seufzte. Es war halb elf und Ember schlief inzwischen wahrscheinlich tief und fest in ihrem Zimmer. Er hielt an der Rezeption an und holte sich eine weitere Schlüsselkarte für sein Zimmer, bevor er nach oben ging. Er hatte sich darauf gefreut, noch mehr mit ihr zu reden und sie besser kennenzulernen. Was er bisher über sie erfahren hatte, gefiel ihm. Das Unbehagen, das er bei ihrer ersten Begegnung empfunden hatte, war nicht verschwunden, aber es war jetzt nur noch ein vages Pochen anstatt eines unangenehmen Dröhnens in seinem Kopf.

Nichts hatte sich geändert ... sie war immer noch berühmt, stand immer noch im Rampenlicht. Und falls – nein, *wenn* – sie in den nächsten zwei Tagen eine Medaille gewann, würde sie noch berühmter werden. Aber selbst dieser Gedanke konnte sein Interesse nicht zügeln. Obwohl sie in Beverly Hills von wohlhabenden Eltern aufgezogen worden war, die alles in ihrer Macht Stehende getan hatten, um sie zu der Frau zu machen, die sie heute war, konnte er sehen, dass es ihr in den Fingern juckte, sich ihrer Kontrolle zu entziehen. Er wollte ihr helfen, wie immer er konnte.

Aber das war dumm. Sie brauchte seine Hilfe nicht. Wer war er schon? Niemand, nur ein weiterer Bewunderer. Sie konnte buchstäblich jeden Mann haben, den sie wollte. Warum sollte sie ihn nehmen?

Trotzdem, wenn er ihr helfen könnte, indem er sie aus seinem Fenster in den Himmel sehen ließ, würde er es tun.

Er würde alles dafür tun, damit sie sich sicher fühlte und entspannen konnte, um ihr Potenzial voll ausschöpfen zu können. Dann würde sie ihn vergessen, sobald sie nach Hause zurückkehrte.

Im Gebäude war es an diesem Abend ruhiger als sonst, worüber Doc froh war. Er wollte, dass Ember und ihre Teamkameraden jeden möglichen Vorteil bekämen, um morgen in der ersten Runde des Fechtens gut abzuschneiden.

Er steckte seine Schlüsselkarte in den Schlitz seiner Tür, trat ein – und erstarrte für eine Sekunde. Er bemerkte sofort, dass er nicht allein war, aber als er nach seiner Waffe in dem versteckten Halfter auf seinem Rücken griff, wurde ihm klar, wer sich in dem dunklen Raum aufhielt.

Ember.

Sie lag auf seinem Bett und schlief tief und fest.

Doc legte seine Waffe geräuschlos auf den Schreibtisch und ging schweigend weiter ins Zimmer. Er war froh, dass er das Licht nicht angeschaltet hatte, denn das hätte sie sicher aufgeweckt. Sie hatte die Vorhänge offen gelassen und er bemerkte, dass sie das Bett näher ans Fenster geschoben hatte. Er nahm an, dass sie von dort aus wahrscheinlich die Sterne sehen konnte.

Doc wollte sie unter keinen Umständen stören. So ruhig daliegend faszinierte sie ihn noch mehr. Er konnte es nicht leugnen, sie sah vollkommen entspannt aus, als hätte sie überhaupt keine Sorgen.

Früher am Tag hatte er im Internet nach Ember Maxwell recherchiert und ein Bild von ihr gesehen, auf dem sie geschminkt war und lächelte. Die meisten Bilder waren offensichtlich gestellt. Und obwohl sie in jedem einzelnen wunderschön war, bevorzugte Doc sie so, wie sie jetzt war. Ihr Gesicht ungeschminkt und ihr

Haar zerzaust auf seinem Kissen, in Jogginghose und T-Shirt.

Er erinnerte sich an die wenigen authentischen Bilder, die er bei seiner Suche entdeckt hatte. Sie sahen alle aus, als wären sie gegen ihren Willen aufgenommen worden. In einem saß sie in einem Fitnessstudio, in dem sie wahrscheinlich trainierte, an der Wand und ihre Schultern hingen herunter, als wäre sie müde oder verärgert. Die Bildunterschrift lautete: »Die Ebenholz-Prinzessin verliert.«

Einige der Kommentare waren gemein, erniedrigend oder rassistisch, aber die Mehrheit war positiv und ermutigend. Es war offensichtlich, dass die meisten von Embers Fans sie mochten und nicht zögerten, sich für sie einzusetzen.

Ein weiteres nicht gestelltes Bild zeigte Ember in einem wunderschönen grünen Kleid bei einer formellen Veranstaltung. Es war aus der Ferne aufgenommen worden, als sie abseits einer Gruppe anderer hübscher Frauen stand, die sie scheinbar ausgeschlossen hatte. Er erinnerte sich nicht genau an die Bildunterschrift, nur dass es kleingeistig und boshaft war. Sinngemäß wurde behauptet, dass Ember scheinbar dachte, sie sei zu gut für die anderen Frauen.

Er hatte seinen Webbrowser geschlossen, nachdem er ein paar weitere Bilder mit hasserfüllten Bildunterschriften und Kommentaren gefunden hatte. Ja, sie hatte ihre Unterstützer, aber es war offensichtlich, dass einige Leute sie auch hassten.

Doc verstand diese Art von Hass nur zu gut. Er hatte lange genug unter afroamerikanischen Freunden und Familienmitgliedern gelebt, um die Auswirkung von Diskriminierung aus nächster Nähe zu erfahren. Es hatte ihn damals gestört und es störte ihn noch heute. Er verstand nicht, warum die Hautfarbe für viele Leute ein Faktor war, andere

Menschen zu beurteilen. Er war Arschlöchern jeder Abstammung begegnet. Schon in jungen Jahren hatte er gelernt, Menschen nach ihren Taten und Worten zu beurteilen, nicht nach ihrer Hautfarbe.

Aber er war sich bewusst, dass viele Menschen in seinem Land – und auf der ganzen Welt – immer noch Rassentrennung befürworteten. Menschen sollten nur mit Menschen gleicher Hautfarbe ausgehen und heiraten. Asiaten sollten nur mit Menschen asiatischer Abstammung zusammen sein. Und so weiter. Egal wo jemand lebte oder was seine Kultur oder Religion war, die Überzeugung, dass Menschen unter »ihresgleichen« bleiben sollten, war fest verwurzelt. Diskriminierung war weit verbreitet und ein wesentlicher Faktor für Kriege. Es war einer der Gründe, warum Spezialeinheiten wie die Delta Force gebraucht wurden.

Die Kommentare auf Embers Instagram-Konto machten ihn gleichermaßen glücklich und sauer. Glücklich, dass sie so viele Unterstützer hatte, sauer auf den Hass, den manche Leute verbreiteten, wenn sie sich hinter ihrer Tastatur versteckten.

Doc lehnte sich mit dem Rücken an die Wand und glitt lautlos nach unten, wobei er den Blick auf die schlafende Ember gerichtet hielt, während er sich eingestand, was er nicht bereit war, laut auszusprechen.

Er wollte sie. Es war so einfach ... und so kompliziert zugleich. Er wusste, dass sie nicht in seiner Liga spielte, aber das ließ sein Verlangen nicht verschwinden. Er wollte sie lächeln sehen und glücklich machen. Er wollte ihr alles geben, wonach sie sich sehnte ... aber was konnte er ihr geben, das sie nicht schon hatte oder nicht selbst bekommen konnte? Sie war klug, erfolgreich und eine erstaunliche Athletin. Sie hatte mehr Geld, als er sich vorstellen konnte. Sie war schön und beliebt und eine Inspiration für viele Menschen.

Sie verdiente es, im Rampenlicht zu stehen, um zu strahlen und so viele Menschen wie möglich zu inspirieren. Sie waren gegensätzlich wie ein Maulwurf und ein Adler. Sie schwebte hoch hoben und er versteckte sich im Schatten und kam nur während der Nacht heraus.

Aber Doc konnte sich nicht dazu bringen, sich von ihr fernzuhalten.

Er würde ihr Licht so lange in sich aufsaugen, wie er konnte.

Ember rührte sich, öffnete aber nicht die Augen. Sie rollte sich auf die Seite, sodass ihr Gesicht in seine Richtung zeigte, und Doc konnte den Blick nicht von ihr abwenden. Er sollte sie aufwecken und zurück in ihr Zimmer bringen, aber sie hatte morgen einen Wettkampf und er wollte nicht riskieren, dass sie sich unbehaglich fühlte und nicht wieder einschlafen könnte, wenn er sie jetzt weckte.

Also saß er einfach mit dem Rücken gegen die Wand gelehnt da und wachte über sie, während sie schlummerte.

Irgendwann fielen ihm die Augen zu und Doc lehnte den Kopf gegen die harte Wand hinter sich. Es war nicht gerade bequem, aber er hatte in seinem Leben schon an schlechteren Orten geschlafen. Es gab weder Schlamm noch Regen und er war sich zu neunundneunzig Prozent sicher, dass er nicht mitten in der Nacht überfallen werden würde. Es war gut genug, um ihn einschlafen zu lassen.

Ember rollte sich auf den Rücken und holte tief Luft. Sie war schon immer ein Morgenmensch gewesen. Das Schwimmtraining um fünf Uhr morgens, als sie jünger war, spielte sicher eine Rolle. Im Zimmer war es noch dunkel, aber sie hatte das Badezimmerlicht angelassen und der Raum war schwach beleuchtet.

Als sie auf die Uhr schaute, sah sie, dass es fast Zeit zum Aufstehen war. Heute war Wettkampftag. Der Gedanke brachte sie zum Lächeln.

Sie drehte den Kopf und erstarrte.

Sie war nicht in ihrem Zimmer im Olympischen Dorf.

Craig lag ihr gegenüber auf dem Boden – auf dem *Boden*. Es gab nicht einmal einen verdammten Teppich auf den harten Fliesen. Er lag auf dem Rücken, mit einer Hand unter seinem Kopf. Er hatte noch alle seine Sachen an und schlief tief und fest.

Ember erinnerte sich sofort, was passiert war. Sie hatte die Sterne beobachtet und war schläfrig geworden. In der Annahme, dass er jeden Moment zurück sein würde, hatte sie das Bett näher ans Fenster gerückt und sich darauf gelegt, um ein Nickerchen zu machen, bis Craig zurückkehrte.

Aber sie war offensichtlich müder gewesen als gedacht und in einen tiefen Schlaf gefallen. So tief, dass sie nicht einmal bemerkt hatte, dass Craig sein Zimmer betreten hatte. Und offensichtlich hatte er sie nicht wecken wollen.

Sie fühlte sich unglaublich komisch wegen der ganzen Sache. So viele Emotionen stiegen in ihr auf. Dankbarkeit, Verlegenheit, Sorge um ihn, Zuneigung.

Ember seufzte. Sie verliebte sich in ihn ... einen Mann, den sie kaum kannte ... trotz der Tatsache, dass es fast unmöglich sein würde, dass zwischen ihnen etwas passieren würde.

In der Hoffnung, sich aus seinem Zimmer schleichen zu können, bevor sie sich mit ihren plötzlich aufbrausenden Emotionen auseinandersetzen musste, bewegte Ember sich, bis ihre Füße auf dem Boden standen. Sie wollte aufstehen – und erstarrte wieder, als Craig ruckartig die Augen öffnete und sie von der anderen Seite des Raumes anstarrte.

»Wie spät ist es?«, fragte er benommen.

»Zu früh, es tut mir so leid, dass ich in deinem Bett eingeschlafen bin. Ich gehe zurück in mein Zimmer, damit du anständig schlafen kannst.«

Craig gähnte und setzte sich auf. Er streckte sich und Ember hörte seine Gelenke knacken. »Hast du gut geschlafen?«, fragte er.

Überrascht konnte Ember nur nicken. »Ja, großartig eigentlich.«

»Gut.«

»Warum hast du mich nicht geweckt? Ich wollte nicht einschlafen.«

»Du hast so tief geschlafen, dass du mich nicht gehört hast. Ich dachte, du brauchst deinen Schlaf. Du musst heute antreten und ich habe befürchtet, dass es dir peinlich seinen könnte und du ewig brauchen würdest, in deinem Zimmer wieder einzuschlafen, weil du zu viel darüber nachdenkst, was ich darüber denken könnte, dass du in meinem Bett eingeschlafen bist. Also habe ich beschlossen, dich schlafen zu lassen.«

Ember öffnete den Mund, um etwas zu sagen, schloss ihn aber wieder, weil sie nicht wusste, wie sie darauf reagieren sollte. Er hatte recht. Es war ihr auch jetzt peinlich, aber wenn sie in der Nacht in ihr Zimmer zurückgegangen wäre, hätte sie genau das getan, was er gesagt hatte, und darüber gegrübelt, was passiert war.

Craig setzte sich mit dem Rücken gegen die Wand, zog ein Bein an und legte seinen Arm aufs Knie. Obwohl er auf der anderen Seite des Zimmers saß, fühlte es sich intim an, mit ihm im Dunkeln zu sitzen.

»Freust du dich auf heute?«, fragte er.

»Ja und nein«, gab Ember ehrlich zu. Die Dunkelheit und Craig selbst ermutigten sie, ehrlich zu sein. Sie wusste, dass er sie nicht verurteilen würde. »Dass ich Olympionikin werde, war schon immer der Traum meiner Eltern gewesen. Als ich ein Teenager war, haben sie mich zum Sport gedrängt, und noch mehr, nachdem ich die Highschool abgeschlossen hatte. Sie haben viel für mich geopfert, um für mich die besten Trainer und Trainingsprogramme zu organisieren. Aber ich habe das Gefühl, dass ich in den letzten zehn Jahren sehr viel verpasst habe. Meine ganze Existenz drehte sich nur darum, zu trainieren und für die Außenwelt eine Show aufzuführen. Ich bin bereit, das hinter mich zu bringen und mit meinem Leben weiterzumachen.«

»Du wirst nicht weiter für die nächsten Olympischen Spiele trainieren?«, fragte Craig.

Ember rümpfte die Nase. »Auf keinen Fall. Ich weiß, dass alle das von mir erwarten, aber ich will es nicht.«

»Dann tu es nicht.«

Seine Antwort war kurz, aber es fühlte sich so gut an, jemanden auf ihrer Seite zu haben.

»Andererseits habe ich endlich realisiert, dass ich tatsächlich bei den Olympischen Spielen bin. Es gibt nur fünfunddreißig Frauen aus der ganzen Welt, die hier in meiner Sportart antreten. Ich habe mir den Hintern dafür aufgerissen, auch wenn meine Mom und mein Dad mich dazu gedrängt haben. Ich bin gespannt, was ich daraus machen kann. Bin ich die Beste? Ich weiß es nicht. Aber ich freue mich irgendwie darauf, es herauszufinden.«

»Du wirst den anderen in den Hintern treten«, sagte Craig leise.

»Vielen Dank.«

»Wann beginnt dein erster Wettkampf?«, fragte er.

»Um zehn Uhr. Das Ende der ersten Runde ist gegen vier angesetzt. Natürlich gibt es zwischen den einzelnen Duellen Zeit zum Ausruhen und Auftanken. Niemand ficht sechs Stunden am Stück. Es gibt eine Menge administrativen Kram und die Sportler müssen von einem Ort zum anderen gebracht werden.«

»Wann hast du dein erstes Duell?«

»Ich denke gegen halb eins oder so.«

»Du hast wirklich nichts dagegen, dass ich zuschaue?«

»Natürlich nicht, ich würde ... das würde mir gefallen.«

»Großartig, ich werde da sein.«

»Craig?«

»Ja, Em?«

Sie öffnete den Mund, um zu sprechen, schloss ihn aber wieder, nicht sicher, wie sie sich ausdrücken sollte.

Craig stieß sich vom Boden ab und näherte sich ihr. Er setzte sich neben sie auf die Bettkannte. Er berührte sie nicht, aber er war verdammt nahe. Sein Haar war zerzaust und stand von seinem Kopf ab. Sie konnte auch einige Bartstoppeln auf seinem Gesicht sehen. Er sah aus, als wäre er gerade aus dem Bett gekrochen ... und es war höllisch sexy.

»Du beeindruckst mich«, sagte er.

Ember blinzelte. »Warum?«, platzte sie heraus.

Er lächelte und das Weiß seiner Zähne schien hell im schwachen Licht aus dem Badezimmer in dem ansonsten dunklen Raum. »Du hast eine unglaublich positive Einstellung. Andere Menschen könnten verbittert darüber sein, unter Druck gesetzt zu werden, etwas zu tun, was sie eigentlich nicht tun wollten. Ich kann nicht behaupten, ich wüsste irgendetwas über dein Leben, aber die Frau, die gerade vor mir sitzt, ist jemand, den ich sehr bewundere.«

»Danke«, flüsterte Ember. Meistens hatte sie nicht das

Gefühl, dass sie jemand war, zu dem man aufschauen sollte. Sie hatte nicht gerade ein Heilmittel gegen Krebs gefunden oder etwas anderes Nennenswertes geleistet. Sie war mit guten Genen gesegnet, hübsch und hatte das Glück gehabt, in eine wohlhabende Familie geboren worden zu sein, sodass sie nicht zu allem anderen auch noch die Armut hatte überwinden müssen. Und ihre Eltern hatten einige Verbindungen in Hollywood, die dazu beigetragen hatten, ihre Popularität zu steigern. Aber Craig sagen zu hören, dass er von ihr beeindruckt war, fühlte sich wirklich gut an.

»Komm schon, ich bin sicher, du hast heute Morgen noch einiges zu erledigen. Bleib entspannt, lass dich von niemandem aus der Ruhe bringen und tu das, wofür du dein ganzes Leben trainiert hast, okay?«

»Okay«, stimmte Ember zu.

Craig stand auf und streckte die Hand aus. Ember packte sie und zog sich daran hoch. Ohne bewusst darüber nachzudenken, trat Ember in seinen persönlichen Raum. Sie schlang die Arme um ihn und umarmte ihn lange und herzlich. Craig legte ebenfalls seine Arme um sie und hielt sie fest.

Sie standen einen langen Moment so da. »Ich habe letzte Nacht wirklich gut geschlafen«, sagte sie zu ihm.

»Das freut mich.«

»Die Bettwäsche hat nach dir gerochen.« Ember zuckte zusammen, sobald die Worte ihren Mund verlassen hatten. Gott, sie war eine Idiotin. Sie fühlte mehr, als dass sie hörte, wie er leise lachte.

»Und jetzt riecht sie nach dir. Ich habe das Gefühl, dass mir das verdammt gut gefallen wird.«

Ember zog sich zurück, ließ ihn aber nicht gänzlich los. Sie starrten einander in die Augen. »Was passiert hier?«, flüsterte sie.

»Magie«, antwortete Craig leise. Dann hob er eine Hand und strich mit den Fingern über ihre Wange. Er berührte kurz eine ihrer Locken und lächelte dann. »Komm, ich bringe dich zurück in dein Zimmer.«

Ember nickte und ließ ihn ihre Hand nehmen. Sie schlüpfte in die Flipflops, die sie am Vorabend am Eingang ausgezogen hatte. Craig begleitete sie den Weg über den Flur zu ihrem Zimmer und wartete geduldig, während sie ihre Schlüsselkarte in den Schlitz steckte und die Tür öffnete.

Sie hörte, wie sich Menschen in benachbarten Räumen bewegten, und blickte zu Craig auf.

»Viel Glück heute«, sagte er leise.

»Danke.«

Er starrte sie einen Moment lang an, dann murmelte er leise: »Ach, verdammt«, und beugte sich hinunter.

Ember war mehr als bereit dafür und stellte sich auf die Zehenspitzen, um ihm auf halbem Weg entgegenzukommen. Ihre Lippen berührten sich und sie spürte ein Kribbeln bis hinunter in die Zehenspitzen.

Ember war schon früher geküsst worden, aber das hier war anders, intensiver.

Craig spielte auch nicht herum. Seine Zunge bahnte sich den Weg in ihren Mund und sie willigte sofort ein. Sie dachte nicht an ihren schlechten Morgenatem, dass sie ihre Haare nicht gekämmt hatte oder dass sie keinen BH trug und in Schweiß gebadet war und nur ein T-Shirt anhatte. Sie konnte nur daran denken, wie gut sie sich in Gegenwart dieses Mannes fühlte. Er küsste sie nicht für die Kameras oder weil sie berühmt war. Sie waren einfach ein Mann und eine Frau, zwischen denen die Funken stoben, seit sie sich kennengelernt hatten.

Er zog sich zurück, bevor sie bereit war, und Ember

leckte sich über die Lippen, auf denen sie ihn schmeckte. Sie hielt sich an seinen Oberarmen fest und starrte plötzlich nervös zu ihm hoch.

Craig beugte sich noch einmal herunter und küsste sie auf die Stirn, bevor er einen Schritt von ihr wegtrat. Ember zitterte, als sie seine Körperwärme verlor.

»Zeig es den anderen heute, Em. Ich glaube an dich.«

Sie nickte. »Das werde ich, danke. Und du pass auf dich auf. Wenn irgendwelche Terroristen auftauchen, lass dich nicht anschießen, okay?«

Er grinste. »Werde ich nicht. Wir sehen uns nach dem Wettkampf. Verlass nicht das Gebäude, bis die Eskorte hier ist.«

»Versprochen«, bestätigte sie.

»Trigger sollte Nick, Aiden und Leila sagen, dass ihr alle zusammen zum Veranstaltungsort gebracht werdet, aber wenn du sie siehst, sag ihnen bitte, dass sie sich nicht allein auf den Weg machen sollen.«

Ember war beeindruckt, wie sehr er sich anscheinend um die Sicherheit aller sorgte, nicht nur um ihre ... oder die der Athleten der populäreren Sportarten. »Okay.«

»Es wird alles gut gehen. Deine Aufgabe ist es, dich auf den Wettbewerb zu konzentrieren. Ich kümmere mich um die Sicherheit.«

Ember nickte erneut. »Nochmals vielen Dank, dass ich mir dein Bett ausborgen durfte.«

»Gern geschehen.«

Die Worte waren unschuldig, aber es war der Ausdruck in seinen Augen, der Embers Herzschlag beschleunigte.

Craig trat einen Schritt zurück, dann einen weiteren. Als könnte er es nicht ertragen, von ihr wegzuschauen.

Ember wurde schwindelig vor Glück und Aufregung.

Und das lag nicht daran, dass sie heute an den Olympischen Spielen teilnahm, nicht ausschließlich.

»Bis später«, sagte sie lahm.

Craig lächelte. »Bis später.« Er nickte ihr zu, dann drehte er sich schließlich um und ging wieder in sein Zimmer.

Ember schloss die Tür, lehnte sich dagegen und schloss die Augen. Sie hatte ein leichtes Lächeln im Gesicht und streckte die Hand aus, um ihren Mund zu berühren. Sie konnte immer noch seine Lippen auf ihren spüren.

Es war verrückt, etwas mit dem gut aussehenden Soldaten anzufangen, besonders weil sie in verschiedenen Bundesstaaten lebten und so unterschiedliche Leben führten. Aber sie konnte nicht leugnen, dass es eine Verbindung zwischen ihnen gab.

Lächelnd ging sie ins Badezimmer. Sie hatte einen langen Tag vor sich. Wettbewerbe, mehr Fotos für die sozialen Medien, ein paar Interviews ... aber am Ende des Tages würde sie mehr Zeit mit Craig verbringen. Es war überraschend zuzugeben, dass sie sich fast mehr darauf freute, ihn wiederzusehen, als auf den Wettkampf.

KAPITEL SECHS

Doc war ziemlich verloren, als es darum ging zu verstehen, was während der Fechtrunden vor sich ging, aber es war trotzdem faszinierend. Nachdem er herausgefunden hatte, wer von den Konkurrentinnen Ember war – sie waren alle von Kopf bis Fuß identisch gekleidet, einschließlich einer Maske, die Gesicht und Kopf bedeckte –, konnte er den Blick nicht mehr von ihr abwenden.

Sie war großartig. Und das sagte er nicht nur, weil er sich in die Frau verliebt hatte. Sie war anmutig und sportlich. Er stellte fest, dass sie gern den ersten Zug machte, wenn sie ihrer Gegnerin gegenüberstand, und nicht erst auf einen Angriff wartete. Manchmal zahlte sich ihre Aggressivität aus und manchmal nicht, aber für sein ungeübtes Auge schlug sie sich sehr gut.

Zwischen den Duellen gab es lange Wartezeiten und viele der Zuschauer sahen gelangweilt aus, aber Doc nahm sich die Zeit, alle um ihn herum unter die Lupe zu nehmen. Er war ständig auf der Ausschau nach irgendjemandem, der den Wettbewerb stören könnte. Er war mit den Sicherheitsvorkehrungen, beziehungsweise

dem Fehlen derselben, nicht zufrieden. Das Sicherheits-
personal untersuchte kaum die Handtaschen oder Rück-
säcke, die die Leute mit sich trugen, und er war sich
nicht sicher, ob der Metalldetektor überhaupt funktionierte. Er hatte seinen Ausweis gezeigt, der ihm die
Erlaubnis gab, eine Waffe zu tragen. Nach einem flüchtigen Blick winkte ihn der Sicherheitsdienst herein,
ohne sich die Mühe zu machen, um weitere Informationen zu bitten, wer er war und was er möglicherweise
bei sich trug.

Es war nicht schwer, Embers Gefolge zu erkennen. Ihre
Eltern saßen in der ersten Reihe und bei ihnen saßen
mehrere Leute mit Profikameras. Der Mann neben ihrer
Mutter schaute kaum auf das Geschehen vor sich. Seine
Aufmerksamkeit war die ganze Zeit auf sein Handy gerichtet. Doc erinnerte sich, dass Ember ihm von den Managern
für ihre Online-Konten erzählt hatte. Er würde wetten, dass
dieser Mann einer von ihnen war. Er postete wahrscheinlich
Bilder von Ember während des Wettbewerbs und schürte so
viel Interesse, wie er konnte.

Nach Ende des heutigen Tages lag Ember auf Platz zehn.
Er hatte keine Ahnung, ob sie damit zufrieden sein würde
oder nicht, aber er war verdammt stolz auf sie. Doc hatte
aufgrund seines Ausweises Zugang zu dem Bereich hinter
den Kulissen der Arena, aber er wollte sich nicht in Embers
Angelegenheiten einmischen. Er hatte ihr gesagt, dass er
sich am Ausgang mit ihr treffen würde, nachdem sie mit
ihren Eltern gesprochen und alles erledigt hatte, was sie
erledigen musste, um sich auf den Wettkampf am nächsten
Tag vorzubereiten.

Er wusste, dass der morgige Tag für sie noch länger und
intensiver werden würde als heute. Sie hatte noch eine
Runde Fechten vor sich, dann Springreiten und zweihun-

dert Meter Schwimmen. Am Nachmittag dann der krönende Abschluss mit Laufen und Schießen.

Zwei Stunden nach Wettkampfende sah Doc Ember endlich auf sich zukommen. Sie sah erschöpft aus, aber sie lächelte.

»Hey«, sagte er, als sie näher kam.

»Hi, es tut mir so leid, dass ich so lange gebraucht habe«, erwiderte sie. Ihre Worte kamen so durcheinander heraus, als könnte sie sich nicht schnell genug entschuldigen. »Meine Eltern hatten ein Online-Interview mit Oprah arrangiert, aus dem ich nicht herauskam. Dann musste ich für weitere Bilder posieren und es gab noch eine Art persönliches Treffen mit einigen Fans und Unterstützern. Samer wollte mehr Bilder und Sergei – mein Fechttrainer – wollte, dass ich einige meiner Kämpfe noch einmal Revue passieren lasse, damit ich für morgen bereit bin.«

»Em, atme durch. Alles ist gut.«

Sie schloss für eine Sekunde die Augen und atmete tief durch. Dann sah sie zu ihm auf. »Also, was denkst du?«

»Ich finde dich toll. Zehnter Platz ist gut, oder?«

Sie strahlte. »Ja, wirklich gut. Ich muss morgen nicht so viele Runden fechten, was helfen wird, da der Tag lang wird. Die Extrapunkte helfen auch, da ich im Springreiten nicht so stark bin. Beim Schwimmen sollte ich mich behaupten können. Wenn also morgen alles gut läuft, hoffe ich, beim Laufen und Schießen im oberen Drittel des Feldes zu starten.« Ihre Stimme senkte sich. »Vielleicht habe ich tatsächlich eine Chance auf eine Medaille, Craig.«

Er liebte die Aufregung und den Stolz in ihrer Stimme. Er griff nach ihr und umarmte sie fest. Sie erwiderte die Umarmung und nichts fühlte sich besser an. »Ich bin stolz auf dich, Em. Hast du Hunger?«

»Ich bin am Verhungern«, antwortete sie und zog sich

zurück.

Doc griff nach ihrer Tasche und warf sie sich über seine Schulter.

»Die kann ich selbst tragen.«

»Ich weiß, aber jetzt musst du das nicht mehr«, sagte er leichthin.

Ember verschränkte ihren Arm mit seinem und lehnte ihren Kopf für den Bruchteil einer Sekunde an seine Schulter. Dann richtete sie sich auf und sagte: »Danke, dass du hier bist.«

»Das hätte ich mir nicht entgehen lassen. Ich habe deine Eltern gesehen.«

Sie rümpfte die Nase.

»Ich kann sehen, woher du dein gutes Aussehen hast«, sagte Doc zu ihr.

»Vielen Dank.«

»Und das ist eine ziemliche Entourage, die sie bei sich haben. Ich verstehe, warum du im Olympischen Dorf wohnen wolltest.«

Ember kicherte. »Ja, mit meinen drei Trainern, Samer und Alexis – der ebenfalls einer meiner Manager ist und von dem ich nicht wusste, dass er kommt – sind es eine Menge Leute. Sie meinen es alle gut, aber das ständige Fotografieren und Gerede darüber, was die meiste Aufmerksamkeit in den sozialen Medien bekommen könnte, ist ein bisschen viel.«

»Das glaube ich. Aber es scheint, als wären die meisten deiner fünfundzwanzig Millionen Follower glücklich darüber, wie gut du heute abgeschnitten hast.«

Sie sah zu ihm auf. »Du hast Instagram?«

»Nun ... vielleicht habe ich ein Konto unter falschem Namen erstellt, damit ich dir folgen kann ... vielleicht aber auch nicht.«

Sie lachte. »Ähm, danke, denke ich.«

»Machst du dir jemals Sorgen um einige dieser Verrückten, die deine Posts kommentieren? Einige von ihnen scheinen ... unausgeglichen zu sein.«

»Ich bin mir sicher, dass sie es sind. Ich mache mir darüber nicht allzu viele Gedanken. Ich meine, ich kann es nicht beeinflussen. Es gibt viele Leute, die mich wegen meines Aussehens hassen. Andere, weil sie denken, dass ich ein perfektes Leben habe, oder weil sie es nicht mögen, dass ich eine gute Sportlerin bin. Und wieder andere, weil sie kein Rot mögen und ich einmal ein rotes Hemd getragen habe. Ich darf mich von diesem Zeug nicht runterziehen lassen. Ich lese kaum noch die Kommentare. Früher habe ich das oft gemacht, aber es hat mich so in den Wahnsinn getrieben, dass ich aufhören musste. Ich lese einige der Fanpost, die ich bekomme. Jemand, der mich nicht mag, ist weniger geneigt, sich die Mühe zu machen, diesen Hass auf Papier zu bringen und per Post zu verschicken. Aber online? Manche Leute sind sehr gemein und denken nicht zweimal darüber nach zu sagen, dass sie sich wünschen, ich wäre tot, oder wie sehr sie mich hassen. Die meisten würden es nicht wagen, mir das ins Gesicht zu sagen. Es ist schwierig, weil die sozialen Medien mir so viel Geld eingebracht haben, dass ich mich für den Rest meines Lebens um nichts sorgen muss, aber manchmal fühle ich mich wie eine Geißel der Gesellschaft. Zu sagen, dass ich gemischte Gefühle darüber habe, ist eine Untertreibung.«

»Wie wäre es, wenn wir den Rest des Abends nicht darüber nachdenken? Ich muss dich zurück zur Unterkunft bringen, damit du essen und dich ausruhen kannst. Du hast morgen einen großen Tag vor dir«, sagte Doc zu ihr.

Sie gingen durch den Hinterausgang des Veranstaltungsortes und vermieden so die meisten Menschenmassen, die hofften, einen Blick auf einen berühmten Athleten zu erhaschen. Es gab Shuttlebusse, die die Athleten zum Olympischen Dorf brachten, aber aufgrund der Interviews und Bilder, die sie gemacht hatte, hatten sie den letzten verpasst.

Es war schon so spät, dass die Sonne nicht mehr so heiß war, aber noch nicht spät genug, dass es schon dunkel wurde. Sie mussten etwa einen Kilometer gehen, um das Olympische Dorf zu erreichen. Von dort konnten sie einen Bus zu ihrem Gebäude nehmen. Die meisten Geschäfte in diesem Teil der Stadt waren voll mit Olympia-Souvenirs und jeder, an dem sie vorbeikamen, schien guter Laune zu sein.

Doc war sich bewusst, dass sie nicht gerade ins Bild passten. Er war größer als die meisten Einheimischen und Ember war ... Ember. Sie war wunderschön. Das Publikum um sie herum war eine Mischung aus Touristen und Einheimischen, was der Gegend einen internationalen Eindruck verlieh.

Doc hatte ein gutes Gefühl bezüglich ihrer Sicherheit und genoss es einfach, mit Ember zusammen zu sein, die sich immer noch im Glanz eines erfolgreichen Wettkampftages aalte, als sein Telefon klingelte. Als er sah, dass es Trigger war, nahm er sofort ab.

»Was ist los?«

»Wo bist du?«, fragte sein Teamleiter ohne Einleitung.

»Ungefähr einen halben Kilometer vom Eingang des Dorfes entfernt. Warum?«

»Vor den Toren braut sich Ärger zusammen«, erklärte Trigger.

»Welche Art von Ärger?«, hakte Doc nach und griff nach Embers Arm, um sie zum Stehen zu bringen.

»Du weißt von diesen Demonstranten, die seit unserer

Ankunft vor verschiedenen Veranstaltungsorten campiert haben, richtig? Nun, die Dinge werden gerade hässlich. Vor dem Olympischen Dorf hat sich eine große Menschenmenge versammelt und einige Demonstranten versuchen, sich den Weg hinein zu bahnen. Während wir hier sprechen, wird alles abgeriegelt, aber es sind immer noch viele Athleten da draußen, die von den heutigen Wettkämpfen zurückkehren.«

»Scheiße, ich hasse es, wenn wir recht haben. Die Sicherheitsvorkehrungen sollten definitiv strenger sein. Wir werden schneller gehen und nachdem ich Ember sicher in ihr Zimmer gebracht habe, komme ich zurück, um zu helfen.«

»Seid vorsichtig, Doc. Wenn ihr nicht sicher hineinkommt, sucht einen Ort, an dem ihr euch verkriechen könnt.«

»In Ordnung. Bleib in Kontakt«, sagte Doc zu Trigger.

»Na sicher. Sag Bescheid, wenn du da bist.«

»Okay.« Doc legte auf und steckte das Telefon wieder in seine Tasche.

»Was ist los?«

»Hoffentlich nichts«, erklärte Doc ihr. »Aber es sieht so aus, als müssten wir uns von unserem gemütlichen Spaziergang zurück zum Dorf verabschieden und schneller gehen. Bist du damit einverstanden?«

»Na sicher. Aber was ist los?«, fragte sie noch einmal.

»Die Demonstranten außerhalb des Dorfes werden unruhig. Trigger befürchtet, dass es zu Ausschreitungen kommen könnte. Bleib direkt an meiner Seite.«

Sie bekam große Augen und nickte.

Doc hasste es, ihr Angst zu machen, aber er wollte kein Risiko eingehen. Sie konnten zu dem kleineren Westeingang des Dorfes gehen, aber es war nicht garantiert, dass sich die Demonstranten nicht auch dort versammelt hatten. Und es würde doppelt so lange dauern, dorthin zu gelangen. Er wollte Ember auf ihr Zimmer bringen, wo sie sicher wäre. Dann würde er sein Team finden, um zu entscheiden, wie sie helfen könnten, die Situation zu entschärfen.

Schnellen Schrittes gingen sie auf das Olympische Dorf zu, aber noch bevor er den großen Platz vor dem Eingang sehen konnte, wusste er, dass sie zu spät kamen. Menschenmassen kamen ihnen entgegengelaufen. Ladenbesitzer verschlossen ihre Türen.

»Scheiße«, murmelte Doc. Sein Telefon klingelte, aber er konnte gerade nicht rangehen. Er machte sich zu viele Sorgen um Embers Sicherheit. Er schob ihre Tasche so, dass sie auf seinen Schultern lag, um die Hände frei zu haben. Dann griff er nach Embers Hand und spürte, wie sie ihre Finger anspannte. Sie sagte nichts, da sie den Ernst der Lage verstand.

Doc ging vorsichtig weiter. Er wollte nicht mitten in eine Situation hineinplatzen, über die er nicht alle Fakten hatte.

»Nieder mit den Unterdrückern!«, rief jemand aus der Nähe.

»Öffnet die Tore!«, schrie eine andere Stimme.

Die Stimmen wurden lauter und lauter, je mehr Leute in den Gesang einstimmten. Dann liefen plötzlich mehr Menschen auf den Protest und die Tore des Olympischen Dorfes zu als davon weg.

Doc und Ember wurden in das Chaos und mitten in den Protest hineingezogen.

»Lass mich nicht los!«, rief er und erhob seine Stimme, um über das Geschrei gehört zu werden.

Ember nickte und er spürte, wie ihre Finger um seine Hand sich wieder festigten.

Doc konnte es nicht riskieren, in dieser Menge seine

Waffe zu ziehen. Bisher waren die Demonstranten nicht gewalttätig, aber er wusste, dass es nur eine Frage der Zeit sein könnte, bis die Dinge sich änderten. Es sah so aus, als gäbe es einige Demonstranten, die ihr Bestes gaben, die Menge anzustacheln und zu ermutigen, immer lauter zu werden.

»Kommunismus ist gleich Unterdrückung!«

»Befreit Hongkong!«

»Absolute Macht ist Korruption!«

»Kommunisten dürfen nicht teilnehmen!«

Doc war sich nicht sicher, wogegen die Leute protestierten. Es klang nach verschiedenen Dingen, unter anderem, dass Sportler aus angeblich kommunistischen Ländern nicht an den Olympischen Spielen teilnehmen sollten.

Im Moment spielte es aber keine Rolle. Die Menge war aufgebracht und der friedliche Protest hatte sich zu etwas Gefährlichem entwickelt. Er und Ember hoben sich von der Menge ab – Doc, weil er groß und kaukasischer Abstammung war, Ember, weil sie eine Berühmtheit war. Die meisten Menschen um sie herum waren Asiaten. Doc hatte keine Ahnung, ob es alles Einheimische waren oder ob sich irgendwelche Terroristen unter die Menge gemischt hatten.

Jemand stieß ihn an und Doc tat sein Bestes, um auf den Beinen zu bleiben. Dann wurden sie von allen Seiten angerempelt.

Docs einziges Ziel war, ihn und Ember aus diesem wütenden Mob herauszuholen. Verzweifelt sah er sich um und versuchte, einen Fluchtweg zu finden. Er hätte nicht gezögert, jemanden zu verletzen, der es wagte, die Frau an seiner Seite zu berühren.

Er legte seinen Arm um Embers Hüfte und zog sie fest an sich, während das Gedränge von allen Seiten anhielt. Die

Dinge wurden von Sekunde zu Sekunde hässlicher und er musste sie da rausholen, sofort.

Dann, für den Bruchteil einer Sekunde, traf Docs Blick den eines Mannes, der mitten in der Menge stand. Er hielt einen Rucksack in seinen Armen ... und lächelte. Ein kaltes, böses Lächeln.

Und auf einmal wusste Doc, dass die Proteste ein Deckmantel für das waren, was er und sein Team die ganze Zeit befürchtet hatten. Ein organisierter Terroranschlag.

»Nein!«, schrie Doc – aber es war zu spät.

Der Mann zündete die Bombe, die er in dem Rucksack trug.

Die Explosion zerfetzte die Menschen in der direkten Umgebung der Bombe und tötete sofort mindestens ein Dutzend Männer und Frauen. Doc fiel zu Boden, praktisch auf Ember drauf.

Die Rufe verwandelten sich in Schreie, als die Leute realisierten, was passiert war.

Gerade als die Menge begann, von der Stelle wegzulaufen, wo die Bombe hochgegangen war, ertönte eine weitere Explosion am Rande des Platzes.

Wenn Doc vorher schon dachte, die Dinge waren chaotisch, waren sie jetzt absolut außer Kontrolle geraten. Niemand wusste mehr, wie er sich in Sicherheit bringen sollte, als eine dritte Explosion in der Nähe des Eingangs zum Olympischen Dorf zu hören war.

Doc wollte nicht warten, bis eine vierte Bombe explodierte. Er stand auf, packte Embers Arm und zog sie neben sich, ohne sich zu bemühen, sanft zu sein. Sein einziger Gedanke war, sie verdammt noch mal aus der Gefahrenzone zu bringen.

Er schlängelte sich durch die fassungslose Menge, drängte sich an Menschen vorbei, die noch immer mit entsetzten Gesichtern an Ort und Stelle standen, und zog Ember hinter sich her zu der Stelle, wo die zweite Bombe explodiert war. Sein Instinkt sagte ihm, wenn es noch mehr Terroristen mit Bomben gab, würden sie sie dort zünden, wo noch keine Explosion erfolgt war.

Der Anblick der Toten und Verwundeten um sie herum war erschreckend und Doc fühlte sich innerlich krank bei all den Menschen, die auf dem Boden stöhnten und schrien. Es würde sehr lange dauern, alle, die medizinische Hilfe brauchten, ins Krankenhaus zu bringen. Ember hatte während des ganzen Chaos kein Geräusch von sich gegeben, was Doc zu schätzen wusste. Er hätte ihr keinen Vorwurf gemacht, wenn sie es getan hätte, aber sein Respekt vor ihr wuchs mit jeder Sekunde, die verging. Sie behielt einen klaren Kopf und flippte nicht aus.

Als ein lautes Grollen ertönte, drehte Doc den Kopf herum ...

Ein weißer Lieferwagen raste eine der Straßen entlang, die auf den Platz führte. Zwei Personen wurden überfahren, aber der Lieferwagen hielt nicht an.

Es sah so aus, als würde er direkt auf das Tor zum Olympischen Dorf zusteuern.

Wenn der Wagen das Tor durchbrechen und den Terroristen Zutritt verschaffen würde, war nicht abzusehen, wie viele weitere Menschen verletzt oder getötet werden könnten. Wenn eine Terrororganisation einen internationalen Vorfall initiieren und Werbung für ihre Sache machen wollte, war das Töten von Athleten aus der ganzen Welt eine gute Möglichkeit, dies zu erreichen.

Das würde nicht passieren. Nicht wenn Doc es verhindern konnte. Sie hatten bereits zu viele Menschen getötet. Er würde nicht erlauben, dass sie das Tor durchbrachen, um noch mehr umzubringen.

Der Lieferwagen wurde nicht langsamer und er wusste, dass er das Tor erreichen würde, bevor weitere Sicherheitskräfte eintrafen. Er musste etwas tun, und zwar sofort.

Mitten auf dem Platz blieb Doc stehen, ging auf ein Knie und griff nach seiner Waffe. Er wünschte, er hätte jetzt sein Gewehr mit höherer Reichweite, aber er würde nutzen, was er zur Verfügung hatte.

»Hast du eine zweite Waffe?«

Die Frage kam von Ember. Sie kauerte neben ihm.

Unter allen anderen Umständen hätte Doc gesagt, dass er keine Hilfe brauchte und dass er keine Zivilisten hineinziehen würde. Aber dies war nicht irgendeine Zivilistin, sie war Fünfkämpferin und Schießen war ihre beste Disziplin.

Wortlos zog er seine zweite Pistole aus dem Knöchelhalfter. Sie griff fachmännisch danach und entsperrte die Sicherung.

Doc nickte ihr zu und richtete die Aufmerksamkeit wieder auf den sich schnell nähernden Lieferwagen. Er konzentrierte sich auf den Fahrer. Er könnte auf die Reifen schießen, aber das würde das Fahrzeug nicht unbedingt stoppen. Er musste den Fahrer ausschalten und ihn dazu bringen, den Fuß vom Gas zu nehmen, um ihn davon abzuhalten, zum Tor zu gelangen.

Er musste nur warten, bis der Wagen etwas näher war.

Der Fahrer sah ihn und hielt seinem Blick stand. Für ihn schien es eine Art Mutprobe zu sein und der Terrorist dachte, er würde gewinnen.

Da lag er falsch.

Doc wartete bis zur letzten Sekunde – dann feuerte er das gesamte Magazin leer. Einen Schuss nach dem anderen, in dem verzweifelten Bemühen, den Lieferwagen zu stoppen.

Vage hörte er weitere Schüsse über seinem Kopf und

bemerkte, dass Ember hinter ihm stand und ebenfalls schoss. Er wollte ihr sagen, sie solle sich verdammt noch mal ducken, hatte aber keine Zeit dazu.

Die Sekunden vergingen scheinbar in Zeitlupe.

Er wusste, dass er den Fahrer getroffen hatte. Oder vielleicht war es Ember gewesen. So oder so, der Mann war mit Sicherheit tot. Aber der Lieferwagen hielt nicht an. Der Fuß des Mannes war nicht vom Gaspedal gerutscht.

Das Fahrzeug war nur noch wenige Meter entfernt und kam direkt auf sie zu. Es war nicht genügend Zeit, um aus dem Weg zu gehen.

Aber Doc musste es versuchen.

Er drehte sich um, schlang seine Arme um Embers Oberschenkel und warf sich praktisch im selben Moment zur Seite.

Das Fahrzeug fuhr so nahe an ihnen vorbei, dass Doc für den Bruchteil einer Sekunde dachte, sie wären überfahren worden, ohne dass er es spüren konnte. Aber wie durch ein Wunder war es ihm gelungen, sie aus dem Weg zu bekommen. Als der Wagen auf das Eingangstor des Olympischen Dorfes traf, war er langsam genug geworden, um es nicht zu durchbrechen.

Doc wusste, dass die Gefahr noch nicht vorüber war. In dem Wagen befand sich mit Sicherheit Sprengstoff und es drohte die Hölle loszubrechen.

Er zwang sich vom Asphalt hoch und zog Ember erneut mit einem starken Griff an ihrem Arm nach oben. Er hatte keine Ahnung, wo seine beiden Pistolen waren, aber im Moment machte er sich mehr Sorgen darüber, sie beide verdammt noch mal da rauszuholen.

Doc trug Ember praktisch aus dem Gemetzel heraus. Er wusste nicht, wohin er ging, er wusste nur, dass er dort wegmusste.

Eine Bewegung erregte seine Aufmerksamkeit. Eine schmächtige Koreanerin winkte ihm hektisch von einem Geschäft am Rande des Platzes zu. Doc ging schnurstracks auf sie zu und in der Sekunde, in der er die Tür durchgequert hatte, knallte sie hinter ihnen zu.

»Kamsahamnida«, sagte er und dankte ihr auf Koreanisch.

Sie erwiderte etwas, aber Doc drehte sich bereits zu Ember um.

»Bist du in Ordnung? Bist du verletzt? Scheiße, rede mit mir, Em!«

»Mir geht es gut«, sagte sie mit zittriger Stimme.

»Verdammt«, murmelte Doc. Dann fluchte er noch einmal. Es fiel ihm schwer, sich zu vergegenwärtigen, was zum Teufel gerade passiert war.

Sein Telefon klingelte und erst jetzt bemerkte er, dass es ununterbrochen geklingelt hatte, seit die Kacke am Dampfen war.

Mit zitternder Hand zog er es aus der Tasche und hielt es an sein Ohr.

»Ja?«

»Heilige Scheiße, Doc! Geht es euch gut? Wo seid ihr? Ist Ember wohlauf?«

Doc holte tief Luft an und konnte nicht anders, als zu grinsen. Der unerschütterliche Trigger war hörbar mitgenommen. Das geschah nicht oft.

»Uns geht es gut«, sagte Doc und warf einen zweiten Blick auf die Frau, die neben ihm stand. Sie hatte die Augen immer noch weit aufgerissen und er konnte den Puls an ihrem Hals hämmern sehen. Sie hielt ihren linken Arm eng an ihre Seite und stützte ihn mit dem rechten. Er runzelte die Stirn.

»Gut, wir stecken hier im Dorf fest«, sagte Trigger. »Wir

halten die Stellung, damit wir die Athleten beschützen können, falls sie es schaffen, das Tor zu durchbrechen.«

»Wir sind okay, wo wir jetzt sind. Eine Dame hat uns Unterschlupf in ihrem Laden gewährt.«

»Gott sei Dank. Fürs Protokoll, Ember ist knallhart. Wir konnten nicht alles sehen, was passiert ist, aber da du nicht ans Telefon gegangen bist, haben wir vermutet, dass du mittendrin in dieser Scheiße steckst. Dann haben wir gesehen, wie der Lieferwagen aufs Tor zuraste, und wussten, dass dies die ganze Zeit ihr Ziel gewesen sein musste. Dann sahen wir dich plötzlich durch den Rauch, wie du auf dem Boden kniest und auf den Fahrer zielst – und Ember stand verdammt noch mal mit ausgestreckten Armen hinter dir und schoss mit dieser verdammten Pistole, als wäre sie mitten in einem Pentathlon-Wettkampf! Im Ernst, Mann, das war verdammt beeindruckend.«

Doc war nicht überrascht. Er hatte das Gefühl, dass Ember alles tun konnte, was sie sich in den Kopf setzte. Aber im Moment stimmte etwas mit ihrem Arm nicht und er musste herausfinden, was es war. »Uns geht es gut. Wir werden vorerst in Deckung bleiben. Sag mir Bescheid, wenn die Luft rein ist.«

»In Ordnung. Doc?«

»Ja?«

»Schön, dass es euch gut geht.«

»Dies ist vielleicht noch nicht vorbei. Diese Arschlöcher haben vielleicht keine Bomben oder Fahrzeuge mehr, aber bleibt wachsam«, sagte Doc.

»Wird gemacht. Die Südkoreaner scheinen die Dinge in den Griff zu bekommen. Es wird eine Weile dauern, allen Verwundeten zu helfen. Bleibt einfach, wo ihr seid, ich melde mich.«

»Bis später.«

»Bis dann.«

Doc schaltete das Telefon aus und griff nach Ember. »Was ist mit deinem Arm los?«

Sie zuckte zusammen, als er ihren linken Oberarm berührte. »Mir geht es gut.«

»Das tut es nicht. Was ist los? Wurdest du getroffen?« Daran hatte Doc noch gar nicht gedacht. Er sah kein Blut auf ihrem Arm, aber das bedeutete nicht, dass sie keine Wunde unter ihrem Hemd hatte.

»Nein, du hast mich beschützt, als die Bombe explodierte. Ich wurde nicht getroffen.«

»Aber ...«, hakte Doc nach.

Sie seufzte und ihr Blick traf den seinen. In ihren braunen Augen konnte er den Schmerz sehen. »Ich glaube, meine Schulter ist ausgerenkt.«

Doc starrte sie eine Sekunde lang verständnislos an. Dann trafen ihn die Folgen dessen, was er getan hatte, wie ein Ziegelstein. »Scheiße«, fluchte er. »Ich habe dich verletzt!«

»Das war nicht deine Absicht«, sagte sie leise.

Dadurch fühlte er sich nicht besser.

»Ich habe mir als Teenager bei einem Sturz vom Pferd mal die Schulter verletzt. Sie ist nie richtig verheilt und das Gelenk neigt dazu, hin und wieder herauszuspringen«, ergänzte sie schnell.

»Es ist passiert, als ich dich hochgezogen habe, nicht wahr?«, fragte er nach.

Ember nickte, sagte dann aber: »Es ist nicht deine Schuld, Craig. Wirklich.«

»Zum Teufel, das sehe ich anders«, erwiderte er verzweifelt.

»Es ist mein linker Arm. Es ist nicht so schlimm«, sagte sie. »Gut, dass ich mit meinem rechten schieße, oder?«

Verdammt. Er hatte nicht einmal mehr daran gedacht, dass sie morgen antreten musste. Er hatte sich mehr darüber geärgert, dass er sie verletzt hatte – aber zu wissen, dass er ihre Chance auf eine Medaille vermasselt hatte? Jetzt fühlte er sich wie ein kompletter Vollidiot. Er konnte nicht glauben, dass er sie so hart vom Boden hochgerissen hatte, dass er ihr tatsächlich den Arm ausgekugelt hatte.

»Craig«, sagte Ember sanft und legte ihre Hand auf seine Wange, »es ist okay. Du hast mir das Leben gerettet. Das ist viel wichtiger als alles andere.«

Ember stand mit ihrer Hand auf seiner Wange neben Craig und tat ihr Bestes, ihn zu beruhigen. Ihre Schulter pochte, aber sie hatte so viel Adrenalin in den Adern, dass sie es kaum spürte.

Dieser Mann hatte ihr das Leben gerettet. Das wusste sie genauso gut, wie sie ihren eigenen Namen kannte. Und nicht nur das, er hatte auch nicht gezögert, ihr eine Pistole zu geben. Er hatte ihr vertraut, ihm zu helfen. In diesem Moment war sie keine verwöhnte Influencerin gewesen, sondern seine Partnerin.

Sie war zu Tode erschrocken, als die Bomben hochgingen und der Lieferwagen auf sie zuraste, aber sie hatte ihr jahrelanges Training genutzt, ihre Hand ruhig gehalten und das Chaos um sie herum ausgeblendet, während sie auf den Fahrer zielte.

Sie hatte sofort gemerkt, dass Craig ihr die Schulter ausgerenkt hatte. Es war passiert, als er sie nach der ersten Explosion hochgezogen hatte, um sie aus der Schusslinie zu bringen.

Er schüttelte den Kopf und schloss die Augen. »Es tut mir leid, Em. Es tut mir so verdammt leid.«

Sie presste frustriert die Lippen zusammen und wurde etwas wütend. »Wofür entschuldigst du dich? Dafür, dass du mich da rausgeholt und beschützt hast? Dass du mir vertraut hast, dir den Rücken zu decken? Was genau tut dir leid?«

Er öffnete die Augen und starrte sie lange an. »Ich habe dich verletzt«, sagte er schließlich.

»Ohne dich wäre ich jetzt tot«, erwiderte sie.

»Das kannst du nicht wissen.«

Ember zuckte mit einer Schulter. »Ich weiß, dass ich mit dir besser dran war als ohne dich. Wirst du mir jetzt helfen, sie wieder einzurenken oder was?« Craig erbleichte und sie konnte nicht anders, als zu kichern. »Ich weiß, dass du schon schlimmere Verletzungen als eine ausgerenkte Schulter gesehen und behandelt hast.«

»Aber das warst nicht du«, sagte Craig leise.

»Ich brauche deine Hilfe. Ich kann das nicht allein machen«, stellte sie fest.

Das schien zu funktionieren. Er richtete sich auf und nickte. Der Laden, in den sie geflüchtet waren, war eine Art Delikatessengeschäft. Die Tische um sie herum waren perfekt geeignet. Craig schien genau zu wissen, was zu tun war. Er rückte die Stühle von einer Seite des nächstgelegenen Tisches weg und bedeutete ihr, sich hinzulegen.

Er stellte ihre Tasche ab und ging in die Küche. Die ältere Koreanerin versuchte nicht, ihn aufzuhalten. Sie beobachtete ihn nur neugierig.

Ember war froh, dass Craig nicht sah, wie sie sich hinlegte. Sie verzog das Gesicht, als der Schmerz durch ihre Schulter schoss, während sie ihren linken Arm von der Seite des Tisches baumeln ließ. Sie tat ihr Bestes, ihre Muskeln zu entspannen, da sie wusste, dass es einfacher wäre, wenn sie nicht angespannt waren.

Craig kehrte mit einer großen Flasche Öl zurück.

Ember hätte gelacht, wenn sie nicht gewusst hätte, wie sehr die nächsten Minuten wehtun würden.

Craig setzte sich hin, zog den Schnürsenkel aus einem seiner Stiefel und band damit die Flasche an ihrem Arm fest. Das Gewicht des Öls und die Schwerkraft würden ausreichen, den Gelenkballen ihres Oberarms wieder in Richtung Gelenkpfanne zu schieben. Er sollte wie von selbst wieder hineinspringen.

»Das hast du schon mal gemacht«, sagte sie leise.

Craig nickte. »Bereit?«, fragte er, als er sich neben sie kniete und die Flasche festhielt, damit kein Druck auf ihren Arm ausgeübt wurde, bis sie so weit war.

Ember holte tief Luft und schloss die Augen. »Ja, tu es.«

Ganz langsam ließ Craig die Flasche sinken und übte dadurch sanften Druck auf ihren Arm aus. Es dauerte nicht länger als eine halbe Minute, bis ihr Schultergelenk kooperierte und wieder dorthin zurückkehrte, wo es hingehörte.

Ember seufzte erleichtert über die sofortige Entlastung und das Nachlassen des Schmerzes. Sie öffnete die Augen, nur um festzustellen, dass Craigs Blick sich in ihren bohrte.

»Wirst du morgen in der Lage sein, am Wettkampf teilzunehmen?«, fragte er. Sie konnte den Schmerz und die Sorge in seiner Stimme hören.

»Ja«, sagte sie, ohne zu zögern.

»Du hast noch nicht einmal versucht, den Arm zu bewegen, um zu sehen, wie sehr er wehtut.«

»Craig, ich bin Profisportlerin. Es ist nicht das erste Mal, dass ich mir die Schulter ausrenke, und es wird nicht das letzte Mal sein. Ich nehme ein Schmerzmittel und gut ist.

Warte, glaubst du, die Spiele werden überhaupt fortgesetzt nach dem, was passiert ist?«

»Ja, niemand wird den Terroristen die Genugtuung geben wollen, dass sie erreicht haben, was sie wollten. Ich bin mir ziemlich sicher, dass die Dinge wie geplant weitergehen werden.«

»Ich hoffe, es wurden keine Athleten getötet«, sagte Ember leise. »Ich meine, ich hasse es, dass überhaupt jemand verletzt oder getötet wurde, aber die Vorstellung, dass jemand, der nur für sein Land antreten wollte, gestorben sein könnte, macht mich wirklich traurig.«

»Ich weiß«, sagte Craig.

Sie konnte die Trauer in seinen Augen sehen. Sie hatte das Gefühl, dass er immer noch an ihre Schulter dachte und daran, dass er ihr wehgetan hatte. Sie hatte nicht gelogen, sie würde morgen antreten können ... aber es würde höllisch wehtun, besonders beim Schwimmen. Da sie Rechtshänderin war, würde sie beim Fechten und Schießen gut zurechtkommen. Das Springen würde kompliziert, aber beim Schwimmen konnte sie definitiv nicht auf ihren linken Arm verzichten. Und wegen der strengen Dopingkontrollen konnte sie keine allzu starken Schmerzmittel nehmen.

Ember würde jeden Schmerz herunterschlucken, nur damit dieser Mann sich keine Vorwürfe mehr machte. Sie glaubte wirklich, dass er ihr das Leben gerettet hatte, und sie würde dafür jederzeit eine ausgerenkte Schulter in Kauf nehmen.

Nach ungefähr zehn Minuten setzte Ember sich auf und die Koreanerin machte aus ein paar Stoffservietten eine Schlinge. Sowohl Ember als auch Craig bedankten sich noch einmal und ihr entging nicht, dass Craig das gesamte südkoreanische Geld aus seiner Brieftasche unter einem Buch an der Kasse liegen ließ.

Sie blieben weitere zwanzig Minuten in dem kleinen Café, bis Trigger anrief und ihnen sagte, dass die Lage sicher sei und sie sich auf den Weg ins Olympische Dorf machen konnten. Als sie wieder nach draußen gingen, fühlte es sich fast an, als wären sie in einer anderen Welt. Craig schnappte sich eine Baseballmütze, die auf dem Boden lag, setzte sie ihr auf und zog sie tief in ihre Stirn. »Ein Bild von dir mit dieser Schlinge um den Arm in den sozialen Medien ist das Letzte, was wir jetzt brauchen«, murmelte er.

Ember war sich nicht sicher, ob eine Mütze ausreichte, um nicht erkannt zu werden, aber sie sagte nichts. Ein paar Leute standen fassungslos herum, aber der Bereich war größtenteils geräumt. Es dämmerte bereits und es würde nicht mehr lange dauern, bis es dunkel wurde.

Schon bald hatten sie es durch die Sicherheitskontrolle geschafft und Lefty, Brain und Trigger holten sie mit einem Golfwagen ab. Die Männer umarmten sie lange und vorsichtig und versicherten ihr, wie erleichtert sie seien, dass es ihr gut ging. Trigger erwähnte auch, wie beeindruckt er von ihren Schießkünsten war und dass er nicht aufhören würde, sie knallhart zu nennen.

Craig half ihr auf den Rücksitz und bald war sie zwischen seinem und Triggers riesigen Körpern eingeklemmt. Sie fühlte sich absolut sicher, als sie, ohne zu reden, zu ihrer Unterkunft fuhren.

Bei ihrer Ankunft eskortierten Trigger, Lefty und Craig sie auf ihre Etage und Brain fuhr wieder davon. Die Männer des Wasserballteams waren im Mehrzweckraum versammelt und sprachen über die Geschehnisse. Craig zog sie an ihnen vorbei, ohne anzuhalten, als die Sportler sie entdeckten und versuchten, Fragen zu stellen. Trigger blieb zurück, um ihnen zu versichern, dass die Gefahr vorüber war.

Ember war erleichtert, dass sie weder Leila noch Nick noch Aiden begegnet waren. Sie wollte ihr Mitgefühl nicht und könnte ihre krankhafte Neugier nach dem, was passiert war, jetzt nicht ertragen.

Sie war nicht überrascht, als Craig sie zu ihrem Zimmer begleitete und dann hinter ihr eintrat.

»Brauchst du Hilfe beim Duschen?«, fragte er.

Ember schaute ihn überrascht an. Aber er schien offensichtlich nur besorgt um ihre Gesundheit zu sein. »Es wird schon gehen«, sagte sie zu ihm.

»Bist du sicher?«

»Ja.«

»Okay, ich bleibe hier, bis du fertig bist. Hast du ein Trägerhemd? Das ist vielleicht das Einfachste heute Abend.«

Ember starrte ihn einen Moment lang an und nickte dann. »Ja, ich habe eins.«

»Wo ist es? Ich hole es.«

Ember erzählte es ihm und sah dann amüsiert zu, wie Craig den Rest ihrer Schubladen durchsuchte, um auch Unterwäsche und eine kurze Hose herauszuholen. Sie hätte wütend darüber sein sollen, wie er ihre persönlichen Sachen durchwühlte, aber es fühlte sich irgendwie gut an, dass er sich um sie kümmerte.

Er ging in das kleine Badezimmer und legte die Kleider auf den Waschtisch. Dann wandte er sich ihr zu. »Was kann ich sonst noch tun?«

»Könntest du hierbleiben?« Die Frage kam heraus, bevor sie es sich anders überlegen konnte. Sobald die Worte ihren Mund verlassen hatten, zuckte Ember zusammen. Er hatte bereits gesagt, dass er warten würde, bis sie fertig war.

»Natürlich«, antwortete er. »Während du duschst, werde ich mich umziehen. Ich bin in fünf Minuten zurück. Wenn du Hilfe brauchst, bleib einfach, wo du bist. Ich bin gleich wieder da. Tu dir nicht noch mehr weh.«

Es war offensichtlich, dass es eine Weile dauern würde, bis Craig sich selbst vergeben hatte, was passiert war. Ember trat auf ihn zu, bis sie sich von Kopf bis Fuß berührten. Sie lehnte ihre Stirn an ihn und seufzte zufrieden, als er vorsichtig seine Arme um sie legte.

Sie standen ein paar Minuten lang so da und redeten nicht, sondern existierten einfach im selben Raum.

»Mir geht es gut, Craig, wirklich. Und wenn ich ehrlich bin, bin ich verdammt stolz auf mich. Ich weiß nicht, wessen Kugel diesen Fahrer getroffen hat, aber meinen Teil dazu beigetragen zu haben, die anderen zu beschützen, ist viel besser, als eine verdammte Medaille zu gewinnen. Vielleicht wurde ich als Fünfkämpferin auf diese Erde gebracht, nur um das Schießen zu erlernen, um heute Abend genau dort zu sein, wo ich war. Ich weiß es nicht. Aber egal, was morgen passiert, ich bereue es nicht, dich getroffen zu haben, mit dir zusammen zu sein oder irgendetwas, das heute passiert ist.« Sie sah ihm in die Augen. »Okay?«

»Wie könnte ich dir widersprechen, wenn du es so ausdrückst?«, entgegnete er.

»Das kannst du nicht«, stellte sie mit einem kleinen Lächeln fest. »Jetzt geh dich umziehen und vielleicht auch duschen. Ich möchte den Gestank der Bomben nicht mehr riechen müssen.«

»Jawohl, Ma'am. Und fürs Protokoll, Trigger hat recht. Du bist knallhart.« Craig küsste sie sanft und ging dann zur Tür.

Ember stand einen Moment lang nur da und lächelte, bevor sie in das kleine Badezimmer ging.

KAPITEL SIEBEN

Doc saß neben Grover auf der Tribüne und beobachtete Ember. Er hatte heute bei den anderen Wettkämpfen nicht zusehen können, aber den Laserlauf würde er auf keinen Fall verpassen. Es war der letzte Wettkampf für den Tag ... und er fieberte für sie mit. Ein Blick auf die Startaufstellung für den Lauf machte deutlich, dass Ember keinen guten Tag gehabt hatte. Sie startete vom neunundzwanzigsten Platz. Das war der sechstletzte Platz.

Er hatte ein wahnsinnig schlechtes Gewissen. Er wusste, dass er es gewesen war, der ihren olympischen Traum zunichtegemacht hatte, egal wie sehr sie versuchte, ihre Verletzung herunterzuspielen. Er hatte nicht vorgehabt, sie so grob anzufassen, wie er es offensichtlich getan hatte, aber in dem Moment war er mehr daran interessiert gewesen, sie in Sicherheit zu bringen, als sanft zu sein.

»Ich bin beeindruckt, dass sie überhaupt schwimmen konnte«, sagte Grover leise.

Doc nickte. Daran hatte er auch gedacht. Das Springen war sicher auch nicht förderlich für ihre Schulter, genauso wenig wie das Fechten. Aber sie hatte sich irgendwie durchwursteln können. Aber das Schwimmen musste höllisch wehgetan haben. Und nach ihrer derzeitigen Startposition zu urteilen war es offensichtlich, dass sie verdammt hart gekämpft hatte.

»Trigger hat mich angerufen, kurz bevor wir uns getroffen haben, und mich über den Scheiß informiert, der gestern Abend passiert ist.«

»Ach ja?«, sagte Doc abgelenkt.

»Die Japanische Rote Armee hat sich bereits zu dem Anschlag bekannt.«

Doc seufzte. Die JRA war in den frühen siebziger Jahren sehr aktiv gewesen, erlebte aber derzeit ein Comeback. Er wusste, dass es das Ziel dieser militanten Gruppierung war, die japanische Regierung und die Monarchie zu stürzen. Die Mitglieder wollten außerdem eine Weltrevolution anfachen, was ihren Angriff auf die Olympischen Spiele sinnvoller erscheinen ließ.

Grover fuhr fort: »Vor ein paar Wochen wurde ein Mann, der offensichtlich Verbindungen zur JRA hatte, in Japan festgenommen. Er hatte Pläne mit Details zur Störung der Olympischen Spiele auf seinem Computer.«

Das erregte Docs Aufmerksamkeit. »Willst du mich verarschen? Wieso wurden wir nicht darüber informiert?«

»Ich denke, die Machthaber in Seoul haben die Bedrohung entweder nicht ernst genommen oder sie wollten nicht riskieren, dass sich jemand von den Spielen zurückzieht oder die Verkäufe der Eintrittskarten einbrechen.«

Doc konnte über die Idiotie dieser Entscheidung nur den Kopf schütteln.

Grover fuhr fort: »Trigger sagte auch, dass wie durch ein Wunder nur zwei Menschen bei den Explosionen getötet wurden, die Terroristen nicht eingeschlossen. Aber wenn es diesem Lieferwagen gelungen wäre, das Tor zu durchbrechen, wären nach Angaben der Behörden bis zu zwei Dutzend Sympathisanten der Japanischen Roten Armee bereit gewesen, das Dorf zu stürmen und so viele Menschen wie möglich umzubringen.«

»Warum haben sie nicht angefangen zu schießen, als die Bomben hochgingen? Oder versucht, Ember und mich auszuschalten?«, fragte Doc.

Grover zuckte die Achseln. »Keine Ahnung, vielleicht wurde ihnen gesagt, sie sollten warten, bis sie Zugang zum Dorf hatten, um ihre Munition für die Athleten zu sparen, anstatt die Kugeln für Zivilisten zu verschwenden.«

Doc knurrte. »Arschlöcher. Wo sind diese Sympathisanten jetzt?«, fragte Doc und blickte Grover an.

»Wir gehen davon aus, dass sie sich wieder in ihren Löchern verkrochen haben, nachdem der Lieferwagen das Tor nicht durchbrechen konnte.«

»Also sollten wir mit mehr Ärger rechnen?«

»Trigger und die anderen gehen nicht davon aus. Sie denken, dass sie monatelang an diesem Plan gearbeitet haben. Zumindest werden die Sicherheitsvorkehrungen jetzt strenger sein. Besser spät als nie, nehme ich an. Die südkoreanische Polizei und das Militär haben den gesamten Verkehr im Umkreis von einem Kilometer um die Veranstaltungsorte und das Olympische Dorf gesperrt. Niemand darf die Sportstätten betreten, ohne zwei Metalldetektoren zu durchlaufen. Die Regierung will auf keinen Fall riskieren, dass einer der Athleten ermordet wird.«

Doc nickte. Das war alles gut und er war erleichtert. Aber um Embers willen war er trotzdem verärgert. Er war zweifellos zur richtigen Zeit am richtigen Ort gewesen, aber er hasste es, dass sie dabei verletzt worden war. Sie hatte im Laufe der Jahre so viel geopfert, um hier zu sein, und seinetwegen war sie am Vorabend in das Geschehen hineingezogen worden.

»Trigger und die anderen durchsuchen das Internet nach Videos von dem Vorfall. Zum Glück wurden die meisten aus einiger Entfernung aufgenommen. Du bist darauf nicht zu erkennen.«

»Gut. Was ist mit Ember?«

»Sie sollte auch sicher sein.«

Doc atmete erleichtert auf. Darüber hatte er sich Sorgen gemacht.

»Außerdem«, fuhr Grover mit gesenkter Stimme fort, »interessiert es dich vielleicht zu erfahren, dass der Gerichtsmediziner die Autopsie des Fahrers des Lieferwagens abgeschlossen hat. Er wurde durch eine Kugel in den Kopf getötet.«

Doc nickte, nicht überrascht.

»Du hast Ember deine Ersatzpistole gegeben, richtig?«, fragte Grover. »Die ohne Hohlspitzmunition?«

Doc nickte. »Ja, warum?«

»Es war ihre Kugel, die ihn ausgeschaltet hat«, sagte Grover leise. »Er hatte noch weitere Kugeln im Körper, aber diese eine, genau in seiner Stirn, hat ihn gestoppt.«

Doc starrte seinen Teamkameraden aufmerksam an. »Niemand wird ihr das jemals sagen! Sie soll auf keinen Fall mit dem Wissen leben müssen, einen Mann getötet zu haben. Selbst wenn es jemand war, der darauf aus war, unschuldige Menschen zu ermorden, verstanden?«

Grover nickte. »Trigger wusste, dass du so darüber denken würdest. Er kümmert sich bereits darum, dass der Bericht nicht versehentlich so veröffentlich wird.«

»Er lässt den Bericht ändern?«, fragte Doc überrascht.

»Nur den Teil, der besagt, in welcher Waffe die Hohlspitzkugeln waren«, erklärte Grover.

Doc war überrascht. Ihr Teamleiter war ein Verfechter aller Regeln und hielt sich in seinen Berichten immer an die Fakten. Er meinte, es war immer besser, ehrlich zu sein, als zu versuchen, etwas unter den Teppich zu kehren. Doc schuldete ihm etwas.

»Da Südkorea den Einsatz mit zusätzlichem Militär verstärkt, werden wir auch etwas früher nach Hause geschickt.«

»Wie früh?«, fragte Doc, der überhaupt nicht erfreut über diese Nachricht war.

»Nur ein paar Tage. Wir reisen in vier statt sechs Tagen ab.«

Doc nickte. Er wusste, dass Ember sowieso übermorgen nach Hause fliegen würde, also würde er keine Zeit mit ihr verpassen. Die Tatsache, dass sie seine größte Sorge war, sagte viel aus.

»Also ... Devyn hat Post für mich bekommen, während ich weg war«, sagte Grover.

Verwirrt über den seltsamen Themenwechsel seines Freundes sagte Doc: »Ach ja?«

»Ja, sie sagte, ich habe einen Brief von Sierra bekommen.«

»Von der zivilen Angestellten in Afghanistan? Das ist großartig! Wir dachten, sie wäre entführt worden. Wenn sie dir geschrieben hat, geht es ihr offensichtlich gut.«

»Der Poststempel ist fast ein Jahr alt«, fuhr Grover tonlos fort.

Doc war sich nicht sicher, was er sagen sollte. »Wow, das war ungefähr zu der Zeit, als du sie das letzte Mal gesehen hast, richtig?«

»Ja, ich habe meine Schwester gebeten, den Brief nicht zu öffnen, aber ich kann nicht aufhören, darüber nachzudenken. Wir wissen beide, dass Post aus Übersee nicht zuverlässig ist, also ist es möglich, dass der Brief im System verloren gegangen ist.«

»Für ein Jahr?«, fragte Doc skeptisch.

»Ja, ich weiß, es scheint unwahrscheinlich. Aber nehmen wir einmal an, dass er in einem überforderten oder unorganisierten Postamt im Ausland verloren gegangen ist, dann hat ihn jemand gefunden und weitergeleitet. Ich kann nicht aufhören, darüber nachzudenken, was sie geschrieben haben könnte. Vielleicht erklärt, was auch immer in diesem Brief steht, warum ich so lange nichts von ihr gehört habe.«

Doc nickte. Grover machte sich zunehmend Sorgen um die Frau, die er vor einem Jahr in Afghanistan kennengelernt hatte. Trotz eines etwas holprigen Starts hatten sie vereinbart, in Kontakt zu bleiben. Grover hatte ihr eine E-Mail geschickt, aber nie eine Antwort erhalten ... und das gesamte Team wusste, wie sehr ihren Freund das gestört hatte. Noch besorgniserregender waren die Berichte darüber, dass zivile Angestellte der Regierung angeblich von Shahzada, dem schlimmsten Terroristen, den die Gegend seit über einem Jahrzehnt gesehen hatte, entführt worden waren. Er war rücksichtslos und machte keinen Hehl aus seinem Hass auf westliche Länder. Seit ihrem letzten Einsatz in Afghanistan hatte er immer mehr an Macht gewonnen und es war offensichtlich, dass er eher früher als später ausgeschaltet werden musste.

»Wir fliegen bald nach Hause, dann kannst du den Brief selbst lesen und sehen, was mit ihr los ist«, sagte Doc und versuchte, seinen Freund zu beruhigen.

Grover nickte. »Weißt du, für unser Team hat sich in letzter Zeit viel verändert. Anfangs war ich etwas verärgert darüber. Ich hatte befürchtet, dass es die Dynamik zwischen uns verändern würde. Aber ich könnte mich für die anderen nicht mehr freuen. Und für dich.«

»Für mich?«, fragte Doc.

Grover grinste breit. »Ja, für dich. Sieh uns an, Mann. Wir sitzen in einem halb leeren Stadion und sehen uns einen modernen Fünfkampf an, anstatt zu einem Basketballspiel zu gehen. Bevor wir hierherkamen, hatten wir noch nicht einmal von diesem Sport gehört.«

Doc lachte. Sein Freund hatte recht.

»Fürs Protokoll, wir alle mögen Ember sehr. Es ist selbstverständlich, dass *du* voll konzentriert warst, als dieser Lieferwagen auf euch zuraste. Aber es war verdammt beeindruckend, wie sie mit ausgestrecktem Arm hinter dir stand und den Fahrer ins Visier genommen hat. Du hast einmal erwähnt, dass du eine Frau finden möchtest, die gern mit dir in den Hintergrund tritt. Jemand, der damit zufrieden ist, zu Hause abzuhängen und ein ruhiges Leben zu führen. Aber das ist nicht das, was du brauchst. Du brauchst jemanden, der dich aus deiner Komfortzone holt, der dich herausfordert, dich zum Lachen bringt und dich gleichzeitig in den Wahnsinn treibt.«

»Und du meinst, dass Ember diese Frau ist? Grover, sie lebt in Beverly Hills, hat mehr Geld, als ich mir jemals erträumen könnte. Sie ist praktisch eine Internetkönigin und außerdem kennen wir uns erst seit ein paar Tagen.«

»Du weißt genauso gut wie ich, dass das manchmal alles ist, was es braucht. Du hast es bei unseren Freunden aus erster Hand erlebt. Wenn es klick macht, dann macht es klick. Und bei dir und Ember hat es definitiv geklickt. Ich weiß, dass ich wahrscheinlich der Letzte in unserem Team bin, der dir gute Ratschläge geben sollte, da ich immer noch Single bin, aber lass sie dir nicht entwischen, Doc. Sie braucht dich so sehr, wie du sie brauchst. Glaubst du wirklich, dass sie glücklich ist, in ihrem goldenen Käfig zu leben?«

Doc presste die Lippen zusammen und schüttelte den Kopf. Er wusste, dass sie es nicht war. Das hatte sie selbst gesagt. Aber er konnte sich immer noch nicht vorstellen, dass Ember in Killeen, Texas leben wollte. Sie würde auffallen wie ein bunter Hund. Nicht wegen ihrer Hautfarbe, sondern weil sie heller strahlen würde als je zuvor, sobald sie sich der Kontrolle ihrer Eltern entzogen hatte.

»Ich denke jeden verdammten Tag an Sierra. Ich frage mich, wo sie ist und ob es ihr gut geht«, sagte Grover. »Ich mache mir Sorgen, dass sie getötet wurde und ich nie die Chance bekommen werde, sie wirklich kennenzulernen. Ich bedauere es, Doc, und ich möchte nicht, dass du das erleben musst.«

Doc sah seinen Freund ernst an. Das Team wusste, dass Grover an der Frau interessiert war, aber keinem von ihnen war bewusst gewesen, wie groß dieses Interesse war. »Hast du Trigger von dem Brief erzählt, den du von ihr bekommen hast?«

»Nein, aber je nachdem, was drinsteht, werde ich es tun. Sie steckt in Schwierigkeiten«, sagte Grover leise. »Und mehr als durch Nachrichten über verschwundene Mitarbeiter oder die unbeantworteten E-Mails spüre ich es in meinem Bauch. Aber ich kann nicht einfach nach Afghanistan abhauen und dort nach ihr suchen. Wir brauchen einen Grund, dorthin zu reisen. Es ist falsch, aber ... ein Teil von mir kann nicht anders, als zu hoffen, dass Shahzada etwas Dummes tut, nur damit wir dort eingesetzt werden und ich versuchen kann, sie zu finden. Zum Teufel, vielleicht hat sie einen Einheimischen geheiratet und führt ein ruhiges Leben ohne moderne Annehmlichkeiten wie das Internet. Aber vielleicht ist sie auch die ganze Zeit eine Gefangene von Shahzada gewesen. Oder vielleicht ist sie längst tot. So oder so, ich muss es wissen, Doc.«

Doc streckte die Hand aus und klopfte seinem Freund auf den Rücken. Er konnte nicht die richtigen Worte finden, um ihn zu trösten, aber das brauchte er auch nicht. Grover wusste, dass es ihm wichtig war.

Er drehte sich um und sah Doc in die Augen. »Wenn das, was du uns darüber erzählt hast, wie dominant und kontrollierend Embers Eltern sind und wie gemein einige ihrer Follower sein können, wahr ist, wird sie jede Unterstützung brauchen, die sie bekommen kann«, sagte Grover.

Doc nickte. »Ich habe einen Blick auf ihr Instagram-Konto geworfen, nachdem wir uns hingesetzt hatten. Einer ihrer verdammten Manager für die sozialen Medien hat ein Bild von ihr gepostet, auf dem sie mit gesenktem Kopf am Rand des Schwimmbeckens sitzt und elend dreinschaut. Die Bildunterschrift besagt: ›Das lief nicht, wie ich es geplant hatte.‹ Wer macht so etwas? Und das hat natürlich die Schleusen für weitere böse Kommentare geöffnet. Gott, ich hasse Menschen, Grover.«

»Ich weiß«, stimmte er zu. »Ich bin mir aber sicher, dass Gillian, Kinley, Aspen, Riley und Devyn hinter ihr stehen würden.«

Doc konnte nicht anders, als zu lachen. »Oh, das war subtil.«

»Ich sage ja nur, Mann. Ember könnte ein paar Freundinnen, die ihr beistehen, gut gebrauchen. Egal ob sie den ersten oder den letzten Platz belegt. Die sie mögen wegen dem, was sie ist, nicht wegen dem, was sie für sie tun kann. Und genauso sind die Frauen in unserem Freundeskreis.«

»Sie braucht bedingungslose Unterstützung mehr als jede andere Frau, die ich je getroffen habe«, sagte Doc. »Ich weiß nicht, wie sie es so lange ausgehalten hat.«

Eine Ansage über die Stadionlautsprecher kündigte den

Beginn des Wettkampfes an und beendete das Gespräch zwischen Doc und Grover.

Doc sah sich kurz auf dem Feld um, bevor er sich wieder auf Ember am Ende des Startfeldes konzentrierte. Er erinnerte sich, dass sie erklärt hatte, dass ihre Startplatzierung für den Lauf durch die Punkte bestimmt wurde, die sie bei den anderen Veranstaltungen gesammelt hatte. Sie startete definitiv mit einem erheblichen Handicap. Er wusste, dass dies ihre beste Disziplin war, und glücklicherweise schoss sie mit der rechten Hand, aber ihre Schulter musste immer noch schmerzen. Das würde sich auf den Lauf auswirken.

»Komm schon, Em, du schaffst das«, murmelte er.

Dann liefen ihre Konkurrentinnen los.

Doc behielt Ember im Auge. Sie hüpfte auf der Stelle, als die ersten Frauen den Schießstand erreichten. Sie musste warten, bis sie an der Reihe war, was nervenaufreibend sein musste.

Als sie endlich starten durfte, lief sie schnell auf den Schießstand zu. Ihre Form sah gut aus, sie war stark. Doc kniff die Augen zusammen, als sie ihre ersten Schüsse abgab. Sie musste fünf Ziele treffen und nach jedem Schuss »nachladen«. Sie würde so oft wie nötig schießen, um alle Ziele zu treffen, aber jeder Fehltreffer kostete Zeit.

Doc hatte den Eindruck, dass sie sehr schnell alle Ziele traf.

»So ist es richtig. Mach weiter so«, sagte er.

Auf den ersten achthundert Metern sah sie stark aus. Sie umrundete die Strecke und lief wieder auf den Schießstand zu. Aus ihren Gesprächen wusste er, dass diejenige, die als Erste durchs Ziel kam, den gesamten Wettbewerb gewann. Ember lag immer noch ziemlich weit hinten, aber sie hatten noch einen weiten Weg vor sich.

Es sah so aus, als hätte sie in der zweiten Runde ein paar

Schüsse verfehlt. »Ruhig, Em. Konzentriere dich auf dein Ziel und blende alles andere aus.«

Sie überholte regelmäßig andere Läuferinnen, aber es gab noch einige Konkurrentinnen vor ihr. Es war offensichtlich, dass sie die Führenden nicht mehr einholen würde, aber Doc konnte trotzdem nicht anders, als stolz auf sie zu sein.

In der letzten Runde traf Ember alle fünf Schüsse, ohne ein einziges Mal zu verfehlen.

»Verdammt, sie ist gut. Kein Wunder, dass sie dich übertrumpft hat«, kommentierte Grover.

Doc störte sich nicht daran. Ember war eine ausgezeichnete Schützin.

Der Jubel auf der Tribüne steigerte sich zu einem Getöse, als die erste Frau die Ziellinie überquerte. Dann die zweite und die dritte. Leila überquerte die Ziellinie als Zehnte und Ember war mit Platz fünfzehn nicht allzu weit hinter ihr.

Doc war so stolz, wie es nur ging. Ja, es war nicht das Ergebnis, das sie sich gewünscht hatte, aber sie hatte bei diesem letzten Wettkampf buchstäblich zehn andere Teilnehmerinnen überholt. Zehn Teilnehmerinnen, die einen großen Vorsprung vor ihr hatten. Er behielt sie im Auge, während sie lächelte und der Menge zuwinkte. Dann machte sie sich auf den Weg zu Leila und sein Herz platzte fast vor Stolz, als sie ihre Teamkameradin herzlich in die Arme nahm. Sie lächelte breit und freute sich offensichtlich für ihre Freundin.

Doc verlor Ember aus den Augen, als sie in einer Menge von Teilnehmerinnen und Trainern am Streckenrand verschwand.

»Gehst du runter und triffst dich mit ihr?«, fragte Grover.

Doc schüttelte den Kopf. »Noch nicht, erst nach der Siegerehrung.«

»Glaubst du, sie wird so lange bleiben?«

»Oh ja. Sie ist vielleicht enttäuscht darüber, wie sie abgeschnitten hat, aber sie wird sich für die anderen freuen.«

»Klingt für mich nicht wie eine verwöhnte Diva«, sagte Grover.

»Das ist sie auch nicht«, stellte Doc klar.

»Ich habe nur Spaß gemacht«, entgegnete Grover mit einem Augenrollen. »Ich denke, das wurde gestern Abend bereits vollkommen deutlich.«

Die Medaillenzeremonie war bewegend und Doc konnte die Enttäuschung, die er für Ember empfand, nicht abschütteln. Jedes Mal wenn er einen Blick auf sie erhaschte, lächelte sie und unterstützte die anderen Athleten.

Als die Veranstaltung zu Ende ging und die Leute das Stadion verließen, machte Doc sich auf den Weg zu der Stelle, wo er Ember zuletzt gesehen hatte. Mit seinem Sicherheitsausweis konnte er ohne Probleme auf das Feld. Er sah sie bei ihren Eltern stehen und ging hinüber.

Als er näher kam, konnte er hören, wie ihre Mutter Ember beschimpfte – und alle anderen in der Nähe konnten es auch.

»Ich weiß nicht, was zum Teufel heute passiert ist, aber das war eine Schande. Erbärmlich! Du warst beim Schwimmen fast die Letzte, sonst wärst du heute als Zehnte gestartet. Und ich habe die Zeiten zusammengerechnet – du wärst Dritte geworden, wenn du beim Schwimmen nicht so einen Mist gebaut hättest!«

»Im Ernst, Ember, du hast alle enttäuscht«, warf ihr Vater kopfschüttelnd ein.

Doc hatte genug gehört.

Er trat hinter Ember und legte seine Arme um ihre

Taille, zog sie zurück an sich und achtete darauf, ihren linken Arm nicht anzustoßen, da er wusste, dass er höllisch wehtun musste. »Du warst unglaublich«, sagte er zu ihr, nachdem er sanft ihre Schläfe geküsst hatte.

»Entschuldigen Sie mal!«, tobte ihre Mutter. »Sie haben kein Recht, meine Tochter anzufassen!«

Ember drehte sich in seinen Armen herum und er konnte den Schmerz in ihren Augen sehen. Aber sie lächelte ihn an. Es war ein falsches Lächeln, aber Doc war nicht überrascht, dass sie ihre Gefühle verbarg. Es waren zu viele Leute in der Nähe.

»Hi, vielen Dank.«

»Bist du bereit zu gehen?«, fragte er.

»Sie wird nicht ins Olympische Dorf zurückkehren«, sagte ihr Vater. »Sie kommt mit uns ins Hotel, damit wir darüber reden können, was zum Teufel wir nach diesem Fiasko tun werden. Wir müssen entscheiden, was wir auf Instagram posten sollen, um diese Niederlage zu unseren Gunsten zu wenden.«

»Tut mir leid, Dad«, sagte Ember, »aber ich gehe mit Craig.«

»Nein, das wirst du nicht«, beharrte ihre Mutter.

»Doch, Mom, das werde ich. Ich liebe euch und weiß alles zu schätzen, was ihr für mich getan habt, aber ich muss heute Abend selbst erst einmal zu mir finden. Es tut mir leid, dass ich euch enttäuscht habe. Ich komme morgen ins Hotel und dann können wir reden.«

»Das ist nicht genug, junge Dame! Außerdem bin ich mir nicht sicher, warum du wieder zu dir finden musst. Wir müssen herausfinden, was schiefgelaufen ist, damit wir es für die nächsten Olympischen Spiele beheben können. Wir haben viel Arbeit vor uns.«

»Wir?«, erwiderte Ember. »Ich habe *euch* heute nicht auf dieser Rennstrecke gesehen.«

Ihre Eltern starrten sie einen Moment lang sprachlos an, bevor ihre Mutter die Augen zusammenkniff. »Falsch. Wir haben unser ganzes Leben für dich aufgegeben, für diesen Moment. Und du hast es vermasselt!«

»Ich habe euch nicht darum gebeten«, konterte Ember. Sie sprach ruhig, aber Doc konnte fühlen, wie sie in seiner Umarmung zitterte, und er legte seinen Arm fester um sie, um sie zu unterstützen.

Sie fuhr fort: »Nochmals, es tut mir leid, dass ich euch enttäuscht habe. Euch, meine Trainer und alle, die mir beim Training geholfen haben, aber ich habe mein Bestes gegeben und die Tatsache, dass ihr euch nicht darüber freuen könnt, dass ich überhaupt hier bin, dass ich an den verdammten Olympischen Spielen teilgenommen habe, sagt mehr über euch aus als über mich. Ich komme morgen zum Hotel und wir können uns unterhalten, sobald wir alle weniger emotional sind.«

»Du wirst dein Versagen also damit feiern, indem du Sex mit *ihm* hast?«, fauchte ihre Mutter. »Er hat eine andere Hautfarbe!«

Doc versteifte sich.

»Ich bin fünfundzwanzig Jahre alt, Mom. Mit wem ich Sex habe, geht dich nichts an. Und noch wichtiger ist, ich kann nicht glauben, dass du jetzt rassistisch wirst. Wenn ich Sex mit jemandem haben möchte, werde ich das tun, egal wie er aussieht. Ich bin erwachsen und es ist an der Zeit, dass ihr anfangt, mich auch so zu behandeln.«

»Wenn du anfängst, dich wie eine Erwachsene zu benehmen, werden wir dich auch so behandeln«, warf ihr Vater ein.

»Ich denke, wir sind hier fertig«, mischte Doc sich ein. Er würde nicht länger dastehen und zuhören, wie Embers Eltern sie runtermachten. Er war entsetzt darüber, wie sie mit ihr sprachen. Er wusste, es lag daran, dass sie enttäuscht waren, aber er musste sie von ihren Eltern wegbringen, bevor jemand etwas sagte, das ihrer Beziehung dauerhaft schaden könnte.

Er drehte sich mit Ember in seinen Armen um und schlang seinen Arm um ihren Rücken, während er sie von ihren Eltern wegführte, die kein weiteres Wort sagten, wofür Doc dankbar war.

»Die Leute werden wahrscheinlich Fotos machen«, sagte Ember leise.

Doc hielt an und änderte den Kurs. Anstatt durch den Haupteingang zu gehen, ging er zu dem Tor, das für Athleten und Mitarbeiter reserviert war, durch das er gekommen war. Er zog sein Handy heraus und tippte auf Grovers Namen.

»Was ist los? Ist alles gut?«, fragte Grover zur Begrüßung.

»Wie weit bist du weg? Kannst du zurückkommen und Ember und mich abholen?«

»Na sicher. Gib mir zehn Minuten.«

»Wir sind beim Sportlereingang. Am Haupteingang ist wahrscheinlich zu viel los.«

»Kein Problem. Ich bringe den schicken Golfwagen mit den getönten Scheiben mit.«

»Ich danke dir.«

»Bis gleich.«

Doc legte auf. Die koreanischen Veranstalter hatten Dutzende dieser speziellen Golfwagen für die Spiele zur Verfügung gestellt und er war dankbar, dass Grover daran gedacht hatte, sich einen zu schnappen.

Er blieb kurz vor dem Ausgang stehen. Er wollte nicht hinausgehen, bevor Grover eintraf. Nur für den Fall, dass draußen Fans warteten. »Bist du okay?«, fragte er Ember. »Das war ziemlich intensiv.«

»Mir geht es gut«, sagte sie mit einem weiteren falschen Lächeln.

Es ging ihr nicht gut, das war offensichtlich. Aber er würde nicht weiter drängen. »Fürs Protokoll ... ich glaube, Grover will dich rekrutieren. Egal was er dir verspricht, glaub ihm nicht.«

Ihr Lächeln wurde sanfter und er merkte, dass es jetzt etwas aufrichtiger war.

»Aber im Ernst, du hast erstaunlich gut geschossen.«

»Das ist irgendwie lustig. Ich hatte früher immer Mühe, mich auf mein eigenes Ziel zu konzentrieren. Es ist schwierig, die Geräusche der Konkurrentinnen auszublenden, besonders wenn man weiß, dass sie alle fünf getroffen haben und weiterlaufen können. Aber heute habe ich kaum etwas davon gehört. Ich wusste, dass ich keine Chance mehr auf eine Medaille hatte, das schien geholfen zu haben. Außerdem konnte ich nicht anders, als an gestern Abend zu denken. Da ging es buchstäblich um Leben und Tod. Und obwohl es die Olympischen Spiele waren ... war das hier nichts im Vergleich dazu. Ich war weniger angespannt und habe einfach das getan, was ich gelernt habe.«

»Du hast nur drei von zwanzig Schüssen verfehlt, oder?«

»So in etwa«, sagte sie bescheiden.

»Ich würde dich gern mal zu einem Schießstand mitnehmen«, überlegte Doc. »Wir könnten dich als Köder oder so einsetzen und andere auf einen freundschaftlichen Wettbewerb einladen. Sie würden denken, dass du nicht einmal die breite Seite einer Scheune treffen könntest, weil du so hübsch bist. Und dann – bumm! Du würdest jeden Schuss treffen und die anderen vollkommen im Regen stehen lassen.«

Ember kicherte. »Das wäre nicht sehr nett.«

»Egal, es wäre es absolut wert, ihren Gesichtsausdruck zu sehen, wenn du sie abziehst.« Doc war erleichtert zu sehen, dass sie sich bei ihrem Geplänkel etwas entspannte.

»Ich würde gern mit dir schießen gehen. Trainiert du und dein Team jeden Tag?«

»Wir versuchen es. Es ist wichtig, dass wir in Form bleiben.«

»Ich liebe es zu laufen. Es ist eine meiner Lieblingsbeschäftigungen. Ich kann mich in meinen eigenen Gedanken verlieren und alles andere ausblenden. Vielleicht sind es die Endorphine oder was auch immer, aber lange Läufe habe ich schon immer gemocht.«

»Bist du eine Frühaufsteherin?«, fragte Doc.

»Auf jeden Fall. Normalerweise gehe ich gegen halb neun oder neun schlafen, was ziemlich lächerlich ist, aber ich stehe gegen halb vier auf, um ins Fitnessstudio zu gehen. Zuerst schwimme ich etwas, bevor ich irgendetwas anderes mache«, erklärte Ember.

»Noch etwas, das wir gemeinsam haben«, erklärte Doc ihr mit einem Lächeln. »Ich brauche nicht so viel Schlaf wie du, aber ich stehe gern früh auf und beginne meinen Tag zeitig. Ich würde gern mit dir laufen gehen und schwimmen auch. Wir passen gut zusammen.«

Ember starrte ihn an und Doc starrte zurück. Es gab so viel, was er sagen wollte, aber dies war weder die richtige Zeit noch der passende Ort dafür. Langsam streckte er die Hand aus und berührte ihre Wange. »Du warst heute unglaublich«, sagte er sanft.

Tränen schossen ihr in die Augen, aber sie schüttelte den Kopf und weigerte sich, sie laufen zu lassen. »Ich kann das jetzt nicht. Bitte.«

Doc nickte. »Okay, Em, das ist in Ordnung. Ich verstehe.« Und das tat er. Sie versuchte mit aller Kraft, ihre Fassung zu wahren. Sie wollte auf keinen Fall in der Öffentlichkeit zusammenbrechen. Glücklicherweise sah er, wie Grover mit dem Golfwagen vor dem Eingang anhielt. Er legte erneut seine Hand in Embers Rücken und führte sie zum Ausgang.

»Gute Arbeit heute!«, rief einer der Wachleute Ember zu.

»Danke«, antwortete sie.

»Ich hoffe, wir sehen uns in vier Jahren wieder. Du wirst alle besiegen, das weiß ich.«

Ember lächelte, winkte ihm zu und ließ sich von Doc zum Golfwagen führen. Er hielt die getönte Tür auf und sie kroch auf den Rücksitz. Er folgte ihr und in der Sekunde, in der er saß, gab Grover Gas.

Schweigend kehrten sie zum Olympischen Dorf zurück. Der Haupteingang war jetzt verschlossen, also fuhren sie zu einem der anderen Zugänge. Nach etwa zehn Minuten hielten sie vor ihrer Unterkunft und Doc stieg mit Ember hinter ihm aus.

Ohne darüber nachzudenken, nahm er ihre Hand in seine.

»Wir müssen in drei Stunden auf Patrouille«, erinnerte Grover ihn.

Doc nickte. Er hatte seine Schicht mit anderen Mitgliedern der Spezialeinheit getauscht, damit er Ember beim Laufen und Schießen zusehen konnte. Es war keine volle Schicht, da er an diesem Morgen ein paar Stunden gearbeitet hatte, aber er hätte ihre letzte Veranstaltung um nichts in der Welt verpassen wollen. Grover hatte sich freiwillig bereit erklärt, ihn zu begleiten. Er hatte die besten Freunde der Welt.

»Bist du hungrig?«, fragte Doc, als sie hineingingen.

Sie schüttelte den Kopf.

Doc war sich da nicht so sicher, aber er drängte sie nicht. Ember vibrierte praktisch neben ihm. Sie grüßte die anderen Athleten, an denen sie vorbeikamen, und dankte ihnen, wenn sie ihr gratulierten, sagte aber ansonsten nicht viel.

Ohne zu diskutieren, führte Doc sie zu seinem Zimmer und öffnete die Tür. Sie stand regungslos mitten im Raum und Doc konnte nicht anders, als zu ihr zu gehen, als hinge sein Leben davon ab. Er drehte sie herum und sah, wie die Tränen, die sie verzweifelt zurückgehalten hatte, endlich liefen.

Sie verschluckte sich an einem Schluchzen und sein Herz brach für sie. Er zog sie an sich und spürte, wie ihre Beine unter ihr nachgaben. Sie sanken beide auf den harten Fliesenboden und er hielt sie fest, als sie weinte, als wäre gerade ihre beste Freundin gestorben. Doc sagte ihr nicht, sie solle sich beruhigen, versprach ihr nicht, dass alles gut werden würde. Er ließ sie einfach weinen und alles herauslassen.

Sie hatte sich jahrelang den Hintern aufgerissen, nur für diesen einen Tag, und er hatte nicht so geendet, wie sie es sich erhofft hatte. Er hasste es, dass ihre Mutter ihr unter die Nase gerieben hatte, dass sie eine Medaille gewonnen hätte, wenn sie beim Schwimmen nicht so schlecht abgeschnitten hätte. Das war, als würde man Salz in eine offene Wunde streuen. Es war unsensibel und verletzend und Doc war wütend, dass sie sich damit auseinandersetzen musste.

Sie war sich wahrscheinlich selbst sehr wohl bewusst, wie sie abgeschnitten hätte, wenn ihre Schulter nicht am Vortag ausgekugelt worden wäre.

»Es tut mir leid. Es tut mir so leid, Em«, murmelte Doc und wiegte sie hin und her, während sie sein Hemd mit ihren Tränen durchnässte. »Wenn ich den gestrigen Tag zurückdrehen und es ändern könnte, würde ich es tun. Ich hätte dich nicht so grob anfassen dürfen. Es ist meine Schuld. Gott, es tut mir so verdammt leid.«

Sie schüttelte den Kopf. »N-nein ...«

»Doch, das ist es«, beharrte er und unterbrach sie. »Aber ich bin auch so verdammt stolz auf dich, dass ich es gar nicht in Worte fassen kann. Weißt du, wie vielen Menschen ich vertrauen würde, mir Rückendeckung zu geben, so wie du es gestern getan hast? Genau sechs, Trigger, Lefty, Brain, Lucky, Grover und Oz ... den du noch nicht getroffen hast. Das ist alles. Bei jedem anderen hätte ich Angst, dass er vielleicht auf mich schießen würde anstatt auf die Terroristen. Oder dass derjenige davonläuft und mich im Stich lässt. Bis gestern habe ich meine Ersatzwaffe noch nie einem Zivilisten gegeben. Aber ich habe keine Sekunde gezögert, sie dir zu überlassen. Ich habe deinen olympischen Traum vermasselt, und werde den Rest meines Lebens damit verbringen, mir selbst dafür in den Hintern zu treten. Aber ich war noch nie von jemandem so beeindruckt wie von dir gestern Abend.«

Seine Worte schienen Ember noch mehr zum Weinen zu bringen, also beschloss Doc, die Klappe zu halten und sie einfach festzuhalten und ihr die Unterstützung zu geben, die sie von ihren Eltern hätte bekommen sollen.

Es dauerte eine Weile, aber schließlich verwandelte sich ihr Schluchzen in ein gelegentliches Schniefen. Dann murmelte sie: »Ich glaube, mir ist der Hintern eingeschlafen.«

Doc lächelte und kniete sich hin, dann stand er mit Ember in seinen Armen auf. Sie geriet nicht in Panik, machte nicht den Anschein, als hätte sie Angst, dass er sie fallen lassen würde. Sie legte einfach ihre Arme um seinen

Hals und hielt sich fest, als er sie zu seinem Bett brachte. Er setzte sich, schob ihre Beine zur Seite und legte seine Hand an ihr Gesicht, um ihr die Tränen von den Wangen zu wischen.

»Fühlst du dich etwas besser?«

Sie zuckte mit den Schultern. »Ein wenig.«

»Gut. Willst du über heute reden?«

Ember seufzte. »Das Fechten verlief gut. Ich war etwas aus dem Gleichgewicht, aber ich habe mich gut geschlagen. Beim Springen hatte ich Glück und habe ein gutes Pferd erwischt, was meine Probleme mit der Schulter kompensiert hat. Aber ich saß etwas schief und das hat das Pferd verunsichert. Zu diesem Zeitpunkt bemerkten meine Schwimmtrainerin Lonnie und meine Eltern, dass etwas nicht stimmte, aber ich habe ihnen nicht erzählt, was passiert ist. Sie hatten am Morgen über den Anschlag gesprochen und ich habe nicht erwähnt, dass ich darin verwickelt war.«

»Warum nicht?«, fragte Doc.

Sie begegnete seinem Blick und sagte: »Weil du ein Delta-Force-Soldat bist. Ich weiß nicht viel, aber ich weiß, dass das, was du tust, streng geheim ist.«

Doc schloss die Augen und versuchte, seine Gefühle zu kontrollieren. Diese Frau war einfach perfekt – und er hatte keine Ahnung, wie er die Dinge zwischen ihnen zum Laufen bringen sollte. Sie befanden sich in einer unmöglichen Situation.

Offenbar war ihr nicht klar, wie sehr sie gerade seine Welt erschüttert hatte, denn sie redete weiter. »Ich wusste, dass das Schwimmen scheiße laufen würde. In den anderen Sportarten konnte ich auch ohne den linken Arm auskommen, aber beim Schwimmen braucht man beide Arme. Es tat weh. Es tat sehr weh. Aber ich habe mich durchgekämpft. Natürlich hat meine Zeit darunter gelitten.«

»Du bist wirklich beeindruckend«, sagte Doc leise.

»Im Moment fühle ich mich eher wie eine Versagerin. Ich bin mir sicher, dass meine Follower ihre Fassung darüber verlieren, wie schlecht ich abgeschnitten habe.«

»Die können dich mal!«, rief Doc aus.

Ember sah für eine Sekunde erschrocken aus, dann zuckten ihre Lippen.

»Es ist leicht, hinter der Tastatur zu sitzen und zu schimpfen, aber sie haben nicht über ein Jahrzehnt ihres Lebens mit Training verbracht. Sie sind nicht mit einer kürzlich ausgerenkten Schulter geschwommen. Sie haben sich nicht einem möglicherweise mit Sprengstoff gefüllten Lieferwagen entgegengestellt – mit nichts als einer Pistole in der Hand.«

»Ich weiß.«

»Tust du das? Im Ernst, Em, du bist so viel mehr als nur eine Figur in den sozialen Medien. Arschlöcher werden immer Arschlöcher sein. Selbst wenn du Gold gewonnen hättest, hätten sie wahrscheinlich behauptet, dass du irgendwie geschummelt hast. Oder dass du wegen deiner Hautfarbe bevorteilt wurdest oder jemanden bestochen hast, um zu gewinnen. Du weißt, was du geleistet hast, und ich weiß es auch. Und mir fehlen immer noch die Worte, auszudrücken, wie stolz ich auf dich bin.«

»Du hast recht.«

»Natürlich habe ich das«, neckte Doc.

Sie lächelte und diesmal war es ein echtes Lächeln. Er entspannte sich etwas.

»Ehrlich gesagt hat mir das die Entscheidung erleichtert, was ich mit meinem Leben anfangen soll. Wenn ich eine Medaille gewonnen hätte, hätten alle erwartet, dass ich weitermache. Aber jetzt kann ich mich hoffentlich zurückziehen und im Sonnenuntergang verblassen.«

Doc brach in Gelächter aus.

Ember schlug ihm auf den Arm. »Was ist so lustig?«

»Du. Zu denken, dass du einfach aus den Erinnerungen der Leute verschwinden kannst. Em, du bist so verdammt schön, innerlich und äußerlich, die Leute fühlen sich zu dir hingezogen wie Motten zum Licht. Was denkst du, warum du so viele Follower hast?«

»Weil meine Eltern dafür bezahlt haben?«, entgegnete sie trocken.

»Nein, weil du ein strahlendes Licht bist. Auch wenn du nicht selbst postest und die meisten der Bilder gestellt sind, sehen deine Follower in dir jemand Besonderes. Jemanden, dem sie nahe sein wollen, mit dem sie befreundet sein wollen. Ich habe keine Zweifel, was auch immer du mit deinem Leben anfangen wirst, du wirst herausstechen.«

Ihre Augen füllten sich erneut mit Tränen.

»Scheiße, ich wollte dich nicht traurig machen«, sagte Doc zu ihr.

»Ich bin nicht traurig. Ich bin froh oder dankbar. Wie auch immer.«

»Also ... was ist jetzt dein Plan?« Er konnte nicht anders, als zu fragen.

»Morgen werde ich mit meinen Eltern reden und ihnen sagen, dass ich eine Pause brauche. Von allem, vom Fünfkampf, den sozialen Medien, einfach von allem.«

»Und wie denkst du, werden sie das aufnehmen?«

»Sie werden ausflippen«, antwortete Ember ehrlich. »Aber das ist mir egal.«

»Wenn die Dinge zu intensiv werden ... kannst du jederzeit nach Texas kommen«, bot Doc an. Er wollte lässig klingen, aber er wusste, dass es ihm nicht gelang.

Ember starrte ihn an. »Ach ja?«

»Ja«, bestätigte er. »Ich könnte dich zum Schießen mitnehmen und du könntest es dem Team mal so richtig zeigen. Du könntest auch Oz und sein Baby kennenlernen, das wahrscheinlich in den nächsten Tagen zur Welt kommt. Und natürlich die anderen Frauen. Ich weiß, du würdest sie mögen und sie dich. Wir könnten laufen gehen ... obwohl es in Texas heißer ist, als du es gewohnt bist. Und es gibt keine schönen Strände zum Laufen. Die Sonnenuntergänge können aber ziemlich atemberaubend sein.« Doc wusste, dass er schwafelte, aber er wollte nicht aufhören zu reden und riskieren, dass sie sein Angebot ablehnte und sagte, dass sie auf keinen Fall aus Beverly Hills wegziehen würde.

»Ich glaube, das würde mir gefallen«, sagte sie leise.

Sie hatte nicht zugestimmt, dass sie kommen würde, aber sie hatte ihm auch nicht gesagt, dass er verrückt war.

Doc konnte sich nicht davon abhalten, den Kopf zu senken. Es war, als hinge sein Leben davon ab, diese Frau in diesem Moment zu küssen. Er hatte ihren ersten Kuss nicht vergessen. Er war perfekt gewesen.

Sie kam ihm auf halber Strecke entgegen, hob das Kinn und legte ihre Hand fester in seinen Nacken. Doc schloss die Augen und seufzte erleichtert, als ihre Lippen sich trafen. Er hatte es nicht eilig, er wollte Em zeigen, wie sehr er sie schätzte.

Sie machten minutenlang auf seinem Bett herum. Doc achtete sorgfältig darauf, dass seine Hände nicht abschweiften, egal wie sehr er sie auf die Matratze legen und mit ihr schlafen wollte.

Das tat sie mit ihm. Er mochte alles an ihr. Ihre Muskeln, die Art, wie sie sich beim Küssen an ihn lehnte, wie sie ihm zuerst die Kontrolle überließ, dann aber darauf bestand, sie zu übernehmen. Er fühlte sich bei Ember so wohl wie mit keiner anderen Frau zuvor.

Eine Hand lag auf ihrem Kopf und stützte sie, die andere umklammerte ihren Oberschenkel direkt über ihrem Knie. Er konnte nicht verhindern, dass sein Schwanz in der Sekunde, in der ihre Lippen sich trafen, hart wurde, aber sie schien von seiner offensichtlichen Erregung nicht beleidigt zu sein.

Als sie sich voneinander lösten, atmeten beide schwer.

Ihre Pupillen waren jetzt geweitet und es gab keine Anzeichen von Tränen mehr. Ihre Augen waren immer noch ein wenig blutunterlaufen, aber die einzige Emotion, die er spüren konnte, war Erregung.

Doc wollte gerade vorschlagen, gemeinsam zu duschen, als ihr Magen knurrte.

Ember stöhnte, als sie den Kopf senkte und ihre Stirn auf seine Schulter legte. »Oh Gott, wie peinlich.«

»Du hast heute eine Menge Kalorien verbrannt«, sagte Doc mit einem Lächeln und liebte das Gefühl von ihr in seinen Armen. »Wie wäre es, wenn du duschst, während ich in die Cafeteria gehe und nachschaue, was ich für dich finden kann?«

»Hier?«

»Was hier?«, fragte er.

»Kann ich in deinem Zimmer duschen?«

»Verdammt ja. Du kannst hier so ziemlich alles machen, was du willst.«

Sie grinste, dann wurde sie ernst. »Craig?«

Er liebte es, wie sein Vorname aus ihrem Mund klang. Er hatte nie wirklich verstanden, warum seine Freunde es mochten, wenn ihre Frauen sie bei ihrem richtigen Namen nannten, aber jetzt verstand er es. Es war etwas Besonderes nur zwischen ihnen. »Ja?«

»Ich weiß nicht, was die Zukunft für mich bereithält, aber ich will dich nicht aufgeben.«

»Dann tu es nicht«, erwiderte er schlicht. »Aber du musst wissen, dass ich nicht nach Kalifornien ziehen kann. Ich habe Verpflichtungen gegenüber meinem Team, der Armee und unserem Land. Ich bin ihnen ausgeliefert.«

»Das verstehe ich vollkommen und ich respektiere das.«

Sie ging nicht weiter darauf ein und Doc hatte im Moment nicht den Mut zu fragen, was das bedeutete. »Wenn du aufstehst, hole ich dir etwas zu essen.«

Ember bewegte sich nicht, sie starrte ihm einfach für einen langen Moment in die Augen. Dann musste sie etwas entschieden haben, denn sie nickte vor sich hin, bevor sie langsam von seinem Schoß glitt. Ihr Blick schnellte nach unten und sie grinste. »Wirst du so laufen können?«

Doc stand auf und verzog das Gesicht. »Das wird sich gleich geben ... vielleicht.«

Ember trat noch einmal auf ihn zu und umarmte ihn.

»Das hilft nicht gerade dabei«, erklärte er ihr ehrlich.

Als Ember sich zurückzog, konnte Doc sehen, dass sie nach ihrem letzten Wettkampf zum ersten Mal wirklich entspannt war. »Ich weiß, dass ich das bereits gesagt habe, aber ich werde es noch einmal sagen, weil ich denke, dass es jetzt noch bedeutender ist. Ich bereue nicht, was gestern Abend passiert ist. Ich kann nicht leugnen, dass ich enttäuscht war, dass ich heute nicht besser abgeschnitten habe, aber an deiner Seite zu stehen und andere zu beschützen war viel wichtiger als eine blöde Medaille.«

»Niemand wird erfahren, was du getan hast«, sagte Doc.

»Damit bin ich einverstanden. Ganz ehrlich, ich war traurig, enttäuscht und verärgert und ich habe geweint, aber jetzt geht es mir gut. Wir haben Menschenleben gerettet.«

»Das haben wir«, stimmte Doc zu.

»Das ist im Großen und Ganzen viel wichtiger. Ich habe mich immer darüber beklagt, dass ich dafür berühmt bin, absolut nichts zu tun. Es gibt so viele andere Menschen da draußen, die erstaunliche Dinge leisten. Und ich habe all dieses Geld, nur weil ich mich mit einer bestimmten Kosmetik fotografieren lasse oder irgendeinen Laden erwähne. Aber gestern Abend habe ich etwas geleistet, wir haben etwas geleistet – etwas Gutes. Und das fühlt sich verdammt wunderbar an.«

Doc konnte nicht widerstehen. Er küsste sie noch einmal und zog sie an sich, während er sie verschlang. Als er sich zurückzog, küsste er sie auf die Nase, dann auf die Stirn. »Das fühlt sich gut an, du fühlst dich gut an. Jetzt geh duschen, bevor dein Magen dich von innen auffrisst. Ich bin in zwanzig Minuten oder so zurück. Ist das genügend Zeit?«

»Mehr als genug«, sagte Ember.

Doc nickte und nahm dann widerwillig seine Arme von ihr. Er wirbelte herum und ging zur Tür, denn wenn er jetzt nicht ging, würde er sie vielleicht nie allein lassen wollen.

Zweieinhalb Stunden später standen Ember und Craig an ihrer Zimmertür. Sie hatte geduscht, er hatte viel zu viele Speisen aus der Cafeteria geholt und sie hatten miteinander geredet und gelacht, bis er gesagt hatte, dass er sich fertig machen müsse, um zu seiner Schicht zu gehen.

Ember war todmüde. Er hatte sie dazu gebracht, noch mehr Schmerzmittel zu nehmen, und nach allem, was passiert war, war sie kurz davor zusammenzubrechen. Er hatte sie in ihr Zimmer begleitet und ihre Tasche abgestellt. Jetzt verabschiedeten sie sich. Sie kannten sich erst seit ein paar Tagen, aber es kam ihr wie ein ganzes Leben vor. Es war so viel passiert, dass es ihre Freundschaft ... und ihre Beziehung vertieft hatte.

»Sei vorsichtig heute Abend«, sagte sie.

»Das werde ich. Kommst du heute Abend ohne deine Sterne zurecht?«, fragte er.

Ember lächelte. »Ja, ich werde eingeschlafen sein, bevor mein Kopf das Kissen berührt.«

»Okay. Und fürs Protokoll, in Texas gibt es einen ziemlich erstaunlichen Nachthimmel, wegen der geringen Lichtverschmutzung und so.«

Ember grinste. Er war einfach bezaubernd. Sie hatte noch nicht wirklich entschieden, was sie mit ihrem Leben anfangen sollte, aber sie konnte nicht leugnen, dass sie sich auf ihre Zukunft freute. Sie hatte einige Ideen im Hinterkopf und war bereit, sie in die Tat umzusetzen. Sie hoffte, Craig vielleicht in diese Zukunftspläne einbeziehen zu können, aber sie war noch nicht bereit, sich auf irgendetwas festzulegen. Sie musste mit ihren Eltern sprechen und ihr Leben in Ordnung bringen, bevor sie irgendwelche Versprechungen oder konkrete Pläne machen konnte.

»Das werde ich mir merken«, sagte sie lächelnd.

»Tu das. Du hast meine Anschrift, Telefonnummer und E-Mail-Adresse«, erinnerte er sie. »Benutze sie.«

»Das werde ich tun. Und du zögere ebenfalls nicht, mich zu kontaktieren.«

»Oh, mach dir darüber keine Sorgen«, sagte er zu ihr.

Ember liebte es, dass er nicht im Geringsten schüchtern war.

»Erzählst du mir morgen, wie es mit deinen Eltern gelaufen ist?«

»Ja.«

»Lass dir von ihnen kein schlechtes Gewissen einreden.

Du hast heute eine tolle Leistung hingelegt«, stellte Craig klar.

»Ich werde es versuchen.«

»Vergiss nicht, dass ich stolz auf dich bin. Und Trigger hat dich knallhart genannt. Und auch die anderen Männer im Team sind beeindruckt. Du bist unglaublich, Em. Vergiss das nicht.«

Ember konnte diesem Mann nicht widerstehen. Etwas an ihm zog sie an. Sie stellte sich auf die Zehenspitzen und küsste ihn. Tränen drohten ihr in die Augen zu schießen, aber sie zwang sie zurück.

»Dies ist kein Abschied«, sagte sie energisch.

»Nein, das ist es nicht«, stimmte Craig zu. »Ich werde mit meinem Kommandanten reden, ob ich etwas Urlaub bekommen und dich in Kalifornien besuchen kann.«

»Wirklich?«

»Ja, wirklich. Ich weiß nicht, wie wir das hinbekommen, aber ich will es versuchen.«

Das war alles, was Ember hören musste, um die Pläne in ihrem Kopf klarer werden zu lassen. »Okay«, sagte sie einfach.

»Okay.« Craig schaute ihr ins Gesicht, als versuchte er, es sich einzuprägen.

»Oh, ich habe nicht einmal ein Bild von dir. Machst du ein Selfie mit mir? Ich verspreche, dass ich es nicht in den sozialen Medien posten werde. Es ist nur für mich.«

»Natürlich«, sagte Craig. Er drehte sie so, dass sie an seiner Seite stand, und Ember kramte in ihrer Tasche nach ihrem Handy. Sie wischte nach rechts und öffnete die Kamera-App. Sie hielt das Telefon vor sich und zum ersten Mal seit sehr langer Zeit musste sie sich keine Gedanken darüber machen, ob ihr Make-up perfekt war oder die

Beleuchtung stimmte. Sie wollte nur ein Bild von sich und Craig.

Sie drückte auf den Auslöser und lachte über die kurze Vorschau, die sie sah. »Du hast gar nicht hingeschaut!«, rief sie aus.

»Tut mir leid, mach noch eins«, sagte Craig zu ihr.

Sie tat es und dieses Mal war sie zufrieden, dass beide in die Kamera gesehen hatten.

»Wir sehen uns bald wieder«, sagte Craig.

Das war es. Er musste gehen.

»Das werden wir.«

Craig ließ die Arme sinken und trat im Flur einen Schritt von ihr weg. »Ich werde dich vermissen«, sagte er leise.

Ember schmolz das Herz dahin. »Ich dich auch.«

»Sei stark, Em. Du bist eine tolle Frau.«

»Das werde ich.«

»Dies ist kein Abschied«, wiederholte Craig.

»Bis später«, sagte Ember.

»Bis später«, wiederholte Craig. Dann drehte er sich um und ging davon.

Da Ember nicht in der Lage war, ihm beim Gehen hinterherzusehen, ging sie rückwärts in ihr Zimmer und schloss die Tür. Sie blickte auf ihr Handy, das sie immer noch in der Hand hielt, schaltete es ein und sah sich die Bilder an, die sie gerade gemacht hatte.

Das letzte Bild war süß. Sie hatten beide ein albernes Lächeln im Gesicht und obwohl ihr Haar verrückt aussah und Craigs Stirn vom Deckenlicht glänzte, liebte sie es. Dann wischte sie zum ersten Bild, das sie gemacht hatte. Das, auf dem Craig nicht in die Kamera geschaut hatte. Sie erstarrte ...

Craig sah sie mit einem so innigen Ausdruck an, dass sie

wusste, dass sie dieses Bild für immer in Ehren halten würde. Sie grinste in die Kamera und sein Blick war auf sie gerichtet. Er hatte ein kleines Lächeln auf den Lippen und die Bewunderung in seinem Blick war deutlich zu sehen.

Gott, hatte sie jemals jemand so angesehen? Wenn ja, konnte sie sich nicht erinnern.

Sie wollte diesen Mann. Punkt. Sie hatte keine Ahnung, warum oder wieso er immer noch Single war. Vielleicht war er schlampig oder hatte ein Alkoholproblem oder war ein komplettes Arschloch, nachdem er eine Frau kennengelernt hatte. Aber das glaubte sie nicht.

Sie waren zur richtigen Zeit am richtigen Ort gewesen, um sich zu treffen, Leben zu retten und Kontakte zu knüpfen.

Ember war bereit, mit ihrem Leben weiterzumachen, und Texas kam ihr immer mehr wie der perfekte Ort dafür vor, ihre Pläne in die Tat umzusetzen.

Zuerst musste sie sich mit ihrem Leben in Kalifornien auseinandersetzen. Es würde nicht einfach werden, aber sie war fest entschlossen, nicht mehr Ember Maxwell, Star in den sozialen Medien zu sein, sondern einfach nur ... Em.

Alex starrte wieder einmal ungläubig auf sein Telefon. Ember Maxwell hatte versagt!

Es war unvorstellbar.

Sie war diese erstaunliche Athletin und doch war sie komplett untergegangen, als es darauf ankam. Sie war eine Schande für den Sport und für alle Athleten und Trainer, die mit ihr zusammengearbeitet und sie im Laufe der Jahre unterstützt hatten.

Ihr Scheitern bedeutete auch das Ende seiner Träume.

Embers armselige Leistung war für Alex wie ein Schlag ins Gesicht gewesen, nach all der Ermutigung, die er ihr gegeben hatte!

Alex war der erste Mensch, der Ember verteidigte, wenn Leute online schlecht über sie redeten. Er hatte Beschimpfungen und Drohungen wegen seiner unterstützenden Kommentare für die wunderschöne Athletin aushalten müssen, hatte ihr Geschenke im Wert von mehreren Hundert Dollar geschickt.

Alex wollte genauso sein wie sie ... erfolgreich und beliebt und berühmt ... und hatte sie im Laufe der Jahre immer nur unterstützt.

Und wofür, nur damit sie am Ende versagte. Es war verabscheuungswürdig, nicht zu fassen.

Alex explodierte innerlich vor Wut, als er an all die Jahre unterstützender Nachrichten dachte, die er an diese nutzlose Schlampe verschwendet hatte. Fünfzehnter Platz? Die andere Frau im US-Team war nicht halb so gut und hatte den elften Platz belegt.

Jahrelange Bewunderung verwandelte sich innerhalb eines Atemzuges in Hass.

Ember hatte weder die Unterstützung noch die netten Dinge verdient, die über sie gesagt wurden. Sie hatte auch Alex nicht verdient, der sich jahrelang für sie gegen die Internet-Trolle eingesetzt hatte.

Wenn er jetzt darüber nachdachte, hatte Ember kein einziges Mal auf seine Nachrichten und Posts reagiert.

Sie hatte sich weder bedankt noch ihm Fanartikel geschickt.

Sie war nichts als eine verdammte Schlampe und sie würde es bereuen, seine Freundschaft verschmäht zu haben.

Wenn Ember schon jetzt dachte, dass die Leute gemein

waren, würde sie sich warm anziehen müssen. Ihr Scheitern bei den Olympischen Spielen war eine Zurschaustellung ihrer Respektlosigkeit und Verrat. Alex würde sie nicht damit davonkommen lassen, auf keinen Fall.

Ember würde seinen Zorn zu spüren bekommen und es bereuen, sich nicht mehr angestrengt und gewonnen zu haben.

Der zweite Platz war der erste Verlierer ... und der fünfzehnte Platz?

Das war ein Todesurteil.

KAPITEL ACHT

Doc starrte durch das Fenster in seinen Garten hinaus und registrierte kaum die herumhüpfenden Kaninchen. Er hatte das Haus gekauft, als er nach Killeen gezogen war. Es lag in einem älteren Viertel, in dem Menschen verschiedener Hautfarben lebten, und er liebte es. Aber es erforderte viel Arbeit, die er selbst erledigte. Das hielt ihn beschäftigt, wenn er nicht auf einer Mission war, und half dabei, seine Dämonen in Schach zu halten.

Doc hatte größtenteils weder Rückblenden noch eine posttraumatische Belastungsstörung von den Missionen, an denen er teilgenommen hatte. Aber seit der letzten Woche ging ihm nicht mehr aus dem Kopf, was in Südkorea passiert war.

Er hasste es, dass er Ember verletzt hatte, aber mehr noch, dass der Anschlag der JRA auch hätte anders verlaufen können, wenn sie zwei Minuten früher oder später dort gewesen wären.

Er bekam Visionen, in denen Ember blutend und im Sterben liegend auf der Straße lag.

Seit er zu Hause angekommen war, hatte er jeden Tag

mit ihr gesprochen. Aber es war nicht dasselbe, wie sie sehen zu können. Zum einen hatte er das Gefühl, dass sie viel von dem, was zu Hause geschah, vor ihm verheimlichte, und er konnte nachvollziehen warum. Sie kannten sich erst ein paar Tage, auch wenn sie sich in diesem kurzen Zeitraum sehr nahegekommen waren.

Aber selbst über FaceTime konnte er ihren Gesichtsausdruck nicht so gut lesen, wie er es persönlich tun könnte. Sie behauptete, die Dinge liefen gut, aber in ihrem Unterton konnte er etwas anderes hören. Er wollte für sie da sein, sie unterstützen, ihr Mut machen.

Sie erzählte ihm, dass sie alle ihre Passwörter geändert hatte und dass ihre Eltern und Manager erwartungsgemäß nicht glücklich darüber waren. Sie hatte angedeutet, dass weitere große Veränderungen bevorstanden. Und obwohl Doc begeistert war, dass sie die Kontrolle über ihr Leben übernahm, machte er sich doch Sorgen um sie.

Er wollte nach Kalifornien fliegen, aber hier war ziemlich viel los. Riley hatte ihr Baby bekommen. Ein perfektes, gesundes, kleines Mädchen, das sie Amalia genannt hatten. Logan und Bria waren überglücklich über ihre neue kleine Schwester und Oz war so stolz, wie er nur sein konnte – und vor allem erleichtert, dass alle gesund waren.

Dann war da noch Grover. Nachdem er den lange verschollenen Brief von Sierra gelesen hatte, ging es ihm nicht gut. Das Team hatte heute eine Besprechung, um zu entscheiden, was zur Hölle sie unternehmen könnten.

Mitten in seinen Grübeleien klingelte Docs Telefon. Er zog es heraus und lächelte, als er sah, dass es Ember war.

»Hey, Em.«

»Hi.«

Doc konnte sofort hören, dass sie mitgenommen klang. Er wandte sich von der Aussicht ab und ging zu seiner

Couch. Er wollte sich hundertprozentig auf Ember konzentrieren können. »Was ist los?«

Sie kicherte. »Warum denkst du automatisch, dass etwas los ist, wenn ich anrufe? Kann ich nicht einfach anrufen, um Hallo zu sagen?«

»Natürlich kannst du das, und ich freue mich, so viel wie möglich mit dir reden zu können. Aber ich kenne dich. Ich weiß, wenn etwas nicht stimmt.«

Sie seufzte. »Wie kommt es, dass wir uns erst seit so kurzer Zeit kennen und du mich schon besser kennst als die Menschen, mit denen ich mein ganzes Leben lang zusammen war?«

Doc hatte darauf keine Antwort. Zumindest keine, die rational klingen würde. »Sprich mit mir, Em.«

»Heute war ... hart.«

»Warte, wo bist du jetzt?«, fragte Doc.

»In einem Hotel. Ich brauchte eine Pause von meiner Familie und ... von allem.«

Docs Sorge nahm zu. »Was kann ich tun, um zu helfen?«, fragte er sofort.

»Das hier. Mit mir reden, mir zuhören.«

»Sicher. Du wolltest heute mit deinen Eltern ein klärendes Gespräch führen. Ich nehme an, das ist nicht gut gelaufen?«

»Ehrlich gesagt lief es so, wie ich es erwartet hatte. Sie sind nicht glücklich darüber, dass ich genug vom Sport habe. Sie sagten mir, dass ich über ein Jahrzehnt harter Arbeit wegwerfen würde, und dass ich bei den Olympischen Spielen keine Medaille gewonnen habe, lag daran, dass ich stur und dumm war und im Dorf wohnen wollte anstatt bei ihnen im Hotel. Sie beschuldigten mich im Grunde, egoistisch zu sein und mich wie ein Kind zu benehmen. Sie wollten, dass ich ihnen weitere vier Jahre gebe, um für mein ›Versagen‹ zu büßen, wie sie es ausdrückten. Ich lehnte ab, sie wurden laut, meine Mom weinte und mein Dad setzte sein enttäuschtes Gesicht auf. Aber als ich ihnen sagte, dass ich auch mit Ember Maxwell, der Influencerin fertig bin, haben sie komplett den Verstand verloren.«

»Sie verlieren die Kontrolle über dich, und das gefällt ihnen nicht«, stellte Doc fest.

»Ja, aber ich glaube, sie machen sich auch Sorgen. Sie haben mir viel Geld eingebracht. Geld, das sie in meinem Namen angelegt haben. Ja, sie haben auch Zugriff auf diese Konten, aber das Geld gehört mir – und das wissen sie. Ich könnte sie wirklich über den Tisch ziehen und ich glaube, sie haben Angst, ihre einzige Einnahmequelle zu verlieren.«

Doc nickte. Das konnte er verstehen. »Hast du ihnen gesagt, dass du sie niemals mittellos zurücklassen würdest?«

Als Ember nicht sofort antwortete, runzelte Doc die Stirn. »Em?«

»Ja, ich bin noch dran. Warum bist du dir so sicher, dass ich das nicht tun werde?«

»Mit dem ganzen Geld abhauen? Weil du zu nett bist, um so etwas zu tun. Ja, deine Eltern haben dich hart gedrängt. Sie haben dich eingeschüchtert und dich dazu gebracht, Dinge zu tun, die du nicht tun wolltest. Aber du liebst sie, das weiß ich. Und du hast immer wieder gesagt, dass du zu schätzen wüsstest, was sie für dich getan haben, auch wenn dir nicht jede Entscheidung gefallen hat, die sie in deinem Namen getroffen haben. Du könntest deine Eltern genauso wenig mittellos zurücklassen, wie du an jemandem vorbeigehen könntest, der verletzt ist, ohne etwas dagegen zu unternehmen.«

»Siehst du?«, flüsterte sie. »Du kennst mich besser als meine eigenen Eltern. Sie dachten wirklich, ich würde sie ohne einen Cent zurücklassen. Es ist verrückt. Ich sagte ihnen, dass ich das niemals tun würde, dass sie für den Rest ihres Lebens versorgt sein würden, selbst wenn ich alle meine Online-Profile deaktivieren und vom Erdboden verschwinden würde.«

»Ist es das, was du vorhast?« Doc konnte nicht anders, als zu fragen. »Deine Online-Profile löschen?«

»Nein, ich habe darüber nachgedacht, was für eine Erleichterung es wäre, aber dann entschied ich, dass das dumm wäre. Ich habe diese riesige Plattform, die meine Eltern von Grund auf aufgebaut haben. Fünfundzwanzig Millionen Menschen sehen, was ich poste. Es wäre unverantwortlich, das wegzuwerfen, wenn ich es auch für andere Zwecke einsetzen kann. Anstatt Bilder von mir zu posten, kann ich versuchen, soziale Missstände ans Licht zu bringen. Ich möchte etwas in der Welt bewirken, Craig, und ich denke, ich kann meine Plattform dazu nutzen.«

»Das denke ich auch«, stimmte Doc zu. »Du kannst alles tun, was du dir in den Kopf setzt. Das weiß ich. Du bist eine tolle Frau.«

»Danke«, sagte Ember leise. »Ich hatte auch ein langes Gespräch mit Alexis, Harris, Betty und Samer. Das sind die Manager meiner Konten in den sozialen Medien. Sie waren alle ziemlich schockiert, als ich meine Passwörter geändert und sie praktisch ausgesperrt habe. Alexis besonders, er hat fast den Verstand verloren und mir gesagt, ich wüsste nicht, was ich tue, und dass ich Jahre seiner harten Arbeit ruinieren würde.«

»Was wirst du mit ihnen machen?«, fragte Doc.

»Wahrscheinlich ein paar Monatsgehälter Abfindung zahlen und herausfinden, ob meine Eltern ihnen andere Aufträge besorgen können.«

»Wie haben sie das aufgenommen?«

Ember seufzte. »Sie waren nicht begeistert. Ich denke,

für mich zu arbeiten war alles in allem eine ziemlich einfache Aufgabe. Alexis stürmte aus dem Zimmer, und Harris und Betty beschimpften mich leise, gingen aber etwas weniger wütend als Alexis.«

»Und Samer? Er war bei den Olympischen Spielen vor Ort, oder?«

»Ja, er wünschte mir tatsächlich alles Gute und sagte, wenn jemand mit seiner Präsenz in den sozialen Medien etwas Gutes tun kann, dann ich. Er meinte auch, dass ich ihn jederzeit kontaktieren könne, wenn ich irgendwelche Fragen hätte, was ich sehr zu schätzen weiß.«

»Das klingt vielversprechend. Werden die anderen dir Probleme bereiten?«

»Ich hoffe nicht«, sagte Ember mit Nachdruck. »Aber wir werden sehen. Wie auch immer, nachdem ich mit meinen Eltern und meinem Online-Team gesprochen hatte, ging ich ins Fitnessstudio, um mich mit meinen Trainern und den anderen Sportlern zu treffen, mit denen ich seit Jahren trainiere. Ich habe mich für meine Leistung bei den Olympischen Spielen entschuldigt und ...«

»Das ist doch Quatsch«, fiel Doc ihr ins Wort. »Du solltest dich nicht dafür entschuldigen, dass du dein Bestes gegeben hast.«

»Du hast mich nicht ausreden lassen«, erwiderte Ember mit einem kleinen Lachen. »So ziemlich alle haben dasselbe gesagt. Ich erklärte ihnen, dass ich mir die Schulter ausgekugelt hatte, erzählte ihnen aber nicht, wie es dazu gekommen war. Sie haben Verständnis gezeigt, aber ich habe das Gefühl, dass sie hinter meinem Rücken trotzdem meckern werden, dass ich gehe.«

»Warum?«

»Nun ... meine Anwesenheit zieht Aufmerksamkeit auf den Sport und auf das Fitnessstudio, und das wiederum bringt ihnen Geld ein. Meine Eltern haben meinen Trainern ein hübsches Gehalt bezahlt, um mich zur Besten zu machen. Wenn ich aufhöre, bekommen sie dieses Geld nicht mehr. Am Ende geht es allen nur ums Geld«, sagte Ember mit einem Seufzen.

»Es tut mir leid, dass es ein harter Tag für dich war«, sagte Doc.

»Danke, aber weißt du was?«

»Was?«

»Ich fühle mich alles in allem ziemlich wohl bei der Sache.«

»Das freut mich.«

»Es ist irgendwie beängstigend, alles hinter mir zu lassen, was ich in den letzten zehn Jahren getan habe, aber ich freue mich auch darüber.«

»Das ist schön zu hören. Ich habe keinen Zweifel, dass du mit allem, was du dir vornimmst, erfolgreich sein wirst.«

Sie kicherte wieder. »Danke nochmals. Also ... wie steht es bei dir?«

Nun war Doc an der Reihe zu seufzen. »Ich habe dir von der Frau erzählt, die Grover in Afghanistan kennengelernt hat, richtig?«

»Ja, Sierra.«

»Genau. Nun, Grover hat uns den Brief gezeigt, den er von ihr erhalten hatte. Der Inhalt war nicht gut, Em.«

»Warum? Was hat sie geschrieben?«

»Der Poststempel ist fast ein Jahr alt und sie schrieb, wie sehr sie sich darauf freute, Grover näher kennenzulernen. Dass sie lieber Briefe statt E-Mails austauschen würde, wenn es ihm recht wäre. Sie mochte den altmodischen Character, auch wenn es die Kommunikation verlangsamen würde. Sie hoffte aber, dass es das, worüber sie sich austauschten, bedeutungsvoller machen würde.«

»Damit hat sie nicht unrecht«, sagte Ember. »Ich glaube, die Kunst des Briefeschreibens ist größtenteils verloren gegangen. Eine meiner Lieblingsbeschäftigungen ist das Lesen alter Briefe aus Kriegszeiten. Sie sind ergreifend und berührend und nicht so ... oberflächlich. Ich weiß nicht, ob das das richtige Wort ist.«

»Ich weiß, was du meinst, und ich stimme dir zu.«

»Und nun ist Grover verärgert darüber, dass er ihr die ganze Zeit hätte schreiben können, es aber nicht getan hat, weil er dachte, sie hätte kein Interesse?«, fragte Ember.

Doc hatte mit Ember zuvor nicht viel über die Details gesprochen. Es war für Grover eine persönliche Angelegenheit, ganz zu schweigen von den streng geheimen Details ihres Einsatzes. Aber er vertraute ihr genug, um ihr zu erzählen, was er konnte. »Na ja, so ungefähr. Aber uns wurde auch bewusst, dass sie seit Monaten niemand mehr gesehen hat. Und jetzt ist es fast ein Jahr her. Kurz nachdem sie den Brief abgeschickt hatte, ist sie spurlos verschwunden.«

Ember schnappte nach Luft. »Ernsthaft?«

»Ja. Und du hast recht, Grover ist definitiv nicht glücklich, dass er davon ausgegangen ist, dass sie einfach kein Interesse hat. Jetzt sieht es so aus, als wäre das nicht der Fall, und wenn Grover früher gewusst hätte, was er jetzt weiß, hätte er sich schon vor Monaten dafür stark gemacht, dass jemand ihr Verschwinden untersucht. Sie schrieb in ihrem Brief auch, dass auf dem Militärstützpunk seltsame Dinge passiert sind, erklärte aber nicht näher, was sie damit meinte.«

»Also, wo ist sie hin? Was ist mit ihr passiert?«, fragte Ember.

»Niemand weiß es. Aber seit sie und Grover sich

kennengelernt haben, sind mehrere zivile Angestellte in derselben Gegend verschwunden«, sagte Doc.

Ember holte tief Luft. »Heilige Scheiße! Wurde sie entführt?«

»Möglicherweise.«

»Und sie ist seit einem Jahr verschwunden«, sagte Ember. »Das ist schrecklich.«

Doc erwähnte nicht die Tatsache, dass es unwahrscheinlich war, dass sie noch am Leben war. Shahzada war nicht dafür bekannt, besonders barmherzig zu sein. Wenn sie entführt worden war – und welche andere Erklärung gab es sonst für ihr Verschwinden? –, wurde sie wahrscheinlich gefoltert und getötet. »Grover ist außer sich«, sagte Doc.

»Ja, das kann ich mir vorstellen. Vielleicht ... ich habe Follower auf der ganzen Welt, Craig. Glaubst du, es würde helfen, wenn ich etwas über sie poste? Vielleicht ein Bild von ihr mit der Frage, ob jemand weiß, wo sie ist, und der Bitte, die Behörden zu kontaktieren?«

Doc liebte Embers riesiges Herz. »Ich weiß nicht, ob die Leute, die dir folgen, aus der Gegend stammen, in der sie verschwunden ist«, erwiderte er sanft.

»Das weißt du nicht. Craig, sie war auf einem Stützpunkt der US-Armee. Ich wette, die Soldaten dort benutzen soziale Medien. Sie könnten jetzt wieder in den USA sein, aber vielleicht haben sie etwas gesehen oder gehört, und durch meinen Post könnten sie sich erinnern. Vielleicht wurde sie über die Grenze verschleppt, als Sexsklavin verkauft oder vielleicht hat jemand mit seiner amerikanischen Gefangenen geprahlt. Du hast selbst gesagt, dass du nicht weißt, was mit ihr passiert ist oder wo sie ist. Es kann nicht schaden.«

Doc nickte. »Du hast recht, es ist eine großartige Idee.«

»Und ich könnte dasselbe für andere Vermisste tun. Die

Medien scheinen sich oft nur auf Kinder und kaukasische Frauen zu konzentrieren, ich könnte mich für Erwachsene und Farbige stark machen. Es ist herzzerreißend ... vielleicht kann ich helfen.«

Wieder einmal blühte Docs Stolz für diese Frau auf. Ember war eine der mitfühlendsten Frauen, die er je getroffen hatte. »Ich finde, das ist eine tolle Idee.«

»Craig?«

»Ja?«

»Ich vermisse dich.«

»Ich vermisse dich auch, Em. Ich habe dir gestern etwas geschickt, du solltest es bald bekommen.«

»Du hast was? Was ist es?«

Er lachte leise. Er hatte gelernt, dass Em Überraschungen sowohl liebte als auch hasste. Er hätte die Überraschung für sich behalten können, aber er musste es erklären. »Die dritthöchste Auszeichnung für Tapferkeit im Kampf ist der Silberstern. Er wird Angehörigen der US-Streitkräfte für Tapferkeit im Kampf verliehen. Ich habe im Laufe meiner Karriere einige davon erhalten und mein Kommandant sagte mir, dass er mich erneut dafür nominieren würde nach dem, was ich in Seoul getan habe. Ich habe keine Ahnung, ob es genehmigt wird, aber selbst wenn es so kommt, wird niemand außer mir und meinem Team davon erfahren. Aber ich musste darüber nachdenken, dass es nicht fair wäre, dass mir eine so hohe Ehre zuteilwird und dir nicht. Es ist keine olympische Medaille, aber ... ich habe einen meiner Silbersterne aus dem Schuhkarton unter meinem Bett herausgeholt, ihn aufpoliert und dir geschickt.«

»Ich ... ich weiß nicht, was ich sagen soll«, flüsterte Ember.

»Du musst nichts sagen. Ich weiß, was da draußen

passiert ist, und ohne dich an meiner Seite wären die Dinge vielleicht nicht so gut gelaufen. Du hast an diesem Tag viele Menschen gerettet, Em, und ich möchte, dass du weißt, wie sehr ich dich respektiere und bewundere.«

»Das weiß ich sehr zu schätzen«, sagte Ember zu ihm.

»Es tut mir leid, dass wir der Welt nicht erzählen können, dass du eine Heldin bist«, ergänzte Doc.

Sie schnaubte. »Ich bin keine Heldin. Wenn es nach mir ginge, wäre ich in die entgegengesetzte Richtung gelaufen.«

»Falsch, ein Held tut, was getan werden muss, selbst wenn seine Knie zittern und er sich übergeben möchte.«

»Fühlst du dich so?«

»Ständig«, gab Doc zu.

»Danke für alles, was du tust«, sagte Ember zu ihm.

»Gern geschehen. Hast du schon gegessen? Ich weiß, dass es bei dir zwei Stunden früher ist und du dich in einem Hotel verschanzt hast, aber vergiss nicht zu essen.«

Sie kicherte. »Das werde ich nicht, versprochen. Ich habe bereits die Karte des Zimmerservices durchgesehen.«

»Gut.«

»Weißt du, worauf ich mich noch freue?«, fragte sie.

»Was?«

»Selbst zu kochen. Es klingt blöd, aber wir haben schon so lange einen Koch, ich weiß nicht einmal, wie man Fertignudeln zubereitet. Ich hatte nie die Chance oder die Zeit, es zu lernen.«

»Nun, Fertignudeln sind überbewertet, aber ich habe das Gefühl, dass du in kürzester Zeit eine Expertin sein wirst. Ich bringe dir gern bei, was ich weiß, obwohl das nicht viel ist.«

»Abgemacht.«

Doc bemerkte etwas zu spät, dass er ihr nicht beibringen

konnte, was er wusste, wenn er Tausende von Kilometern entfernt wohnte.

»Ich bin sicher, du hast noch andere Dinge zu erledigen«, sagte Ember. »Also werde ich jetzt Schluss machen.«

Doc wollte protestieren, ihr sagen, dass er nichts lieber tun würde, als mit ihr zu reden, dass er gedankenverloren in seinen Garten gestarrt hatte, als sie anrief, aber er presste die Lippen zusammen. Er wollte nicht verzweifelt wirken, obwohl er sich so fühlte.

»Pass auf dich auf«, sagte Doc.

»Das werde ich.«

»Ich bin stolz auf dich, dass du für das einstehst, was du mit deinem Leben anfangen willst.«

»Danke, ich auch. Wird sprechen uns später.«

»Bis bald.«

»Bis dann.«

Doc legte auf. Sie setzten ihre Gewohnheit fort, sich nicht einmal am Telefon mit den Worten »Auf Wiedersehen« voneinander zu verabschieden.

Doc starrte ein paar Minuten lang ins Leere, nachdem er aufgelegt hatte. Er könnte weiter an Reparaturen in seinem Haus arbeiten, aber im Moment konnte er nur an Ember denken und daran, wie sehr er sie vermisste. Mit ihr zu sprechen war großartig, aber es war nicht dasselbe, wie mit ihr persönlich zusammen zu sein.

Das Schlimme war, dass er keine andere Möglichkeit sah, mit ihr zusammen zu sein, als dass sie nach Texas zog. Und das würde er nicht von ihr verlangen. Ihr Leben spielte sich in Kalifornien ab. Er zweifelte nicht daran, dass sie sich mit ihren Eltern und ihren Freunden im Fitnessstudio arrangieren würde. Sie würden ihr nicht lange böse sein können, sie war ein zu guter Mensch.

Aber was bedeutete das für sie? Telefonieren und kurze

Besuche, wenn sie Zeit hatten? Das war nicht die Art von Beziehung, die er wollte. Er wollte, was seine Teamkameraden hatten. Jemanden, der am Ende des Tages da war und auf ihn wartete, wenn er von einer Mission nach Hause kam. Das war keiner Frau gegenüber fair. Seine Arbeit war gefährlich und sie mussten oft auf Mission. Es war ein hartes Leben für jeden Partner. Er und sein Team hatten Glück, dass sie nicht allzu oft den Stützpunkt wechseln mussten, aber das war eine weitere Belastung für Frauen von Militärangehörigen und die Kinder, die sie vielleicht hatten ... ihre Arbeit kündigen, die Schule wechseln und in einer neuen Stadt wieder von vorn anfangen.

Seufzend stand Doc auf. Er konnte nicht den Rest des Abends auf seiner Couch sitzen und Trübsal blasen. Er musste etwas tun, um sich abzulenken. Er ignorierte die Tatsache, dass sein Haus ruhiger erschien, als er es aus der Vergangenheit in Erinnerung hatte. Embers Lachen hallte in seinem Kopf wider und er konnte nicht anders, als sich zu wünschen, dass die Dinge anders wären.

Ember legte auf und ließ sich zurück aufs Bett fallen. Sie hatte in ein Hotel eingecheckt und brauchte etwas Abstand von ihren Eltern. Aber es war an der Zeit, dass sie ihr eigenes Leben in die Hand nahm. Der Anschlag in Seoul hatte sie verändert. Er war beängstigend, aber auch lebensverändernd gewesen. Sie war für das eingetreten, was richtig war, und hatte nicht nachgegeben. Sich diesem Lieferwagen in den Weg zu stellen, der auf sie zuraste, hatte sie zu Tode erschreckt, aber sie hatte standgehalten.

Sie wusste, dass ihre Kugel den Fahrer getötet hatte, auch wenn Craig und sein Team es nicht zugaben. Sie hatte dem Mann direkt in die Augen gestarrt und geschossen. Sie hatte gesehen, wie er zusammensackte, kurz bevor Craig sie in Sicherheit gebracht hatte.

Sie sollte Reue empfinden, dass sie ihm das Leben genommen hatte ... aber das tat sie nicht. Der Mann hätte andere getötet. Indem sie ihn ausgeschaltet hatte, hatte sie anderen das Leben gerettet. Darauf war sie stolz.

Sie wollte mehr tun, um anderen zu helfen, anstatt nur ein hübsches Gesicht auf Instagram zu sein. Und der erste Schritt dazu war, ihre Passwörter zu ändern.

Sie hatte nicht übertrieben, als sie Craig von der Reaktion ihrer Manager erzählt hatte. Sie wusste auch, dass Alexis direkt zu ihren Eltern gegangen war, um sich zu beschweren. Keiner von ihnen verstand, warum sie das tat. Alle wollten, dass die Dinge so weiterliefen wie bisher. Sie dachten, sie sollte weiter trainieren und gefilterte, aufpolierte Bilder von sich selbst mit Produkten posten, für deren Werbung sie bezahlt wurde.

Sie war mit all dem fertig.

Sie wollte genau das tun, was sie Craig erzählt hatte, Beiträge veröffentlichen, die irgendwie helfen könnten, vermisste Personen zu finden oder Ungerechtigkeiten aufzudecken. Aber zuerst musste sie eine Stellungnahme über ihre Pläne abgeben.

Sie hatte eine Woche lang geschwiegen und überhaupt nichts gepostet. Die letzten Bilder waren von den Olympischen Spielen.

Ember wusste, dass sie bereits Follower verloren hatte, aber das störte sie nicht. Wenn diese Leute nur da waren, um sie zu belästigen oder sie scheitern zu sehen, dann war es besser, wenn sie gingen.

Sie sah sich die Bilder an, die der von ihren Eltern engagierte Fotograf nach den Olympischen Spielen geschickt hatte. Der Anblick war nur schwer zu ertragen, weil Ember wusste, wie stark ihre Schmerzen waren, als sie aufgenommen wurden. Aber in der Sekunde, in der sie das Foto sah, das am Ende der Siegerehrung aufgenommen wurde, wusste sie, dass es das richtige für ihre Stellungnahme war.

Auf dem Bild war zu sehen, wie sie einer ihrer Konkurrentinnen gratulierte. Der Fotograf hatte den Moment festgehalten, in dem sie Wang Wei, eine chinesischen Athletin, umarmte, die Bronze gewonnen hatte. Zu ihnen gesellten sich Chloe Esposito aus Australien und Mariana Arceo aus Mexiko. In diesem Moment waren sie keine Rivalinnen mehr. Sie waren einfach nur Frauen, die andere Frauen unterstützten.

Sie klickte auf das Bild und lud es auf ihrem Instagram-Profil hoch. Sie musste erst recherchieren, um herauszufinden, wie man die Plattform nutzte, aber sie war sich ziemlich sicher, dass sie den Dreh raushatte. Ember nahm sich Zeit und veröffentlichte eine lange, herzliche Nachricht an ihre Anhänger.

Ich weiß, dass viele von euch sich vielleicht gefragt haben, wohin ich in der letzten Woche verschwunden bin und was ich getan habe. Ich habe über mein Leben und die Dinge nachgedacht, die ich getan habe.

Vielen Dank an diejenigen unter euch, die mich über die Jahre unterstützt haben. Ich weiß, dass meine Leistung bei den Olympischen Spielen enttäuschend war. Ich war selbst enttäuscht. Aber ich habe viel über mich selbst gelernt. Ich habe gelernt, dass es im Leben mehr gibt als nur zu gewinnen. Hätte ich gern als Erste die Ziellinie überquert und die Goldmedaille um den Hals getragen? Na sicher. Aber Platz fünfzehn bei den Olympischen Spielen zu erreichen ist nicht gerade etwas, wofür man sich schämen muss.

Die meisten von euch wissen allerdings nicht, dass ich mir am Abend vor dem zweiten Wettkampftag die Schulter ausgerenkt hatte. Ist das eine Ausrede? Nein. Es erklärt nur, warum meine Leistung beim Schwimmen so schlecht war. Aber ich habe nicht aufgegeben. Ich habe keinen Wutanfall bekommen und gesagt: »Das Leben ist unfair«, und eine Wiederholung verlangt. Ich habe mein Bestes gegeben und ich bin stolz auf das, was ich erreicht habe.

Ich liebe dieses Foto. Es ist wunderschön. Vier Frauen mit unterschiedlichen Hintergründen aus verschiedenen Ländern. Vier Frauen, die drei verschiedene Sprachen sprechen, kommen solidarisch zusammen. Vier Frauen, die sich gegenseitig unterstützen. Es ist das, was ich mir für die ganze Welt wünsche ... aufzuhören, andere danach zu beurteilen, welche Hautfarbe sie haben, wo sie herkommen oder wie viel Geld sie besitzen. Nichts davon macht uns als Menschen mehr oder weniger wertvoll.

In diesem Sinne werde ich einige Änderungen in meinem Leben vornehmen ... und an diesem Profil. Ihr werdet weniger Bilder von mir sehen und weniger Werbung für Schönheitsprodukte. Ich möchte mehr Beiträge über das teilen, was wichtig ist, um etwas zu bewegen, mich für die richtigen Dinge einsetzen und mich nicht einfach zurücklehnen und sagen: »Ich kann nichts dagegen tun«, wenn Mist passiert. Ich möchte mich mehr für andere Menschen einsetzen, die es selbst nicht können.

Offiziell ziehe ich mich aus dem modernen Fünfkampf zurück. Aber das bedeutet nicht, dass ich die Sportart vollkommen hinter mir lasse. Ich möchte anderen helfen, Freude daran zu finden, ihren Körper an seine Grenzen zu bringen, Kindern, die sonst vielleicht nie die Möglichkeit hätten, zu fechten, zu schwimmen, zu reiten, zu laufen oder zu schießen.

Ich hoffe, ihr werdet mich dabei weiter begleiten und verfolgen, wie ich versuche, aus dieser Welt einen besseren Ort zu machen. Ich danke euch allen für eure Unterstützung. Sie bedeutet mir viel.

Alles Liebe

Ember Maxwell.

#einenunterschiedmachen #modernerfünfkampf #divesität #einanderlieben #embermaxwell #liebenichthass #respekt #frauenliebe #stolz #liebeistliebe #vermisstefinden #neueanfänge

Ember lehnte sich zurück und starrte auf den Beitrag. Ihr Herz schlug schnell in ihrer Brust. Sie war sich nicht sicher, ob sie sich sehr gut erklärt hatte. Samer, Harris, Alexis oder Betty könnten wahrscheinlich einen viel eloquenteren Beitrag erstellen, aber was sie geschrieben hatte, kam von Herzen. Sie wusste auch, dass Hashtags wichtig waren, aber sie hatte keine Ahnung, ob die von ihr ausgewählten die richtigen waren.

Sie konnte nicht länger darüber nachdenken, was sie geschrieben hatte. Bevor sie einen Rückzieher machen konnte, drückte Ember auf die Schaltfläche zum Veröffentlichen des Beitrags. Sofort wurden ihre Worte und das Bild gleichzeitig auf Facebook, Twitter, Tumblr und Instagram gepostet.

Fast unmittelbar tauchten Kommentare auf.

Ich liebe dich, Ember.

Du hast einen Fan fürs Leben!

Ich bin hier, um zu helfen, wenn ich kann.

Ich liebe es!

Du hast es drauf, Mädchen!

. . .

Aber neben den positiven Kommentaren gab es auch negative.

Du bist eine Verliererin und versuchst nur, Ausreden zu finden.
Ich will nichts von deinem Gutmenschengehabe hören!
Fick dich!

Ember schloss ihren Laptop, stellte ihn beiseite, legte sich aufs Bett und starrte an die Decke. Sie würde nie verstehen, wie Menschen so ... grausam sein konnten. Wie kam es dazu? Sie hatte keine Ahnung, wie sie mit so viel Wut in sich durchs Leben gehen konnten.

Aber von diesem Zeitpunkt an würde Ember ihr Bestes tun, um sich auf die positiven Dinge in ihrem Leben zu konzentrieren, auf die Menschen, die nett waren und die wirklich etwas Gutes für andere tun wollten. Sie wusste, dass es ein harter Weg war, aber sie hatte das Herz am rechten Fleck.

Als sie an ihr Herz dachte, wanderten ihre Gedanken zu Craig.

War es verrückt, darüber nachzudenken, nach Texas zu ziehen?

Wahrscheinlich ... aber das war ihr egal. Die Gespräch mit ihm war der Höhepunkt ihres Tages gewesen. Er mochte sie genau so, wie sie war. Das wollte und brauchte sie. Sie brauchte jemanden, der in ihr nicht Ember Maxwell sah, sondern sie selbst, Em.

Sie war sich nicht sicher, ob sie ihm sagen sollte, dass sie bereits begonnen hatte, Vorkehrungen zu treffen. Einerseits wäre es besser, es zu erfahren, bevor sie den ganzen Weg nach Texas gefahren war, sollte er sie vielleicht doch nicht dort haben wollen. Aber sie war sich zu neunundneunzig Prozent sicher, dass er positiv reagieren würde. Wenn nicht ... würde sie einen anderen Ort finden, an dem sie sich niederlassen könnte. Nichts würde sie davon abhalten, sich ein neues Leben aufzubauen.

Selbst nach allem, was zuvor an diesem Tag passiert war, war Ember glücklich und sie freute sich zum ersten Mal seit sehr langer Zeit auf ihre Zukunft. Sie hatte viel zu tun. Sie musste nach vermissten Personen suchen, herausfinden, ob sie Verbindungen herstellen konnte ... Sie kannte Ed Smart. Sie würde sich an ihn wenden und fragen, ob er ihr helfen könnte. Er war ein unermüdlicher Anwalt, der sich für vermisste Menschen einsetzte, nachdem seine Tochter entführt und anschließend lebend aufgefunden worden war.

Sie musste eine Wohnung in Texas finden, ihre Sachen packen und umziehen. Sie brauchte einen Immobilienmakler ... und sollte auch mit ihrem Anwalt sprechen. Sie wollte ihren Finanzberater kontaktieren und sicherstellen, dass für ihre Eltern gesorgt und ihr Vermögen in Sicherheit war.

Lächelnd stand sie auf, ging zum Schreibtisch und zog den Block mit Papier und Stift zu sich heran. Sie zog die Kappe des Stifts ab und fing an, eine Liste zu erstellen mit den Dingen, die sie tun musste. Sie wurde länger und länger, aber mit jedem hinzugefügten Punkt wuchs Embers Lächeln. So beängstigend das alles war, so spannend war es auch.

Alex starrte auf das Telefon und las noch einmal Ember Maxwells letzten Beitrag.

Schlampe!

Sie kehrte allen den Rücken zu, die sie zu dem gemacht hatten, was sie war.

Sie wollte zur Weltverbessererin werden? Das war zum Kotzen!

Ember hatte angedeutet, dass sie Kalifornien verlassen würde – ein weiterer Schlag ins Gesicht.

Aber Alex hatte immer noch die feste Absicht, die Schlampe dafür bezahlen zu lassen, dass sie alle im Stich gelassen hatte. Ember konnte sich nirgendwo verstecken.

Alex hatte fest eingeplant, von Embers Erfolg zu profitieren. Der Sieg war dieses Jahr so nahe gewesen! Mit Ember als Trainingspartnerin wusste Alex, dass die Olympischen Spiele für ihn selbst ebenfalls greifbar waren. Sein Plan war es gewesen, ihr noch näherzukommen ... Embers bester Freund zu werden. In der Hoffnung, dass etwas von ihrem Ruhm und Reichtum – ganz zu schweigen von ihren sportlichen Fähigkeiten – auf ihn abfärben würde.

Und jetzt hatte sie alles ruiniert.

Kindern helfen? Was für eine Scheiße!

Vermisste Personen finden? Das war unwichtig. Die waren wahrscheinlich sowieso längst tot.

Und Rassismus war Alex scheißegal. Es war wichtiger, jeden auszunutzen, um an die Spitze zu gelangen, unabhängig von seiner Hautfarbe. Jeder, der helfen konnte, war gut genug, um ausgebeutet zu werden, bis er nicht mehr gebraucht wurde.

Und jede Chance, Ember näherzukommen, war nun definitiv aus der Welt.

Aber Alex konnte sie nicht einfach vergessen und weitermachen. Es gab niemanden, zu dem er weiterziehen konnte, noch nicht. Ember war ganz oben gewesen. Sie war seine Eintrittskarte in ein besseres Leben, zu Geld und

Ruhm gewesen. Und all das hatte sie weggeworfen, als bedeutete es nichts, als würde Alex nichts bedeuten.

Scheiß auf diesen Mist.

Ember würde den Tag bereuen, an dem sie der Welt und Alex den Rücken gekehrt hatte.

KAPITEL NEUN

»Heilige Scheiße, Mann, du hättest Logans Gesicht sehen sollen, als er dieses Paket geöffnet hat«, sagte Oz einige Tage später zu allen. Sie waren wieder einmal auf dem Stützpunkt und diskutierten über das Weltgeschehen. Grover war ruhiger als sonst und alle wussten, es lag daran, dass er frustriert war, dass ihr Kommandant ihnen nicht sofort erlaubt hatte, nach Afghanistan aufzubrechen, um zu versuchen, die vermisste zivile Angestellte Sierra Clarkson zu suchen.

»Was hat er geschickt?«, fragte Trigger.

»Nun, zuerst war da der handgeschriebene Brief von Shin-Soo Choo, in dem er Logan mitteilte, wie beeindruckt er von seinem Engagement für Baseball war. Er sagte, dass er selbst spät angefangen habe und dass mit Entschlossenheit und harter Arbeit alles möglich sei. Ich schwöre, Logan hat diesen Brief schon hundertmal gelesen«, sagte Oz.

»Wow, woher wusste er so viel über Logan?«, fragte Brain.

Oz sah Doc an. »Ich schätze, Doc hat es Ember erzählt, die es Shin-Soo erzählt hat.«

Doc lächelte. Sein Freund hatte richtig geraten. Bei einem ihrer ersten Telefonate nach ihrer Rückkehr aus Südkorea hatte sie um weitere Informationen über Logan gebeten. Sie hatte ihr Versprechen nicht vergessen, sich mit Shin-Soo in Verbindung zu setzen, um ihn zu bitten, Logan ein paar Fanartikel zu schicken.

»Da fällt mir ein, ich brauche ihre Adresse, damit Logan ihr eine Dankeskarte schicken kann«, sagte Oz.

»Natürlich«, sagte Doc zu ihm.

»Zurück zu dem Paket. Was war noch drin?«, hakte Lucky nach.

»Was war nicht drin, ist die Frage«, erwiderte Oz. »Zwei signierte Baseballs, ein signierter Baseballhandschuh, signierte Bilder und Sammelkarten vom gesamten Team. Ein Trikot – in Logans exakter Größe, möchte ich hinzufügen. Und nicht nur das, er hat Babyklamotten für Amalia und ein T-Shirt für Bria beigelegt. Ich habe Logan noch nie so aufgeregt und überwältigt gesehen. Er hat letzte Nacht in dem Trikot geschlafen und konnte es kaum erwarten, heute Nachmittag zum Training zu gehen, um mit allem zu prahlen, was er bekommen hat.«

Doc freute sich für seinen Freund und Logan. Der Junge war durch die Hölle gegangen, genau wie seine Schwester, und sie alle verdienten nur das Beste.

»Ich habe Embers Instagram-Post gesehen«, sagte Brain.

»Hast du das? Seit wann bist du auf Instagram?«, fragte Lucky.

»Bin ich nicht. Aber da ihre Nachrichten in allen Medien verbreitet werden, ist es schwer, sie nicht zu sehen«, sagte Brain.

Das stimmte. Doc konnte sich nicht vorstellen, wie es wäre, wenn alles, was er sagte, genau untersucht und auseinandergenommen würde, wie es bei Ember der Fall war. Aber er war höllisch beeindruckt von ihr. Was sie gepostet hatte, kam offensichtlich von Herzen ... und das merkte man.

Natürlich gab es Leute, die dachten, es gäbe einen Haken, dass sie nur versuchte, Aufmerksamkeit zu bekommen, aber da lagen sie falsch. Das Gegenteil war der Fall. Sie wollte die Aufmerksamkeit auf diejenigen lenken, die sie am meisten brauchten, nicht sich selbst.

Er hatte seit zwei Tagen nichts von ihr gehört ... und um ehrlich zu sein, machte er sich Sorgen, obwohl er nicht diese Art von Typ sein wollte. Jemand, der sie kontrollierte und ständig verfolgte. Bei ihrem letzten Gespräch hatte sie erzählt, dass sie sich mit ihren Finanzberatern getroffen und alles geklärt hatte. Ihren Eltern würde es finanziell gut gehen, und zwar für den Rest ihres Lebens ... genau wie ihr.

Sie hatte ihm erzählt, dass sie geweint hatte, als sie den von ihm geschickten Silberstern erhalten hatte. Aber alles in allem hatte sie glücklich geklungen. Und merkwürdigerweise machte Doc das irgendwie traurig. Er wollte dabei sein, sie aufblühen zu sehen, um sie anzufeuern. Aber er konnte ihr lediglich im Nachhinein zuhören und ihr sagen, was für eine großartige Arbeit sie leistete. Es war nicht dasselbe, wie an ihrer Seite zu sein, während sie alles erreichte, was sie in ihrem Leben erreichen wollte.

Nachdem er am Vorabend lange nachgedacht hatte, war ihm klar geworden, dass er das nicht tun konnte. Er konnte keine Fernbeziehung mit Ember führen. Er dachte, er könnte es, aber es war zu schmerzhaft. Sein plötzlicher Sinneswandel sagte nichts Gutes über ihn aus, aber sie verdiente einen Mann, der für sie da sein konnte, wann immer sie ihn brauchte, und das war er nicht. Nicht wenn er so weit weg war.

Vielleicht war es gut gewesen, die letzten zwei Tage

nicht mit ihr zu reden. Das würde es einfacher machen, sich zu distanzieren. Es war offensichtlich, dass sie auf eigenen Beinen stehen konnte. Sie brauchte ihn nicht.

Er würde ihren Kontakt langsam ausklingen lassen, bis sie sich kaum noch daran erinnerte, dass er existierte. Sie war sehr beschäftigt. Es würde ihr gut gehen.

Im Gegensatz dazu würde das Ende des Kontakts Doc umbringen. Er schätzte ihre Gespräche und vermisste sie bereits nach nur zwei Tagen. Sie war ohne ihn vielleicht besser dran, aber umgekehrt war das nicht der Fall. Aber er würde tun, was das Beste für sie war, egal wie sehr es schmerzte.

Doc wandte die Aufmerksamkeit wieder dem Team zu. Er würde für seine Freunde und ihre Familien leben. Er würde alles tun, um Grover dabei zu helfen herauszufinden, was mit Sierra passiert war, selbst wenn sie nie nach Übersee geschickt würden, um selbst Nachforschungen anzustellen. Vielleicht würde er ein anderes Haus kaufen, um es aufzumotzen und dann wieder zu verkaufen. Er war mit seinem eigenen noch nicht fertig, aber ein weiteres Haus, um daran zu arbeiten, würde ihn beschäftigen und ihn von dem ablenken, was Ember tat.

Der Tag verging langsam und Doc konnte nicht anders, als in den Pausen auf sein Handy zu schauen, um nachzusehen, ob Ember eine SMS geschrieben oder angerufen hatte. Das hatte sie nicht. Er hätte sie kontaktieren und nachfragen können, ob es ihr gut ginge. Sichergehen, dass sie nicht irgendwo tot in einem Graben lag.

Ja, es würde einiges an Arbeit für ihn bedeuten, sich von ihr zu distanzieren.

Nach ihren Besprechungen sah es immer mehr danach aus, als würden sie nach Afghanistan geschickt, um die vermisste Frau zu suchen. Es gab keine Nachrichten von

Shahzada, in denen er die Verantwortung für Entführungen übernahm, aber es war das wahrscheinlichste Szenario. Im Moment war ein Navy-SEAL-Team in der Gegend und versuchte, Verstecke aufzuspüren und mehr Informationen zu bekommen. Sobald die Aufklärung beendet war, könnten die Deltas hineingeschickt werden, um diese Verstecke in den Berghöhlen zu räumen. Es würde eine höchst gefährliche Mission werden, aber sie waren alle hundertprozentig dafür.

Wenn Shahzada Amerikaner – oder unschuldige Menschen egal welcher Herkunft – als Geiseln hielt, wollten sie sie finden und befreien. Und die Mission war persönlich für sie, da eine der Vermissten Sierra sein könnte. Es war offensichtlich, dass sie Grover etwas bedeutete. Sie hatten ihren Freund das letzte Jahr über ihretwegen aufgezogen. Niemand hatte vermutet, dass sie ernsthaft in Gefahr sein könnte.

Vielleicht hatten sie auch Schuldgefühle, weil sie sich nichts aus ihrem Schweigen gemacht hatten. Sie waren davon ausgegangen, dass sie kein Interesse an Grover hatte. Sie hätten wissen müssen, dass das nicht der Fall war. Grover war nicht der Typ, der sich schnell in eine Frau verliebte, aber es sah immer mehr danach aus, als hätte er genau das getan und sein Interesse gezügelt.

»Gillian möchte eine Baby-Einweihungsfeier für Oz und Riley schmeißen«, sagte Trigger, als sie alle zum Parkplatz gingen.

»Was zum Teufel soll das sein?«, fragte Lefty.

»Du weißt schon, wie eine Hauseinweihungsfeier, aber für ein Baby.«

»Das ist nicht nötig«, sagte Oz mit einem breiten Grinsen im Gesicht. »Aber ich weiß, dass unsere Frauen sich keine Gelegenheit entgehen lassen, zusammen abzuhängen.«

»Gillian macht es nichts aus, obwohl sie das jeden Tag für ihren Lebensunterhalt tun muss?«, fragte Lucky.

»Nein. Ich habe sie dasselbe gefragt«, antwortete Trigger. »Sie meinte, dass es etwas ganz anderes sei, Partys für ihre Freundinnen zu planen als für ein Unternehmen oder Fremde. Sie weiß, dass niemand darüber richten wird, was sie geplant hat. Alle werden sich einfach freuen, zusammen zu sein.«

»Das stimmt«, bestätigte Brain. »Ich habe immer gehofft, dass die Frau, mit der ich einmal zusammen sein werde, gut mit den anderen Frauen auskommt, und die Freundschaft, die Aspen mit allen aufgebaut hat, ist felsenfest. Ich fühle mich damit wesentlich besser, wenn wir auf Mission sind.«

Die anderen stimmten zu.

Als sie in der heißen Nachmittagshitze von Texas das Bürogebäude verließen, kam Doc nicht umhin, sich zu fragen, was die anderen Frauen über Ember denken würden. Sie war freundlich und charismatisch. Er glaubte nicht, dass sie ein Problem damit haben würde, Freundinnen zu finden, obwohl sie im Laufe der Jahre zu sehr mit dem Training beschäftigt gewesen war, um enge Freundschaften zu schließen. Er hatte das Gefühl, dass Ember die Chance nutzen würde. Die anderen Frauen wären keine Konkurrentinnen. Er wusste ohne Zweifel, dass Gillian, Kinley, Aspen, Riley und Devyn sie mögen würden. Sie könnten anfangs etwas von ihrem Ruhm eingeschüchtert sein, aber nachdem sie sie kennengelernt hatten, würden sie erkennen, wie großartig sie war.

Er schüttelte den Kopf. Es würde nicht passieren. Ember war in Kalifornien und diese Frauen lebten in Texas.

»Dieses Wochenende, Samstag«, sagte Trigger. »Im Haus

von Oz. Gillian hat ein schlechtes Gewissen, dass sie dein Haus beschlagnahmt, ohne vorher mit dir zu sprechen, aber du kannst uns jederzeit rausschmeißen. Doch sie dachte, es wäre einfacher für euch. So müsst ihr Amalias Sachen nicht irgendwo hinschleppen. Und Logan und Bria werden sich in ihren eigenen vier Wänden wahrscheinlich auch wohler fühlen.«

»Alles gut«, sagte Oz. »Wir haben genügend Platz. Sag Gillian, sie soll uns Bescheid geben, was wir besorgen sollen. Und wenn sie *nichts* sagt, gibt es Ärger.«

Trigger lachte. »Keine Sorge, sie hat ihre Lektion gelernt. Als sie das letzte Mal versucht hat, alles selbst zu besorgen, habt ihr alle dermaßen übertrieben und Essen und Getränke mitgebracht, die wir nicht brauchten.«

»Grover?«, fragte Lefty.

»Ja?«

»Bist du okay?«

Ihr Freund seufzte. »Nein, aber ich bemühe mich, nicht darüber nachzudenken, was Sierra durchgemacht haben könnte oder noch durchmacht.«

»Glaubst du, sie lebt noch?«, fragte Lucky.

Doc zuckte zusammen. Er wusste, dass Lucky es nicht so direkt ausdrücken wollte, aber seine Befürchtung war nicht unbegründet. Doc kannte Ember nur etwas länger als Grover Sierra, also würde er seinem Freund nie sagen, dass es lächerlich war, nach so kurzer Zeit so viel für die Frau zu empfinden. Er war der Beweis dafür, dass Zeit keine Rolle spielte, wenn man diejenige fand, die für einen bestimmt war.

»Ich weiß es nicht«, sagte Grover. »Ein Teil von mir hofft und betet dafür. Aber ein anderer Teil weiß, dass es egoistisch ist. Wenn sie noch am Leben ist, hat sie im letzten Jahr oder so die absolute Hölle durchgemacht.«

»Erinnerst du dich an Kalee?«, fragte Doc.

Alle drehten sich zu ihm um.

»Die Frau, die von den Rebellen in Timor-Leste entführt wurde«, fuhr er fort. »Sie war mindestens ein Jahr verschwunden. Und nachdem das SEAL-Team sie gerettet und zurück in die Staaten gebracht hatte ... ging es ihr gut. Ich meine, ich kenne nicht ihre ganze Geschichte, aber nach allem, was ich gehört habe, geht es ihr und Phantom großartig. Ich will damit nur sagen, dass du die Hoffnung nicht aufgeben sollst, Grover. Frauen sind hart im Nehmen. Sieh dir Gillian und die anderen an. Wir haben den Beweis dafür, wie stark sie sind, direkt vor unseren Augen.«

Grovers Schultern schienen sich ein wenig zu straffen. »Du hast recht, danke.«

Doc nickte.

»Was ist mit dir und Ember los?«, fragte Brain.

Doc hatte befürchtet, dass jemand nach ihr fragen würde. Er zuckte mit den Schultern. »Nichts. Sie lebt in Kalifornien und ich hier. Sie ist berühmt und ich arbeite in einem Beruf, in dem Geheimhaltung alles ist.«

»Nach den Dingen zu urteilen, die sie in den letzten Tagen auf ihrem Instagram-Konto gepostet hat, klingt sie nicht nach der Art von Frau, die diesen berühmten Lebensstil weiterführen will«, merkte Lefty an.

Doc zuckte mit den Schultern. »Trotzdem steht immer noch im Raum, dass ihr Lebensmittelpunkt in Los Angeles ist und meiner hier.«

»Schreib eine Beziehung noch nicht ab«, sagte Trigger. »Man weiß nie, was passieren kann.«

Doc nickte, obwohl er die Entscheidung, was ihn und Ember betraf, eigentlich schon getroffen hatte.

»Bis morgen, Leute«, sagte Oz. »Ich muss nach Hause zu meiner Familie.«

»Ich auch«, sagte Brain mit einem Lächeln.

»Das fühlt sich gut an, nicht wahr?«, fragte Lefty.

»Jemanden zu haben, zu dem man nach Hause gehen kann? Ja, verdammt gut«, fügte Trigger hinzu.

Doc fing Grovers Blick auf und sie warfen sich ein schiefes Grinsen zu. Sie wussten nichts davon, freuten sich aber für ihre Teamkameraden.

»Bis morgen«, sagte Brain, als er zu seinem Wagen ging.

Alle verabschiedeten sich und Doc war froh, dass sich an der Beziehung zu seinen Kameraden nichts geändert hatte, obwohl sie jetzt ein anderes Leben führten. Sie bemühten sich, auch außerhalb der Arbeit Zeit füreinander zu finden, und es schien niemanden zu stören, dass diese Treffen meistens die Frauen mit einschlossen.

Doc seufzte, als er seinen Dodge Durango startete und auf das Haupttor des Armee-Stützpunktes zusteuerte. Es war keine lange Fahrt bis zu seinem Haus und auf halbem Weg klingelte sein Telefon. Er nahm es über Bluetooth an und erwartete, die Stimme eines seiner Teamkameraden zu hören.

»Doc hier«, sagte er.

»Hey.«

Ein Wort. Das war alles, was es brauchte, um ein breites Lächeln auf Docs Gesicht zu zaubern. »Selber hey. Schön, dich zu hören, Em.«

»Ja, tut mir leid, dass ich mich in letzter Zeit nicht gemeldet habe.«

»Das ist okay. Ich bin sicher, du warst beschäftigt.« Doc versuchte, seine Stimme etwas distanzierter klingen zu lassen, damit es einfacher würde, mit Ember Schluss zu machen, wenn die Gespräche zwischen ihnen oberflächlich würden. Aber er konnte es anscheinend nicht. Er war zu glücklich darüber, von ihr zu hören.

»Das war ich. Die Dinge waren ziemlich verrückt. Hast du gerade Zeit zum Reden?«

»Na sicher. Ich fahre gerade von der Arbeit nach Hause.«

»Okay, gut.«

»Was hast du so gemacht?«, fragte Doc.

»Ich habe mich mit einem Anwalt getroffen und wir haben den Papierkram vorbereitet, um mein neues Unternehmen zu gründen. Ich muss noch mehr Papiere unterschreiben, aber es ist der erste Schritt.«

»Wow, du hast keine Zeit verschwendet, oder?«

»Nein, ich freue mich mehr darauf, Kindern den modernen Fünfkampf nahezubringen, als auf fast alles, was ich in den letzten zehn Jahren getan habe. Ich möchte etwas bewegen, und ich glaube wirklich, dass dies eine gute Möglichkeit dafür ist.«

»Ich denke, das ist es«, sagte Doc zu ihr. »Ich kann die Aufregung in deiner Stimme hören.«

»Ich habe auch einige Leute eingestellt, die mir helfen.«

»Das ist großartig.«

»Ja, ich hatte lange Gespräche mit einigen der Athleten, mit denen ich trainiert habe. Ich erzählte ihnen, was ich tun wollte, und fragte, ob jemand bereit wäre zu helfen. Ich habe ein sehr konkurrenzfähiges Gehalt angeboten und zugestimmt, dass sie sogar weiter trainieren könnten, wenn sie wollten.«

»Und hat jemand dein Angebot angenommen?«

»Ja, Julio und Marie. Sie schienen ziemlich aufgeregt wegen der Sache zu sein. Ich kann weitere Experten für die anderen Disziplinen finden. Es sollte kein Problem sein, jemanden zu finden, der Schwimmen trainiert, aber ich muss noch jemanden finden, der Pferde hat und damit einverstanden ist, dass Kinder auf ihnen reiten. Fechten sollte unproblematisch sein. Die Ausrüstung dafür kann ich selbst kaufen. Dasselbe gilt für die Laservisiere und Waffen. Und natürlich können wir überall laufen gehen.«

Doc genoss es, die Aufregung und Energie in ihrer Stimme zu hören. Offensichtlich hatte sie viel darüber nachgedacht, was sie wollte, und er war nicht überrascht, dass sie dafür sorgte, dass es funktionierte. »Ich kann es kaum erwarten, mehr darüber zu hören und was die Kinder denken, wenn du anfängst.«

Verdammt, er sollte sich distanzieren, aber es war unmöglich. Ihre Begeisterung war ansteckend.

Doc bog in seine Straße ein und winkte einigen seiner Nachbarn zu, die auf ihrer Veranda saßen und die frische Luft genossen. Es war immer noch warm, aber für diesen Teil von Texas war es um diese Zeit am Abend nicht so schlimm.

Als er einen ihm unbekannten BMW vor seinem Haus stehen sah, runzelte er die Stirn.

»Craig?«

»Ja?«

»Du wirkst abgelenkt«, sagte Ember.

»Tut mir leid. Ich will gerade in meine Auffahrt fahren und da steht ein Wagen, den ich nicht kenne.«

»Ach ja?«, fragte sie.

»Ja. Ich muss kurz auflegen und mich um ...« Doc brach mitten im Satz ab, als er jemanden von einem Stuhl auf seiner Veranda aufstehen sah. »Ember?«, sagte er ungläubig.

»Überraschung«, sagte sie – und klang dabei mehr als nur ein bisschen nervös. Sogar über die Lautsprecher in seinem Wagen konnte Doc hören, wie ihre Stimme bei dem Wort zitterte.

Er erinnerte sich später nicht daran, wie er seinen Wagen eingeparkt hatte oder ausgestiegen war.

Er stolzierte auf seine Haustür zu und musterte Ember

von Kopf bis Fuß. Sie sah sogar noch besser aus als beim letzten Mal, als er sie gesehen hatte.

Sie trug ein Trägerhemd, das ihre Kurven hervorhob und ihre muskulösen Arme zur Geltung brachte. Ihre Shorts betonten ihre starken Oberschenkel und Waden.

Sie stellte ihr Handy aus und steckte es in ihre Gesäßtasche. »Hey, ich ... ähm ... ich habe vielleicht vergessen zu erwähnen, dass ich vorhabe, mein neues Unternehmen hier in Texas zu gründen. Wenn es in Ordnung ist? Ich meine ... ich könnte wirklich überall damit anfangen, aber da du hier lebst und ich dich besser kennenlernen möchte, dachte ich mir, dass ich ebenso gut auch hier Wurzeln schlagen kann. Aber wenn du das komisch findest, kann ich auch wieder fahren.«

Sie schwafelte, aber ihre letzten Worte brachten Doc endlich in Schwung. Er sprang praktisch auf sie zu, riss sie hoch und drückte sie fest an sich, während er sie im Kreis herumwirbelte und umarmte.

Sie lachte. Das Geräusch war sorglos und fröhlich, und Doc fühlte es bis in seine Zehen. »Bleib«, brachte er heraus. Als ihre Füße wieder auf dem Boden standen, beugte er sich, ohne nachzudenken, nach unten. Er war so froh, sie zu sehen. So verdammt aufgeregt, dass sie hier war ... und sie hatte anscheinend vor zu bleiben.

Sie öffnete sich begierig unter seinen Lippen und Doc tauchte seine Zunge in ihren Mund. Scheiße, das hatte er vermisst. Seit er sie in Südkorea zurückgelassen hatte, hatte er jede Nacht erotische Träume gehabt. Sie zu küssen war noch befriedigender, als er es in Erinnerung hatte.

Als sie sich schließlich zurückzog, atmeten sie beide schwer.

»Ich hatte irgendwie Angst, dass jemand die Polizei rufen würde«, gab sie zu.

»Nicht in dieser Gegend«, sagte Doc zu ihr. »Einer der Gründe, warum ich dieses Viertel ausgewählt habe, ist die Diversität. Meine Nachbarn links und rechts von mir sind Afroamerikaner. Auf der anderen Straßenseite wohnt ein hispanisches Paar mit drei Kindern. Ein paar Familien kaukasischer Abstammung, ein homosexuelles Paar, eine Familie aus Israel, eine aus Indien und sogar eine aus Pakistan. Wir sind hier wirklich multikulturell – und unsere Straßenfeste sind großartig.«

»Das gefällt mir.«

»Mir auch. Ich kann nicht glauben, dass du hier bist. Du musst erschöpft sein. Bist du heute den ganzen Weg gefahren? Nein, das kann nicht sein. Hast du Hunger? Komm rein, ich zeige dir mein Haus und hole dir etwas zu essen und zu trinken.«

Ember kicherte. »Du bist süß, wenn du nervös bist. Ich bin ein bisschen hungrig, aber weißt du, was ich wirklich brauche?«

»Was? Sag es, und du sollst es haben.«

»Egal was? Was, wenn ich um Kaviar und Trüffeln bitten würde?«

»Dann würde ich einen Weg finden, beides für dich zu besorgen«, antwortete Doc vollkommen ernst.

»Ich habe nur Spaß gemacht«, sagte sie leise.

»Ich nicht«, erwiderte Doc. Er hielt sie immer noch fest und konnte nicht glauben, wie gut sie sich in seinen Armen anfühlte.

»Ich brauche etwas Grünes«, sagte Ember mit einem kleinen Lächeln. »Ich habe unterwegs viel Mist gegessen und Salat klingt jetzt himmlisch.«

»Du hast Glück, ich war gestern einkaufen und habe alle Zutaten für einen Salat da.« Doc bewegte sich schon, bevor er zu Ende gesprochen hatte. Er schloss seine Tür auf und bedeutete ihr, ihm vorauszugehen. »Das Haus ist noch in Arbeit«, erklärte er ihr ein wenig unsicher.

Er ließ den Arm sinken, als Ember eintrat und sich neugierig umsah. Nach einem langen Moment sagte sie: »Es ist wunderbar, Craig.«

Etwas in ihm löste sich. »Es ist nicht sehr groß, aber es macht mir Spaß, daran zu arbeiten.«

Sie fuhr mit der Hand über das Treppengeländer, als sie sich zu ihm umdrehte. »Das hast du alles allein gemacht?«

»Nun, die meisten Holzarbeiten, ja. Ich bin kein guter Klempner oder Elektriker, also habe ich jemanden dafür beauftragt. Aber ich habe alle Armaturen, Farben, Fußböden und solche Dinge ausgesucht. Die Schränke in der Küche habe ich handgefertigt, weil alles, was ich mir angesehen hatte, entweder billig aussah oder viel zu teuer war. Und auch die Latten des Geländers und den Handlauf habe ich selbst gemacht.«

»Es ist wunderbar. Ernsthaft, ich bin beeindruckt.«

Doc zuckte mit den Schultern. »Komm schon«, sagte er und nahm ihre Hand in seine. Er liebte es, sie zu berühren, und hatte das Gefühl, dass er in Zukunft jede Gelegenheit dazu nutzen würde. »Lass uns dir etwas zu essen machen.«

Er führte Ember zu einem Hocker an der Theke, die sich von der Arbeitsinsel in der Küche erstreckte. Sie saß mit einem Lächeln da und sah zu, wie er die Zutaten für den Salat herausholte.

»Brauchst du Hilfe?«

»Nein, das schaffe ich schon. Du entspannst dich.« Dann fragte Doc so lässig, wie er konnte: »Also ... hast du eine Unterkunft für heute Nacht?«

Sie machte ein komisches Geräusch und er blickte erschrocken auf. Sie lächelte breit und bemühte sich sehr, nicht zu lachen.

»Was?«, fragte er verwirrt.

»Glaubst du, ich würde den ganzen Weg hierherfahren, ohne eine Bleibe zu haben? Oder dass ich einfach annehmen würde, dass ich bei dir wohnen könnte?«

»Nun, ähm ... ich weiß es nicht.«

»Craig, ich wäre niemals so anmaßend. Ich mag dich sehr. Ich wäre nicht hier, wenn ich nicht herausfinden wollte, wohin die Dinge zwischen uns führen könnten. Aber ich würde niemals bei dir vorfahren und dir mitteilen, dass ich hier einziehe.«

Doc wusste nicht, ob er erleichtert oder enttäuscht sein sollte.

»Außerdem freue ich mich darauf, allein zu sein. Ich habe buchstäblich mein ganzes Leben bei meinen Eltern gelebt. Ich kann es kaum erwarten, in den Supermarkt zu gehen und meinen Kühlschrank selbst zu füllen und meine eigenen Mahlzeiten zuzubereiten. Und mein Haus so einzurichten, wie ich es möchte. So etwas habe ich noch nie gemacht. Ich weiß, es ist irgendwie erbärmlich, aber ich freue mich darauf.«

»Das ist nicht erbärmlich«, versicherte Doc ihr. »Ich finde es ... hinreißend.«

Ember rollte mit den Augen. »Genau das, was ich sein möchte. Wie auch immer, um deine Frage zu beantworten, ich habe für heute Nacht ein Hotelzimmer gemietet und morgen treffe ich mich mit dem Vermieter, um in meine Wohnung zu ziehen.«

»Du hast schon eine gemietet? Wo ist sie? Liegt sie in einem guten Stadtteil? Hast du dir die Bewertungen vorher angesehen?« Doc feuerte die Fragen auf sie ab.

Sie kicherte. »Ja zu den meisten deiner Fragen. Sie ist nicht weit vom Armee-Stützpunkt entfernt. Und wenn es nicht das Passende ist, finde ich etwas anderes, sobald ich die Gegend besser kenne. Ich wollte in der Nähe des Gebäudes wohnen, das ich für mein Fitnessstudio gekauft habe, und der Vermieter hat mir versichert, dass die Gegend sicher sei.«

»Warte, du hast auch schon ein Gebäude gekauft?«, fragte Doc und seine Gedanken drehten sich.

»Allerdings«, entgegnete Ember und sah sehr stolz auf sich aus.

»Verdammt«, murmelte Doc.

»Hey, wenn ich mir etwas in den Kopf setze, ziehe ich es durch«, sagte Ember.

»Sieht ganz danach aus.«

»Aber ernsthaft, Craig ... wenn du dich nicht darüber freust, mich zu sehen, und nur versucht hast, mich während der Olympischen Spiele flachzulegen ... muss ich nicht bleiben. Ich kann genauso gut nach Austin ziehen. So sehr ich auch herausfinden möchte, wie sich die Dinge zwischen uns beiden entwickeln könnten ... ich bin mit meinem Unternehmen im Hinterkopf hierhergekommen.«

Doc bewegte sich wieder, bevor sein Gehirn Zeit hatte zu verstehen, was er tat. Er stand nahe bei ihr, nahm ihren Kopf in seine Hände und sagte in einem leisen, ernsten Ton: »Ich hatte seit einem Jahr keine ernsthafte Beziehung mehr. Und es war von ihrer Seite aus ernster als von meiner. Dich in Korea zu verlassen war Mist. Ich hätte nie gedacht, dass ich jemanden so vermissen würde, wie ich dich vermisst habe. Ich habe es gehasst, nicht bei dir sein zu können, als du nach Hause kamst. Nachdem du diese Nachricht in deinen sozialen Medien gepostet hattest, wollte ich dich halten und dir sagen, wie stolz ich auf dich bin. Ich war nicht auf der Suche nach einem One-Night-Stand und bin es immer noch nicht. Ich bin so verdammt glücklich und erleichtert, dass du hier bist. Ich kann es nicht glauben. Und ich will alles über dich erfahren. Ich möchte mit dir laufen gehen und dich zum Schießen mitnehmen. Ich möchte, dass du meine Freunde und ihre Frauen kennenlernst, und meine Abende und Wochenenden entweder mit dir verbringen oder mit dir und den Kindern arbeiten. Ein Teil von mir ist höllisch beeindruckt von allem, was du in so kurzer Zeit geschafft hast, und ein anderer Teil schmollt, weil du mich offensichtlich überhaupt nicht brauchst. Du bist unglaublich, Em, und ich möchte ein Teil deines Lebens sein, wenn du es mir erlaubst.«

Tränen füllten ihre Augen, als er mit dem Sprechen fertig war, und Doc konnte nicht widerstehen, sich zu ihr zu beugen und sie noch einmal zu küssen. Er spürte, wie sie ihre Hände unter sein Hemd schob, und er zitterte, als sie mit ihren Fingernägel leicht über die empfindliche Haut seines Rückens fuhr.

»Ich habe Verbindungen für alle geschäftlichen Angelegenheiten, aber was ich nicht habe, sind Freunde. In der Vergangenheit hatte ich in diesem Bereich nicht viel Glück. Die Leute wollten stets entweder etwas von mir oder hofften, durch meine Nähe selbst berühmt zu werden.«

»Das ist Gillian und den anderen scheißegal«, erklärte Doc ihr voller Zuversicht.

»Ich kann es kaum erwarten, sie kennenzulernen. Du hast mir so viel über sie erzählt, ich habe das Gefühl, ich kenne sie bereits.«

»Gut, dass du das gesagt hast, denn am Samstag treffen wir uns bei Oz zu Hause, um die Geburt seiner Tochter zu feiern. Dann kannst du auch Logan kennenlernen. Und ich warne dich, du wirst einen Freund fürs Leben haben, sobald er herausfindet, dass du diejenige warst, die Shin-Soo dazu gebracht hat, all das Zeug zu schicken.«

»Vielleicht sollten wir abwarten, ob die Dinge zwischen

uns funktionieren«, sagte sie und biss sich besorgt auf die Lippe.

»Es wird funktionieren«, sagte Doc entschieden.

»Das weißt du nicht«, erwiderte Ember.

»Doch, das tue ich. Möchtest du wissen woher?«

»Ja.«

»Weil ich noch nie zuvor für jemanden so empfunden habe. Die letzten zwei Tage waren die Hölle. Ich habe es so sehr vermisst, mit dir zu reden, dass ich tatsächlich die Entscheidung getroffen hatte, mich zurückzuziehen und zu versuchen, dich gehen zu lassen, weil ich wusste, wenn ich dir noch näherkomme, würde ich es nicht mehr ertragen, nicht die ganze Zeit in deiner Nähe zu sein. Aber jetzt bist du hier. Du bist zu mir gekommen. Du hast deine Entscheidung getroffen ... und ich habe meine getroffen.«

Ihre Lippen verzogen sich ein wenig. »Du bist ein bisschen herrisch.«

Doc zuckte mit den Schultern. »Das geht einher mit meinem Job. Ich bin ein Delta-Force-Soldat, Em. Ich bin es gewohnt, im Handumdrehen Entscheidungen zu treffen, bei denen es um Leben und Tod geht.«

»Hier geht es nicht um Leben und Tod«, merkte sie an.

»Falsch. Ich bin mir nicht sicher, ob ich ohne dich noch viel vom Leben hätte.« Doc war noch nie zuvor so unverblümt und ehrlich zu einer Frau gewesen. Vor allem nicht so früh in einer Beziehung. Aber es hatte sich so richtig angefühlt, als er gesehen hatte, wie sie vor seinem Haus auf ihn wartete. Er konnte es nicht erklären. Er verstand, dass sie allein leben wollte, und respektierte es. Aber das bedeutete nicht, dass er sie nicht jeden Tag sehen würde.

»Wow, ich denke, das ist das Netteste, was jemals jemand zu mir gesagt hat«, meinte Ember leise.

»Es ist nicht einfach, mit einem Mann wie mir

zusammen zu sein«, warnte Doc sie. »Ich bin hartnäckig und stur. Ich bin auch sehr beschützend. Aber ich verstehe, dass du deine Sache allein machen musst. Ich stehe an deiner Seite und unterstütze dich, wenn du es brauchst und willst. Mir gefällt es, dass du unabhängig bist, weil du es sein musst, während ich weg bin. Ich kann dir nicht sagen, wohin ich gehe oder wie lange ich weg sein werde, wenn ich eingesetzt werde. Es ist schwer, mit einem Militärangehörigen zusammen zu sein, und noch schwerer, mit dem Soldaten einer Spezialeinheit. Aber ich schwöre, ich werde dich nicht betrügen. Bei dem Gedanken dreht sich mir der Magen um. Es wird nicht einfach mit mir, aber ich weiß, dass ich dich glücklich machen kann, wenn du mich lässt.«

»Scheiße, Craig, jetzt muss ich weinen«, sagte Ember, während sie sich eine Träne wegwischte.

Doc schob ihre Hand aus dem Weg und strich ihr die Tränen von den Wangen. »Das sollten besser Freudentränen sein, denn ich kann den Gedanken nicht ertragen, dir wehzutun.«

»Das sind es«, versicherte sie ihm. »Ich brauche und will keinen Mann, der mein Leben übernimmt. Ich hatte genügend Leute in meinem Leben, die das getan haben. Ich brauche dich, um meine Träume zu unterstützen. Dass du da bist, wenn ich dich brauche, um mit mir zu lachen und kitschige Filme zu sehen, mir zu helfen, aus dieser Blase auszubrechen, in der ich mein ganzes Leben lang gelebt habe.«

»Du hast mich«, sagte Doc sofort.

Sie lächelte. »Was hättest du gesagt, wenn ich keine Unterkunft hätte?«

Doc lächelte zurück. »Ich hätte dir gesagt, dass ich drei leere Schlafzimmer habe und du in jedem von ihnen willkommen bist.«

»Ernsthaft?«

»Allerdings.«

»Dann sind wir uns also einig?«

»Wenn es um dich und mich geht, absolut«, versicherte Doc ihr. »Die Männer werden sich freuen, dass du hier bist.«

»Sie kennen mich kaum«, entgegnete Ember.

»Sie wissen alles, was sie wissen müssen«, sagte Doc.

»Und was ist das?«

»Dass du mir Rückendeckung gegeben hast. Dass du zu mir gestanden und nicht die Nerven verloren hast, als es hart auf hart ging. Das wissen sie zu schätzen.« Er machte ein kurze Pause. »Und dass du obendrein umwerfend schön und berühmt bist, trägt sicher auch dazu bei.«

Ember lachte und schubste ihn ein wenig. »Wie auch immer. Jetzt mach meinen Salat fertig, Soldat.«

Doc gefiel es, sie so glücklich zu sehen. Sie wirkte hundertmal entspannter als in Südkorea. Das war die echte Ember. Und sie so aufblühen zu sehen war verdammt schön. Er tat auch gern, was sie verlangte. Sie wusste allerdings nicht, dass sie ihn bereits um den kleinen Finger gewickelt hatte.

Er machte sich keine Sorgen, dass es zwischen ihnen so schnell ging. Es fühlte sich richtig an.

Er wandte sich wieder dem Salat zu und fuhr fort, das Gemüse zu schneiden. Innerhalb von zehn Minuten hatte er eine große Schüssel voll mit »Grünzeug« vor Ember gestellt. Dann beschloss er, für sich selbst ein paar Reste vom Vorabend aufzuwärmen.

Doc konnte sich an kein besseres Abendessen erinnern.

Ember konnte sich an keinen schöneren Abend erinnern. Nachdem sie den köstlichen Salat gegessen hatte, den Craig für sie zubereitet hatte, und er ihr eine Führung durch sein Haus gegeben hatte, saßen sie auf seiner Couch und unterhielten sich stundenlang.

Sie hatte ihm alles erzählt, was passiert war, nachdem sie von den Olympischen Spielen nach Hause gekommen war. Das meiste wusste er bereits, aber er wollte auch die kleinsten Details erfahren. Er hatte ein finsteres Gesicht gemacht, als sie ihm mehr über die Reaktion ihrer Eltern auf ihre Entscheidung und die Änderung ihrer Passwörter erzählt hatte. Er hatte gelacht, als sie erzählte, wie Samer ihr zwei Stunden lang erklärt hatte, wie sie mit den sozialen Medien umgehen sollte.

Sie hatte ihm von ihrem Treffen im Fitnessstudio mit ihren Trainingspartnern erzählt und wie unterstützend sie reagiert hatten. Sie sprachen über die Verrückten im Internet, die nichts Besseres zu tun hatten, als Hass in Form von gemeinen Kommentaren zu verbreiten. Sie hatte ihm sogar gesagt, wie erleichtert sie sei, eine Million Follower verloren zu haben, nachdem sie ihren von Herzen kommenden Beitrag auf Instagram veröffentlicht hatte. Wenn diese Leute ihr nur folgten, um perfekte Bilder und Werbung zu sehen, war es eine Befreiung. Sie interagierte viel lieber mit Menschen, die wirklich daran interessiert waren, die Welt zu einem besseren Ort zu machen.

Nachdem sie ein paarmal gegähnt hatte, hatte Craig entschieden, dass es Zeit für sie war, zum Hotel zu fahren und etwas zu schlafen. Sie war müde gewesen, aber hatte es gehasst, aufbrechen zu müssen. Obwohl sie sich nicht gleich verabschiedet hatten, da Craig darauf bestanden hatte, ihr zum Hotel zu folgen und sie hineinzubringen. Es war dunkel und er sagte, er würde kein Risiko eingehen wollen.

Jetzt zog er einen ihrer Koffer hinter sich her, während sie den anderen schleppte.

»Ist das Teil deiner beschützenden Persönlichkeit?«, fragte sie im Aufzug, als sie zu ihrem Stockwerk fuhren.

»Allerdings.«

»Und wenn ich dir sage, dass es mir gut geht und du mich nicht begleiten musst?«

»Das wäre schade, denn so bin ich, Em. Ich bin nicht der Typ, der sein Mädchen mitten in der Nacht allein zu einem Hotel in einer Stadt fahren lässt, in der sie gerade angekommen ist. So bin ich einfach nicht. Wenn das für dich nicht in Ordnung ist, musst du es jetzt sagen.«

Ember trat näher an ihn heran und küsste ihn auf die Unterseite seines Kiefers. »Ich beschwere mich nicht. Ich wollte nur sichergehen.«

Craig entspannte sich. »Es gibt viele Dinge, bei denen ich einen Schritt zurücktreten und sie dich allein machen lassen kann. Bei deinen Geschäften, deinen Online-Konten, bei der Personalauswahl und im Wesentlichen, um dein Leben selbst zu organisieren. Aber wenn es um deine Sicherheit geht, werde ich keine Kompromisse eingehen.«

»Und damit bin ich hundertprozentig einverstanden«, sagte sie, bevor sie ihre Hand auf seinen Hinterkopf legte und ihn zu sich herunterzog. Sie küssten sich immer noch, als die Fahrstuhltür sich öffnete.

Als sie mit ihren Koffern aus dem Aufzug stolperten, legte Ember den Kopf auf Craigs Schulter und schlang ihren freien Arm um ihn, während sie den Flur hinuntergingen. Sie öffnete die Tür zu ihrem Zimmer und sie brachten ihre Koffer hinein. Nachdem sie sich zu ihm umgedreht hatte, fühlte sie sich für eine Sekunde, als wären sie wieder in der Unterkunft in Südkorea.

»Worüber lächelst du?«, fragte Craig.

»Déjà-vu«, erklärte sie ihm. »Ich stehe an meiner Tür und will mich nicht von dir verabschieden.«

»Wir verabschieden uns nicht, erinnerst du dich?«, fragte Craig.

Sie nickte.

»Triffst du dich morgen früh mit deinem Vermieter?«

»Ja, um acht. Normalerweise trainiere ich erst, aber ich freue mich darauf, morgen auszuschlafen. Also werde ich faul sein. Danach kläre ich mit dem Umzugsunternehmen die Details für übermorgen. Dann werde ich das Gebäude besichtigen, das ich für mein Fitnessstudio gekauft habe, um herauszufinden, was noch getan werden muss, um es fertig einzurichten. Ich habe ein Treffen mit einem Anwalt, um die Papiere fertigzustellen und mein Unternehmen hier in Texas offiziell zu registrieren, und dann habe ich ein paar Bewerbungsgespräche mit einigen potenziellen Trainern. Und ich muss mich davon überzeugen, dass die Wohnungen, die ich für Marie und Julio gefunden habe, akzeptabel sind, da sie am Sonntag kommen werden. Oh, und ich habe einen Termin mit der Direktorin des *Boys & Girls Clubs* hier in Killeen arrangiert, um über eine Partnerschaft zu sprechen. Sie kann mir helfen zu entscheiden, welche Kinder am besten für das Programm geeignet sind. Irgendwann möchte ich mich auch mit Schulleitern in der Gegend und jemandem vom Jugendamt treffen.«

»Meine Güte, Em, du musst nicht alles an einem Tag erledigen«, sagte Craig.

Sie lächelte. »Ich weiß, aber ich freue mich einfach darauf anzufangen. Ich muss auch etwas Ausrüstung bestellen, Reinigungsteams einstellen, einen guten Ort finden, an dem wir laufen und schießen können, Sicherheitskräfte engagieren, mit ein paar örtlichen Farmern darüber reden, ob sie uns Pferde zum Reiten zur Verfügung stellen können, und dann mit dem Leiter des Christlichen Vereins Junger Menschen Nutzungszeiten für das Schwimmbecken vereinbaren. Und dann muss ich auch noch meine Sachen einräumen, einkaufen und zu guter Letzt meine Wohnung einrichten.«

»Ich bin schon erschöpft, wenn ich mir nur deine lange Liste anhöre. Meinst du, du hast bis zum Abendessen morgen ein paar Dinge fertig?«

»Na sicher.«

»Ich kann dich hier abholen und zu mir nach Hause bringen, wenn du willst.«

»Ich kann selbst fahren.«

»Ich weiß. Und ich wollte dir schon vorher sagen, dass du einen schönen BMW hast. Aber gib mir Bescheid und lass mich dich auf dem Heimweg abholen.«

Ember liebte es, dass er so begierig war, Zeit mit ihr zu verbringen. »Okay.«

»Ich schicke dir eine SMS, um zu fragen, ob du mit deinen Terminen fertig bist, bevor ich den Stützpunkt verlasse. Was möchtest du morgen essen?«

»Das ist egal. Mach dir meinetwegen keine Umstände.«

»Ich habe das Gefühl, ich würde für dich auch bis ans Ende der Welt gehen, Em. Um wie viel Uhr sollen deine Sachen am Freitag ankommen?«

»Ich bin mir nicht sicher. Wahrscheinlich morgens.«

»Ich werde mit Kommandant Robinson sprechen und sehen, ob er uns freigeben kann, um dir beim Einzug zu helfen.«

»Schon okay, ich habe die Umzugsfirma für ein paar Stunden engagiert und habe nicht so viel Zeug.«

»Em, auf gar keinen Fall werde ich dir nicht helfen, deine Sachen einzuräumen. Und die Männer werden genauso denken. Und wenn die Frauen nicht arbeiten müssen, werden sie auch kommen. Obwohl ihre Hilfe eher darin bestehen wird, herumzustehen, Wein zu trinken und uns bei der Arbeit zuzusehen. Aber sie sind verdammt süß, während sie das tun, also tolerieren wir es.«

Ember lachte und stellte plötzlich fest, wie sehr sie Teil der Gruppe dieses Mannes sein wollte. Sie wollte es mehr, als eine olympische Medaille zu gewinnen. »Okay, vielen Dank.«

»Nichts zu danken. Wenn Gillian auftaucht, kannst du sie fragen, was wir zur Party am Samstag mitbringen sollen. Sie sagt normalerweise, dass sie sich um alles selbst kümmert, aber das können wir nicht akzeptieren. Wir tragen alle gern dazu bei. Sag ihr, wenn sie es dir nicht sagt, dann heuern wir ein paar Clowns an, die vorbeikommen, um Logan und Bria zu unterhalten.«

»Wäre das eine schlechte Sache?«

»Baby ... wir sprechen von Clowns. Ja, das ist eine schlechte Sache.«

Sie lachte. »Richtig, ist notiert. Ich werde sie fragen.« Ihr gefiel, dass er das Pronomen »wir« verwendet hatte, um Gillian zu fragen, was sie mitbringen sollten. Mit diesem Mann verbunden zu sein war berauschend.

»Okay, ich werde mich jetzt auf den Weg machen, solange ich noch kann.«

Der Ausdruck von Lust in seinen Augen war leicht zu erkennen. Ember war noch nie sehr sexuell gewesen, hatte nie das Bedürfnis verspürt, Sex zu haben. Aber bei diesem Mann konnte sie sich kaum davon abhalten, ihm das Hemd auszuziehen und wie an einer Stripstange an ihm hochzuklettern.

»Wenn du nicht aufhörst, mich so anzusehen, werde ich niemals gehen können«, sagte er gedehnt.

»Wie was?«, fragte sie schüchtern und spielte mit den

Knöpfen an der Vorderseite des Hemdes, das er angezogen hatte, als er nach Hause kam. Sie sah ihn gern in seiner Uniform, aber sie mochte ihn auch lässiger gekleidet. Das weiße Hemd betonte seine gebräunte Haut und das Blau in seinen Augen.

»Als wolltest du mich verschlucken«, knurrte er.

Ember leckte sich über die Lippen und sah, wie sich seine Nasenflügel aufblähten. Gott, sie liebte das Gefühl, ihn so beeinflussen zu können. »Was denkst du, wie lange wir das durchhalten?«

Er tat nicht einmal so, als würde er sie nicht verstehen. »Bevor wir im Bett landen? Nicht sehr lange, wenn du mich immer so ansiehst.«

Für den Bruchteil einer Sekunde überlegte Ember, ihn in ihr Zimmer zu ziehen. Aber aus dem Nichts überraschte sie ein Gähnen.

Craig lachte leise. »Wir werden später noch viel Zeit haben, diese Chemie zwischen uns zu erforschen. Du hast morgen einen langen Tag vor dir und ich weiß, dass du vom Fahren müde sein musst.« Er zog sie an sich und küsste sie auf die Stirn, wobei er seine Lippen für einen langen Moment auf ihre Haut presste. Dann trat er zurück und steckte die Hände in die Hosentaschen, als wollte er sich davon abhalten, noch einmal nach ihr zu greifen. »Schlaf gut.«

»Du auch.«

»Wir sehen uns morgen.«

»Okay.«

»Viel Glück bei all deinen Terminen, obwohl es so klingt, als hättest du alles im Griff.«

Ember grinste. »Das habe ich.«

»Verdammt, ich liebe dein Selbstvertrauen. Bis später, Em.«

»Bis später.«

Sie mochte es, dass er immer noch darauf achtete, sich nicht von ihr zu verabschieden. Es war albern und dumm, aber sie konnte sich auch nicht dazu bringen, die Worte zu sagen.

Sie wartete, bis sie die Tür geschlossen hatte, bevor sie die Augen schloss und eine Hand auf ihr Herz legte. Sie hatte ein breites Lächeln auf dem Gesicht, das sie nicht zurückhalten konnte, selbst wenn sie es versucht hätte. Es ging aufwärts, und sie hatte ein gutes Gefühl für ihre Zukunft.

KAPITEL ZEHN

Am Freitagmorgen hatte Doc Ember im Hotel abgeholt und sie hatten einen langen, gemütlichen Lauf hinter sich. Sie hatte sich gutmütig über die Hitze selbst um sechs Uhr morgens beschwert und er hatte sich über sie lustig gemacht und gemeint, sie sei ein Baby. Danach hatten sie im Hotel vor ihrer Tür rumgemacht und sich dann für halb acht in ihrer neuen Wohnung verabredet. Kommandant Robinson hatte dem Team den Vormittag freigegeben, aber alle mussten nach dem Mittagessen wieder im Büro sein, um die Lage in Afghanistan weiter zu besprechen.

Sie hatte sich eine gute Gegend ausgesucht. Doc hatte sich schon darauf vorbereitet, sie zum Umzug zu bewegen, sollte er herausfinden, dass ihre Wohnung in einem nicht allzu sicheren Stadtteil lag. Aber das war nicht nötig gewesen. Sie hatte gut recherchiert. Es gab Sicherheitskameras auf den Parkplätzen und rund um das Gebäude. Es gab ein Schwimmbecken, einen Trainingsraum und jede Menge Licht in der Nacht.

Er wusste von den Lichtern, weil er am Vorabend,

nachdem er Ember abgesetzt hatte, das gesamte Gebiet abgefahren war, um es zu überprüfen.

Er konnte nicht anders, als einen Stich in seiner Brust zu verspüren, als er daran dachte, dass sie in diese Wohnung statt in sein Haus zog. Sie hatte wahrscheinlich die erste und letzte Monatsmiete als Kaution bezahlt, ganz zu schweigen von den monatlichen Nebenkosten, die der Vermieter einforderte. Es schien eine dauerhafte Unterkunft zu sein. Schließlich würde niemand so viel Geld bezahlen und dann ein paar Monate später entscheiden, bei ihm einzuziehen.

Nur daran zu denken, dass sie bei ihm einzog, war verrückt, oder nicht? Wenn er Brain fragen würde – oder Oz oder Lucky oder irgendeinen der Männer –, würden sie das Gegenteil behaupten. Aber er wusste, dass so ziemlich jeder andere anderer Meinung sein würde.

Ember und er fühlten sich gemeinsam so wohl, dass er sich nicht vorstellen konnte, monatelang von ihr getrennt zu leben, geschweige denn Jahre. Der Gedanke, sie abzusetzen und monatelang jeden Abend allein zurückzulassen, gefiel ihm nicht.

»Hey, Erde an Craig!«, neckte Ember ihn, als sie auf ihn zuging.

Doc bemerkte, dass er so lange neben seinem Wagen gestanden und zu der Wohnung hochgeschaut hatte, dass sie sich an ihn heranschleichen konnte, ohne dass er es bemerkt hatte.

»Hey«, sagte er und öffnete seine Arme, während er sich aufrecht hinstellte. Es fühlte sich gut an, als Ember, ohne zu zögern, direkt in seine Umarmung ging. Tief einatmend sagte Doc: »Du riechst gut.«

»Danke, das ist eine Nebenwirkung des Duschens«, scherzte sie.

Doc lehnte sich zurück und sah die Frau in seinen

Armen an. Sie trug ein lila Trägerhemd und khakifarbene Cargo-Shorts. Sie hatte dieselben Schuhe an, die sie beim Laufen getragen hatte. Ihr Haar war zu einem niedrigen Pferdeschwanz zurückgebunden und ein Hut hing an einer ihrer Gürtelschlaufen. Sie war bereit zu arbeiten – und ein Blitz der Lust traf ihn aus heiterem Himmel. Er wollte sie, unbedingt, schnell, langsam, jetzt.

Ember starrte ihn mit ihren riesigen braunen Augen an und schluckte sichtlich. Es war, als wüsste sie genau, was er dachte. Doc leckte sich über die Lippen und sie ahmte die Bewegung nach. Die Vorfreude in die Länge ziehend, lehnte er sich langsam zu ihr.

»Der Umzugswagen ist noch nicht da?«, rief eine laute Stimme.

Doc erstarrte und sah frustriert und sehnsüchtig auf Embers Lippen.

Sie grinste. »Schwanzblockiert von deinen eigenen Freunden«, sagte sie leise.

»Scheiße«, grummelte Doc.

Embers Kichern war sorglos und fröhlich und Doc wollte es für den Rest seines Lebens jeden Tag hören. Mit einem Seufzen drehte er sich um, um Trigger zu begrüßen.

»Hey«, sagte Doc und nickte seinem Freund zu.

»Hey, schön, dich wiederzusehen, Ember. Willkommen in Texas.«

»Vielen Dank.«

»Tut mir leid, Gillian konnte nicht kommen. Sie trifft sich mit einem neuen Kunden und konnte es nicht verschieben«, sagte Trigger.

»Das ist okay. Ich freue mich darauf, sie morgen zu treffen.«

»Sie auch. Sie ist überglücklich wegen der Party, aber Vorsicht – sie und die anderen Frauen werden dich ins

Kreuzverhör nehmen. Ich habe gehört, wie sie mit Kinley telefoniert hat. Sie haben eine Liste berühmter Leute zusammengestellt und wollen wissen, ob du sie persönlich kennst.« Trigger zwinkerte ihr zu und grinste.

Doc versteifte sich ... aber als Ember nur kicherte, entspannte er sich.

»Ich fürchte, da werde ich sie enttäuschen müssen. Ich habe die meiste Zeit mit Training verbracht und bin nicht auf Hollywood-Partys gegangen.«

»Sie werden nicht enttäuscht sein«, sagte Trigger. »Glaub mir, sie freuen sich, dich kennenzulernen. Und ich hoffe, es macht dir nichts aus, aber Doc hat uns ein bisschen darüber erzählt, was du für unsere kleine Stadt geplant hast, und ich habe Gillian davon erzählt. Sie freut sich jetzt schon darauf, dir mit Spendenaktionen zu helfen und geeignete Kinder zu finden.«

»Wow, danke ihr von mir.«

»Du kannst ihr morgen selbst danken«, sagte Trigger mit einem Lächeln.

»Hey, lasst uns loslegen«, sagte Lefty, als er sich näherte. Er wurde von Brain und Aspen begleitet. Letztere drückte ihren Sohn an ihre Brust. Chance war mit einem kompliziert aussehenden Geschirr an ihr befestigt, dessen Riemen in alle Richtungen um Aspens Körper führten.

»Hi, ich bin Aspen. Es ist so schön, dich kennenzulernen.« Sie streckte Ember eine Hand entgegen.

Doc ließ seinen Arm von ihrer Taille sinken und beobachtete, wie die beiden Frauen sich einander vorstellten.

»Ich habe schon viel von dir gehört«, sagte Ember locker.

»Glaub diesen Typen kein Wort«, erwiderte Aspen mit einem Lächeln. »Sie erzählen nur Scheiße.«

»Hey, pass auf deine Wortwahl auf«, tadelte Brain sie.

Die Frau verdrehte die Augen. »Chance ist gerade mal zwei Sekunden alt. Ich glaube nicht, dass er in absehbarer Zeit nachplappern wird, was ich sage«, konterte sie. Dann drehte sie sich zu Ember um, beugte sich vor und fügte flüsternd hinzu: »Mein Ehemann, der überdurchschnittlich klug ist, hat offenbar Angst, dass Chance mit drei Monaten anfangen wird zu reden. Ich meine, ich weiß, dass er hofft, dass er seine Sprachbegabung an ihn weitergegeben hat, aber das ist wohl etwas übertrieben.«

Doc lächelte. Brain war paranoid, dass das erste Wort seines Sohnes ein Schimpfwort sein könnte. Aber Doc dachte, dass es eher ein obskurer russischer Begriff oder etwas sein würde, das er von seinem Vater aufgeschnappt hatte.

»Komme ich zu spät?«, fragte Lefty. »Es ist schön, dich wiederzusehen, Ember.«

»Du bist nicht zu spät, wir warten auf den Umzugswagen. Und danke«, sagte sie zu ihm.

»Kins arbeitet heute Vormittag, also konnte sie nicht kommen, aber sie sagte, selbst eine Herde tollwütiger Nilpferde könnte sie morgen nicht fernhalten«, erklärte Lefty.

Ember lachte.

Oz, Lucky und Grover erschienen und schlossen sich der Gruppe an. Logan ging neben seinem Onkel her und Devyn war auch da.

»Ich hoffe, es stört niemanden, dass ich meinen Großen hier heute Morgen mitgebracht habe. Riley, Bria und Amalia hatten schon Pläne. Ganz zu schweigen davon, dass Riley an einem neuen Buch arbeiten möchte, das sie gestern Abend zum Korrekturlesen bekommen hat«, sagte Oz.

»Je mehr Hände desto besser«, sagte Ember. Sie ging in

die Hocke und begrüßte Logan. »Wie ich höre, bist du ein richtiger Baseballspieler.«

Logan errötete und sah für eine Sekunde auf seine Füße hinunter. Als er seinen Mut wiederfand, sah er für einen kurzen Moment zu Ember auf – dann warf er sich praktisch auf sie.

Ember riss die Augen auf, als sie den kleinen Jungen auffing und ihn grinsend zurück umarmte.

»Vielen Dank, dass Shin-Soo dieses Paket geschickt hat. Das war wundervoll! Es hat mir den Tag versüßt. Alle meine Freunde sind so neidisch und ich kann nicht glauben, dass ich einen Handschuh habe, den er tatsächlich selbst benutzt hat! Im Moment ist er noch zu groß für mich, aber Onkel Oz sagt, dass meine Hände hineinwachsen werden. Ich kann es kaum erwarten. Ich habe die Bilder und das Poster an den Wänden in meinem Zimmer und ich werde einen der signierten Baseballs in eine dieser Plastikschachteln stecken, damit er für immer sauber bleibt.«

Ember lächelte noch breiter, als Logan endlich von ihr wegtrat. »Gern geschehen. Ich habe gern mit meinem Freund gesprochen und ihn gebeten, dir die Sachen zu schicken.«

»Eines Tages werde ich berühmt sein und selbst solche Pakete an meine Fans verschicken. Weil ich weiß, wie viel es mir bedeutet hat, möchte ich das auch für andere tun.«

»Das ist toll. Mir gefällt dein Selbstvertrauen. Du weißt, dass das der erste Schritt ist, um ein Champion zu werden, oder? Du musst an dich selbst glauben«, sagte Ember.

Logan nickte. »Das sagt Onkel Oz auch.«

»Dein Onkel ist ein sehr kluger Mann«, stimmte Ember zu.

»Nicht so klug wie Brain, aber das ist okay«, entgegnete Logan mit völlig ernstem Gesicht, und alle lachten.

Ember stand auf und Devyn trat vor. »Hi, ich bin Devyn. Es ist sehr schön, dich kennenzulernen. Herzlichen Glückwunsch zur Teilnahme an den Olympischen Spielen. Das ist beeindruckend.«

Ember lächelte. »Vielen Dank.«

Das war eine weitere Sache, die Doc an Ember gefiel. Sie schüttelte Devyns Glückwünsche nicht ab. Sagte ihr nicht, dass sie nicht so gut abgeschnitten hatte, wie sie es sich gewünscht hätte, oder dass sie »nur« Fünfzehnte geworden sei. Sie hatte es ins Team geschafft. Das allein sagte viel über ihre Fähigkeiten aus.

»Hi, Ember«, sagte Lucky und griff nach ihrer Hand.

Ember schüttelte ihm und Grover die Hand. »Danke, dass ihr gekommen seid, um mir zu helfen«, sagte sie zu allen. »Ich habe Craig versichert, dass es keine große Sache sei und dass ich nicht so viel Zeug habe, aber er hat darauf bestanden.«

»Das sollte er auch. Es ist unser Ding, Leuten beim Einzug zu helfen und dann nicht allzu lange Zeit später dabei, ihren ganzen Scheiß wieder einzupacken«, scherzte Trigger.

Doc funkelte seinen Freund an.

Alle anderen grinsten.

»Ich verstehe nicht«, sagte Ember und warf Doc einen fragenden Blick zu.

»Er macht Witze«, sagte er zu ihr.

»Eigentlich tut er das nicht«, widersprach Aspen mit einem Grinsen. »In der Sekunde, in der wir fertig sind, jemandem zu helfen, irgendwo neu einzuziehen, scheinen wir derjenigen schon wieder beim nächsten Umzug zu helfen. Zu ihrem Mann, in ein größeres Haus ... so in der Art.«

Doc stöhnte. »Können wir bitte das Thema wechseln?«

In diesem Moment fuhr ein großer Umzugswagen auf den Parkplatz und Doc war erleichtert, dass dieses Gespräch beendet war.

»Nicht viel Zeug?«, fragte Grover mit hochgezogener Augenbraue. »Das sieht nach mehr als nicht viel Zeug aus.«

»Das ist nicht alles meins«, versicherte Ember der Gruppe. »Wenn jemand einen ganzen LKW nicht allein füllen kann, packen sie Sachen anderer Leute mit hinein. Das spart Geld und Fahrerei. Ich war genauso überrascht, als der Umzugswagen rückwärts in meine Einfahrt in Kalifornien fuhr, da ich nicht genügend Zeug hatte, um ihn zu füllen. Dann war ich erleichtert, als sie erklärten, dass meine Sachen hinten liegen und als Erstes ausgeladen würden.«

Während alle damit beschäftigt waren, den LKW-Fahrer zu beobachten, wie er so nahe wie möglich an den Eingang fuhr, um Embers Habseligkeiten auszuladen, beugte Doc sich nach unten. »Alles in Ordnung?«

»Na sicher. Warum sollte es das nicht sein?«, fragte sie.

»Ich wollte mich nur vergewissern«, sagte er zu ihr.

»Also ... denkst du, wir machen das bald wieder?«, fragte sie mit einem kleinen Grinsen.

Doc stöhnte. »Ignoriere sie.«

»Aber jetzt bin ich neugierig. Ich nehme an, dass es in deinem Freundeskreis nicht ungewöhnlich ist, dass es in einer Beziehung schnell vorangeht?«

»Du musst verstehen ... wir haben aufgrund unserer Jobs schon viel Mist gesehen. Wir haben Freunde sterben sehen, die ihre Familien zurückgelassen haben. Wir haben gesehen, wie Soldaten ihre Ehepartner betrogen und sich nicht einmal dafür interessiert haben, wer davon wusste. Zur Hölle, wir haben auch gesehen, wie Soldaten von ihren Partnern betrogen wurden, besonders in Spezialeinheiten.

Wir haben Tod und Zerstörung auf einer Ebene erlebt, die das, was in Südkorea passiert ist, wie ein Kinderspiel aussehen lassen würde, Em. Wenn wir also jemanden finden, der unsere Arbeit und unsere Eigenarten ertragen kann und trotzdem bei uns sein will, dann halten wir ihn mit beiden Händen fest. Ich sage nicht, dass wir gleich heiraten und Kinder bekommen werden, aber meine Teamkameraden haben nicht lange gezögert, als es darum ging, ihr Leben zu leben, weil wir wissen, wie flüchtig dieses Leben sein kann. Und wenn das bedeutet, dass wir die Frauen, die wir lieben, schneller als ›normal‹ bitten, bei uns einzuziehen, damit wir so viel Zeit wie möglich mit ihnen verbringen können, dann tun wir das.« Doc hielt den Atem an, während er auf Embers Antwort wartete.

Sie hob eine Hand und legte sie auf seine Wange. »Ich verstehe«, sagte sie leise.

»Ich weiß, dass du dich darauf freust, allein zu sein, und ich bewundere dich dafür. Ich werde dich zu nichts drängen, wozu du nicht bereit bist, aber ich hoffe, du bist bereit dafür, dass ich in deiner Nähe sein will ... sehr oft.«

»Ich bin bereit dafür«, erwiderte sie, ohne zu zögern. »Ich wäre nicht hier in Texas, wenn ich nicht daran glauben würde, dass wir auf lange Sicht zusammen sind. Ich habe so etwas noch nie gemacht. Ich bin noch nie quer durchs Land gezogen und habe Pläne gemacht, in einer Stadt Wurzeln zu schlagen, in der ich noch nie gelebt habe. Ich freue mich auf meine eigene Wohnung, aber das heißt nicht, dass ich dich nicht dort haben möchte.«

»Gott sei Dank«, murmelte Doc.

Ember lächelte.

»Hey ihr zwei, werdet ihr uns helfen herauszufinden, wohin wir müssen und was wohin gehört?«, rief Lucky.

Doc blickte hinüber und sah, dass sein Team dem

Fahrer und den Umzugshelfern, die Ember angeheuert hatte, bereits geholfen hatte, die Türen des Lastwagens zu öffnen. »Unterhalte dich nur weiter mit Devyn und Aspen«, sagte Doc zu ihr.

»Ich kann auch helfen«, protestierte sie.

»Ich weiß, dass du das kannst, aber du hast uns sechs und die Männer, die du eingestellt hast. Wir werden das in kürzester Zeit erledigt haben – und ich weiß, dass Devyn und Aspen wahrscheinlich darauf brennen, mit dir zu reden.«

»Für Wein ist es zu früh, aber vielleicht habe ich die Zutaten für Mimosas da«, sagte Ember.

»Perfekt«, sagte Doc mit einem Lächeln. Er beugte sich hinunter und küsste sie. Es war ein kurzer Kuss, aber er liebte es, wie sich ihre Lippen an seine schmiegten, als er sich zurückzog. »Wenn wir mit deinen Sachen fertig sind, willst du mit uns allen zum Mittagessen gehen?«

»Unbedingt.«

Er wandte sich zum Gehen und Ember legte ihre Hand auf seinen Arm. »Craig?«

»Ja?«

»Geht es Grover gut? Er ist sehr ruhig.«

»Er macht sich Sorgen um Sierra.« Doc machte sich Gedanken um seinen Freund. Grover war nicht er selbst. Es war offensichtlich, dass ihn die ganze Situation mit der vermissten Frau schwer belastete.

»Ich habe gestern Abend etwas nachgeforscht, woher meine Follower kommen, und soweit ich das beurteilen kann, gibt es ungefähr vierzigtausend, die im Nahen Osten leben. Ich weiß, es ist weit hergeholt, aber ich möchte trotzdem etwas über Sierra posten. Gibt es ein Bild von ihr, das ich verwenden kann?«

»Ich werde dir eins besorgen«, sagte Doc und erinnerte

sich wieder einmal daran, dass Ember so weit von der verwöhnten, egozentrischen, reichen Schlampe entfernt war, für die viele sie hielten, wie sie nur sein konnte.

»Beeilung!«, rief Lefty in ihre Richtung.

Doc konnte es nicht lassen, ihre Schläfe zu küssen, bevor er zum Umzugswagen ging.

Drei Stunden später fand Ember sich in einem Restaurant an einem langen rechteckigen Tisch wieder. Logan hatte Barbecue-Soße über sein ganzes Gesicht, seine Hände und bis hoch zu den Ellbogen geschmiert, aber niemand schien sich dafür zu interessieren.

Und noch wichtiger war, sie hatte bisher niemanden bemerkt, der heimlich Fotos oder Videos von ihr gemacht hätte. Es war eine Erleichterung, hier unerkannt zu sein. Ember wusste, sobald die Nachricht von ihrem Unternehmen bekannt wurde, würde sie wahrscheinlich öfter erkannt werden, aber im Moment war es der Himmel auf Erden.

Der Morgen war arbeitsreich und lustig gewesen. Sie hätte nie gedacht, dass ein Umzug Spaß machen könnte, aber so war es gewesen. Die Männer waren urkomisch und liebenswürdig und Ember liebte es, wie sie Logan ermutigten und ihm das Gefühl gaben, zu ihrer Gruppe zu gehören.

Und Devyn und Aspen waren offen und einladend. Aspen hatte ihr sogar erlaubt, ihr Baby zu halten – und als Craig hereingekommen war und sie mit dem kleinen Chance in den Armen gesehen hatte, hätte sie schwören können, dass ihre Eierstöcke bei dem Ausdruck in seinen Augen fast geplatzt wären. Es war eine Kombination aus

Lust, Verlangen und Zuneigung. Er hatte nichts gesagt, aber sie wusste, dass sie diesen Blick nie vergessen würde.

Jetzt aßen sie zu Mittag, bevor alle wieder an die Arbeit mussten. Ember musste noch ein paar Papiere bei dem Anwalt unterschreiben, mit dem sie sich gestern getroffen hatte, und sie musste die Vorkehrungen für Julios und Maries Ankunft noch einmal überprüfen.

Dann wollte sie sich am liebsten kneifen, um sich zu vergewissern, dass das kein Traum war.

Es war noch nicht lange her, dass sie deprimiert war und sich fragte, was sie mit ihrem Leben anfangen sollte. Und jetzt war sie hier in Texas, hatte ihre eigene Wohnung, einen Mann, der ihr sehr am Herzen lag, und stand kurz davor, ihr eigenes Unternehmen zu gründen.

Ember nahm sich vor, online College-Kurse zu belegen, damit sie ihren Abschluss machen konnte. Dann sah sie Craig zufällig über den Tisch hinweg an.

Sie saß zwischen Logan – der darauf bestanden hatte, neben ihr zu sitzen – und Devyn. Ihr gegenüber saßen Craig, Trigger und Lefty. Grover hatte auf das Mittagessen verzichtet und gesagt, er fahre zum Stützpunkt zurück, um sich zu erkundigen, ob am Morgen neue Berichte eingetroffen seien.

Aspen und Brain saßen an einem Ende des Tisches und Brain drückte ihren Sohn an seine Brust, während er mit einer Hand aß. Alle lächelten und lachten und machten sich keine Gedanken darüber, wie viele Kalorien sie zu sich nahmen oder wer zuschauen könnte. Es war ein Unterschied wie Tag und Nacht verglichen mit ihrem alten Leben in Kalifornien. Ember war so glücklich wie lange nicht mehr.

»Wann kommst du und schaust mir beim Baseballspielen zu, Em?«, fragte Logan.

»Logan, das ist unhöflich«, ermahnte Oz ihn sanft.

»Schon gut«, sagte Ember schnell. Sie fand es toll, wie der kleine Junge Craigs Spitznamen für sie aufgeschnappt hatte. Sie liebte es, Em zu sein und nicht Ember Maxwell. »Das will ich unbedingt. Wann ist dein nächstes Spiel?«

Logan sah zu seinem Onkel.

Oz lachte leise. »Ich denke, nächstes Wochenende, mein Großer, aber ich bin nicht der Profi, wenn es um unseren Zeitplan geht. Das ist Ri.«

»Sie hält uns alle bei der Stange«, stimmte Logan mit einem Nicken zu. »Angefangen bei Amalias Ernährungsplan und Arztterminen über Brias Spieltermine und Aktivitäten bis hin zu meinem Baseballtraining. Ohne sie kämen wir andauernd zu spät und würden wahrscheinlich alles verpassen.«

Oz lachte lauter. »Da hat er nicht unrecht. Ri hält uns alle in Schach. Ich weiß nicht, was ich ohne sie machen würde.« Er wandte sich an Logan. »Aber egal, was Em gesagt hat, es ist immer noch unhöflich, von jemandem quasi zu verlangen, dass er kommt, um dir beim Spielen zuzusehen. Es wäre höflicher zu sagen, dass du viel Spaß beim Baseballspielen hast, und die Person dann einzuladen, sich irgendwann ein Spiel anzusehen.«

»Genau das habe ich ja gemeint«, beharrte Logan mit einem verwirrten Gesichtsausdruck.

»Auf den Mund gefallen ist er nicht«, sagte Devyn leise neben ihr.

»Außerdem wäre es doch toll für Em, sagen zu können, dass sie mir schon zugesehen hat, als ich noch klein war, nachdem ich berühmt geworden bin. Ich wette, wenn sie heute ein Foto von mir machen würde, wäre es Millionen wert, wenn ich erwachsen und groß rausgekommen bin.«

»An Selbstvertrauen mangelt es ihm auch nicht«, scherzte Devyn.

Ember konnte nicht anders, als zu lachen. »Es wäre mir eine Ehre, dir beim Spielen zuzusehen, Logan. Und ich werde tonnenweise Bilder machen, damit sie mir, wenn ich alt und grau bin, meinen Ruhestand finanzieren können, okay?«

»Okay«, stimmte Logan glücklich zu. »Und zeigst du mir die Bilder auch? Vielleicht kann ich eins haben.«

»Auf jeden Fall.«

Als Logan sich umdrehte, um seinem Onkel zu sagen, dass Ember Fotos von ihm machen würde, obwohl Oz direkt neben ihm saß und das gesamte Gespräch mitgehört hatte, beugte Devyn sich noch einmal vor. »Er hat keine Bilder aus seiner Kindheit. Entweder hat seine Mutter nie welche aufgenommen oder sie hat sie nicht für ihn aufbewahrt. Da alle so viele Fotos von seiner neugeborenen Schwester machen, denkt Riley, dass er sich ausgeschlossen fühlt.«

Embers Herz brach für den kleinen Jungen und für seine Schwester Bria. »Ich werde so viele Fotos machen, dass er es bald satthaben wird«, versprach sie.

Devyn beäugte sie lange, bevor er sagte: »Weißt du, ich war mir zuerst nicht sicher, was ich von dir halten sollte. Als wir hörten, dass Doc auf dich steht, habe ich mir dein Instagram-Profil angesehen ... du weißt schon, um sicherzugehen, dass du gut genug für ihn bist.«

Ember grinste ein wenig und Devyn fuhr fort.

»Ich gebe zu, dass ich skeptisch war. Es gibt dort eine Menge scheinbar oberflächlicher Dinge ... aber dann wurde mir klar, dass dein Profil im Grunde nur eine Möglichkeit ist, Geld aus deinem Namen zu machen, was ziemlich schlau ist. Nur weil ich keine Selfies mag oder viel Make-up trage, ist das kein schlechtes Geschäftsmodell. Je mehr ich dann über den modernen Fünfkampf gelesen habe, wie schwer es ist und wie viel die Athleten trainieren müssen, um in allen fünf Sportarten gut zu sein, desto beeindruckter war ich. Jetzt, da ich dich getroffen habe, habe ich ein schlechtes Gewissen, dass ich überhaupt irgendwelche Vorurteile über dich hatte. Ich habe auch geweint, als ich diesen Beitrag von dir gelesen habe. Ich erkannte sofort, dass das dein wahres Ich ist. Sei einfach du – Em. Das ist viel sympathischer als die falsche Ember Maxwell.«

»Danke, ich bin gern Em«, sagte Ember.

Die beiden Frauen lächelten sich an.

»Ich habe aber eine Frage«, fuhr Ember fort.

»Schieß los«, sagte Devyn.

»Wie lange hat es gedauert, bis du bei Lucky eingezogen bist?«

Alle brachen in Gelächter aus. Lucky stützte seine Ellbogen auf den Tisch und grinste, während er Devyn das Gespräch führen ließ.

»Länger als bei allen anderen, aber das lag daran, dass ich die ungezogene kleine Schwester seines Freundes war. Tatsächlich scheint es, dass wir für alles länger brauchen als die anderen.«

»Was meinst du?«, hakte Ember nach.

Devyn deutete auf Oz und Chance. »Ehe, Babys, diese Art von Dingen.«

»Oh, ihr seid nicht verheiratet?«, fragte Ember. Sie hatte angenommen, dass sie es waren.

»Nein. Ich liebe Lucky und er liebt mich, und wir haben fest vor, den Rest unseres Lebens zusammen zu verbringen. Aber eine schnelle Hochzeit auf dem Standesamt oder eine Reise nach Las Vegas würde mit meiner Familie niemals funktionieren. Und da wir beide nicht bereit für den riesigen Rummel in Missouri sind, von dem ich weiß, dass meine Mom und mein Dad ihn organisieren wollen, leben wir vorerst einfach nur zusammen.«

Ember sah von Devyn zu Lucky und dann zurück zu Devyn. »Ähm ... warum sagen die Männer dann jedes Mal, wenn sie über ihre Frauen sprechen, Ehefrauen und nicht Ehefrauen und Freundin?«

Zu Embers Überraschung wurde Devyn knallrot. »Ähm ...« Sie sah Lucky an, als hoffte sie, er würde sie retten.

»Es tut mir leid, das war unhöflich«, sagte Ember, beschämt darüber, dass sie ihre neue Freundin irgendwie verärgert hatte.

»Es war nicht unhöflich«, sagte Craig mit einem kleinen Lächeln. Er warf Lucky einen Blick zu. »Ich habe dir gesagt, dass es nicht funktionieren würde, es geheim zu halten.«

Lucky seufzte. »In Ordnung, also ... die Wahrheit ist, dass Devyn und ich verheiratet sind. Ich wollte, dass sie die Sozialleistungen bekommt, die Ehepartnern von Soldaten zustehen, und abgesichert ist, falls jemals etwas passieren sollte. Aber wir haben es ihrer Familie noch nicht gesagt. Oder irgendjemandem außerhalb des Teams. Wir haben es nicht eilig, die schicke Party zu veranstalten, die ihre Eltern wollen, also tun wir vorerst so, als würden wir in Sünde leben.«

Logan runzelte die Stirn und fragte seinen Onkel: »Was bedeutet es, in Sünde zu leben?«

»Darüber reden wir später«, sagte Oz zu ihm.

Ember wandte sich an Devyn. »Wow, jetzt tut es mir leid, dass ich es nicht einfach ignoriert habe ...«

»Schon okay, ich habe Lucky gesagt, dass ich schrecklich darin bin, Geheimnisse zu bewahren«, sagte Devyn.

»Ihr zwei braucht also eigentlich doch nicht länger als alle anderen«, sagte Ember mit einem Grinsen.

Alle am Tisch lachten und es war ein weiterer unwirklicher Moment für Ember. Das gefiel ihr.

»Also gut, das tun wir nicht. Aber ich schwöre, dass ich noch nicht schwanger bin. Damit warten wir.«

Baby Chance wählte diesen Moment, um ein ohrenbetäubendes Jammern auszustoßen. Ember zuckte zusammen und Devyn kicherte.

»Dieser Junge hat mit Sicherheit eine gute Lunge«, stellte sie fest.

Nicht allzu lange darauf begannen alle, sich fertig zu machen. Ember war überrascht, als Devyn sie umarmte.

Aspen näherte sich und umarmte sie ebenfalls flüchtig. Es war offensichtlich, dass sie zum Wagen gehen und sich um Chance kümmern wollte. »Es war schön, dich kennenzulernen. Bis morgen bei Riley und Oz!«

Logan umarmte sie auch lange und sagte: »Vergiss nicht, dass du versprochen hast, zu meinem Spiel zu kommen und viele Fotos zu machen. Die muss ich haben, wenn ich erwachsen bin, für Diashows und so.«

Ember konnte nicht anders, als zu lachen. »Ich werde dich nicht enttäuschen.«

Logan sah ihr direkt in die Augen und sagte: »Ich weiß. Weil du Docs Freundin bist.« Dann wirbelte er herum und lief zur Tür, wo Oz auf ihn wartete.

»Er hat recht, weißt du«, sagte Craig, legte seinen Arm um ihre Hüfte und führte sie zur Tür.

Ember liebte es, wie er sie immer berühren wollte, wenn sie zusammen waren. Ihre Hand halten, seine Hand auf ihr Knie legen, ihren Rücken berühren ... es war egal, wo sie waren oder wer in der Nähe war, er hielt immer irgendwie Körperkontakt mit ihr.

Da dämmerte es ihr, wie wenig menschlichen Kontakt sie in der Vergangenheit gehabt hatte. Ihre Eltern waren nicht die Typen für Umarmungen und sie hatte keine Freundinnen, die sie umarmten, wie Aspen und Devyn es getan hatten, und sogar der kleine Logan. Es war eine weitere Sache, die sie sehr mochte.

Sie verabschiedete sich von den anderen Männern und dann saß sie mit Craig in seinem Durango. Er brachte sie zurück in ihre Wohnung, wo sie sich an ihre Liste mit Aufgaben für den Tag machen würde, während er zurück zum Stützpunkt fuhr.

»Ich entschuldige mich dafür, dass ich dir nichts von Devyn und Lucky erzählt habe.«

»Warum? Wenn es ein Geheimnis zwischen dir und deinen Kameraden ist, hattest du keinen Grund, es mir zu sagen.«

»Ich habe deswegen trotzdem ein schlechtes Gewissen. Aber ich finde es toll, dass du schlau genug bist, es selbst herausgefunden zu haben. Es tut mir aber leid, wenn Devyn dich beleidigt hat«, sagte Craig während der Fahrt.

»Das hat sie nicht«, erwiderte Ember sofort. »Alles an meinem Profil war oberflächlich und falsch. Aber das ändere ich jetzt. Und wenn ich dadurch Follower verliere, dann soll es so sein. Es fühlt sich gut an, die Kontrolle über diesen Teil meines Lebens zu haben ... und meine Plattform für etwas Sinnvolles zu nutzen.«

Craig lächelte.

»Was?«

»Ich hatte eigentlich ihre Bemerkung gemeint, ob du gut genug für mich bist.«

»Nun, ich denke, es besteht die Chance, dass ich es nicht bin.«

»Falsch«, entgegnete Craig sofort leise. Er holte tief Luft und fuhr fort: »Ich möchte nur nicht, dass du jemals so etwas über dich denkst. Wir passen gut zusammen. Ich denke, durch unsere Unterschiede sogar noch besser. Außerdem haben wir viel mehr gemeinsam, als man auf den ersten Blick vermuten könnte.«

»Ich stimme dir zu«, sagte Ember leise. Sie war einer dieser Menschen gewesen, die dachten, sie seien vollkommen verschieden, als sie sich das erste Mal trafen, aber zu jeder Person gehörte mehr als nur ihr Äußeres.

Sie fuhren den Rest des Weges in angenehmer Stille und Ember konnte nicht umhin, enttäuscht zu sein, als Craig vor ihrem Wohnhaus anhielt.

»Es tut mir leid, dass Gillian heute nicht da war, damit ich sie fragen konnte, was wir morgen mitbringen sollen«, sagte Ember.

»Das ist okay. Uns wird schon etwas einfallen.«

»Ich mag deine Freunde. Sie sind wirklich nett.«

»Das sind sie«, stimmte Craig zu. »Und jetzt sind sie unsere Freunde. Wenn du dich eingelebt hast, werden sie dir auch mit allem helfen, was du für dein Fitnessstudio brauchst.«

Ember nickte. Menschen zu haben, auf die sie sich verlassen und mit denen sie ihre Leidenschaft teilen konnte, war etwas gewöhnungsbedürftig.

»Koche heute Abend nicht«, sagte Craig zu ihr. »Ich werde auf dem Heimweg anhalten und etwas mitbringen ... wenn das in Ordnung ist. Ich dachte, ich könnte heute Abend vorbeikommen, um mit dir abzuhängen. Es ist deine erste Nacht in deiner neuen Wohnung. Ich dachte, wir könnten das feiern.«

»Das würde mir gefallen«, sagte Ember und dachte über all die Möglichkeiten nach, wie sie mit Craig feiern könnte.

»Und sieh mich nicht so an«, sagte er lachend. »Du solltest wissen, dass ich nicht so ein Typ bin.«

Jetzt war Ember an der Reihe, in Gelächter auszubrechen. »Ich glaube nicht, dass ich schon jemals so viel gelacht habe wie mit dir«, sagte sie zu ihm.

»Gut.« Er beugte sich vor und küsste sie auf die Schläfe. »Jetzt mach dich an die Arbeit. Ich weiß, dass du heute eine Liste abzuarbeiten hast, die mindestens zwei Seiten lang ist.«

»Du kennst mich so gut«, sagte sie mit einem Lächeln.

»Ich gebe mir Mühe«, erwiderte er ernst. »Ich schicke dir eine SMS, wenn ich den Stützpunkt verlasse.«

Ember nickte und stieg aus dem Wagen. Sie hielt inne, bevor sie die Tür schloss. »Craig?«

»Ja, Em?«

»Ich bin glücklich.«

Das Lächeln, das über sein Gesicht huschte, war so schön, dass Ember am liebsten weinen wollte.

»Ich auch. Bis später.«

»Bis später«, antwortete Ember und schloss die Tür. Craig nickte ihr zu, bevor er davonfuhr.

Zehn Stunden später saß Ember auf ihrer Couch in ihrer neuen Wohnung und hatte den Bauch voll mit köstlichen mexikanischen Speisen, die Craig mitgebracht hatte. Er hatte auch einen Schokoladenkuchen gekauft, ihr Lieblingsdessert. So etwas Dekadentes hatte sie sich schon lange nicht mehr gegönnt und es schmeckte dadurch noch köstlicher.

Auf dem Kuchen stand »Happy Birthday« und Craig war rot geworden und hatte gesagt, dass er der letzte gewesen sei. Es spielte keine Rolle, was darauf stand oder dass die Glasur auf einer Seite verschmiert war, wo sie gegen die Seitenwand der Schachtel geschrammt war. Wichtig war nur, dass Craig den ersten Abend in ihrer Wohnung zu etwas Besonderem machen wollte.

Er hatte auch ein Sechserpack Ziegenbock-Bier mitgebracht. Anscheinend wurde es in Houston gebraut und nur in Texas verkauft. Sie war keine große Biertrinkerin, aber sie musste zugeben, dass es nach einem anstrengenden Tag köstlich schmeckte.

Ember hatte lange und gründlich darüber nachgedacht, was sie in den sozialen Medien posten sollte. Sie wusste, dass sie vorsichtig sein musste und nichts posten durfte, was darauf hindeutete, wohin sie umgezogen war. Im Moment genoss sie die Anonymität. Sie hatte sich damit zufriedengegeben, ein künstlerisches Foto vom Parkplatz des neuen Fitnessstudios zu machen, das sie gekauft hatte. Zwischen den Rissen im Beton wuchs Unkraut und es sah ziemlich traurig aus. Aber sie wusste, dass das Unkraut bald verschwunden sein würde und hoffentlich eine Menge Fahrzeuge auf dem Parkplatz stehen würden. Die Bildunterschrift lautete: »Hinter jeder Fassade steckt Schönheit ... vor allem, wenn man Anteil daran hat, einen Unterschied zu machen.«

»Es besteht die Möglichkeit, dass wir in den nächsten Wochen auf Mission müssen«, sagte Craig aus heiterem Himmel.

Ember sah zu ihm hinüber. Er saß neben ihr auf der Couch, um sie herum standen Kartons und sie hatte noch keine Zeit gehabt, ihren Fernseher anzuschließen. Die Wohnung war das reinste Chaos, aber sie hatte deswegen kein schlechtes Gewissen. Sie hatte einen produktiven Tag hinter sich und wollte viel lieber mit Craig hier sitzen, als alles auszupacken.

»Das ist ... gut, nicht wahr?«

»Gut?«, fragte Craig mit hochgezogener Augenbraue.

»Okay, ich weiß, du kannst mir nicht sagen, wohin du gehst oder was du tun wirst, aber du hast in letzter Zeit oft genug über Sierra gesprochen und wie besorgt alle über die Situation in Afghanistan sind. Ich habe vielleicht keinen Hochschulabschluss, aber ich bin schlau genug, eins und eins zusammenzuzählen. Was mich übrigens daran erinnert, dir zu danken, dass du mir ihr Bild geschickt hast. Ich werde es morgen vor der Party bei Riley und Oz posten.«

»Es tut mir leid, ich bin es einfach gewohnt, alle Fragen darüber abzublocken, was das Team angeht. Und du hast recht, die Spannung in unseren Besprechungen ist spürbar. Grovers Geduld hängt am seidenen Faden. Keiner von uns macht ihm Vorwürfe. Wir machen uns nur Sorgen, dass er etwas Unüberlegtes tut.«

»Wie was?«

»Ich habe keine Ahnung. Aber ich sage dir eins ...« Craig fixierte sie mit seinem Blick und Ember konnte nicht wegsehen. »Wenn ich wüsste, dass du in Schwierigkeiten bist, würde ich alles tun, um dir zu helfen. Auch wenn mich das in Gefahr bringen könnte.«

»Craig«, flüsterte Ember.

»Ich kann nicht erklären, woher ich weiß, dass du die Richtige für mich bist«, fuhr er fort. »Die Leute glauben nicht an Liebe auf den ersten Blick, aber schon in der Sekunde, in der ich dich das erste Mal gesehen habe, hat etwas in mir klick gemacht.«

Ember schluckte schwer.

»Liebe ich dich? Ich weiß es nicht. Das klingt lahm, aber es ist wahr. Ich dachte schon früher, dass ich verliebt wäre, aber nichts ist vergleichbar mit dem, was ich für dich empfinde. Vielleicht ist es also Liebe, und was ich zuvor empfunden habe, war nichts weiter als Zuneigung. Ich weiß nur, dass ich die ganze Zeit an dich denke. Ich bin stolz auf dich und möchte allen, die ich treffe, sagen, wie großartig du bist. Ich kann es kaum erwarten, mit dir zu sprechen, und selbst wenn ich eine SMS von dir bekomme, lächle ich wie ein gestörter Psychopath. Ich kann nicht aufhören, an all die Dinge zu denken, die ich mit dir machen möchte. Ich möchte mit dir Tanzen, obwohl ich überhaupt nicht tanzen kann, mit dir schießen gehen, ins Kino, sogar das Laufen erschien mir heute Morgen mit dir an meiner Seite leichter. Und mit jedem Tag, der vergeht, fühle ich mich dir näher. Es ist verdammt beängstigend, wenn du wirklich die Wahrheit willst.«

Ember schenkte ihm ein wackeliges Lächeln. »Ich weiß«, stimmte sie ihm zu.

»Ich bin damit einverstanden, einen Schritt nach dem anderen zu nehmen, aber du sollst wissen, dass kein Tag vergeht, an dem ich nicht an dich denke, an dem ich nicht hoffe, die Dinge nicht zu vermasseln, indem ich etwas Falsche sage oder tue. Ich war bereit, mich von dir zu distanzieren, bevor du aufgetaucht bist. Ich wusste, dass es mich umbringen würde, nur Freunde zu sein, nur zu telefonieren und dich ab und an zu sehen. Und der Gedanke, dass du jemand anderen kennenlernen könntest, hat mich fast zerstört. Was verrückt ist, da wir nichts als Freunde waren.«

»Ich glaube nicht, dass wir jemals nur Freunde waren«, sagte Ember leise.

»Du fühlst es auch.« Es war keine Frage.

Aber sie bestätigte es trotzdem. »Ich fühle es auch. Deshalb bin ich hierhergezogen. Ich wollte auch keine Fernbeziehung mit dir. Ich fühlte mich fast gezwungen hierherzuziehen, damit ich dir nahe sein kann. Ich denke, es war mehr als Glück, dass das Fitnessstudio zum Verkauf stand und diese Wohnung frei war, und dass Julio und Marie zugestimmt haben, mir zu helfen. Die Dinge haben sich aus einem bestimmten Grund genau so ergeben, Craig. Das glaube ich wirklich.«

»Ich auch.«

»Also ... wie funktioniert das, wenn du auf Mission musst? Wirst du eines Tages einfach weg sein oder wirst du mir vorher Bescheid sagen?«

»Ich werde niemals einfach verschwinden«, sagte Craig ernst. »Manchmal bekommen wir nur ein paar Stunden im Voraus Bescheid, aber wir haben immer Zeit, nach Hause zu fahren und sicherzustellen, dass unsere Familien in Ordnung sind, bevor wir aufbrechen. In anderen Fällen haben wir einige Tage bis eine Woche Zeit. Ich hoffe, dass wir dieses Mal mindestens ein oder zwei Tage Zeit bekommen, bevor wir losmüssen.«

Ember nickte. »Okay, können wir miteinander kommunizieren, während du weg bist? Kannst du zum Beispiel E-Mails und solche Dinge lesen?«

»Normalerweise nicht.«

»Das ist scheiße, aber ich verstehe es.«

»Es wird nicht einfach, mit mir zusammen zu sein«, erinnerte Craig sie.

»Nun, es wird auch nicht einfach, mit mir zusammen zu sein«, gab Ember zurück. »Warte, bis wir irgendwohin gehen und ich erkannt werde. Es kann manchmal etwas verrückt werden. Und ich werde viel Zeit in meinem Fitnessstudio verbringen. Das muss ich tun, damit es ein Erfolg wird. Der beste Weg sicherzustellen, dass es das wird, ist, persönlich da zu sein und die Dinge zu überwachen und zu helfen, die Kinder zu trainieren. Darauf freue ich mich. Also ja, es wird scheiße sein, wenn du weg bist, aber es wird viele Abende geben, an denen ich zu beschäftigt sein werde, um das hier zu tun ... auf der Couch herumzusitzen und zu reden. Wirst du damit umgehen können?«

»Ja«, stimmte Craig sofort zu. »Ich ...«

Als er abbrach und nicht fortfuhr, fragte Ember: »Du was?«

»Ich bin einfach überwältigt. Ich weiß nicht, wie es hierzu gekommen ist. Versteh mich nicht falsch, ich bin froh, dass es so ist, aber ich habe manchmal Angst, dass alles nur eine Illusion ist und in einer Rauchwolke aufgehen könnte.«

»Das geht mir genauso«, stimmte Ember seufzend zu. Sie war froh, dass nicht nur sie sich so fühlte.

Craig sah auf die Uhr und zuckte zusammen. »Es ist schon halb elf. Ich bin sicher, du hast für morgen eine Menge Dinge geplant, bevor ich dich abhole, um zu Oz zu fahren.«

Ember nickte. »Ja, ich wollte schwimmen gehen. Dann noch einmal prüfen, dass die Wohnungen für Julio und Marie wie versprochen nächste Woche fertig sind, und die Kaution hinterlegen. Dann treffe ich mich mit einem Typen, der mir Fechtausrüstung verkaufen will. Und ich muss einkaufen gehen, nachdem wir herausgefunden haben, was wir morgen zur Party mitbringen können.«

»Ich werde mit dir kommen, um diesen Typen zu treffen. Es ist nicht sicher, allein zu gehen. Und ich kann auch einkaufen gehen. Du kannst das von deiner Liste streichen. Ich würde mich auch selbst einladen, mit dir schwimmen zu gehen, aber vielleicht würde ich es damit ein bisschen übertreiben.« Craig lächelte.

»Eines Tages werde ich mutig genug sein, dich einzuladen, die Nacht mit mir zu verbringen«, platzte Ember heraus.

»Wenn du das tust, werde ich annehmen«, sagte Craig mit einem zärtlichen Lächeln. »Auch wenn diese Einladung darin besteht, hier auf der Couch zu schlafen, während du in deinem Bett liegst. Hab keine Zweifel, dass ich dich will, Em, aber mein Verlangen nach dir überwältigt nicht mein Bedürfnis, einfach mit dir zusammen zu sein, in deiner Nähe, neben dir. Macht das Sinn?«

Das tat es. »Ja.«

»Gut.« Craig stand auf und streckte seine Hand aus. Ember nahm sie und er zog sie hoch. Er hielt ihre Hand, als sie zur Tür gingen. »Ich werde dir helfen, diese Schlösser auszutauschen«, sagte er und beäugte die dünne Kette an der Tür. »Wir werden auch einen zusätzlichen Riegel installieren. Das wird zwar niemanden davon abhalten einzubrechen, wenn er es wirklich will, aber es wird ihn verlangsamen.«

Ember widersprach nicht. Es war ihr selbst ein wenig unheimlich, vom Haus ihrer Eltern, das über ein hochmodernes Sicherheitssystem verfügte, in diese Wohnung mit nur einem Schloss im Türknauf und einer Kette zu ziehen. Sie hatte sich eines dieser keilförmigen Dinger gekauft, die man unter die Tür schob und die ein lautes, widerwärtiges Geräusch von sich gaben, wenn jemand versuchte, die Tür zu öffnen. Aber mit besseren Schlössern würde sie sich wohler fühlen.

Craig drehte sich zu ihr um und Ember stellte sich wortlos auf die Zehenspitzen. Sie küsste ihn fest und innig. Ihre Hände bewegten sich wie von selbst und als er sich schließlich mit einem Stöhnen zurückzog, bemerkte sie, dass sie seinen Hintern umklammerte, als wollte sie ihn nie wieder loslassen.

»Hab eine glückliche erste Nacht in deiner eigenen Wohnung«, sagte Craig leise.

»Vielen Dank.«

»Ruf an, wenn du etwas brauchst.«

»Das werde ich.«

»Lass mich wissen, wann du dich morgen mit diesem Typen triffst. Ich hole dich ab und wir fahren zusammen, okay?«

»Das wird gegen halb zehn sein. Ich habe die Adresse nachgeschlagen und es ist nicht weit von hier entfernt.«

»Okay, wie lange wird es dauern? Werden wir Zeit haben, nach Hause zu fahren und uns umzuziehen, bevor wir zu Oz fahren?«

Da war das Pronomen *wir* wieder. Sie liebte es. »Ich glaube schon.«

»Gut, wir sehen uns dann morgen früh. Schlaf gut«, sagte Craig und drückte ihre Hand.

»Du auch.«

»Keine Chance«, entgegnete er mit einem Grinsen, bevor er die Tür öffnete.

Ember grinste zurück, als er den Flur hinunterging. Sie würde auch nicht gut schlafen, und es würde alles seine Schuld sein. Sie wollte Craig. Aber es war offensichtlich, dass er verstand, dass sie diese erste Nacht allein in ihrer Wohnung verbringen musste. Sie wollte es wirklich genießen, zum ersten Mal auf sich allein gestellt zu sein.

Aber morgen? Sie war bereit, diese Beziehung, die sich bereits mit Lichtgeschwindigkeit entwickelte, weiter voranzutreiben. Sie wollte den langen harten Schwanz sehen, den sie Minuten zuvor an ihrem Bauch gespürt hatte – aus nächster Nähe und persönlich. Sie wollte seine schwieligen Hände auf ihrer Haut spüren. Sie wollte die Nacht in seinem Bett verbringen oder ihn in ihrem haben. Es war ihr egal. Sie wusste nur, dass sie explodieren würde, wenn sie nicht bald mit Craig schlief.

Lächelnd schloss Ember ihre Tür ab und schob den Keil darunter. Sie schaltete das Licht aus und ging in ihr Schlafzimmer. Devyn und Aspen hatten ihr geholfen, das Bett zu machen, damit es fertig war, wenn sie schlafen ging. Sie musste noch Dinge wie einen Badvorleger und einen Duschvorhang kaufen. Das war zum Teil der Grund, warum sie beschlossen hatte, am Morgen schwimmen zu gehen. Sie konnte im Christlichen Verein Junger Menschen duschen. Sie freute sich darauf, ihre Wohnung einzurichten, aber sie konnte nicht anders, als an Craigs Haus zu denken. Es konnte auch einen Feinschliff vertragen, Teppiche, Bilder an den Wänden, Kissen.

Ember zog sich um und kletterte unter die Bettdecke. Sie griff nach ihrem Telefon und überprüfte ihr Instagram-Konto. Jetzt, da sie ihre eigenen Bilder postete, wollte sie unbedingt sehen, was ihre Follower dachten. Die Posts waren persönlicher und bedeutungsvoller für sie. Sie wollte, dass andere die Schönheit ihrer neuen Welt sahen.

Die meisten Kommentare waren positiv, die Leute wünschten ihr viel Glück und sagten, wie sehr sie ihre Vorstellung von der Schönheit des leeren Parkplatzes liebten. Aber natürlich gab es auch wütende, hasserfüllte Kommentare von Leuten, die hofften, sie würde scheitern und ihr geliebtes neues Fitnessstudio würde niederbrennen.

Du wirst scheitern, Schlampe. Und wir werden lachen, wenn du es tust.

Ein noch schlechteres Gebäude hättest du kaum wählen können.

Du hast jeden um dich herum ausgenutzt, um dorthin zu gelangen, wo du bist. Du verdienst es nicht, glücklich zu sein.

Zu sehen, wie du deinen Reichtum zur Schau stellst, ist widerlich.

Der einzige gute Nigger ist ein toter Nigger.

. . .

Bei dem Anblick des N-Wortes stockte ihr vor Überraschung und Angst immer noch der Atem. Heutzutage war es kaum zu glauben, dass die Leute jemanden wegen seiner Hautfarbe hassten. Andererseits war es noch gar nicht so lange her, dass Afroamerikaner keine Rechte hatten und als Eigentum betrachtet wurden.

Ember versuchte, das hasserfüllte Wort aus ihrem Kopf zu verbannen, und las weiter, auf der Suche nach den positiven Kommentaren.

Ich liebe, was du tust.
Du machst wirklich einen Unterschied in der Welt.
Ich kann es kaum erwarten, es zu sehen, wenn es fertig ist.
Ein wirklich schönes Bild.
Ich liebe es, dein wahres Ich kennenzulernen.

Ember lächelte bei diesem letzten Kommentar. Es gefiel ihr auch, die echte Ember kennenzulernen. Bisher mochte sie, was sie über sie gelernt hatte. Sie schaltete ihr Telefon aus und legte es auf den kleinen Tisch neben dem Bett. Sie wollte sich auf das Gute in der Welt konzentrieren statt auf den Hass. Es war schwieriger, wenn man dabei durch die sozialen Medien scrollte, so viel war sicher.

Ember nahm sich vor, sich die Kommentare in ihrem Profil nie wieder anzusehen, bevor sie schlafen ging, und tat ihr Bestes, um an die neuen Freunde zu denken, die sie an diesem Tag gewonnen hatte, und sich auf die zu freuen, die sie morgen kennenlernen würde.

Und morgen Abend … nun, hoffentlich müsste sie sich nicht vor ihrer Tür von Craig verabschieden. Entweder würde er bleiben oder er würde sie einladen, bei ihm zu übernachten. Bevor sie einschlief, war ihr letzter Gedanke, für den Fall der Fälle eine Tasche zu packen.

Alex blickte finster auf das neue Bild in Embers Profil. Und sie reagierte auch nicht auf die Kommentare. Was nur bewies, wie sehr sie von sich selbst eingenommen war. Die Schlampe tat so, als würde sie sich für andere interessieren, obwohl sie dieses neue Fitnessstudio in Wirklichkeit nur als weitere Möglichkeit nutzte, sich selbst darzustellen.

Oh, es war offensichtlich, dass sie es durchziehen würde. Sie hatte ein Gebäude gekauft und Leute eingestellt. Aber die Motivation hinter Embers plötzlichem Bedürfnis, den Benachteiligten zu helfen, schien bestenfalls unaufrichtig.

Sie war eine große Versagerin bei den Olympischen Spielen gewesen und all dieses plötzliche Wohltätigkeitsgetue war nur ihre Art, alle vergessen zu lassen, was für eine Verliererin sie in Wirklichkeit war.

Und nicht nur das, es war auch verdammt falsch, dass sie ihr neues Unternehmen so schnell zum Laufen bringen konnte. Sie musste einfach nur mit Geld umherwerfen und – *bumm!* – alle taten, was sie wollte. Es war widerlich und nur ein weiterer Grund, sie zu hassen.

Alex würde dafür sorgen, dass sie nie wieder jemanden ausbeutete. Nicht so, wie sie es mit so vielen in Los Angeles getan hatte. Jeder, der jemals für sie gearbeitet hatte, war nur ein Sprungbrett für sie gewesen. Trainer, Friseure, Make-up-Künstler, Fotografen, die Athleten, mit denen sie trainiert hatte, ihre Manager ... sogar ihre Eltern. Sie nahm und nahm, gab aber nichts zurück und warf dann jeden weg, den sie nicht mehr brauchte.

Es machte Alex krank!

. . .

Ember Maxwell nutzt andere nur aus. Und sie kann nicht einfach wegziehen und nichts als Zerstörung hinterlassen. Sie kann Menschen nicht einfach zurücklassen, ohne sich noch einmal umzuschauen. Das ist einfach nicht cool.

Es ist nicht fair!

Stirnrunzelnd holte Alex mehrmals tief Luft und versuchte, die Stimmen zum Schweigen zu bringen. Sie wurden immer lauter, sprachen alle auf einmal und waren verwirrend.

Alex atmete noch einmal tief ein und konzentrierte sich auf seinen Plan für Ember.

Es war Zeit, sich um die Schlampe zu kümmern.

Sie würde nicht wissen, was ihr geschah. Es würde keine Vorwarnung geben, keinen Grund für sie, misstrauisch zu werden oder Sicherheitskräfte einzustellen. Nein, Alex würde sich ihrer annehmen, und innerhalb einer Woche würde sie nichts weiter als eine Erinnerung sein.

Es gäbe keine großen Pläne mehr, kleine Kinder auszubeuten und alle um sie herum auszunutzen, um sich selbst gut dastehen zu lassen. Sie würde ihr Privileg nicht mehr zur Schau stellen.

Alex würde tun, was getan werden musste.

Dann würde Ember Maxwell vergessen werden, denn sie war nichts weiter als eine falsche, geldgierige, nach Ruhm strebende Schlampe.

Lächelnd entspannte Alex sich. Bald. Schon innerhalb einer Woche wäre alles gut. Ember wäre tot und die Welt wäre wieder in Ordnung.

KAPITEL ELF

Ember war nervös und aufgeregt, was die Party anging. Sie war wie gewöhnlich früh aufgewacht und schwimmen gegangen. Ihre Schulter war gut verheilt und sie spürte nur ab und zu ein leichtes Stechen. Die Bademeister waren freundlich gewesen und die wenigen anderen Leute schienen sie nicht weiter zu beachten, was eine nette Abwechslung war.

Dann hatte sie ein bisschen Zeit totzuschlagen gehabt, also hatte sie Blaubeermuffins gebacken. Es war eine Backmischung, aber sie wollte etwas zu dem Treffen mit Craigs Freunden mitbringen. Sie war besorgt. Sie wollte, dass die anderen Frauen sie mochten, und vermutete, dass sie einige Vorurteile überwinden musste, die die anderen in Bezug darauf hatten, dass Ember Maxwell in ihren Freundeskreis eindrang. Sie wäre ebenso misstrauisch, wenn die Rollen vertauscht wären.

Craig war um Viertel nach neun aufgetaucht, und sie hatten sich mit dem Mann getroffen, der die gebrauchte Fechtausrüstung verkaufte. Es stellte sich heraus, dass die Sachen zumindest für den Moment perfekt sein würden.

Ember wusste, dass sie ein paar kleinere Uniformen und weitere Degen besorgen musste, die Waffe, die im modernen Fünfkampf verwendet wird. Aber es war ein guter Anfang. Der Mann hatte früher selbst ein Fechtstudio betrieben, war aber im Ruhestand und verkaufte ihr gern, was er hatte.

Dann hatte Craig bei seinem Haus angehalten, sich umgezogen und die Speisen geholt, die sie mitnehmen wollten. Es kam ihr viel zu viel vor. Als er sagte, er würde sich darum kümmern, Sachen zum Mitbringen zu besorgen, hatte Ember nicht damit gerechnet, dass er den halben Laden leerkaufen würde. Ihre zwei Dutzend Muffins, die hinten in seinem Durango verstaut waren, wirkten jetzt etwas erbärmlich.

»Was ist los?«, fragte er, als sie endlich auf dem Weg zum Haus von Riley und Oz waren.

»Nichts.«

»Em, rede mit mir«, sagte er bestimmt.

»Ich hatte keine Ahnung, wie viel du kaufen würdest. Ich hätte mir nicht die Mühe gemacht, Muffins zu backen, wenn ich es gewusst hätte. Sie sehen jetzt irgendwie armselig aus. Und sie sind irgendwie schief und nicht alle gleich groß. Ich bin mir sicher, dass einige wahrscheinlich innen noch roh sind. Ich lasse sie einfach im Wagen und werfe sie weg, wenn ich nach Hause komme.«

»Schau mich an.«

Ember seufzte und sah zu Craig hinüber. Er sah heute wie immer verdammt gut aus. Er hatte knielange hellbraune Cargo-Shorts an, ein dunkelblaues T-Shirt, das seine Augenfarbe betonte, und ein Paar Flipflops. Es schien seltsam und irgendwie intim, seine nackten Füße zu sehen. Sie hatte sich daran gewöhnt, ihn in Kampfstiefeln, langen Hosen und langärmeligen Hemden zu sehen. Er schien gegenüber der texanischen Hitze unempfindlich zu sein. Aber ihn so lässig gekleidet zu sehen war ... nett. Als hätte er seine Wachsamkeit für einen Moment aufgegeben, um ihr den echten Craig zu zeigen.

»Während du nicht hingesehen hast, habe ich einen deiner Muffins geklaut. Er war köstlich, und das sage ich nicht nur so. Glaubst du, ich würde dich in Verlegenheit bringen, wenn du zum ersten Mal die Leute triffst, zu denen du hoffentlich eine lebenslange Beziehung aufbauen wirst? Die Antwort darauf ist nein. Obwohl es wahrscheinlich nicht cool ist, was ich getan habe, indem ich einen deiner Muffins geklaut habe, weil ich erstens Hunger hatte und sie so gut aussahen, und zweitens, weil ich mich davon überzeugen wollte, dass sie gut schmecken. Aber nur, weil du gesagt hast, dass du keine Gelegenheit hattest, kochen und backen zu lernen. Bist du böse?«

»Nein.« Die Antwort kam spontan und von Herzen. Sie hatte selbst einen der Muffins versucht, aus genau demselben Grund. Sie wollte nicht das Risiko eingehen, dass jemand sie beim ersten Bissen ausspuckte, wenn sie mit den Zutaten einen Fehler gemacht hatte. Das hätte sie gekränkt. Also nein, sie war nicht böse darüber, dass Craig auf sie aufpasste. Er hatte ihr nur die Peinlichkeit ersparen wollen. »Danke, dass du es mir gesagt hast.«

»Keine Geheimnisse«, sagte er. Dann rümpfte er die Nase. »Das hört sich bei meinem Beruf albern an, aber es gibt keine Geheimnisse, wenn es um dich und mich geht. Wenn du etwas, das ich vorschlage, nicht tun möchtest, sag es mir. Das gilt für alles außerhalb des Hauses als auch darin. Fernsehen, sexuelle Stellungen, ehrenamtliche Tätigkeiten, Aktivitäten auf dem Stützpunkt ... alles.«

Ember konnte nicht anders, als zu grinsen. »Sexuelle Stellungen?«

Craig erwiderte ihr Lächeln. »Ja, na ja, man weiß ja nie, wir haben vielleicht sehr unterschiedliche Vorstellungen davon, was wir im Schlafzimmer mögen.«

Das ernüchterte Ember ein wenig. »Was ist, wenn wir nicht zusammenpassen?«

»Das tun wir«, entgegnete Craig, ohne zu zögern.

»Das weißt du nicht«, beharrte Ember, ohne zu wissen, warum sie widersprach.

»Em, egal was du tun oder lassen willst, ich bin dabei.«

Sie runzelte die Stirn. »Also, wenn ich dir sagen würde, dass ich eine Domina bin und die komplette Kontrolle im Schlafzimmer übernehmen will, würdest du mich lassen? Was, wenn ich dich fesseln und auspeitschen will?«

Craig lachte. »Das bist du nicht und das willst du nicht tun.«

»Das weißt du nicht«, wiederholte sie.

»Ähm, doch, das tue ich. Und ich spreche nicht davon, etwas zu tun, das einem von uns wehtun würde. Aber wenn du mit etwas Fesseln und Spanking experimentieren möchtest, wäre ich damit einverstanden. Entweder mit dir, die mich fesselt, oder auch umgekehrt. Wenn du dir mit mir zusammen sexy Filme oder Pornos anschauen willst, habe ich damit kein Problem. Sexuell zu experimentieren ist aufregend. Es kann auch peinlich sein, aber ich bin bereit, das zu ertragen, weil ich weiß, was auch immer passiert, wir werden es gemeinsam tun.«

»Ich kann nicht glauben, dass wir darüber reden, bevor wir uns überhaupt nackt gesehen haben«, murmelte Ember. Sie schaute Craig an und sah, dass er lächelte. »Was?«

»Das gefällt mir einfach«, sagte er und begegnete ihrem Blick für eine Sekunde, bevor er die Aufmerksamkeit wieder der Straße zuwandte. »Offen und ehrlich zu sein. Ich hatte noch nie so eine Beziehung. Es war immer ein Ratespiel, die Gedanken meiner Freundinnen zu lesen, was sie wollten oder dachten. Mit dir ... du lässt mich nie im Ungewissen. Und ich habe auch keine Angst zu sagen, was ich denke oder was ich will.«

Nun war Ember an der Reihe zu lächeln. Sie wusste genau, was er meinte. Sie hatte so viel Zeit ihres Lebens damit verbracht, sich hinter einem falschen Lächeln zu verstecken, und es nie gewagt, ihre wahren Gefühle auszusprechen. Mit ihm zusammen zu sein war erfrischend und so ... einfach.

»Und um den Kreis zu schließen ... deine Muffins sind verdammt lecker. Ich hätte mehr als einen geklaut, aber das hättest du bemerkt. Die Leute, mit denen wir heute rumhängen, scheren sich einen Dreck um einen schiefen Muffin oder ob sie innen noch etwas roh sind, was sie übrigens nicht sind. Verdammt, die Frauen würden sie wahrscheinlich mehr mögen, wenn in der Mitte noch klebriger Teig wäre. Es sind gute Leute, Em, und ich weiß, dass du sehr gut dazu passen wirst.«

»Hoffentlich.«

»Ich bin mir sicher«, sagte Craig bestimmt.

Ember traf an Ort und Stelle die Entscheidung, sich zu entspannen und sie selbst zu sein. Sie hatte so viel Zeit ihres Lebens damit verbracht zu versuchen, jemand zu sein, der sie nicht war, und sie wollte ihre Freundschaft mit diesen Frauen nicht auf diese Weise beginnen.

Sie fuhren hinter einem Jeep Grand Cherokee und einem Chevy Blazer in die Auffahrt. Craig schnappte sich die meisten Tüten mit dem Essen, das er gekauft hatte, und Ember holte ihren Teller mit Muffins. Sie gingen zur Tür und bevor sie klopfen konnten, wurde sie geöffnet.

»Hi!«, rief Logan. »Hast du deine Kamera dabei, Em? Ich

dachte, du könntest vielleicht ein paar Fotos von mir im Garten machen.«

»Logan«, schimpfte Oz und trat hinter seinen Neffen. »Das ist unhöflich.«

Der kleine Junge sah zu seinem Onkel auf. »Tut mir leid.«

»Entschuldige dich nicht bei mir, entschuldige dich bei Ember.«

»Tut mir leid«, sagte Logan und sah pflichtbewusst zu Ember auf.

»Es ist okay. Und fürs Protokoll, die Kamera auf meinem Handy ist verdammt gut. Ich würde gern ein paar Fotos von dir in dem T-Shirt machen, das Shin-Soo geschickt hat, damit ich sie ihm zeigen kann.«

Logan riss die Augen auf. »Ernsthaft? Ja! Ich muss mich umziehen!« Dann drängte er sich an Oz vorbei und lief zurück ins Haus.

Ember kicherte.

»Tut mir leid, er ist ein bisschen ... enthusiastisch, wenn es um Baseball geht«, sagte Oz.

»Das ist gut. Ich mache das gern und ich weiß, dass Shin-Soo von den Bildern begeistert sein wird.«

»Stell dich nicht einfach so in die Tür«, sagte eine Frau hinter Oz, der lächelte und sich bewegte, damit er seinen Arm um sie legen konnte.

»Das sind Riley und Amalia.«

Das Baby war entzückend, wie die meisten Babys. »Schön, euch kennenzulernen«, sagte Ember mit einem Lächeln.

»Ebenso. Ich habe viel von dir gehört und ich muss sagen ... du bist persönlich sogar noch hübscher«, sagte Riley.

Dann stellte sich ein kleines Mädchen mit roten Haaren

und riesigen haselnussbraunen Augen neben Riley und starrte Ember an. Sie sah aus, als wäre sie etwa sieben oder acht Jahre alt.

»Hi«, sagte Ember leise.

Anstatt zu antworten, zog Bria an Rileys Hemd.

Die andere Frau beugte sich hinunter. »Ja, Süße?«

»Sie sieht aus wie Prinzessin Tiana.«

Riley richtete sich auf und lächelte. »Das tut sie, nicht wahr?«, sagte sie zu dem kleinen Mädchen. »Bria, das ist Ember, Docs Freundin. Ember, das ist Bria. Sie ist die Nichte von Oz, meine Tochter und jetzt Amalias Schwester.«

Ember hatte die Geschichte gehört, wie Bria und Logan zu Riley und Oz gekommen waren, und sie konnte nicht anders, als das kleine Mädchen sofort zu lieben. Die Tatsache, dass sie Ember für eine Disney-Prinzessin hielt, machte sie nur noch sympathischer.

Oz griff nach dem Teller, den Ember in der Hand hielt, und sie gab ihn ihm ohne viel Aufhebens. »Wir warten immer noch auf die anderen, aber Bria, vielleicht kannst du Ember eine Führung durch das Haus geben?«

»Willst du mein Zimmer sehen?«, fragte das kleine Mädchen schüchtern.

»Sehr gern«, erwiderte Ember.

Sie war überrascht, als Bria sich von Riley entfernte und auf sie zukam, um ihre Hand zu nehmen. Die überraschten Blicke auf den Gesichtern von Riley und Oz bestätigten, dass das Mädchen so etwas normalerweise nicht tat.

»Ich habe jede Menge Barbies, vielleicht können wir spielen.«

»Nicht jetzt, Bria, vielleicht später«, sagte Riley sanft zu ihr. »Ember ist hier, um mit den Erwachsenen zu spielen. Carrie kommt bald vorbei, dann kannst du mit ihr spielen.«

Bria schmollte. Ember versuchte, das Mädchen zu

besänftigen, und sagte schnell: »Ich würde gern deine Barbies sehen, bevor deine Freundin kommt.«

Lächelnd zog Bria Ember von der Tür ins Haus. Sie ließ sich die Treppe hinauf zu ihrem Zimmer führen. Sie verbrachte zehn Minuten damit, Brias Barbie-Puppen-Sammlung zu bewundern und sich all ihre Lieblingssachen zeigen zu lassen. Der Raum war groß und geräumig. Ember vermutete, dass Riley und Oz dafür sorgen wollten, dass das kleine Mädchen sich nie wieder eingesperrt fühlte. Nach allem, was Bria durchgemacht hatte, hatten sie großartige Arbeit geleistet, ihr Zimmer zu einem sicheren Ort für das kleine Mädchen zu machen.

Schließlich verließen sie ihr Zimmer und Bria zeigte ihr kurz die anderen Räume im Obergeschoss. Das Haus war riesig und hatte sechs Schlafzimmer. Craig hatte Ember verraten, dass Riley und Oz eine wirklich große Familie wollten. Er wäre nicht überrascht, wenn Riley eher früher als später wieder schwanger werden würde.

Bria ließ Ember zurück, nachdem sie es satthatte, Fremdenführerin zu spielen, also ging sie allein die Treppe hinunter. Sobald Craig sie sah, ging er auf sie zu.

»Alles gut?«, fragte er.

»Na sicher. Bria ist bezaubernd. Und dieses Haus ist riesig.«

»Stimmt, ich habe es dir ja gesagt. Komm schon, alle sind da und Gillian hat schon die Margarita-Maschine angeworfen.«

»Eine Margarita-Maschine?«, fragte Ember. »Meinst du einen Mixer?«

»Schhh«, sagte Craig mit einem Lächeln. »Trigger ist für die Getränke verantwortlich ... sie nennt ihn die Margarita-Maschine.«

Ember konnte nicht anders, als darüber zu lachen.

Craig beugte sich vor und küsste ihre Schläfe, verschränkte dann seine Finger mit ihren und ging in die Küche. Der Raum war riesig, mit erstklassigen Geräten und Granitarbeitsplatten ausgestattet, aber mit all den Leuten, die herumstanden, war kein Zentimeter Platz übrig.

Er führte sie zu einer Frau, die etwa so groß war wie sie und blonde Haare und grüne Augen hatte. »Gillian, das ist Ember. Ember, Gillian.«

»Hi!«, sagte Gillian glücklich. »Ich bin so froh, dich kennenzulernen. Möchtest du etwas trinken?«

»Ähm ... sicher«, sagte Ember.

»Super. Walker?«

Trigger lachte und reichte ihr ein Glas mit einem Strohhalm darin.

Gillian nahm es ihm ab, beugte sich vor, um ihn auf die Lippen zu küssen, und reichte dann Ember das Getränk. »Ich hoffe, du magst sie stark.«

Ember konnte nicht anders, sah Craig an und drückte seinen Bizeps, bevor sie das Getränk nahm. »Je stärker, desto besser.«

Gillian warf den Kopf in den Nacken und lachte, dann stieß sie Craig beiseite. »Du und der Rest der Männer könnt verschwinden. Dein Mädchen ist hier in guten Händen.«

»Das hatte ich befürchtet«, murmelte Craig.

Dann beugte er sich hinunter und küsste sie zu Embers Überraschung auf die Lippen. Und es war auch kein schneller, keuscher Kuss. Er benutzte seine Zunge, legte seine Hand in ihren Nacken und drückte sie an sich, während er sie innig küsste. Als er sich zurückzog, starrte er sie lange an, bevor er ihr ein kleines Grinsen schenkte. »Viel Spaß.«

Ember leckte sich über die Lippen und beobachtete, wie Craig und der Rest der Männer in den anderen Raum gingen. Sie hatte keine Ahnung, ob sie grillen, draußen im

Garten einen Schießwettbewerb veranstalten oder sich im Armdrücken messen würden. Sie konnte praktisch fühlen, wie der Raum vor Testosteron vibrierte.

Eine der Frauen, die sie noch nicht kannte, fächelte sich Luft zu. »Gott, das war heiß.«

»Nicht wahr? Ich habe es dir doch gesagt«, meinte Aspen mit einem Grinsen.

»Was hast du ihnen gesagt?«, fragte Ember.

»Dass zwischen euch die Funken sprühen. Die kurze Zeit mit euch zusammen gestern hat gereicht, um das zu sehen, sogar ohne Küsse.«

Ember hatte das Gefühl, dass sie rot wurde, und war froh, dass die anderen es wahrscheinlich nicht bemerken würden.

»Ich bin Kinley«, sagte eine schwarzhaarige Frau, die ein paar Zentimeter kleiner war als Ember, und streckte ihre Hand aus.

Ember schüttelte ihr die Hand. »Schön, dich kennenzulernen.« In der darauffolgenden Pause nahm sie einen Schluck Margarita ... und verschluckte sich fast. Da war mehr Tequila drin als alles andere.

»Ich habe dir gesagt, dass er stark ist«, sagte Gillian mit einem Lächeln. »Soweit ich weiß ist keine von uns schwanger und unsere Männer gehen bald auf Mission, also müssen wir das ausnutzen. Brain hat Chance, Oz ist für Amalia zuständig ... also gibt es keinen Grund, dass wir nicht ein bisschen Spaß haben können.«

Die Frauen stimmten alle zu und Ember entspannte sich. Sie war keine große Trinkerin. Ihr Trainingsplan hatte ihr nie wirklich die Zeit gelassen, in Kneipen zu gehen. Und zu versuchen, mit einem Kater zu trainieren, war nicht ihre Vorstellung von Spaß. Außerdem hatte sie noch nie eine Gruppe von Freundinnen gehabt, mit denen sie hätte ausgehen können. Sie hatte sich auf heute gefreut, um zu entspannen und Spaß zu haben. Aber sie nahm sich vor, die Margaritas mit Vorsicht zu genießen. Sie würde ohnmächtig werden, wenn sie zu schnell zu viele der starken Getränke konsumierte.

Eine Stunde später saß Ember mit den Frauen auf der riesigen Terrasse. Vor ihnen auf dem Tisch stand ein Teller mit Snacks und jeder hatte ein Getränk in der Hand. Lucky und Grover spielten Fangen mit Logan, und Trigger und Craig sahen zu, wie Bria und ihre Freundin auf der Schaukel in der Ecke des Gartens spielten. Lefty und Brain waren am Grill und machten Hamburger, Hotdogs für die Kinder und Schaschlikspieße.

»Wisst ihr viel über Sierra?«, fragte Devyn leise.

»Nein«, sagte Gillian.

»Ich habe ihren Namen nur mal beiläufig gehört«, sagte Riley.

Die anderen schüttelten alle den Kopf.

»Ich habe neulich mit meinem Bruder über sie gesprochen und er macht sich wirklich Sorgen um sie«, sagte Devyn.

»Dein Bruder?«, fragte Ember.

»Ja, Grover.«

»Du und Grover seid Geschwister?«, fragte Ember überrascht.

Devyn lächelte. »Ja, ich bin nach Killeen gezogen, weil er hier gelebt hat und wir uns schon immer nahestanden. Bla, bla, bla ... jetzt bin ich mit Lucky verheiratet und könnte nicht glücklicher sein.«

»Devyn!«, rief Gillian.

»Was?«

»Ich dachte, das wäre ein Geheimnis«, sagte Gillian.

»Das war es, ist es immer noch. Aber Ember hat es

irgendwie herausgefunden. Eigentlich waren es wohl die Männer, die sich verplappert haben, weil sie immer wieder ›Ehefrauen‹ anstatt ›Frauen‹ oder ›Freundin‹ sagten.« Devyn zuckte mit den Schultern. »Wie auch immer. Es ist okay.«

Gillian rollte nur mit den Augen und schüttelte den Kopf.

»Ich finde es großartig«, sagte Ember mit einem Lächeln.

»Vielen Dank. Aber wie auch immer, zurück zu Sierra«, sagte Devyn. »Fred hat mir erzählt, er sei davon ausgegangen, dass sie ihn einfach ignoriert hat. Er war darüber verärgert gewesen. Anscheinend hat ihn etwas an ihr wirklich berührt. Ihr wisst, wie die Männer sind ... sobald sie eine Frau finden, die sie fasziniert, ist es um sie geschehen.«

Ja, Ember wusste das und war mehr als dankbar dafür. Sie konnte nicht anders, als zu Craig hinüberzuschauen. Er schubste Bria auf der Schaukel an und sie liebte es, wie vorsichtig und geduldig er mit ihr war.

»Jedenfalls machte er sich Sorgen um sie, weil es viele vermisste Personen in Afghanistan gibt. Alles sieht nach einer Entführung aus, aber er konnte nichts dagegen tun. Dann bekam er diesen Brief von ihr. Das hat ihn wirklich erschüttert.«

»Ich kann nicht glauben, dass er ein Jahr lang in der Post verloren war«, sagte Kinley kopfschüttelnd. »Das nennt man Pech.«

»Ja.«

»Da fällt mir ein«, sagte Ember und zog ihr Handy heraus, »ich war so beschäftigt, dass ich noch keine Zeit hatte, ihr Bild zu posten.«

»Ihr Bild posten?«, fragte Riley.

»Ja, auf meinem Instagram-Konto. Ich habe keine Ahnung, ob es etwas bringt, aber vielleicht hilft es irgendwie, die Tatsache zu veröffentlichen, dass sie vermisst wird«, sagte Ember.

Aspen beugte sich vor. »Ich habe mir dein Profil angesehen.«

Ember tat ihr Bestes, um entspannt zu bleiben. Sie gewöhnte sich irgendwie daran, dass die Leute ihr das sagten. Außerdem hätte sie dasselbe getan, wenn sie in den Schuhen einer dieser Frauen gesteckt hätte. »Ach ja?«

»Ja, ich muss sagen ... ich glaube, du gefällst mir so besser«, sagte Aspen und nickte in Richtung Embers Outfit.

Sie hatte sich entschieden, sich locker zu kleiden, da es ein entspanntes Treffen mit Craigs Freunden war. Sie wollte nicht so aussehen, als würde sie sich zu sehr anstrengen, und in ihrer lässigeren Kleidung fühlte sie sich auch wohler. Es war sowieso zu heiß, um sich herauszuputzen. Sie trug kurze Jeans, ein Trägerhemd und niedliche Flipflops mit riesigen Blumen darauf. Sie hatte sie neulich beim Einkaufen bei Walmart gesehen und nicht widerstehen können. Ihre Mom wäre umgekippt, hätte sie sie gesehen. Sie hatte Ember immer vorgeschrieben, Designerklamotten zu tragen, wenn sie das Haus verließ, für den Fall, dass jemand sie fotografierte.

»Ich mir auch«, sagte sie ehrlich zu Aspen.

Ein paar Minuten vergingen, während Ember einen Beitrag tippte. Die anderen Frauen unterhielten sich, während sie sich auf ihr Telefon konzentrierte.

»Was wirst du schreiben?«, fragte Devyn nach einer Weile.

»Wie klingt das hier?«, fragte Ember.

Ich hoffe, ihr habt alle ein tolles Wochenende. Ich hänge mit ein paar neuen Freunden ab, schwitze in der Hitze, höre Kindern beim Lachen zu und bin dabei, eine fettige, aber ach so leckere Mahlzeit zu mir zu nehmen. Aber nicht alle haben so viel Glück wie ich. Sie hungern, haben Angst oder werden missbraucht. Ich wollte mir heute einen Moment Zeit nehmen, um auf die Freundin eines Freundes aufmerksam zu machen, die möglicherweise in Schwierigkeiten steckt. Ihr Name ist Sierra und sie wurde zuletzt als zivile Angestellte auf einem Militärstützpunkt in Afghanistan gesehen.

Ihr fragt euch vielleicht, warum ich das schreibe, obwohl ich hier in Texas bin und ihr vielleicht in Kalifornien, New York, Paris oder Südafrika, aber nicht in der Nähe von Afghanistan. Der Grund ist, dass es lange her ist, dass jemand von Sierra gehört hat. Sie könnte buchstäblich überall sein.

Habt ihr sie gesehen? Habt ihr etwas von der rothaarigen, zierlichen Frau mit grünen Augen gehört, die vielleicht irgendwo gegen ihren Willen festgehalten wird? Oben ist ein Bild von Sierra. Wenn ihr etwas über ihren Aufenthaltsort wisst, kommentiert es bitte hier oder ruft die örtlichen Behörden an. Sierras Leben könnte durch nur einen Anruf gerettet werden.

Die Frauen um sie herum schwiegen, als Ember mit dem Vorlesen fertig war. »Zu lang?«

»Nein!«, sagte Riley mit Nachdruck.

»Überhaupt nicht«, bestätigte Devyn schniefend.

»Ich finde es großartig, dass du deine Plattform nutzen willst, um anderen zu helfen«, sagte Kinley zu ihr.

Ember schüttelte den Kopf. »Manchmal kommt es mir vor, als wäre es zu wenig oder zu spät. Ihr habt alle die oberflächliche Scheiße gesehen, die dort jahrelang gepostet wurde. Ich fühle mich von den meisten Menschen entkoppelt, weil ich in Beverly Hills aufgewachsen bin, und das mit mehr Geld, als ich jemals ausgeben kann. Ich habe nur in einer kleinen Blase existiert. Nicht alle hatten so viel Glück. Es ist an der Zeit, dass ich mir selbst die Hände schmutzig mache und meine Privilegien für das Gute einsetze anstatt für egoistische Gewinne. Darum geht es auch in meinem Fitnessstudio *The Modern Kid*.«

»Ist das der Name? Der gefällt mir«, sagte Aspen.

»Ja, es ist eine Anspielung auf den modernen Fünf-kampf. Ich wollte, dass es klar wird, dass es um Kinder geht, aber gleichzeitig süß klingt«, sagte Ember schüchtern.

»Das funktioniert. Und ... selbst wenn die Wahrschein-lichkeit gering ist, dass jemand im Nahen Osten Sierras Bild sieht und sich an sie erinnert, denke ich, es ist besser als nichts«, fügte Devyn hinzu.

»Das finde ich auch«, stimmte Ember zu, als sie auf die Schaltfläche drückte, um den Beitrag zu veröffentlichen. Sie legte ihr Handy wieder auf den Tisch und nahm einen großen Schluck von ihrem Drink.

»Apropos soziale Medien ... warum sind so viele Leute solche Idioten?«, fragte Riley.

»Nicht wahr? Zum Beispiel, wenn jemand etwas Schönes postet, warum muss es dann so viele Leute geben, die es abfällig kommentieren?«, fragte Gillian.

»Und wenn jemand auf seinem eigenen Konto eine Aussage macht, warum meinen die Leute, sie hätten das Recht, ihre gegenteilige Meinung zu äußern, und das meis-tens auf eine beschissene Art und Weise?«, warf Kinley ein.

»Stimmt. Und warum gibt es so viele dumme Bilder von Schwänzen?«, fragte Devyn.

Ember verschluckte sich fast an dem Schluck Margerita, den sie gerade genommen hatte.

»Ich wette, du bekommst eine Menge davon«, sagte Aspen mit einem Lächeln.

Ember nickte. »Ich hatte diese Fotos nie zuvor gesehen,

weil meine Eltern Leute eingestellt hatten, die meine Konten verwalteten. Aber als ich es selbst übernahm, war ich schockiert darüber, wie viele Leute sich nichts dabei denken, ihre Genitalien zu fotografieren und mir diese Bilder zu schicken.«

»Ich wette aber, dass es oft nicht ihre eigenen sind«, sagte Riley. »Wahrscheinlich schauen sie sich Pornos an, machen einen Screenshot und senden ihn.«

»Stimmt«, sagte Gillian. »Höchstwahrscheinlich weil ihre eigenen Schwänze winzig sind.«

Alle lachten.

Ember entspannte sich mit einem breiten Lächeln auf dem Gesicht auf ihrem Stuhl. Sie liebte es, mit den Frauen zu lachen und sich nicht über jede Kleinigkeit, die sie sagte, den Kopf zerbrechen zu müssen, aus Angst, dass sie falsch verstanden oder ihre Aussage im ganzen Internet verbreitet wurde.

»Machst du dir keine Sorgen um die offensichtlich verrückten Leute, die auf deinem Konto posten, Ember?«, fragte Riley leise. »Ich meine, ich habe mit einigen Autorinnen zusammengearbeitet, denen ziemlich seltsame Sachen zugeschickt wurden. Ich habe von einer Frau gehört, vor deren Haustür ein Typ mit einem riesigen Blumenstrauß auftauchte. Es hat sie und ihren Mann so sehr erschreckt, dass sie aus dem Bundesstaat weggezogen sind und praktisch aufgehört haben, irgendetwas in den sozialen Medien zu posten.«

Ember nahm einen weiteren Schluck von ihrem Drink. Sie war beschwipst, aber nicht betrunken. Noch nicht. Ihre Hemmschwelle war gerade weit genug gesunken, um ehrlich zu diesen Frauen zu sein. »Manchmal macht es mir Angst. Wie gesagt, früher haben andere meine Konten verwaltet, also wusste ich über solche Sachen nichts. Aber hin und wieder bekam ich etwas total Gruseliges per Post und die Sicherheitsvorkehrungen wurden etwas erhöht. Aber ich kann mein Leben nicht in Angst verbringen. Das will ich einfach nicht.«

»Walker würde den Verstand verlieren, wenn ich jemals online oder per Post bedroht würde«, sagte Gillian.

»Genau! Gage würde mich im Haus einsperren und mich nicht mehr rausgehen lassen, bis er sicher wäre, dass die Bedrohung vorbei ist. Vor allem nach dem, was mir passiert ist. Selbst als ich in Alarmbereitschaft war, gelang es dem Mistkerl, mich zu finden«, sagte Kinley.

»Und du musstest dich gut verstecken, um ihm zu entkommen«, stimmte Aspen zu. »Der Zeugenschutz muss schrecklich gewesen sein.«

»Es hat keinen Spaß gemacht«, stimmte Kinley zu. »Ich habe Gage so sehr vermisst.«

»Ich habe für die Sicherheit im Fitnessstudio gesorgt«, sagte Ember. »Nicht für mich, aber für die Kinder. Ich weiß, dass ein auf Kinder ausgerichtetes Unternehmen Anlaufstelle für Leute ist, die nichts Gutes im Schilde führen. Ich mache mir mehr Sorgen um sie als um mich.«

»Ich habe allerdings einige der Kommentare unter deinen Beiträgen gelesen«, kam Devyn aufs Thema zurück. »Es sieht eher danach aus, dass du in Gefahr bist, und nicht die Kinder.« Sie zückte ihr Telefon und tippte darauf herum, bevor sie sagte: »Du hast gerade diesen Beitrag mit Sierra erstellt. Die meisten Leute schreiben, wie schrecklich es ist, dass sie vermisst wird. Aber es gibt ein paar Kommentare, die direkte Angriffe auf dich zu sein scheinen. Wie dieser ... *Vielleicht kommt endlich jemand und entführt dich, damit wir deine Posts nicht mehr sehen müssen.* Oder dieser hier ... *Niemand interessiert sich dafür, Schlampe.* Oh, und der von diesem Alex ist ziemlich unhöflich ... *Warum tust du über-*

haupt so, als würdest du dich für andere interessieren? Wir alle wissen, dass du egozentrisch und narzisstisch bist und dir selbst am nächsten stehst. Ich bin mir nicht sicher, ob ich mit dieser Art von Hass gegen mich umgehen könnte. Was sagt Doc dazu?«

Ember zuckte mit den Schultern. »Das ist nun mal Teil meines Lebens. Ich weiß, dass mich nicht jeder mögen wird. Dagegen kann ich nichts tun. Aber ich weigere mich, mich davon abschrecken zu lassen oder weiter in einer Blase zu leben. Ich habe das jahrelang gemacht, und es gefällt mir außerhalb dieser Blase zu sehr, um dahin zurückzukehren.«

»Aber dieser Hass? Ich wäre nicht in der Lage, das zu tun«, sagte Kinley.

Ember stellte ihr Getränk ab und begegnete langsam den Blicken der Frauen um sie herum. »Ich bin Afroamerikanerin«, sagte sie unverblümt. »Die Leute hassen mich allein wegen meiner Hautfarbe. Ich bin auch reich und hübsch, also hassen sie mich auch deswegen. Sie müssen mich nicht kennen, um mich zu hassen oder zu denken, dass ich nicht die gleichen Rechte verdiene wie sie. Es ist lächerlich und verrückt. Besorgt es mich, wenn Leute sagen, sie hoffen, dass ich sterbe? Na sicher. Aber wenn ich zulassen würde, dass die Meinungen anderer über mich mein Leben bestimmen, könnte ich überhaupt nicht mehr leben. Ich bin mir sicher, dass es viele Leute gibt, die nicht glauben, dass Craig und ich eine Beziehung haben sollten, weil sie gemischte Ehen nicht billigen. Heißt das, ich soll mit ihm Schluss machen?«

»Nein.«

»Absolut nicht.«

»Liebe ist Liebe.«

Ember schätzte die Unterstützung der anderen Frauen. »Genau! Ich kann mein Leben nicht in Angst verbringen.

Bedeutet das, dass ich sorglos das, Haus verlasse? Nein. Ich passe auf mich auf und tue, was ich kann, um mich und die, die ich liebe, zu schützen. Die anderen können sich gern feige hinter ihrer Tastatur und gefälschten Konten verstecken und online gemeine Kommentare abgeben. Die Menschen, die mir wichtig sind, sind die Kinder, für die ich hoffentlich etwas bewegen kann, meine Nachbarn, meine Freunde, meine Familie, Craig und seine Armee-Familie.«

»Verdammt«, sagte Riley und wischte sich eine Träne aus dem Auge. »Dumme Schwangerschaftshormone.«

Alle lachten und brachen die Spannung, die in der Luft lag.

»Ich finde es toll, dass du so mutig bist, aber das heißt nicht, dass ich mir wegen des Hasses keine Sorgen mache«, beharrte Devyn. »Und noch mal, weiß Doc davon, dass du in den sozialen Medien öffentlich Entführungsdrohungen bekommst? Oder dass andere dich beschimpfen und hoffen, dass du stirbst?«

Ember öffnete den Mund, um zu antworten, als eine tiefe Stimme hinter ihr sprach.

»Jemand hat gedroht, dich zu entführen?«

Scheiße. Ember drehte sich um und sah Craig neben Trigger stehen. »Es ist derselbe alte Mist wie immer«, entgegnete Ember und versuchte, die Situation zu entschärfen.

»Sie hat gerade einen Beitrag über Sierra veröffentlicht«, sagte Kinley wenig hilfreich. »Und jemand hat gepostet, dass er hofft, dass sie selbst entführt wird.«

»Und jemand namens Alex hat mehrere Male kommentiert, schon seit ich das letzte Mal nachgesehen habe«, sagte Devyn, die immer noch auf ihr Handy starrte. »Er stimmte dem anderen zu und hofft, dass dich jemand verschwinden lässt. Und«, sie tippte noch ein paarmal auf ihr Handy,

»schau ... hier auf Facebook ... dieser Idiot Alex hat dort sogar mehrere Gifs gepostet, auf denen Waffen gegen die Köpfe anderer Leute gehalten werden.«

»Wir müssen uns unterhalten«, sagte Craig und griff nach Embers Arm.

Sie ließ sich von ihm aufhelfen und folgte ihm wortlos ins Haus. Sie wollte jetzt wirklich nicht darauf eingehen, aber es sah nicht so aus, als hätte sie eine Wahl. Sie war nicht sauer auf die Frauen. Sie versuchten nur, auf ihr Wohlergehen aufzupassen, was sich ehrlich gesagt sehr gut anfühlte.

Trigger folgte ihnen und die anderen Männer waren bereits im Haus. Irgendwie hatte sie während ihres Gespräches mit den Frauen gar nicht mitbekommen, dass sie hineingegangen waren.

»Was ist los?«, fragte Lefty, als sie eintraten.

Craig führte Ember zur Couch und als sie sich setzte, ging er vor ihr auf und ab. »Ember bekommt Morddrohungen.«

»Was?«

»Heilige Scheiße!«

»Von wem?«

Die Besorgnis und das Entsetzen der anderen Männer war unmittelbar zu spüren und kam von Herzen.

»So ist es nicht«, sagte Ember und versuchte, alle zu beruhigen. Aber Craig holte sein Handy heraus und scrollte bereits. Scheiße, das war nicht gut.

»Sie hat dieses Bild von Sierra gepostet«, erklärte Craig seinen Freunden.

»Danke«, sagte Grover, und die Dankbarkeit in seinem Tonfall war deutlich zu hören.

Ember nickte ihm zu.

»Es scheint, als enthielte jeder Post, den sie veröffentlicht, der nicht oberflächlich ist oder ein wertloses Produkt bewirbt, immer mehr böse Kommentare«, sagte Craig.

»Vielleicht solltest du dich für eine Weile aus den sozialen Medien zurückziehen«, schlug Trigger vor.

»Nein«, erwiderte Ember mit Nachdruck. »Hört zu, ich weiß, dass ihr euch Sorgen macht, aber ehrlich gesagt ist das nichts Neues. Schaut euch ältere Beiträge vor den Olympischen Spielen an. Zum Beispiel als ich an dieser blöden Realityshow teilnahm. Es gab schon immer Leute, die mich gehasst haben. Die wird es auch immer geben. Selbst wenn sie sich etwas ausdenken müssen, nur um mich noch mehr hassen zu können.«

Es war, als hätte sie nichts gesagt.

»Vielleicht können wir die Kommentare analysieren und sehen, wer wiederholt Drohungen postet«, schlug Lefty vor.

»Ja, wir können herausfinden, ob es angestiegen oder gleichbleibend ist«, fügte Brain hinzu.

»Wir könnten die IP-Adressen zurückverfolgen«, warf Oz ein.

»Ich wäre nicht überrascht, wenn die Leute, die diesen Mist schreiben, sogar ihren richtigen Namen verwenden«, sagte Lucky.

»Verdammt, sie hat geschrieben, sie ist in Texas ... nicht genau wo, aber wir müssen aufmerksam sein«, sagte Trigger.

»Was ist mit Fanpost und Geschenken? Hast du Hassbriefe per Post erhalten?«, fragte Grover.

»Ja, das würde es zu einer Straftat machen«, stimmte Craig zu. »Wir könnten diesen Scheiß melden und sehen, ob wir Anklage erheben können.«

»Ich frage mich, ob wir Geschenke den Online-Kommentaren zuordnen könnten«, überlegte Brain.

Ember stand auf und hielt beide Hände hoch. »Halt!«, forderte sie.

Alle sieben Männer starrten sie überrascht an.

»Ich verstehe, dass ihr helfen wollt und dass ihr euch Sorgen macht. Aber wie ich den anderen draußen schon gesagt habe, ich kann und will nicht in Angst leben. Ob es mir gefällt oder nicht, ich bin berühmt. Ich wollte das nicht unbedingt, aber ich kann es nicht zurückdrehen. Ich bin überzeugt, dass die Leute, die mich nicht mögen, mir irgendwann nicht mehr folgen werden und das Interesse verlieren. Sie werden sich woanders umschauen und jemand anderen hassen. Wenn ich jedes Mal ausflippen würde, wenn jemand sagt, dass er mich nicht mag, könnte ich nicht weiterleben.«

»Zu sagen, dass sie hoffen, dass du stirbst, und dass sie dich entführen wollen, ist etwas anderes, als dich nicht zu mögen«, stellte Craig klar.

»Ich weiß. Und so sehr ich es auch hasse, aber sie werden ihr Gift auch in deine Richtung versprühen, sobald sie wissen, dass wir zusammen sind. Aber sie interessieren mich nicht. Ich sorge mich allein um dich«, sagte Ember, den Blick auf Craig gerichtet.

»Und ich sorge mich um dich, deshalb kann ich das nicht einfach ignorieren.«

Sie starrten einander lange an.

Dann sprach Trigger: »Wie wäre es damit? Du lässt uns ein bisschen nachforschen und sehen, was wir herausfinden können. Wenn die Leute, die dich hassen, dasselbe auch mit anderen tun, ist die Bedrohung etwas geringer. Wir werden uns mit deinen ehemaligen Managern für die sozialen Medien in Verbindung setzen, um zu sehen, ob sie Muster erkennen. Wir werden auch mit deinen Eltern über die Fanpost reden müssen, die du erhalten hast.

Wenn jemand übertriebene Geschenke oder Hassbriefe geschickt hat, können wir dem nachgehen und den Scheiß dem FBI übergeben. Lass uns helfen, dich zu schützen, Ember.«

Sie sah sich im Zimmer um und betrachtete die Männer. Sie hatte diese Typen gerade erst kennengelernt. Sie kannten sie nicht wirklich. Warum waren sie so besorgt um sie? »Warum?«, fragte sie leise.

»Weil du mit Doc zusammen bist«, sagte Trigger.

»Und du bist knallhart«, fügte Lefty hinzu.

»Und weil du es nicht verdient hast. Niemand hat das«, argumentierte Brain.

»Du bist jetzt eine von uns«, fügte Oz hinzu.

»Und niemand legt sich mit unserer Familie an«, stimmte Lucky ein.

»Du hast ein riesiges Herz«, sagte Grover. »Nicht viele Menschen würden sich für eine Fremde interessieren, die auf der anderen Seite der Erde verschwunden ist.«

Ember wollte am liebsten weinen. War sie schon jemals zuvor so von anderen aufgenommen worden?

Die Antwort war einfach. Nein.

»Okay«, flüsterte sie. »Aber fangt mit Samer an. Er hat mich von all meinen Managern am meisten unterstützt, als ich sagte, dass ich meine Konten übernehmen wollte. Alexis war wirklich sauer, also wäre es wahrscheinlich keine gute Idee, ihn zu kontaktieren.«

»Alexis?«, fragte Trigger interessiert. »Er könnte sich als dieser Alex ausgeben und posten, weil er sauer ist. Wir werden das mal unter die Lupe nehmen.« Dann wandte er sich an seine Freunde und gab ihnen den Auftrag, mehr Informationen über die Leute sammeln, die online so grausam waren.

Craig zog sie in seine Arme und hielt sie fest. Keiner

sagte etwas und Ember saugte seine Zuneigung quasi in sich auf.

Es war Grover, der ihr Getränk nahm und es ihr reichte. »Ich schlage vor, dass du noch ein paar davon hast«, sagte er mit einem kleinen Lächeln. »Dadurch wird es dir viel leichter fallen, unsere Bemühungen um deine Sicherheit zu ertragen.«

Ember kicherte leicht und nahm ihm das Glas ab. »Danke. Ich habe das Gefühl, ihr werdet meine Eltern wie Amateure erscheinen lassen.«

»Verdammt richtig«, sagte Grover mit einem Augenzwinkern.

»Seid ihr damit fertig, Embers Leben zu übernehmen?«, fragte Devyn, als sie den Kopf durch die Tür steckte.

»Für den Moment«, stimmte Lucky lachend zu.

»Gut, weil wir Hunger haben, Logan sich langweilt, Bria zuerst den Nachtisch essen will, Riley und Aspen stillen müssen und wir keine Margaritas mehr haben.«

Alle brachen in Gelächter aus.

»Nun, dann kommt herein«, sagte Oz zu ihr.

Sekunden später war Ember von ihren neuen Freundinnen umgeben. Alle umarmten sie fest und sagten ihr, sie solle den Männern vertrauen und dass alles gut werden würde. Logan hatte sie zum millionsten Mal gefragt, ob sie nach dem Essen ein paar Fotos machen würde, und Bria reichte ihr einen Löwenzahnstengel, den sie im Garten gepflückt hatte.

Die Online-Drohungen waren nichts Neues und Ember war entschlossen, sich nicht von der Sorge aller anderen darüber aus der Fassung bringen zu lassen. Sie würde diese Party und ihre neuen Freunde auf jeden Fall genießen.

Sie kippte den Rest in ihrem Glas herunter, verzog angesichts des starken Geschmacks nach Tequila das Gesicht und grinste dann, als Craig ihre Schläfe küsste und ihr das Glas aus der Hand nahm.

Ja, man konnte mit Sicherheit sagen, dass sie glücklicher war als je zuvor in ihrem Leben.

Ember sah zu, wie Craig in Richtung Küche ging, wahrscheinlich um ihr Nachschub zu holen, sobald Gillians »Margarita-Maschine« – alias Ehemann – eine frische Ladung Getränke zubereitet hatte. Sein Hintern spannte sich an, als er ging, und sie konnte nicht anders, als eine neue Welle der Lust zu verspüren.

Sie wollte Craig. Und später am Abend, wenn er sie nach Hause brachte, würde sie ihn einladen und ihn verführen. Sie wusste nicht wie, aber sie würde es herausfinden. Craig Wagner sollte ihr gehören und sie würde ihr tiefstes Verlangen mit beiden Händen ergreifen und ihn niemals mehr loslassen.

»Tu es, Mädchen«, murmelte Gillian neben ihr, die offensichtlich sah, wie sie Craig anstarrte.

Ember lächelte nur. »Das werde ich«, versicherte sie ihr.

Gillian schlang ihren Arm um Ember und lachte. »Fürs Protokoll, du bist genau das, was Doc braucht, und ich freue mich für euch beide.«

»Wir werden heute Abend aber nicht durchbrennen«, sagte Ember zu der anderen Frau. »Mach dir also keine Hoffnungen.«

Gillian schnaubte. »Das sagst du jetzt. Nach der Art zu urteilen, wie du auf seinen Hintern schaust, wirst du diesen Hintern nach ein paar weiteren Drinks schneller zum Standesamt schleppen, als wir blinzeln können.«

»Standesamt? Nein. Schlafzimmer? Ja«, konterte Ember.

Gillian brach in Gelächter aus. »Klingt für mich nach einem guten Plan.«

»Finde ich auch«, stimmte Ember zu.

»Ich mag dich, Ember Maxwell«, sagte Gillian.

»Ich mag dich auch, Gillian Nelson«, erwiderte Ember.

Sie tauschten einen herzlichen Blick aus.

»Komm, wir betrinken uns, damit wir unsere Männer später richtig ficken können«, schlug Gillian mit einem Grinsen vor.

Ember war damit voll und ganz einverstanden.

Sie hatte vor, heute Abend Craigs Welt auf den Kopf zu stellen, wenn er sie nach Hause brachte.

KAPITEL ZWÖLF

Doc sah zu Ember hinüber und wusste, dass er ein albernes Lächeln auf dem Gesicht hatte. Er hatte sie bereits für fleißig, leidenschaftlich, entschlossen, schön, schlau und verdammt stark gehalten. Aber jetzt könnte er entzückend zu dieser Liste hinzufügen.

Sie war betrunken.

Sternhagelvoll.

Die Frauen hatten entschieden, dass sie ausgehen wollten, nachdem sie den ganzen Tequila im Haus ausgetrunken hatten. Brain und Oz waren im Haus geblieben, um auf die Kinder aufzupassen, Grover war nach Hause gefahren und Trigger, Lefty, Lucky und Doc hatten die sechs Frauen in eine Kneipe begleitet und auf sie aufgepasst, während sie Ember kennenlernten und verdammt viel Spaß miteinander hatten.

Jetzt konnte Doc nicht mehr aufhören zu lächeln. Er hatte ihr die letzte Stunde über Wasser eingeflößt in der Hoffnung, dass es ihren Kater mildern würde, den sie sicher haben würde, wenn sie aufwachte. Aber sie war immer noch sturzbetrunken.

Zuerst hatten die Frauen die Männer an einem separaten Tisch platziert, aber als der Alkohol floss, hatten Gillian, Kinley, Devyn und Ember ihre Männer eingeladen, sich ihnen anzuschließen. Aspen und Riley waren die Ersten, die genug hatten. Wahrscheinlich gefiel es ihnen nicht, dass ihre Männer nicht da waren, und sie vermissten ihre Kinder. Trigger und Gillian hatten sie zurück zu Oz' Haus gefahren.

Lefty und Kinley waren als Nächstes gegangen.

Dann waren Lucky und Devyn aufgebrochen und hatten Ember und Doc an der Theke sich selbst überlassen. Als Ember sich auf seinen Schoß setzte und ihre Hand unter sein Hemd schob, hatte Doc genug. So sehr er ihre Hände auf ihm liebte, dies war nicht der richtige Ort dafür. Er hatte sie praktisch zu seinem Wagen tragen müssen, aber bisher war er froh zu sehen, dass sie nicht Gefahr lief, sich in seinem Wagen zu übergeben.

»Craig?«, fragte sie mit einem kleinen Lächeln.

»Ja, Em?«

»Ich mag deine Freunde wirklich sehr.«

»Da bin ich froh.«

»Nein im Ernst. Sie sind so nett.«

Doc lachte. »Das sind sie.«

»Als dieser Typ ein Foto von mir gemacht hat ... ist Aspen geradewegs zu ihm marschiert und hat verlangt, dass er ihr sein Handy gibt. Und er dachte, sie würde ihn anmachen! Aber stattdessen löschte sie das Bild, das er gemacht hatte. Dann wedelte sie mit dem Finger vor seinem Gesicht herum und sagte ihm, wie unhöflich er sei und dass er mit diesem Scheiß aufhören müsse, wenn er jemals wolle, dass ein Mädchen ihn zweimal anschaut.« Ember kicherte. »Das war wunderbar!«

Doc ließ sie plappern. Er war dabei gewesen. Er hatte

gesehen, was Aspen getan hatte – und er und Lucky hatten hinter ihr gestanden und dafür gesorgt, dass der Typ keine Dummheiten machte. Das hatte er nicht und Aspen war lächelnd zu den anderen Frauen zurückgegangen.

Sie hatten getanzt und gelacht, und wenn er es nicht besser gewusst hätte, hätte Doc gedacht, die Frauen seien schon immer beste Freundinnen gewesen.

»Schön, dass du dich amüsiert hast, Liebling«, sagte Doc zu ihr.

»Das habe ich wirklich. Und es hat auch niemand geschossen.«

Doc runzelte verwirrt die Stirn. »Was? Wie kommst du denn darauf?«

»Weil wir in Texas sind. Jeder hier hat eine Waffe. Ich hatte erwartet, dass es zu einer Schießerei kommt.«

Doc lachte. »Ich schätze, es gibt mehr Waffen pro Kopf als in vielen anderen Staaten der USA, aber es gibt hier keine Schießereien in öffentlichen Kneipen.«

Sie schmollte. »Das klingt nicht fair. Ich wette, ich könnte es allen zeigen.«

»Wahrscheinlich könntest du das«, stimmte Doc zu. Er hatte ihre Schießfähigkeit in Korea aus erster Hand erlebt. »Aber es ist wahrscheinlich keine gute Idee, Betrunkene dazu zu bringen, in einer überfüllten Kneipe ihre Waffe zu ziehen.«

»Da hast du recht«, stimmte sie zu. »Craig?«

Docs Grinsen wurde breiter. »Ich bin immer noch hier, Em.«

»Glaubst du, deine Familie wird mich mögen? Werden die anderen überrascht sein, dass du mit einer Afroamerikanerin ausgehst?«

»Sie werden dich lieben. Wie könnten sie das nicht? Und

ganz ehrlich, Mama Luisa wird sich riesig darüber freuen, dass ich mit jemandem zusammen bin. Ich glaube, sie hatte schon die Hoffnung aufgegeben, dass ich mich mal niederlassen würde.«

»Tust du das?«, hakte Ember nach.

»Oh ja.«

»Mit mir?«

Doc lachte. »Ja Baby, mit dir.«

»Gut, weil ich nirgendwo hingehen werde. Wirst du traurig sein, wenn meine Eltern nicht so glücklich darüber sein werden, dass ich mit dir zusammen bin?«

»Weil ich eine andere Hautfarbe habe?«, fragte Doc aufrichtig interessiert.

Ember schüttelte den Kopf. »Ich denke, es ist eher so, dass sie Snobs sind. Sie haben zu lange in Beverly Hills gelebt. Sie wollten, dass ich jemand Reiches heirate. Von ihrem Country Club oder so.«

»Du wirst immer mehr Geld haben als ich«, sagte Doc. »Stört dich das?«

Ember wedelte betrunken mit der Hand. »*Pbsshaw*. Nein, ich würde lieber in einem heruntergekommenen Haus in einem beschissenen Stadtteil leben und mit jemandem zusammen sein, der mich liebt und den ich liebe, als mit jemandem in einer riesigen Villa mit einem schicken Wagen und einer Million Dollar auf der Bank gefangen zu sein, der nur wegen dem, was ich ihm geben kann, bei mir ist.«

»Du hast bereits einen schicken Wagen und eine Million Dollar auf der Bank«, konnte Doc sich nicht verkneifen anzumerken.

»Ja, aber ich habe nicht den Teil mit der Liebe«, schmollte Ember.

Doc bog in seine Auffahrt ein und wartete darauf, dass sich das Garagentor öffnete. Er fuhr hinein und stellte den Motor ab. Er war sich nicht sicher, ob Ember überhaupt klar war, dass er sie nicht zu ihrer Wohnung gebracht hatte. Auf keinen Fall würde er sie allein lassen, wenn sie so betrunken war. Es war nicht ganz so, wie er sich das Ende des Abends vorgestellt hatte, aber er war immer noch mit Ember zusammen, also konnte er sich nicht beschweren.

Er streckte die Hand aus und berührte die Seite ihres Halses. Ember neigte sofort den Kopf und legte ihn in seine Hand. »Doch, du hast den Teil mit der Liebe«, sagte er leise.

Sie sah für einen Moment verwirrt aus, dann schloss sie die Augen und ihre Lippen verzogen sich zu einem kleinen Lächeln.

»Komm schon, wir bringen dich rein, bevor du in meinem Wagen ohnmächtig wirst.« Doc strich mit dem Daumen über die Unterseite ihres Kiefers und sagte dann: »Bleib sitzen. Ich komme herum.«

»Okay. Dein Auto dreht sich sowieso zu schnell, als dass ich aufstehen könnte«, murmelte Ember mit immer noch geschlossenen Augen.

Doc sprang heraus und eilte zu ihrer Seite. Er öffnete die Tür und lachte laut auf, als Ember überrascht zusammenzuckte. »Komm schon, Dornröschen, wir bringen dich rein. Kannst du laufen?«

»Natürlich kann ich laufen«, entgegnete sie empört und stolperte dann prompt über ihre Füße. Sie wäre auf den Boden der Garage gefallen, wenn Doc nicht da gewesen wäre, um sie aufzufangen. Diesmal machte er sich nicht die Mühe, sie wieder selbst gehen zu lassen. Er legte einen Arm unter ihre Knie und den anderen um ihren Rücken und hob sie hoch.

Ember schlang sofort ihre Arme um seinen Hals. »Das gefällt mir«, sagte sie.

»Mir auch«, gab Doc zu. Er hatte ein wenig Mühe, die Tür zum Haus zu öffnen, schaffte es aber schließlich, den Knauf zu drehen und sie hineinzubringen, ohne sie fallen zu lassen.

Er hatte es bis zum Ende der Treppe geschafft, als er spürte, wie sich Embers Lippen um sein Ohrläppchen schlossen. Doc zitterte.

Verdammt ... seine Ohren waren so empfindlich! Er hatte das über sich selbst nicht gewusst, da sich bisher keine andere Frau die Zeit genommen hatte, ihn dort zu küssen, aber Ember saugte an seinem Ohr, als wäre es sein Schwanz. Sie benutzte ihre Zähne, um daran zu knabbern, und saugte dann fast aggressiv an dem kleinen Stück Fleisch.

»Ähm?«, knurrte er.

»Hmmm?«, murmelte sie.

»Du musst aufhören.« Sein Schwanz war hart wie Stahl und pochte in seiner Hose. Er war von leicht erregt – wie er es immer um sie herum war – in zwei Komma drei Sekunden bereit zum Ficken gelangt. Es brauchte nur ihren Mund an ihm und es war um ihn geschehen.

»Nein«, sagte sie und leckte dann seitlich über seinen Hals, bevor sie sich erneut über sein Ohrläppchen hermachte.

Doc stöhnte und verstärkte seinen Griff um Ember, als er die Treppe hinaufging. Einen ihrer Arme hatte sie weiter um seinen Hals geschlungen, den anderen bewegte sie nach unten, um seine Brust zu massieren. Verdammt, er liebte es, wenn sie ihn berührte.

Er lief praktisch in sein Schlafzimmer und beugte sich

über sein Bett, während er Ember auf ihren Rücken warf. Aber sie setzte sich schnell auf und schob ihre Hände unter sein Hemd, bevor er sie aufhalten konnte. Mit den Fingernägeln ritzte sie leicht über seinen Bauch, sodass sein Schwanz vor Ungeduld zuckte.

Dann überraschte sie ihn erneut, indem sie sich auf die Knie setzte und ihr Hemd über den Kopf zog. Ihr Haar war zerzaust und noch lockiger, als er es zuvor gesehen hatte. Sie hatte es heute Abend offen getragen und er fand es toll, wie voll es war. Der weiße BH, den sie trug, stand in wunderbarem Kontrast zu ihrer dunklen Haut. Und obwohl sie in besserer Form war als die meisten Frauen, hatte sie immer noch ein winziges Bäuchlein. Ihre Arme waren muskulös und fest ... aber Doc fiel es schwer, den Blick von ihrem Bauch abzuwenden. Es juckte ihn in den Fingern, sie dort zu berühren. Er wollte fühlen, wie weich und seidig ihre Haut war. Er wollte sich an ihre Muschi schmiegen und sehen, ob sie so gut schmeckte, wie er es sich in seinen Träumen vorgestellt hatte.

»Fick mich«, sagte sie leise.

Doc hatte die Hände an seinen Hosenbund gelegt, sobald sie das zweite Wort ausgesprochen hatte.

Aber als sie schwankte und fast umfiel, erstarrte er.

Ember versuchte, seine Hände aus dem Weg zu schieben und das Öffnen seiner Hose zu übernehmen, aber er wehrte sie ab. So sehr er diese Frau wollte, sich nach ihr sehnte, er würde sie nicht zum ersten Mal lieben, wenn sie betrunken war. Er war nicht diese Art von Mann. So schmerzhaft es auch war, er schluckte schwer und wandte sich von ihr ab.

Als er zu seiner Kommode ging, atmete Doc tief durch und versuchte, seine Libido ein paar Stufen herunterzufahren. Er zog eines seiner Armee-Trainings-Hemden hervor und wandte sich wieder Ember zu. Sie hatte es geschafft, ihre Hose nach unten zu schieben, und tat ihr Bestes, ihren BH zu öffnen. Aber ihre Bewegungen waren unkoordiniert. Der Alkohol hatte ihre Feinmotorik gestört.

Verdammt, sie war so wahnsinnig schön.

Er tat sein Bestes, um ihre wunderschöne Haut zu ignorieren, und ging zurück zu ihr.

»Ich komme nicht ran«, sagte Ember schmollend. »Hilfst du mir?«, fragte sie schüchtern.

Doc wusste, dass er erst sein Hemd über ihren Kopf ziehen und dann ihren BH öffnen sollte ... aber er konnte nicht widerstehen, einen Blick auf ihre prallen Brüste zu werfen, die ihn unter ihrem BH neckten. Er tat sein Bestes, ein Gentleman zu sein, aber es war selbst für ihn zu verlockend, diese Gelegenheit auszulassen. Er wollte gut sein, aber er kam an seine Grenzen.

Doc legte seine Arme um sie, um den Verschluss ihres BHs zu erreichen, und zuckte überrascht zusammen, als Ember sich an seinen Hals klammerte und hart daran saugte.

»Verdammt, machst du mir einen Knutschfleck?«, murmelte er, legte ihr eine Hand auf den Hinterkopf und drückte sie an sich, anstatt wegzuzucken.

Sie summte, hob aber nicht den Kopf. Sie nahm seinen Schwanz in eine Hand und griff mit der anderen nach seinem Hintern, wodurch Doc an Ort und Stelle erstarrte. Er war noch nie so angetörnt gewesen wie jetzt. Er wollte Ember am liebsten zurück auf sein Bett schieben und sie ficken.

Sie legte den Kopf schief und lächelte ihn an, als wäre sie stolz auf das Mal, das sie ihm am Hals verpasst hatte. Ihre Hände hatten sich nicht von seinem Körper gelöst. Sie massierte weiter seinen Schwanz, selbst als sie vor ihm schwankte.

Es war das Schwanken, das Docs Gehirn endlich wieder zum Laufen brachte. Er konnte den Tequila aus ihrem Mund riechen, was ihm auch dabei half, in die Gegenwart zurückzukehren. Er würde Ember nicht ausnutzen. Auf keinen Fall. Wenn sie zum ersten Mal Sex hatten, würde sie stocknüchtern und sich absolut sicher sein, dass es das war, was sie wollte. Denn sobald er sie genommen hatte, wäre es das für ihn gewesen. Sie würde ihn für jede andere Frau ruinieren. Das wusste er so gut, wie er seinen Namen kannte.

Doc versuchte, ihren Griff um seinen Schwanz zu ignorieren, griff hinter sie und öffnete schnell ihren BH. Sie musste ihre Hände kurz sinken lassen, um ihn auszuziehen, und Doc konnte nur auf ihre Brüste starren. Verdammt, sie war absolut perfekt. Ihre Warzenhöfe waren dunkler als ihre Haut, wie die Farbe einer sternenlosen Nacht. Ihre Brustwarzen hatten den gleichen dunklen Ton – und sie zeigten direkt auf ihn.

Doc lief das Wasser im Mund zusammen. Er wollte sich hinunterbeugen und sie probieren. Aber er wusste, wenn er anfing, würde es fast unmöglich sein aufzuhören. Zumal Ember ihn nicht gerade wegschubste.

Sie bog den Rücken durch, legte die Hände hinter ihren Rücken und lächelte, während sie sich für ihn zurechtmachte. »Gefällt dir, was du siehst?«

»Ich liebe es«, sagte Doc, als er nach dem T-Shirt griff. »Setz dich auf, Em.«

Sie tat es und er zog ihr schnell sein Hemd über den Kopf.

»Arm«, befahl er.

Em runzelte die Stirn und wirkte äußerst verwirrt, als er

ihr sein Hemd anzog. Doc ignorierte ihren fragenden Blick, streckte die Hand aus und zog die Decke zurück. »Rutsch unter die Decke.«

»Aber ... ich dachte, wir hätten Sex?«

Doc deckte sie zu und ihr Anblick in seinem Bett war fast so erregend, wie sie nackt zu sehen. Fast.

»Das werden wir«, gab er zurück, »aber nicht heute Abend.«

»Warum?«, fragte sie. »Ich dachte ... oh scheiße ... du willst mich nicht?«

»Ich will dich«, beruhigte Doc sie schnell. »Aber wir werden nicht das erste Mal miteinander schlafen, wenn du betrunken bist. Ich möchte, dass du dich an jede einzelne Sekunde unserer gemeinsamen Zeit erinnerst. Wir werden nur ein erstes Mal haben, Em, und ich möchte, dass du vollkommen nüchtern bist. Ich möchte, dass dir wegen der Orgasmen, die ich dir gebe, der Kopf schwirrt, nicht wegen des Alkohols, der durch deine Adern fließt.«

»Orgasmen? Plural?«, fragte sie atemlos.

Doc lächelte. »Ja, Liebling, oder glaubst du, einer reicht aus?«

»Ähm ... ja?«

»Auf keinen Fall. Ich will sehen, wie du mit meinem Mund an dir kommst. Ich will sehen, wie du dich vor mir selbst befriedigst, damit ich herausfinden kann, was dir gefällt. Dann werde ich dich so hart ficken, dass du nie wieder an einen anderen Mann in dir denken kannst. Und ich möchte spüren, wie du an meinem Schwanz kommst und mich zum Höhepunkt bringst.«

»Ja bitte«, sagte sie und die Sehnsucht in ihren Augen war deutlich zu erkennen.

Doc schüttelte den Kopf. Sie war so verdammt bezaubernd. Und sie war die Seine.

»Ich sollte nach Hause gehen«, seufzte sie.

Docs Herz hörte für eine Sekunde fast auf zu schlagen. Sie wollte weg? Aber dann sah er, wie ihr die Augen zufielen und sie noch tiefer in sein Bett zu sinken schien.

Sie wollte nicht gehen. Sie versuchte nur, rücksichtsvoll zu sein.

»Es ist spät«, sagte er leise zu ihr. »Und du bist schon im Bett. Bleib.« Er würde sie nach Hause bringen, wenn sie wirklich gehen wollte.

»Okay.«

»Ich hole dir ein Glas Wasser und ein paar Schmerztabletten. Ich habe das Gefühl, dass du morgen früh Kopfschmerzen haben wirst. Bleibst du liegen?«

Sie nickte.

»Gut.«

»Craig?«

»Ja?«

»Die meisten anderen Männer hätten genommen, was ich angeboten habe.«

Doc glaubte, sie hatte recht. »Wahrscheinlich.«

»Bist du sicher, dass du keinen Sex haben willst? Ich habe nichts dagegen. Und ich will dich wirklich.«

»Ich will dich auch. Aber es würde sich nicht richtig anfühlen, dich zu nehmen, wenn du so betrunken bist.«

»Das wollte ich nicht. Ich wurde wegen heute Abend nervös und dachte, ein paar Drinks würden mich entspannen.«

»Ich weiß. Es ist okay. Du darfst Spaß haben, Em.«

»Aber ich wollte unbedingt deinen Penis sehen.«

Doc brach in Gelächter aus. »Penis? Mein Gott, Frau, nenn ihn nicht so. Das weckt zu viele Erinnerungen an den Sexualkundeunterricht in der Mittelschule, als uns ein

Diagramm von einem Penis und einer Vagina gezeigt wurde.«

Ember grinste. »Tut mir leid. Dein Schwanz. Schwanz! Dieses große, riesige Monster in deiner Hose.«

Er liebte es, wenn sie ihn neckte. »Das ist besser.«

Sie seufzte erneut und flüsterte dann: »Tu mir nicht weh, Craig. Bitte.«

»Das werde ich nicht. Wie könnte ich dem Besten wehtun, was mir jemals widerfahren ist?«

Sie lächelte, drehte sich dann auf die Seite und rollte sich zu einer Kugel zusammen.

Doc wusste, wenn er nicht bald das Wasser und die Tabletten holte, würde er seine Chance verpassen. Er beugte sich hinunter und küsste sanft ihre Schläfe. »Ich bin gleich wieder da.«

»Ich werde hier sein«, murmelte sie.

Es dauerte zweieinhalb Minuten, bis Doc mit dem Wasser zurückkam, und er konnte Ember so weit aufwecken, dass sie sich aufsetzte und das Glas halb leer trank. Sie schluckte die Pillen, legte sich dann sofort wieder hin und schloss die Augen.

Doc saß zwanzig Minuten neben ihr und beobachtete sie beim Schlafen. Es war kitschig und wahrscheinlich ein bisschen gruselig, aber er konnte den Blick nicht von ihr abwenden. Der Tag war gut gewesen. Sie hatte sich gut mit den anderen Frauen verstanden und alle schienen sie zu mögen. Er hatte nicht daran gezweifelt, aber es war eine Erleichterung zu wissen, dass er nicht von Ember Maxwell geblendet worden war.

Er wollte bleiben. Wollte unter die Decke schlüpfen und es sich hinter ihr gemütlich machen. Spüren, wie sich ihre nackten Beine gegen seine schmiegten. Aber er wusste, dass es sicherer wäre, woanders zu schlafen.

Doc beugte sich hinunter und küsste noch einmal ihre Schläfe. Sie seufzte im Schlaf und lächelte.

»Schlaf gut, Liebling«, flüsterte er, bevor er aufstand und ins Badezimmer ging. Er würde sich umziehen und die Nacht im Zimmer gegenüber verbringen. Er wäre nahe genug, um Ember zu hören, wenn es ihr schlecht ging oder sie ihn sonst irgendwie brauchte, aber weit genug weg, um ihr etwas Privatsphäre zu geben ... und hoffentlich seine Libido unter Kontrolle zu bekommen.

Ember wachte am nächsten Morgen auf und stöhnte. Ihr Kopf dröhnte und sie fühlte sich scheiße. Einige Erinnerungen an den letzten Abend waren ein wenig verschwommen – aber sie erinnerte sich an alles, was passiert war, nachdem sie in Craigs Haus angekommen waren.

Sie hatte sich praktisch nackt auf ihn geworfen, und er war ein absoluter Gentleman gewesen und hatte sie ins Bett – in sein Bett – gebracht und sie nicht ausgenutzt.

Sie erinnerte sich auch an das, was er ihr gesagt hatte, und es brachte sie dazu, ihre Schenkel zusammenzupressen und sich unter der Decke zu winden.

Das wollte sie. Alles davon. Sie hatte sich noch nie vor jemandem selbst angefasst, aber sie hatte das Gefühl, dass sie für Craig alles tun würde.

Als sie auf die Uhr sah, stellte sie fest, dass es halb acht war. Es war lange her, dass sie so lange geschlafen hatte. Ember war sich nicht sicher, wann sie bei ihm eingetroffen waren, aber es musste ein paar Stunden nach Mitternacht gewesen sein.

Sie streckte sich, setzte sich auf und überlegte, was sie

als Nächstes tun sollte. Sie hatte ihre Tasche hinten in seinen Wagen gestellt, hatte sie letzte Nacht aber nicht mit hineingebracht. Als sie sich in Craigs Zimmer umsah, blinzelte sie überrascht, als sie ihre Tasche neben der Badezimmertür stehen sah. Irgendwann musste Craig hinausgegangen sein, um sie zu holen.

Gott, er war unglaublich. Nachdenklich, aufmerksam und freundlich, alles zur gleichen Zeit. Und er hatte obendrein einen verdammt heißen Körper. Ember erinnerte sich an das Gefühl seines harten Schwanzes in ihrer Hand letzte Nacht. Als sie daran zurückdachte, wie entsetzt er gewesen war, als sie ihn Penis genannt hatte, musste sie lächeln.

Ember konnte nicht leugnen, dass es ihr ein wenig peinlich war, wie der letzte Abend gelaufen war. Aber zu wissen, dass Craig nicht der Typ Mann war, der sie ausnutzte, wenn sie nicht klar denken konnte, war ziemlich großartig. Das Leben in Hollywood hatte sie erschöpft, so viel war sicher.

Ember stieg aus dem Bett und ging ins Badezimmer. Unterwegs schnappte sie sich ihre Tasche und kam zu dem Schluss, dass Craig einen Fehler gemacht hatte, indem er ihr sein Hemd zum Schlafen gegeben hatte. Er würde es nicht zurückbekommen. Es war alt und weich, und es war offensichtlich abgenutzt. Und jetzt war es ihres.

Zwanzig Minuten später trug Ember eine Jeans und ein blassgrünes Hemd mit U-Ausschnitt. Mit immer noch pochendem Kopf ging sie die Treppe hinunter. Craig hatte ihr erzählt, er sei ein Morgenmensch, und er hatte nicht gelogen. Er saß an seinem Küchentisch, neben sich eine Tasse Kaffee und einen leeren Teller.

Als er sie sah, stand er auf und kam auf sie zu. Er legte seine Hände rechts und links an ihre Wangen, neigte ihren Kopf nach oben und betrachtete sie genau. »Wie fühlst du dich?«, fragte er leise.

Ember zuckte mit den Schultern, als sie nach oben langte und seine Handgelenke ergriff. »Mir geht es gut. Ich habe Kopfschmerzen und fühle mich leicht unwohl, aber wenn ich bedenke, wie viel ich getrunken habe, bin ich wohl gut davongekommen.«

»Es tut mir leid, dass ich schon gegessen habe, aber ich dachte, es wäre besser zu kochen, bevor du aufstehst, nur für den Fall, dass dir übel ist. Kannst du etwas essen? Wie wäre es mit etwas trockenem Toast?«

Einige Frauen wären vielleicht verärgert über ihren Mann, wenn er nicht darauf gewartet hatte, mit ihnen zu essen. Aber die Gründe für seine Entscheidung waren logisch und fürsorglich. »Trockener Toast klingt großartig. Und ich hätte auch gern einen Kaffee.«

»Setz dich. Ich bringe dir einen.« Dann küsste er sie kurz auf die Lippen, bevor er sie zu dem Stuhl führte, den er gerade verlassen hatte. Während Ember darauf wartete, dass er etwas Brot toastete, brachte Craig ihr ein Glas Wasser und noch mehr Schmerztabletten. »Trink heute viel, das wird dir helfen, dich schneller besser zu fühlen. Wenn du kannst, trink zuerst das Wasser, dann den Kaffee, okay?«

Ihr ganzes Leben lang war Ember bedient worden. Ihre Eltern hatten einen Koch, der bei ihnen wohnte und dreimal am Tag das Essen servierte. Aber sie hatte sich noch nie so umsorgt gefühlt wie jetzt, als Craig ihr zwei einfache Scheiben Toastbrot und eine Tasse Kaffee brachte.

Sie knabberte an ihrem langweiligen Frühstück und war froh, dass sie es gut vertrug.

»Es tut mir leid wegen gestern Abend«, sagte sie nach einem Moment.

»Was tut dir leid?«

»Ähm ... na ja ... dass ich vollkommen betrunken war. Das hatte ich nicht geplant.«

»Ich weiß, das hast du mir gesagt.«

»Richtig. Nun, es tut mir leid, dass du dich um mich kümmern musstest. Ich bin mir sicher, dass es mir gut gegangen wäre, wenn du mich in meiner Wohnung abgesetzt hättest, dann hättest du mich nicht babysitten müssen.«

»Em, ich hätte dich in deiner Verfassung auf keinen Fall allein gelassen. Du hättest dich im Schlaf übergeben und ersticken oder aufhören können zu atmen.«

»Dann danke, dass du dich um mich gekümmert hast. Es tut mir auch leid, dass ich so ... aggressiv war. Ich meine sexuell.«

Craig grinste. »Das tut mir nicht leid.« Er neigte den Kopf und hob eine Hand, um den dunklen Fleck an seinem Hals zu berühren. »Ich kann mich nicht erinnern, wann ich das letzte Mal einen Knutschfleck hatte. Die Jungs werden sich lustig über mich machen.«

Ember ließ ihre Stirn in seine Hand sinken. »Mist. Tut mir leid.«

»Das braucht es nicht. Wenn ich daran denke, wie du an mir gelutscht hast ... ist das höllisch heiß, Em. Und sei gewarnt, ich werde mich revanchieren. Als ich heute Morgen meinen Hals sah, dachte ich an all die Stellen, an denen ich dich markieren möchte.«

Ember war sich nicht sicher, was sie dazu sagen sollte. Einige Leute dachten, Knutschflecke würden auf der Haut von Afroamerikanern nicht zu sehen sein, aber das stimmte nicht. Vielleicht waren sie nicht so auffällig, aber sie waren definitiv sichtbar.

Und jetzt konnte sie nicht aufhören, darüber nachzudenken, wo Craig vielleicht an ihr saugen wollte.

»Dann danke, dass du letzte Nacht so ... ehrenhaft warst. Ich war irgendwie unausstehlich.«

»Erinnerst du dich, was ich darüber gesagt habe, was ich beim ersten Mal mit dir tun möchte?«

Embers Wangen wurden heiß. »Ja.«

Craig nickte. »Gut. Ich war besorgt, dass es in deinem Alkoholdunst untergegangen sein könnte. Dich halb nackt in meinem Bett zurückzulassen war das Schwierigste, was ich je in meinem Leben getan habe. Aber ich werde dich niemals ausnutzen. Nicht dein Vermögen, nicht deinen Ruhm, nicht wenn du betrunken bist oder dich nicht wohlfühlst. Ich werde dich vor allem beschützen – notfalls sogar vor mir selbst und meiner Libido. Wenn du bei mir bist, bist du sicher. Punkt.«

Ember wollte am liebsten weinen, aber sie beherrschte sich. »Vielen Dank.«

»Und fürs Protokoll, deine Brüste? Verdammt, Frau, du hast mich mit deiner Pose, als du den Rücken durchgedrückt hast, fast zum Höhepunkt gebracht.«

Ember kicherte. »Ähm ... wie bitte?«

»Nein, mir tut es nicht leid. Ich habe letzte Nacht von dir geträumt. Und es war ein verdammt guter Traum.« Craig lächelte sie an.

»Ich wünschte, ich müsste Julio und Marie heute nicht vom Flughafen abholen«, sagte sie. »Jetzt, da ich nüchtern bin, möchte ich gleich wieder nach oben in dein Bett gehen und dich all die Dinge tun lassen, die du mir gestern Abend versprochen hast.«

»Um wie viel Uhr kommt ihr Flug an?«

»Mittags in Austin. Ich habe die Kaution für ihre Wohnungen bezahlt, aber ihre Sachen sollen erst später in dieser Woche hier eintreffen. Ich wollte sie zum Mittagessen einladen, ihnen eine Tour durch Killeen und das Fitnessstudio geben und sie dann zu ihrem Hotel fahren.«

»Du musst ihnen ziemlich nahestehen«, sagte Craig.

Ember tat ihr Bestes, nicht mehr an Sex zu denken, damit sie ein normales Gespräch mit Craig führen konnte. »Ja und nein. Ich meine, ich kenne Julio seit ein paar Jahren. Er begann vor ungefähr vier Jahren, im selben Fitnessstudio zu trainieren, in dem ich damals in Kalifornien Mitglied war. Er ist ein Experte im Fechten und hat mir sehr geholfen, mich zu verbessern. Er ist Ende zwanzig und ...«

»Und was?«, hakte Craig nach.

Ember zuckte mit den Schultern. »Das ist es eben ... ich weiß nicht viel über ihn. Ich meine, ich habe ihn vier Jahre lang mindestens zweimal die Woche gesehen, aber ich weiß nur, wie alt er ist. Und das weiß ich nur, weil bei manchen Wettbewerben die Teilnehmer nach Alter gruppiert sind.«

»Soll ich eine Hintergrundüberprüfung bei ihm durchführen?«, fragte Craig.

»Kannst du das?«

»Nun, ich nicht, aber ich kenne Leute, die das können«, sagte er geheimnisvoll.

Ember schüttelte den Kopf. »Nein, ich bin sicher, er ist in Ordnung. Ich nehme an, er ist Single, denn ich glaube nicht, dass er zugestimmt hätte, nach Texas zu ziehen und mir zu helfen, wenn er es nicht wäre. Ich glaube, er ist in Kalifornien geboren und aufgewachsen, also bin ich mir nicht sicher, warum er zugestimmt hat. Ich war einfach so begeistert, dass ich Hilfe bekommen würde, dass ich seine Motive nicht infrage gestellt habe.«

»Vielleicht solltest du das tun«, schlug Craig vor.

»Das werde ich.«

»Und Marie?«

»Ich kenne sie erst seit zwei Jahren, aber als ich nach meiner Rückkehr von den Olympischen Spielen erwähnte, hierher nach Texas zu ziehen und was ich tun wollte, war sie diejenige, die tatsächlich von sich aus fragte, ob ich Hilfe brauche. Ich hatte gar nicht so weit vorausgedacht, aber es ergab Sinn. Leute zu engagieren, die ich kenne, erschien viel besser zu sein, als zu versuchen, Fremde zu finden, die nichts vom Fünfkampf wissen. Zumindest für den Anfang.«

»Und die beiden sind wegen deines Erfolgs und Reichtums nicht verärgert?«, fragte Craig.

»Nein, natürlich nicht.«

»Hmmm.«

»Was bedeutet *hmmm*?«, fragte Ember.

»Nur, dass es mir ein bisschen komisch vorkommt, dass sie beide so einfach bereit waren, alles aufzugeben, um mit dir hierherzuziehen, an einen Ort, an dem sie noch nie waren. Ich frage mich nur, was ihr Plan ist.«

»Müssen sie einen Plan haben? Können sie nicht einfach nur einen Tempo- und Landschaftswechsel wollen ... und vielleicht etwas Gutes in der Welt tun?«, fragte Ember etwas frustriert.

»Natürlich können sie das. Ich wollte dich nicht verärgern. Aber meine Aufgabe ist es, dir Rückendeckung zu geben und dafür zu sorgen, dass dich niemand ausnutzt oder irgendetwas Dummes tut, das auf dich zurückfallen könnte. Das macht mich misstrauisch gegenüber allen, aber ich werde mich nicht dafür entschuldigen. Meine Erfahrung hat mir gezeigt, dass selbst die am unschuldigsten aussehende Person heimlich deinen Tod planen kann.«

Ember starrte Craig lange an. Sie konnte nicht leugnen, dass sie sich durch seine Fragen ein wenig dumm vorkam. Sie hätte wahrscheinlich mehr Fragen stellen sollen, bevor sie Julio und Marie spontan eingestellt hatte. Ihre Eltern hatten sie vor ihrem Auszug als naiv bezeichnet, und sie hatten wahrscheinlich recht. Aber sie musste zugeben, dass es ihr auch gefiel, dass Craig hinter ihr stand. Sie hatte noch nie jemanden gehabt, der ihr Wohlergehen über alles andere stellte.

»Es tut mir leid, dass du das auf die harte Tour lernen musstest«, sagte Ember schließlich. »Und so unangenehm mir das, was du gesagt hast, auch ist, du hast dennoch einige gute Punkte angesprochen. Aber ich kenne Julio und Marie. Ich habe jahrelang Seite an Seite mit ihnen geschwitzt und trainiert. Sie waren beide enttäuscht, es nicht in die Olympiamannschaft geschafft zu haben. Aber ich denke, sie wussten, dass es ein langer Weg für mich war. Mit nur zwei Plätzen für jedes Geschlecht im Team ist es sehr schwer, den Schnitt zu schaffen. Und beide haben ihre Schwächen. Bei Julio ist es das Schwimmen und bei Marie das Schießen. Ich glaube, sie haben die Chance ergriffen, mir zu helfen, denn vier Jahre bis zu den nächsten Olympischen Spielen sind eine lange Zeit. Und sie werden beide älter, genau wie ich. Vielleicht liegt es auch daran, dass wir alle mit unserem Leben weitermachen und herausfinden müssen, was als Nächstes kommt.«

Craig nickte. »Das macht Sinn. Aber mit deiner Erlaubnis würde ich trotzdem gern eine Hintergrundüberprüfung bei beiden durchführen lassen. Herausfinden, mit wem sie in Kalifornien rumgehangen haben, ob sie Vorstrafen haben, wie es um ihre Finanzen steht und so weiter. Ich weiß, dass du nur eine einfache Geschäftsfrau sein willst, aber es bleibt die Tatsache, dass du Ember Maxwell bist. Du bist berühmt, reich und schön, und es wird immer Leute geben, die das ausnutzen wollen.«

»Mir gefällt der Gedanke nicht, in ihrem Leben herumzuschnüffeln«, wehrte Ember ab.

»Wenn sie nichts zu verbergen haben, werden sie es nicht einmal wissen«, entgegnete Craig.

»Ich werde es wissen«, erwiderte Ember leise. Dann

seufzte sie. »Aber ich verstehe es. Ich möchte normal sein. Aber ich hatte das Privileg, so aufzuwachsen, und ich muss damit umgehen können. In Ordnung. Mach deine Hintergrundüberprüfung. Aber wenn du etwas findest, möchte ich es sofort wissen.«

»Abgemacht«, sagte Craig sofort. »Also bist du gegen fünf oder so zurück?«

Ember brauchte einen Moment, um sich wieder auf das ursprüngliche Gespräch zu konzentrieren. »Ja, das klingt ungefähr richtig.«

»Und was hast du am Montag vor?«

»So ziemlich das Gleiche wie immer. Sport treiben, Besprechungen, Julio und Marie dabei helfen, sich einzuleben, und mit einer Frau plaudern, die etwas Land außerhalb von Killeen besitzt. Ich denke, es wäre großartig geeignet, eine Laufbahn einzurichten. Wenn das Gespräch gut läuft, werde ich später in dieser Woche einen Termin vereinbaren, um es mit Julio und Marie zu besichtigen. Je nachdem, wie das Treffen mit dem örtlichen *Boys & Girls Club* am Dienstag läuft, könnte ich vielleicht schon am Mittwoch meinen ersten Kurs geben.«

»Mittwoch, ernsthaft? So bald schon?«

Ember zuckte ein wenig verlegen mit den Schultern. »Was nützt es, Geld zu haben, wenn man es nicht benutzt, richtig? Ich zahle dafür, dass die Dinge so schnell wie möglich in Bewegung gebracht werden. Und das Gebäude war von Anfang an in einem ziemlich guten Zustand. Es wird vorerst nur so viel gemacht, dass es nutzbar ist.«

»Es scheint alles wie am Schnürchen zu laufen, nicht wahr?«, fragte Craig mit einem Lächeln.

»Erstaunlicherweise ja. Ich hätte nie gedacht, dass alles so schnell gehen könnte.«

»Nun, wenn man eine motivierte und enthusiastische Geschäftsführerin hat, ist das möglich.«

Das stimmte. Ember wusste, dass sie mit ihrem Zeitplan ein bisschen verrückt gewesen war und die Dinge unbedingt zum Laufen bringen wollte, aber die Sache war ihr wichtig. Sie konnte es kaum erwarten, ihre Liebe zum modernen Fünfkampf mit den Kindern zu teilen, die sonst vielleicht nie die Chance dazu hätten.

»Wie wäre es, wenn ich uns heute etwas zum Abendessen mache?«

»Du musst mich nicht ständig bedienen, Craig«, sagte Ember stirnrunzelnd. »Ich werde nicht verhungern, wenn ich auf mich allein gestellt bin.«

»Ich weiß, aber ich will es. Ich möchte, dass du heute Abend wieder hierherkommst. Ich möchte, dass du wieder über Nacht bleibst, damit ich dir zeigen kann, wie toll du bist. Damit ich all die Dinge tun kann, die ich dir letzte Nacht versprochen habe.«

Ember schluckte. »Verabredest du dich ausdrücklich mit mir, um Sex zu haben?«

Er grinste. »Wenn du es so ausdrücken willst, ja. Ich habe das Gefühl, dass wir uns mit unseren vollen Terminkalendern tatsächlich dazu verabreden müssen.«

Das stimmte. »Damit ich den ganzen Tag daran denken muss, dass du mich zum Orgasmus bringen willst?«, fragte sie mit einem Grinsen.

»Allerdings. Und ich daran, wie gut sich deine Muschi um meinen Schwanz anfühlen wird. Und wie hart ich diese Brustwarzen machen kann, die du mir letzte Nacht gezeigt hast.«

»Verdammt«, sagte Ember leise. »Das war nicht fair.«

Craig bewegte sich so schnell, dass sie keine Chance hatte, seinem Griff auszuweichen. Er zog sie aus ihrem Stuhl und auf seinen Schoß und hatte seinen Mund auf ihrem, bevor sie ein weiteres Wort sagen konnte.

Er schmeckte nach Kaffee und Speck und Ember stöhnte, als er ihren Mund verschlang. Im Gegensatz zu den anderen Malen, als er sie geküsst hatte, wanderte er mit seinen Händen über ihren Körper. Mit einem Arm hielt er sie fest an sich gedrückt, damit sie nicht von seinem Schoß fiel, und seine andere Hand schob er unter ihr Hemd und berührte damit ihre Brüste.

Ember wand sich auf seinem Schoß und spürte seinen harten Schwanz unter ihrem Hintern. Es fühlte sich gut an zu wissen, dass sie ihn so sehr und so schnell anmachen konnte. Aber es fühlte sich auch an, als hätte sie selbst in einer Millisekunde von null auf hundert beschleunigt.

»Craig«, stöhnte sie, als sie den Kopf hob, um Luft zu holen.

Er antwortete nicht, sondern zog nur die Vorderseite ihres U-Ausschnitts nach unten und legte seinen Mund auf ihre Brust. Sie spürte, wie er ihre Haut in seinen Mund saugte, und sie konnte nicht anders, als erneut zu stöhnen.

Eine Minute später hob er den Kopf und schenkte ihr ein Grinsen, als er ihrem Blick begegnete.

»Hast du mir gerade einen Knutschfleck gemacht?«, fragte sie.

»Das habe ich«, sagte er unverfroren. »Aber an einer Stelle, die nur ich sehen kann. Ich möchte nicht, dass dich jemand ansieht und an Sex denkt. Nun, nicht mehr, als die anderen es bereits tun, weil du so verdammt hinreißend bist. Und heute Abend werde ich noch mehr Stellen zum Markieren finden.«

»Du bist tödlich, weißt du das?«, fragte Ember.

»Ich habe mich noch nie so verzweifelt danach gesehnt, mit jemandem zu schlafen«, sagte Craig ernst. »Aber ich schwöre, wenn ich nicht bald in dich eindringe, werde ich sterben.«

Ember konnte nicht anders, als zu lächeln. »Das war ein bisschen dramatisch, findest du nicht?«

»Nein.«

»Soll ich unterwegs Kondome besorgen?«, fragte Ember etwas schüchtern. Sie wusste, dass Erwachsene über solche Dinge sprachen, aber es war schwieriger, als sie gedacht hatte.

Craig schenkte ihr ein zärtliches Lächeln. »Nein, darum kümmere ich mich heute.«

»Vielen Dank.«

Er schüttelte den Kopf. »Du musst mir nicht dafür danken, dass ich mich um dich kümmere. Es ist mir ein Vergnügen.«

»Was machst du heute, während ich mit Julio und Marie beschäftigt bin?«

»Einkaufen gehen, mich bei den Männern melden, um zu hören, ob alle gut nach Hause gekommen sind und alles in Ordnung ist, mich davon überzeugen, dass Grover nicht beschlossen hat, allein nach Afghanistan aufzubrechen, Kondome kaufen und meine Bettwäsche waschen.«

Ember drehte sich der Kopf. »Die Bettwäsche waschen?«, fragte sie.

»Ja, ich möchte, dass unser erstes Mal perfekt wird. Und ich kann mir nichts Besseres vorstellen, als dich in frisch gewaschener Bettwäsche zu nehmen.«

»In Ordnung.« Ember gefiel es, dass er an dieses kleine Detail gedacht hatte.

Nein – sie liebte es.

»Besteht die Gefahr, dass Grover tatsächlich ohne euch aufbricht?«

Craig seufzte. »Ich würde gern Nein sagen, aber ich habe ihn noch nie so aufgebracht wegen einer Mission gesehen.«

»Ich werde heute mein Instagram-Konto prüfen, ob jemand Sierra gesehen hat.«

»Ich weiß, dass du froh warst, deine Profile zu übernehmen, aber vielleicht solltest du darüber nachdenken, wieder jemanden einzustellen.«

Ember öffnete den Mund, um zu widersprechen, aber Craig redete weiter, bevor sie etwas erwidern konnte.

»Ich sage nicht, dass jemand anderes sie komplett übernehmen soll. Aber derjenige könnte auf Kommentare antworten und dich auf dem Laufenden halten, ob es etwas gibt, worüber du dir Sorgen machen musst. Du wirst keine Zeit haben, dich selbst darum zu kümmern, sobald dein Fitnessstudio eröffnet ist. Du könntest demjenigen genau sagen, was er posten soll, und müsstest nicht mehr all diese schrecklichen Kommentare lesen.«

Ember dachte einen Moment über seinen Vorschlag nach. Er war eigentlich gar nicht schlecht. Sie mochte den ganzen Mist nicht, der mit ihren Konten einherging. Sie dachte, es würde ihr gefallen, aber ihr war schnell klar geworden, wie viel Zeit es kostete. Und Samer war bei der Beantwortung ihrer Fragen äußerst hilfreich gewesen, selbst nachdem sie ihn im Grunde gefeuert hatte. Vielleicht wäre es eine gute Idee, ihn zu fragen, ob er in Betracht ziehen würde, für sie zu arbeiten – und nicht für ihre Eltern. »Ich werde darüber nachdenken«, erklärte sie ihm.

»Gut«, erwiderte Craig. Dann küsste er sie hart und schnell auf die Lippen, stand auf und zog sie mit sich.

Embers Füße berührten den Boden und er stützte sie. »Wir müssen noch etwas Zeit totschlagen, bevor du nach Austin aufbrichst. Willst du in den Laden gehen, um ein paar Sachen für deine Wohnung zu kaufen? Ich könnte mitkommen und dir beim Auspacken und Einräumen helfen ... wenn du möchtest.«

»Das würde mir gefallen«, sagte Ember mit einem breiten Lächeln. Sie hatte bisher keine Zeit gehabt, die Dinge zu besorgen, die sie noch brauchte, wie Badvorleger, Kissen und andere Kleinigkeiten. Und mit Craig an ihrer Seite würde es mehr Spaß machen. Sie wusste es auch zu schätzen, dass er sie nicht unter Druck setzte, ihre Wohnung schon jetzt aufzugeben, obwohl es offensichtlich war, dass sie heute Nacht wieder in seinem Haus schlafen würde.

Es war albern, aber selbst wenn sie einen Großteil ihrer Freizeit mit Craig bei ihm verbrachte, gefiel ihr die Vorstellung, eine eigene Wohnung zu haben und unabhängig zu sein. Sie könnte einen Freund haben und trotzdem unabhängig sein. Darauf hatte sie sich eigentlich gefreut. Craig würde wahrscheinlich eher früher als später auf Mission müssen und es würde auch Tage geben, an denen sie etwas Zeit für sich brauchte. Sie ging nicht davon aus, dass sie ihre Wohnung für immer behalten würde, und sie wollte auf jeden Fall, dass die Dinge mit Craig weiter voranschritten ... aber im Moment brauchte sie ihren eigenen Raum. Sie wollte nicht aus der Abhängigkeit ihrer Eltern direkt in die Abhängigkeit eines Mannes geraten.

»Warum packst du nicht deine Sachen? Was du für Montag brauchst, kannst du gern hierlassen. Was du für heute Abend brauchst, kannst du holen, nachdem wir eingekauft und deine Wohnung eingerichtet haben. Ich mache den Abwasch und dann können wir los.«

»Du machst den Abwasch?«, neckte Ember ihn.

»Jawohl. Ich sauge auch Staub und die Wäsche mache ich auch.«

»Schweig still, mein Herz.« Ember machte Witze, aber irgendwie auch nicht.

»Bezaubernd«, murmelte Craig und gab ihr dann einen kleinen Schubs in Richtung Treppe. »Geh jetzt, bevor ich mir überlege, dass ich nicht bis heute Abend warten kann.«

Ember hielt inne und legte eine Hand auf ihr Kinn, als wäre sie tief in Gedanken versunken.

Craig lachte. »Geh! Hab Mitleid mit mir.«

Also ging sie. Aber sie tat es lächelnd.

KAPITEL DREIZEHN

Der Tag schien sich ewig hinzuziehen. Doc sah immer wieder auf die Uhr und hoffte, dass die Zeit schneller verging. Ember hatte ihn per SMS auf dem Laufenden gehalten, was ihn zum Lächeln brachte.

Heilige Scheiße, dieser Flughafen ist winzig im Vergleich zu dem von Los Angeles!

Ich habe einen Platz direkt neben dem Eingang gefunden! Das ist ein Wunder.

Fahre jetzt mit Julio und Marie zurück nach Killeen.

Sie lieben das Fitnessstudio! Ich bin so erleichtert.

Vielen Dank für die Empfehlung des mexikanischen Restaurants. Es hat sehr gut geschmeckt!

Ich habe ein wenig mit ihnen darüber gesprochen, warum sie nach Texas ziehen wollten. Werde dir später davon erzählen.

Die Wohnungen waren in Ordnung. Einzug ist für Freitag geplant.

Vergeht dieser Tag wirklich so langsam oder liegt es nur an mir? :)

Ich habe gerade J und M im Hotel abgesetzt. J wird einen Wagen mieten. Ihre Fahrzeuge werden später aus Kalifornien geholt.

Brauchen wir noch etwas aus dem Laden? Ich kann kurz anhalten, falls ja.

Ich bin mehr als bereit, Craig. Bis später.

Er war begeistert, dass sie sich genauso auf ihren gemeinsamen Abend freute wie er. Er hatte das Bett frisch bezogen, die Badezimmer geputzt, gesaugt, drei Schachteln Kondome im ganzen Haus verteilt ... was übertrieben war, aber er wollte nicht extra ins Schlafzimmer gehen müssen, um welche zu holen, wenn die Dinge woanders im Haus in Gang kamen.

Er hatte sich für gefüllte Paprika zum Abendessen entschieden. Das war einfach zuzubereiten und sie waren bereits im Ofen. Das Essen würde fertig sein, wenn Ember eintraf. Wenn er sich davon abhalten könnte, über sie herzufallen, sobald sie hereinkam, würde alles passen.

Grinsend kam Doc nicht umhin, sich zu fragen, ob Ember den Angriff übernehmen würde. Er liebte es, dass sie nicht schüchtern war und ihm sagte, was sie wollte. Es gefiel ihm, dass sie unabhängig war und so hart wie möglich daran arbeitete, ihren Traum Wirklichkeit werden zu lassen. Er hatte einmal gedacht, dass er eine Frau haben wollte, der es nichts ausmachte, zu Hause zu bleiben ... aber er war ein Idiot gewesen.

Ember war perfekt, ehrgeizig und nicht damit zufrieden, ihn alle Entscheidungen treffen zu lassen. Sie hatte gern das Sagen, zumindest wenn es um ihr Leben ging. Und damit war er mehr als einverstanden. Gern würde er ihr auch im Schlafzimmer die Kontrolle überlassen – aber nicht heute

Abend. Heute Abend hatte er das Sagen. Er würde ihr zeigen, wie viel sie ihm bedeutete und wie sehr er sie begehrte.

»Liebling, ich bin zu Hause!«, scherzte sie, als sie sein Haus betrat.

Doc hatte seine Haustür entriegelt, nachdem er die letzte SMS von ihr erhalten hatte, und ihr gesagt, sie solle einfach reinkommen, wenn sie eintraf. Sein Herz sehnte sich danach, diese Worte im Ernst zu hören, dass sie sein Haus als ihr Zuhause bezeichnete, aber er würde die Dinge auf sich zukommen lassen. Eine Frau wie Ember wollte nicht zu einer Entscheidung gedrängt werden. Sie genoss es, zum ersten Mal überhaupt ihre eigenen Entscheidungen über ihr Leben treffen zu können. Er würde klarstellen, dass sie hier jederzeit willkommen war, aber die Entscheidung, dass dies der Ort war, wo sie leben wollte, würde er ihr überlassen.

Das bedeutete nicht, dass Doc nicht versuchen würde, sie zu überzeugen. Er hatte bereits geplant, ihr einen Schlüssel zu geben.

Lächelnd ging er mit offenen Armen auf Ember zu. Zu seiner Überraschung sprang sie ihn an, als er näher kam.

Lachend fing er sie auf und wirbelte sie im Kreis herum. »Hattest du einen guten Tag?«, fragte er.

»Ja, obwohl er sehr laaang war. Wenn du das nächste Mal eine Nacht voller Ausschweifungen geplant hast ... erzähle es mir nicht.«

»Für mich war er auch lang und *hart*«, neckte Doc sie.

Ember rollte mit den Augen. »Oh Mann, das war flach.«

»Hunger?«, fragte er und wollte nichts mehr, als ihr das Hemd über den Kopf zu ziehen und auf der Stelle über sie herzufallen.

»Auf etwas zu essen? Nicht wirklich. Aber es riecht köstlich und ich würde es hassen, wenn wir dein Abendessen verkommen lassen.«

Doc erwog ernsthaft, in die Küche zu gehen, den Ofen auszuschalten und sie die Treppe hinaufzutragen, wie er es gestern Abend getan hatte, aber dann zwang er sich, die Arme von ihr zu nehmen. So sehr er Ember auch wollte, er wollte ihr einen perfekten Abend bescheren, an den sie sich hoffentlich für den Rest ihres Lebens erinnern würde.

»Ich habe das Gefühl, dass die traditionellen Rollen hier vertauscht sind«, sagte er, als er ihre Hand nahm und sie in die Küche führte. »Du bist die Ernährerin, die von einem langen Arbeitstag nach Hause kommt, und ich bin der Ehepartner, der sich den ganzen Tag um die Hausarbeit gekümmert hat und darum, dass ein warmes Abendessen auf dem Tisch steht, sobald du durch die Tür kommst.«

Ember legte ihre Hand auf seinen Arm. »Du erwartest aber nicht von mir, dass ich so eine Frau bin, oder?«

»Auf keinen Fall«, entgegnete Doc. »Ich möchte, dass du genau so bist, wie du bist. Wenn das bedeutet, dass ich koche und putze, dann sei es so. Ich möchte nur, dass du glücklich bist, Em.«

»Das bin ich. Ich weiß, dass in letzter Zeit alles in meinem Leben auf den Kopf gestellt wurde, und meine Eltern – und wahrscheinlich ein Großteil der Welt – denken, dass ich verrückt geworden bin, aber ich wollte so etwas schon sehr lange machen. Ich wollte etwas zurück- geben und mehr als nur ein hübsches Gesicht im Internet sein. Ich bin nicht gut, wenn es um den Haushalt geht, und ich werde wahrscheinlich sehr lange arbeiten. Du wirst mich dazu zwingen müssen, Auszeiten zu nehmen. Aber ich werde mein Bestes tun, um meinen Teil dazu beizutragen.«

Doc küsste sie. »Das ist alles, was ich verlangen kann. Ich habe heute gefüllte Paprika gemacht. Wenn sie dir schmecken, kann ich dir später zeigen, wie man sie zubereitet.«

»Das ist toll.«

»Willst du mir helfen, einen Salat zu machen?«

»Sicher, sag mir einfach, was ich tun soll.«

»Warum fangen wir nicht mit dem Eisbergsalat an? Ich hacke, du reißt.«

»Ja, Sir!«, neckte Ember ihn.

Sie arbeiteten Seite an Seite und Doc genoss jede Sekunde. Sie erzählte ihm mehr Einzelheiten über ihren Tag und wie glücklich Julio und Marie zu sein schienen, in Texas zu sein.

»Ich habe sie gefragt, warum sie mein Angebot angenommen haben, und Julio hat mir erzählt, dass seine Schwester in einen Bandenkrieg verwickelt und getötet wurde. Das wusste ich gar nicht. Ich dachte, er stammt aus einer normalen, bürgerlichen Familie. Wie auch immer, er sagte, er würde sich wirklich darauf freuen, Kindern zu helfen, sich von dieser Art von Lebensstil fernzuhalten. In der Grundschule hatte er einen Lehrer, der sein Interesse am Fechten geweckt hatte, was später zu seiner Leidenschaft für den Fünfkampf führte. Er sagte, es habe ihm buchstäblich das Leben gerettet.«

»Das ist großartig«, sagte Doc. Und das war es. Aber ... er konnte immer noch nicht anders, als sich zu fragen, ob mehr dahintersteckte. Er musste mit Trigger sprechen und entscheiden, ob er ihren alten Freund Tex kontaktieren sollte, um eine Hintergrundüberprüfung durchzuführen. Wenn er nicht verfügbar war, gab es in San Antonio noch eine Frau, mit der Ghost und sein Delta-Team eng zusammenarbeiteten. Sie könnte es wahrscheinlich genauso gut erledigen. Doc würde nötigenfalls einen Gefallen einfordern, um Ember zu beschützen. »Was ist mit Marie?«

Ember zuckte mit den Schultern. »Sie hat keine Geschichte wie Julio. Sie sagte nur, dass es ihr nichts ausmachen würde, Kalifornien zu verlassen und mehr von der Welt zu sehen. Mit ihrer Familie versteht sie sich offenbar nicht gut. Ich denke, sie ist nach den Olympischen Spielen einfach unruhig und fühlt sich ein wenig verloren. Seit ich aus Südkorea zurück bin, wirkt sie nicht mehr wie sie selbst. Ich denke, weil ihr klar wurde, dass ihre Chancen, es ins Team zu schaffen, ziemlich gering sind. Es ist gut für sie, aus dem Trott auszubrechen, in dem sie in Kalifornien steckte. Ich nehme an, dass Julio wahrscheinlich länger bei mir bleiben wird, aber das ist okay. Ich erwarte nicht, dass jemand ewig für mich arbeitet.«

»Das ist eine gute Einstellung«, stimmte Doc zu. »Obwohl die Tatsache, dass du ihre Miete zahlst, sehr großzügig ist.«

»Ich zahle ihre Miete nicht. Ich habe nur die Wohnungen organisiert und die Kaution hinterlegt. Sie wissen, dass sie nach ihrem Einzug für den Rest selbst verantwortlich sind.«

»Gut. Das hatte ich dann wohl falsch verstanden«, sagte Doc.

»Ich hatte darüber nachgedacht, aber es fühlte sich zu sehr danach an, sich ihre Loyalität zu erkaufen. Ich möchte, dass sie bleiben, weil sie an das glauben, was wir tun, und eine Leidenschaft dafür haben. Ich will keine Trittbrettfahrer.«

»Das ist klug«, kommentierte Doc.

»Für jemanden ohne Hochschulabschluss«, fügte sie selbstironisch hinzu.

»Nein, das ist klug für eine Geschäftsfrau«, korrigierte er. »Ich kenne viele Offiziere mit Hochschulabschluss, die dümmer sind als ein Sack Stroh. Und ich kenne eine Menge

Quereinsteiger, die verdammte Genies sind und nichts weiter als einen Schulabschluss haben. Verkauf dich nicht unter Wert, Em. Du wirst deinen Traum in die Tat umsetzen, und die Kinder in dieser Gegend werden dadurch besser dran sein.«

»Danke«, sagte sie leise.

»Gern geschehen. Soll ich die Kerne aus den Gurken entfernen oder lieber nicht?«

»Das ist nicht nötig. Hast du Croûtons?«

»Was wäre ein Salat ohne sie?«, erwiderte Doc.

Sie lachte. »Ich glaube, du wirst mich als Koch verwöhnen.«

»Gut«, sagte Doc und beugte sich vor, um sie kurz zu küssen. Noch mehr und er würde sich nicht mehr beherrschen können. Sein Schwanz war halb hart. Das war er schon den ganzen Tag gewesen, in Erwartung dessen, was dieser Abend bringen würde.

»Ich habe auch über deinen Vorschlag nachgedacht und überlege, Samer zu fragen, ob er für mich arbeiten würde. Mir war nicht klar, wie viel Zeit die sozialen Medien in Anspruch nehmen. Und ich mag es wirklich nicht, diese Kommentare zu lesen. Ich denke, wenn ich ihn überzeugen kann, das für mich zu übernehmen, habe ich mehr Zeit für wichtigere Dinge. Was meinst du?«

»Ich denke, das ist eine großartige Idee«, antwortete Doc ehrlich. »Solange er versteht, dass er nichts posten darf, was du nicht im Voraus genehmigst. Du möchtest nicht, dass er wieder Bilder von dir postet, oder?«

»Oh, zum Teufel, nein. Und ich glaube nicht, dass er das tun wird. Alexis hingegen ... er würde wahrscheinlich gleich wieder zu dem zurückkehren, was er vorher gemacht hat.«

Doc machte sich eine mentale Notiz, dass Tex sich auch diesen Alexis ansehen sollte. Die Namensähnlichkeit konnte man einfach nicht außer Acht lassen. Wenn dieser Alex, der die hasserfüllten Kommentare auf Embers Profilen veröffentlichte, tatsächlich Alexis war … würde Tex der Sache auf den Grund gehen und dafür sorgen, dass der Mann die Belästigung unterließ.

Das Abendessen war entspannt, trotz der spürbaren Vorfreude im Raum. Nach dem Essen stellten sie das Geschirr in die Spülmaschine und räumten die Küche auf. Es war zu früh, um ins Bett zu gehen, aber Doc konnte an nichts anderes denken.

Er drehte sich zu Ember um, um etwas vorzuschlagen, womit sie hoffentlich etwas Zeit totschlagen konnten, bis er sie nach oben bringen könnte, aber er lief buchstäblich in sie hinein, weil sie direkt neben ihm stand.

»Scheiße, tut mir leid«, sagte er zu ihr.

Ember legte ihre Arme um seinen Hals und drückte sich von der Brust bis zu den Knien an ihn. »Danke für das Essen, Craig. Ich kann nicht länger warten. Vielleicht bin ich ein kleine Schlampe, aber ich kann an nichts anderes denken, als dich in mir zu spüren.«

Und einfach so verlor Doc die Schlacht mit seiner Erektion, gegen die er den ganzen Abend angekämpft hatte. »Du bist keine Schlampe«, sagte er bestimmt. »Ich habe den ganzen Tag darüber nachgedacht, mit dir zu schlafen.« Er hielt sie fest und manövrierte sie zur Treppe. Er konnte es nicht ertragen, sie loszulassen. Er senkte den Kopf und küsste sie. Sie stießen gegen die Wand und einen Stuhl, und er wäre fast über die erste Stufe gestolpert, aber er weigerte sich, seinen Mund von ihrem zu nehmen. Als sie die Stufen hochstiegen, wurde ihr Kuss immer verzweifelter. Als Ember an seinem Hemd herumfummelte, hielt Doc nur lange genug inne, um es sich über den Kopf zu ziehen.

Embers Hände landeten sofort auf seiner Brust und sie

massierte und streichelte seine Muskeln. Ein tiefes Stöhnen entwich aus seiner Kehle, als sie seine Brustwarzen neckte. Verdammt, er hatte nicht gewusst, wie sensibel er war. Wahrscheinlich weil sich bisher niemand wirklich die Mühe gemacht hatte, es herauszufinden.

Ihre Zähne trafen aufeinander, als sie sich küssten, aber es kümmerte sie nicht. Doc griff nach Embers Jeans und sie fiel fast hin, als er sie von ihren Hüften schob. Sie hatten es bis zur Mitte des Flurs geschafft, der zu seinem Schlafzimmer führte, aber sie registrierten es kaum. Docs ganze Aufmerksamkeit war auf den feuchten Fleck auf ihrem Höschen zwischen ihren Beinen gerichtet. Ihm lief das Wasser im Mund zusammen.

Ember zog ihr Hemd aus, dann legte sie ihre Hände an den Verschluss seiner Hose. Doc wusste, dass er in der Sekunde, in der sie seinen Schwanz berührte, die Kontrolle verlieren würde ... den Hauch von Kontrolle, den er noch hatte.

Darauf bedacht, ihr nicht wehzutun, beugte er sich schnell nach unten, hob Ember hoch und legte sie über seine Schulter.

Sie kicherte und er konnte ihre Hände auf seinem Rücken spüren, als sie sich aufrecht hielt. Er wusste, dass es nicht allzu bequem für sie sein konnte, aber es dauerte nur Sekunden, bis er die Bettkante erreicht hatte. Er bückte sich, ließ sie auf die Matratze fallen und hörte ein weiteres Kichern.

Doc konnte es nicht abwarten, seinen Mund auf sie zu legen. Er kniete neben seinem Bett auf dem Boden, packte sie grob an den Hüften und zog sie an den Rand der Matratze. Er drückte ihre Beine auseinander und beugte sich vor, um ihren erregenden Duft einzuatmen.

»Verdammt, Em, du bist so unwiderstehlich.«

»Craig ...«

Das war alles, was sie herausbrachte, bevor Doc ihren Slip zur Seite schob und eintauchte. Er fuhr mit seiner Zunge über ihre Spalte und liebte ihren würzigen Geschmack, bevor er seinen Mund auf ihre Klitoris legte.

Er konnte es nicht langsam angehen. Er wollte, dass sie ihn genauso verzweifelt begehrte wie er sie. Und auf keinen Fall wollte er ihr wehtun, wenn er in ihren Körper eindrang. Er wollte, dass sie vor Verlangen tropfte. Wenn er seine Hose auszog, würde er sich nicht mehr beherrschen können.

»Heilige Scheiße, Craig«, murmelte Ember.

Er spürte, wie sie seinen Kopf streichelte, aber seine ganze Aufmerksamkeit galt ihrer Spalte. Er benutzte einen Finger, um ihre Lippen zu streicheln und ihren Eingang zu necken, behielt seinen Mund aber auf ihrer Klitoris. Sie wand sich unter ihm und es kostete ihn all seine Beherrschung, um seine Lippen auf dem kleinen Nervenbündel zu halten.

Sie presste ihre Oberschenkel gegen seinen Kopf, aber er benutzte seine freie Hand, um dagegen zu drücken, um sie für ihn offen zu halten. Er hatte nur ein Ziel vor Augen – sie zum Orgasmus zu bringen. Er musste das für sie tun, um ihr das ultimative Vergnügen zu bereiten.

Doc wünschte, er hätte die Geduld gehabt, ihr das Höschen auszuziehen, bevor er angefangen hatte, sie zu lecken, aber jetzt war es zu spät, etwas dagegen zu unternehmen. Viel zu spät. Für keinen Preis der Welt würde er seinen Mund von ihr nehmen.

Das Geräusch seiner Finger, die in ihren feuchten Körper hineinglitten, wurde lauter, was Doc ohne Ende freute. Er hatte sich noch nie so verzweifelt nach einer Frau gesehnt. Sein Schwanz tropfte in seiner Hose und es war offensichtlich, dass er explodieren würde, sobald er in Embers Körper eindrang.

Doc sah zu ihr auf, während er sie verschlang. Ihr entzückender kleiner Bauch bebte bei jedem Atemzug und ihre Brüste zitterten, als sie sich unter ihm wandte. Er hatte es nicht geschafft, ihr den BH auszuziehen, bevor er über sie hergefallen war, aber es störte ihn nicht. Sie war so verdammt sexy. Er war verloren in der Freude darüber, was er für sie tat, während sie noch ihre Unterwäsche trug und sich an ihm festhielt, als wollte sie ihn nie wieder loslassen.

»Ja, genau da. Mehr! Scheiße, Craig, ja!«

Craig schloss die Augen und verlor sich in dem Geschmack, dem Geruch und dem Gefühl der Frau unter ihm. Sie stieß ihre Hüften gegen seine Finger und seine Zunge und versuchte, sich selbst zum Höhepunkt zu bringen.

»Bitte Craig!«

Das reichte. Er war fertig. Auf keinen Fall würde seine Frau ihn jemals um etwas anflehen müssen.

Er benutzte seine Zunge wie einen Kolben, konzentrierte sich auf ihre Klitoris und schob sie hin und her. Er drehte seine Hand und schob einen weiteren Finger in sie hinein. Sie zuckte unter ihm und erstarrte, als er diese spezielle schwammige Stelle tief in ihrem Inneren berührte. Lächelnd kräuselte er seine Finger und rieb daran, während er seinen Angriff auf ihre Klitoris fortsetzte.

Innerhalb von Sekunden stöhnte sie und rekelte sich unkontrolliert unter ihm. Er konnte seinen Mund nicht länger auf ihr halten, so wie sie sich wand, also führte er seine andere Hand zwischen ihre Beine und berührte ihre Klitoris, während er weiter ihren G-Punkt massierte.

Ember war verloren in ihrem Orgasmus, was das absolut Erregendste war, was er je in seinem Leben gesehen hatte.

Mit durchgedrücktem Rücken klammerte sie sich an seine Schultern, als würde sie sonst in Stücke gerissen. Das Bild ihrer Erregung, die aus ihrem Körper strömte und seine Finger bedeckte, war etwas, das er sein Leben lang nicht vergessen würde.

Als ihr Orgasmus nachließ, stand Doc auf. Er schob ihren Slip über ihre Hüften und an ihren Beinen herunter. »Setz dich auf«, befahl er schroff.

Ember bewegte sich nicht und Craig konnte ein zufriedenes Grinsen nicht unterdrücken. Er half ihr in eine sitzende Position und öffnete ihren BH, bevor er ihr half, sich in die Mitte des Bettes zu legen. Er konnte nicht anders, als dazustehen und sie für einen Moment zu bewundern.

Dann löste seine Kontrolle sich in Luft auf, als sie langsam die Beine spreizte und eine Hand dazwischen legte, um sich zu berühren.

Das war zu viel, sie hatte ihn da, wo sie ihn haben wollte.

Ember konnte sich weder bewegen noch klar denken. Craig hatte sie buchstäblich umgehauen. Sie hatte schon viele Orgasmen gehabt. Hatte sogar angenommen, dass sie ziemlich guten Sex gehabt hatte. Aber was Craig gerade getan hatte? Nun, das war neu.

Er hatte sie verschlungen, als wäre er ein ausgehungerter Mann und sie das Mahl am Erntedankfest. Er war nicht davor zurückgeschreckt. Sie liebte sein Selbstvertrauen und er wusste definitiv, was einer Frau gefällt. Sie hatte noch nie zuvor einen G-Punkt-Orgasmus gehabt und fühlte sich dadurch geradezu wie im siebenten Himmel.

Aber zu sehen, wie Craig neben dem Bett stand und sie

anstarrte, als wäre sie sein Weihnachts- und Geburtstagsgeschenk in einem? Sie war bereit für mehr.

Ohne Verlegenheit oder Zögern spreizte sie ihre Beine, um ihn zu necken. Sie sah, wie er in dieser Sekunde die Kontrolle verlor. In einem Moment war er der Liebhaber, der seine Frau bewunderte, und im nächsten war er ein Raubtier auf der Jagd. Sie beobachtete, wie er gleichzeitig seine Jeans und seine Boxershorts auszog.

Sie erhaschte nur einen flüchtigen Blick auf seinen langen, dicken Schwanz, bevor er sich auf sie setzte. Ember konnte ein Stöhnen nicht zurückhalten. Dieser Mann wollte sie, seine Em. Nicht wegen dem, was sie ihm geben oder für seine Karriere tun konnte. Sondern wegen der Verbindung, die sie hatten.

»Ich kann nicht sanft sein«, krächzte er.

»Ich möchte nicht, dass du es bist.«

Er beugte sich vor und fummelte an der Schublade des Nachttisches neben dem Bett herum. Ember setzte sich gerade weit genug auf, um ihren Mund auf die Haut neben seiner Brustwarze zu legen. Sie saugte fest. Es war nicht ihre Schuld. Als er sich vorbeugte, war seine Brust genau dort in ihrem Gesicht gelandet. Sie konnte nicht widerstehen. Sie spürte, wie er eine Hand hinter ihren Kopf legte und sie an sich drückte, während sie ihr Bestes tat, um ihren Mann zu markieren.

Er schob sie zurück in die Mitte des Bettes, aber sie nahm ihren Mund immer noch nicht von ihm. Ember konnte nicht genug bekommen.

Als sie schließlich losließ und sich wieder hinlegte, sah sie, dass sie definitiv geschafft hatte, was sie sich vorgenommen hatte. Er würde einen höllischen blauen Fleck auf seiner Brust haben, und sie hatte deswegen nicht im Geringsten ein schlechtes Gewissen.

»Glücklich?«, sagte er gedehnt.

Ember hob den Blick, um seinen zu treffen, und lächelte. »Ja.«

Er blickte auf seine Brust und dann zurück zu ihr. »Es wird eine Weile dauern, bis das wieder verschwunden ist.«

»Allerdings. Und jedes Mal, wenn du es siehst, wirst du an mich denken.«

»Verdammt, das werde ich«, entgegnete Craig grob. Dann packte er noch einmal ihre Hüften und zog sie näher. Ember liebte es, wie hart er sie anpackte. Er tat ihr nicht weh, nicht einmal annähernd. Aber sie wollte nicht wie ein Stück Porzellan behandelt werden. Sie wollte alles von Craig, seine Leidenschaft, Begeisterung und Ungeduld.

Sie spreizte einladend weiter die Beine. Als sie nach unten schaute, sah sie, wie Craig seinen Schwanz ergriff. Er hatte bereits ein Kondom übergezogen, wahrscheinlich als sie ihm den Knutschfleck gab. Er schlug mit seinem Schwanz auf ihre Schamlippen und sie schnappte nach Luft. Dann fuhr er mit seiner Länge an ihrem tropfenden Schlitz auf und ab.

»Hör auf, mit mir zu spielen, und fick mich endlich«, beschwerte sie sich.

»Ich wollte, dass du für mich masturbierst und mir zeigst, was dir gefällt, aber ich glaube nicht, dass ich damit im Moment umgehen könnte. Ich brauche dich zu sehr.«

»Ich habe nichts dagegen«, sagte sie mit einem Lächeln.

»Das ist es«, erklärte Craig ihr ernst. »Sobald ich in diese heiße, nasse Muschi eindringe, gehörst du mir, verstanden?«

»Ja«, rief Ember aus. »Und du gehörst mir. Keine anderen Frauen, Craig. Das meine ich so. Wenn ich auch nur daran denke, dass du jemand anderen fickst, werde ich wahrscheinlich den Verstand verlieren.«

»Warum zum Teufel sollte ich jemand anderen wollen,

wenn ich das hier habe?«, fragte er und strich mit einer Hand über ihren Körper. Er griff fest nach einer ihrer Brüste, dann kniff er in ihre Brustwarze, bevor er seine Hand weiter nach unten bewegte. Er berührte ihren Bauch und lächelte. »Ich liebe dieses kleine Wölbung.«

Ember rollte mit den Augen und keuchte: »Du solltest nicht mitten im Sex über die Mängel einer Frau sprechen.«

»Mängel? Großer Gott, Frau, das ist kein Mangel. Das ist höllisch sexy. Du hast Muskeln über Muskeln, könntest mich wahrscheinlich leicht auf diesem Bett herumdrehen, aber das? Es ist weich und sexy. Es erinnert mich daran, dass du eine Frau bist ... und ich kann nicht anders, als mir eine kleine Ember vorzustellen, die sich in deinem Körper einnistet, heranwächst und von dir genährt wird.«

Ember stöhnte. Scheiße, der Mann sprach von Kindern. Sie hatte nie sehr viel darüber nachgedacht, da sie zu sehr mit ihrer sportlichen Karriere beschäftigt war. Aber jetzt? Der Gedanke, mit Craig ein Kind zu bekommen, erfüllte sie mit einem plötzlichen und überwältigenden Verlangen.

Das war verrückt. Sie war nicht bereit, Mutter zu werden. Auf keinen Fall. Sie hatte zu viel mit ihrem Leben zu tun. Aber irgendwann? Ja ... das wollte sie.

»Fick mich«, befahl sie.

»Ja, Ma'am«, sagte Craig mit einem Lächeln. Aber es verschwand schnell, als er zwischen ihre Beine starrte. So aggressiv er auch gewesen war, Ember war überrascht, als er seinen Schwanz sanft zwischen ihre tropfnassen Schamlippen legte und die Spitze nur wenige Zentimeter in ihre Muschi drückte.

»Craig!«, stöhnte sie verzweifelt.

»Gib mir eine Sekunde«, bettelte er zwischen zusammengebissenen Zähnen, als er sich über sie fallen ließ. Seine Hände ruhten neben ihren Schultern auf der

Matratze und sein Kopf war gesenkt. Nur die Spitze seines Schwanzes war in ihr und Ember brauchte mehr. Sie brauchte ihn.

Sie wand sich und hob ihre Hüften, um mehr von seinem Schwanz zu bekommen.

»Verdammt«, fluchte er, bevor er mit einem schnellen und harten Stoß mit seiner ganzen Länge in sie eindrang.

Ember schloss die Augen und schrie auf.

»Scheiße, habe ich dir wehgetan?«, fragte Craig und klang, als wäre er kurz davor, in Panik zu geraten.

»Nein«, versicherte sie ihm. »Es ist schon eine Weile her für mich, also ist es ein bisschen unangenehm, aber du fühlst dich so verdammt gut an.«

Craig blieb völlig still, während sie sich daran gewöhnte, ihn in sich zu haben. Als der leichte Schmerz nachließ, öffnete sie die Augen und sah auf. Craig hatte seine Kiefer zusammengepresst, als er sie besorgt und lustvoll anstarrte. Ember legte eine Hand an sein Gesicht und streichelte kurz über seine Wange.

»Mir geht es gut«, flüsterte sie.

»Bist du dir sicher?«

»Sicher.«

»Ich werde nicht lange durchhalten«, informierte Craig sie. »Ich kam fast in der Sekunde, in der ich in dich tauchte. Sobald ich anfange, mich zu bewegen, wird es für mich ziemlich schnell vorbei sein.«

»Das ist okay«, sagte Ember mit einem zufriedenen Lächeln.

»Das gefällt dir«, sagte er.

»Was könnte mir daran nicht gefallen? Mein Mann ist so überwältigt von Lust, dass er sich nicht zurückhalten kann. Das ist das beste Kompliment überhaupt.«

»Ich dachte, Frauen mögen es, wenn Männer lange durchhalten.«

»Ich nicht«, sagte Ember und kam sich überhaupt nicht komisch dabei vor, dass sie sich unterhielten, während er tief in ihrem Körper steckte. Sie fühlte sich mit ihm auf eine Weise verbunden, die sie noch nie zuvor mit jemand anderem erlebt hatte. »Dreißig Minuten lang rein und raus? Das ist unangenehm. Ich habe viel lieber einen harten und schnellen Fick, der uns beide schnell zum Orgasmus bringt, als dich da unten eine Stunde lang rumruckeln zu lassen.«

»Notiert«, sagte Craig mit einem Grinsen. »Das ist gut, weil ich das Gefühl habe, dass ich immer schnell explodieren werde, wenn ich in dir bin. Aber ich werde immer dafür sorgen, dass du auf deine Kosten kommst, Em. Davor und danach.«

»Du hast behauptet, dass du mir drei Orgasmen bescheren könntest ... Ich habe mich vielleicht verzählt, aber ich glaube, ich bin erst einmal gekommen«, neckte sie ihn.

»Erst einmal? Ich möchte behaupten, du hattest vorhin mindestens zwei Höhepunkte, einen direkt nach dem anderen«, prahlte er.

Er mochte recht haben ... aber Ember wollte es nicht zugeben.

Sie war überrascht, als sie merkte, dass das Spaß machte. Sex hatte noch nie Spaß gemacht. Intensiv, befriedigend, langweilig, unerfüllend? Ja. Aber nicht Spaß.

»Bereit?«, fragte er.

Ember nickte.

»Halt dich fest.«

»Woran?«, fragte sie.

»An mir«, antwortete Craig, ohne zu zögern.

Ember griff nach oben und umfasste fest seinen Bizeps.

Dann zog er sich langsam zurück, bevor er wieder in sie eindrang. Sein Schambein presste sich gegen ihre Klitoris, als er sich in sie hineindrückte, und sie stöhnte.

Plötzlich stieß er schnell und hart zu, wie er es zuvor angekündigt hatte. Ember versuchte, ihre Hüften zu heben, um seinen Stößen zu begegnen, aber er war zu aggressiv. Sie konnte nichts tun, außer unter ihm zu liegen und es geschehen zu lassen. Und sie liebte es.

Wie er vorhergesagt hatte, dauerte es nicht lange, bis er kurz davor stand zu kommen. Fasziniert beobachtete Ember, wie sich die Adern auf seiner Stirn und seinem Hals abzeichneten. Er stieß noch ein paarmal zu, dann schob er eine Hand unter ihren Hintern und zog ihre Pobacken auseinander. Das gab ihm Raum, um einen weiteren Zentimeter in sie einzudringen, und sie keuchte erneut auf. Eine Sekunde später stöhnte er und Ember hätte schwören können, dass sie spürte, wie er in ihr zuckte, als er kam.

Es dauerte einige Sekunden, bis sein Körper langsam begann, sich zu entspannen. Aber dann überraschte er sie höllisch, indem er sich aufsetzte und seinen Schwanz tief in ihrem Körper hielt. Er zog ihren Hintern auf seine Schenkel, bis ihr Rücken sich wölbte und sie auf ihren Schulterblättern ruhte.

Er fragte nicht um Erlaubnis. Fragte nicht, ob sie bereit sei. Er nahm einfach seine Hand und fing an, ihre bereits geschwollene und empfindliche Klitoris grob zu massieren.

»Craig!«, rief sie aus.

Er hörte nicht auf. Nicht dass sie es wirklich wollte. Ihre inneren Muskeln spannten sich um seinen weich werdenden Schwanz an, aber er zog ihn nicht heraus. Es fühlte sich gut an, etwas in ihr zu haben, während sie sich einem weiteren Orgasmus näherte.

»Das ist es, Em. Ich kann dich an meinem Schwanz spüren ... das ist so unglaublich.«

Sie wollte antworten, konnte aber kaum atmen, geschweige denn reden.

Er verstärkte den Druck auf ihre Klitoris und Ember stürzte über den Abgrund. Dieser Orgasmus war nicht so intensiv wie der erste, den er ihr gegeben hatte, aber er war nicht weniger befriedigend.

Sie spürte, wie Craig über ihre Brust und ihren Bauch streichelte, während er sie beruhigte.

Ember öffnete die Augen und sah zu dem Mann auf, von dem sie wusste, dass er ihr Leben verändert hatte. »Wow.«

Er lächelte und die Falten um seine Augen vertieften sich. »Ja, wow.«

Sie spürte, wie sein Schwanz endlich aus ihrem Körper glitt, und rümpfte die Nase.

Er lachte. »Was meinst du, wie ich mich fühle? Es ist kalt hier draußen.«

Ember starrte ihn einen Moment lang an, dann konnte sie ihr Kichern nicht mehr zurückhalten. Er lächelte sie nur an, als sie versuchte, sich unter Kontrolle zu bekommen. Sie fühlte sich leichter als seit Ewigkeiten.

Craig bewegte sich und positionierte sie neu, zog jedoch nicht die Decke hoch. Als sie danach griff, schüttelte er den Kopf. »Warte noch«, befahl er.

Ember hob eine Augenbraue und nickte nur.

»Ich muss mich darum kümmern«, sagte er und nickte zu seinem Schwanz. Ember konnte nicht anders, als hinzusehen. Er war nicht mehr hart, aber sogar weich und mit einem gebrauchten Kondom bedeckt war er beeindruckend. »Bleib, wo du bist.«

»Okay«, stimmte Ember zu.

Ihre Blicke trafen sich für eine Sekunde und anscheinend sah Craig, wonach er suchte, denn er nickte und ging ins Badezimmer. Ember bewunderte die Aussicht, als er ging. Er hatte einen unwiderstehlichen Hintern. Sie wusste aus erster Hand, wie schwer es war, einen muskulösen Hintern zu bekommen. Stunden des Trainings, die richtige Ernährung und Körperpflege. Craig war genauso Spitzensportler wie sie selbst ... und sie liebte das, verdammt noch mal.

Es dauerte nicht lange, bis er mit einem Waschlappen in der Hand zurückkehrte. Unbewusst spreizte sie die Beine ein wenig, als er sich näherte, in der Erwartung, dass er dieses Tuch zwischen ihren Beinen benutzte – aber er überraschte sie, indem er mit dem warmen Lappen über ihre Brust strich.

»Ich wasche deinen wunderbaren Duft und deine Säfte noch nicht ab«, informierte er sie. »Ich bin noch nicht fertig mit dir.«

Ember starrte ihn überrascht an. »Bist du nicht?«

»Ich sagte drei, und ich stehe zu meinem Wort.«

»Ähm ... es ist noch ein bisschen früh für mich«, gab Ember zu. Sie mochte Orgasmen genauso wie jede andere Frau, aber es war schon eine Weile her, seit sie mit einem Mann zusammen war. Dadurch war sie etwas wund. Der Gedanke daran, so bald wieder mit ihm zu schlafen, war ein bisschen beängstigend.

»Es ist noch früh«, sagte Craig. »Ich war zu erregt, um dir die gebührende Aufmerksamkeit zu schenken, wie zum Beispiel diesen Brustwarzen«, sagte er fast beiläufig, als er mit dem Lappen über ihre hart werdenden Knospen fuhr. »Sie betteln mich an, sie zu berühren, zu lecken und zu lutschen. Ich könnte das wahrscheinlich eine Stunde lang tun. Dann will ich deine Muschi noch etwas mehr erkunden. Wieder einmal hatte ich es zu eilig, um dir die angemessene Ehrerbietung zu erweisen. Dann wäre eine Rücken- und Nackenmassage wahrscheinlich nicht verkehrt. Sobald ich jeden Zentimeter deines schönen Körpers untersucht habe, werde ich herausfinden, ob dieser erste Orgasmus ein Zufall war oder ob ich diesen G-Punkt noch einmal finden kann.«

»Craig«, protestierte Ember.

»Ja?«, erwiderte er, immer noch mit dem Waschlappen über ihre Brust streichend.

Wenn jemand ihr vor einem Monat gesagt hätte, dass sie im Bett eines absolut erstaunlichen Mannes liegen und so verehrt werden würde, hätte sie sich totgelacht.

»Nachdem du wieder für mich gekommen bist, werde ich diesen Waschlappen noch einmal erwärmen und deine Muschi für dich säubern. Danach legen wir uns hin und schlafen etwas. Willst du morgen früh mit mir und den Männern laufen gehen?«

Es hätte seltsam sein sollen, über ihren Zeitplan für den nächsten Tag zu sprechen, als er splitternackt neben ihr saß, ihre Brüste mit einem Waschlappen streichelte und aussah, als wollte er nichts mehr, als sie zu verschlingen. »Äh ... sicher.«

»Großartig. Aber bitte ärgere Trigger nicht. Er füllt uns gern zusätzliche Gewichte in die Rucksäcke, wenn jemand zum Beispiel sagt, dass es ein einfacher Lauf wird oder so.«

Ember lächelte. Trigger klang wie einige der Trainer, die sie in der Vergangenheit hatte.

Die Gedanken an Craigs Freunde und den Zeitplan für morgen verschwanden aus ihrem Kopf, als er sich hinunterbeugte und ihre Brustwarze leckte. Sie wurde sofort hart.

Er lächelte. »Scheiße, das ist wunderschön.« Dann senkte er wieder den Kopf ...

Anderthalb Stunden später lag Ember ausgelaugt in

Craigs Bett. Sie war buchstäblich zu befriedigt und erschöpft, um sich zu bewegen. Craig hatte genau das getan, was er versprochen hatte. Er hatte jeden Zentimeter ihres Körpers geehrt und ihr Dinge angetan, von denen sie nicht einmal zu träumen gewagt hätte. Er hatte sie nicht noch einmal genommen, aber er hatte ihr einen dritten – und vierten – Orgasmus beschert. Sie hatte sich revanchiert, indem sie ihm einen Handjob gab, bis er über ihre Hände explodierte. Sie wollte ihm am liebsten einen blasen, aber er hatte ihr gesagt, heute Abend ginge es nur um sie.

Er hatte sie beide gesäubert und sie schließlich zugedeckt und in seine Arme genommen. Es war noch ziemlich früh, aber Ember machte das nichts aus. Sie war erschöpft … und glücklich.

Sie und Craig waren nackt. Das Gefühl seines Körpers an ihrem Rücken war beruhigend. Von ihm umgeben zu sein gab ihr das Gefühl, geliebt zu werden. Als sie nach unten schaute, konnte sie den Blick nicht von ihren Händen nehmen. Seine Finger waren mit ihren verschlungen und der Kontrast ihrer Hautfarben brachte sie zum Lächeln.

Auf den ersten Blick schienen sie nichts gemeinsam zu haben. Verdammt, davon war sie selbst überzeugt gewesen. Aber jetzt konnte sie sich nicht mehr vorstellen, mit jemand anderem zusammen zu sein.

»Craig?«, flüsterte sie.

»Ja, Liebling?«

Ember schauderte, als sie diesen Kosenamen hörte. »Ich bin so glücklich.«

Er küsste sie auf den Nacken, bevor er sagte: »Ich auch.«

»Aber ich habe auch Angst«, fügte sie hinzu.

»Wovor?«

»Dass dies nicht von Dauer sein wird. Dass Leute dir das Leben schwer machen, weil du mit mir zusammen bist.

Dass du abhauen wirst, wenn du siehst, wie verrückt mein Leben werden kann, wenn die Leute mich erkennen. Dass mein Fitnessstudio scheitern wird. Dass ich die Leute im Stich lasse. Dass ...«

»Schhhh«, unterbrach Craig sie und verstärkte seinen Griff um sie. »Dies hier wird von Dauer sein. Wenn überhaupt, wirst du diejenige sein, die Schwierigkeiten bekommt, weil du mit jemandem wie mir zusammen bist. Ich werde nicht gehen, egal was passiert. Dein Fitnessstudio wird genau das Fitnessstudio sein, in das die Leute ihre Kinder hinschicken wollen, egal ob reich, arm, weiß, schwarz, lila oder grün. Du wirst niemanden im Stich lassen und du wirst einen Unterschied in dieser Welt machen, und ich freue mich sehr, an deiner Seite zu stehen und zuzusehen, wie es passiert.«

»Woher weißt du immer, wie du die richtigen Wort findest?«, fragte Ember leise.

»Das tue ich nicht. Ich werde in Zukunft auch mal das Falsche sagen und dich und andere verärgern. Du wirst mir in den Arsch treten und mir sagen wollen, dass ich zur Hölle fahren soll. Du wirst mir wahrscheinlich selbst Dinge an den Kopf werfen, weil du so leidenschaftlich bist. Aber ich hoffe, du vergisst nie, wie viel du mir bedeutest und dass ich buchstäblich durch die Hölle gehen würde, um dich vor jedem zu beschützen, der dir Schaden zufügen will. Nicht dass du mich als Beschützer brauchst, du bist auch ganz allein knallhart.«

»Okay, hör auf zu reden.«

Craig lachte leise hinter ihr. »Siehst du? Ich verärgere dich jetzt schon.«

»Tust du nicht«, beharrte sie. »Aber ich kann nur eine gewisse Menge an Schmeicheleien auf einmal ertragen. Und du hast dein Kontingent erreicht.«

»Okay, Baby, ich halte den Mund. Nachdem ich noch eine Sache gesagt habe.«

Es war gut, dass Ember sich darauf vorbereitete, denn bei seinen nächsten Worten drehte sich ihre Welt einmal um ihre Achse.

»Ich liebe dich. Ich weiß, es ist früh, das zu sagen, und die Leute könnten behaupten, es sei Lust und nicht Liebe. Aber sie liegen falsch. Ich sehe dich, Em. Die Frau, die du eingewickelt und vor der Welt versteckt hast, um dich selbst zu schützen. Aber du musst sie nicht vor mir verstecken, denn ich sehe dich. Mit mir zusammen zu sein wird nicht einfach sein. Ich bin ehrlich zu dir, mein Job ist hart. Das kann dazu führen, dass Beziehungen in die Brüche gehen. Aber ich habe gesehen, dass es bei Mitgliedern anderer Spezialeinheiten und bei meinen eigenen Freunden funktioniert. Ich will das. Ich will dich, Em. Und ich werde alles in meiner Macht Stehende tun, damit du mich auch liebst.«

Ember schluckte schwer. Sie drehte sich in Craigs Armen um und starrte auf den Knutschfleck, den sie ihm zuvor gegeben hatte. Er hatte sich revanchiert, aber an der Innenseite ihres Oberschenkels, damit niemand es sah und es ihr nicht peinlich war. Alles, was er getan hatte, seit sie ihn kennengelernt hatte, war im Sinne ihres Wohlergehens gewesen. Sie fühlte sich ... von ihm geschätzt. »Ich komme mit dir und deiner Arbeit zurecht«, sagte sie leise zu ihm. »Ich kann das alles bewältigen. Weil ich dich auch liebe.«

Craig legte seine Arme für einen Moment fester um sie und sie spürte, wie er sie auf den Kopf küsste.

»Dies wird funktionieren«, sagte er leise.

Ember seufzte zufrieden. Ja, dies würde funktionieren. Und sie würde alles dafür tun, um das sicherzustellen.

KAPITEL VIERZEHN

Der folgende Tag war so geschäftig, wie Ember es bisher nur in Kalifornien während des Trainings für die Olympischen Spiele erlebt hatte. Am Montagmorgen war sie mit Craig und seinem Team laufen gegangen und hatte so viel Spaß gehabt, dass sie plante, auch am Dienstag und Mittwoch mit ihm zum Training zu gehen. Sie hätte nicht überrascht sein sollen, wie hart die Deltas trainierten, aber sie war es trotzdem. Das Training war anstrengend, aber sie fühlte sich danach energiegeladen, und es war aufregend, nur aus Spaß zu trainieren, anstatt weil es erwartet oder erforderlich war.

Montagabend, nach Embers arbeitsreichem Tag voller Termine, war Craig in ihre Wohnung gekommen und hatte ihr gezeigt, wie man Hühnchen-Parmigiana zubereitet. Sie hatten gelacht und über ihren Tag gesprochen. Ember hatte ein Treffen mit der Frau arrangiert, der das Land gehörte, das sie für das Lauf- und Schießtraining im Auge hatte. Sie hatten sich für Donnerstagnachmittag verabredet, nachdem Julio und Marie in ihre Wohnungen eingezogen waren. Sie sollten ursprünglich erst am Freitag einziehen, aber die Wohnungen würden schon einen Tag früher fertig sein. Sie legte Wert auf die Meinung ihrer Kollegen zu dem Land, also würden sie mit ihr kommen, nachdem sie ihre Wohnungsschlüssel bekommen hatten.

Sie hatte sich auch mit der Direktorin des *Boys & Girls Clubs* getroffen und für Mittwoch stand ein Treffen mit den Teilnehmern ihres ersten Kurses an. Sie war sowohl aufgeregt als auch höllisch nervös, aber definitiv bereit, die Dinge zum Laufen zu bringen. Am Mittwoch würden nur vier Jungen und zwei Mädchen kommen, aber das war in Ordnung. Es war ein Anfang. Und Ember hoffte, dass es den Stein ins Rollen bringen und sich herumsprechen würde, wie großartig *The Modern Kid* war, wenn diese Kinder Spaß hatten.

Craig blieb am Montag über Nacht in ihrer Wohnung. Sie hatten langsam und süß Liebe gemacht, was sich von ihrem ersten Mal unterschied wie Tag und Nacht. Ember konnte sich nicht entscheiden, was ihr besser gefiel. Beides war gleichermaßen schön.

Am Dienstagmorgen stand sie früh auf und ging wieder mit Craig zum Training. Sie begannen mit Gewichtheben und machten dann kurze Sprints, bis Ember dachte, ihr Herz würde ihr aus der Brust springen. Sie versuchte, mit einem der Rucksäcke auf dem Rücken zu sprinten, und stellte schnell fest, dass er viel zu schwer war. Ihr Respekt vor den Männern stieg noch mehr. Sie war stolz darauf, sie zu kennen.

Während sie nach dem Training herumsaßen und über nichts Besonderes sprachen, lenkte Trigger das Thema auf die Drohungen, die sie in den sozialen Medien erhalten hatte.

»Ich habe gestern mit deinen Eltern gesprochen«, sagte Trigger.

Ember weitete die Augen und wusste, dass sie wahrscheinlich wie eine dieser Zeichentrickfiguren aussah, deren Augen komisch hervortraten. »Was?«

»Ich habe gestern mit deinen Eltern gesprochen«, wiederholte er ruhig.

»Wow, okay, wie lief das?«

»Anfangs waren sie misstrauisch. Deine Mutter klang irgendwie verbittert. Aber als ich erklärte, dass wir einige ziemlich ernsthafte Drohungen gegen dich in den sozialen Medien untersuchen, beruhigte sie sich und sagte, sie würde alles tun, um zu helfen. Sie lieben dich, Ember. Ich weiß, dass die Dinge zwischen euch angespannt sind, aber als sie hörten, dass du in Gefahr sein könntest, haben sie sofort versucht, uns die Informationen zu beschaffen, die wir brauchen.«

»Ich weiß. Ich liebe sie auch. Ich denke, mit der Zeit wird es besser. Sie müssen sich damit abfinden, dass der Fünfkampf nicht mehr mein Traum ist. Habt ihr etwas herausgefunden?«, fragte sie.

»Ich habe herausgefunden, dass ich niemals berühmt sein will«, murmelte Trigger angewidert. Dann fuhr er fort: »Ich habe sie gefragt, ob es jemals ein Muster gegeben hat, ob du Geschenke oder Drohungen von derselben Person erhalten hast. Beide wussten es nicht aus dem Kopf, weil sie jemanden eingestellt hatten, der sich um deine Post kümmerte.«

»Ich habe sie manchmal selbst durchgesehen«, sagte Ember zu ihm.

»Das hat deine Mutter auch gesagt. Ist jemals etwas herausgestochen?«, fragte Trigger.

Ember spürte, wie Craig ein wenig näher rückte. Sein

Oberschenkel berührte ihren, als sie auf der Gewichthebe-
bank saßen. Ihr gefiel diese Art der Unterstützung. Er
mischte sich nicht ein oder versuchte, das Gespräch zu
übernehmen.

»Nun, ich habe viele Briefe von einer bestimmten Person
bekommen. Ich glaube, der Typ heißt Pat und hat mir
immer nette Sachen geschickt. Ich meine, ich nehme an, es
war ein Kerl. Pat könnte aber auch eine Abkürzung für
Patricia sein. Jedenfalls hat er oder sie oft geschrieben und
mich immer unterstützt.«

»Irgendjemand anderes?«, fragte Brain.

Ember schloss die Augen und versuchte, an die letzten
Monate zurückzudenken. »Kurz vor den Olympischen
Spielen habe ich ein paar Geschenke bekommen. Irgendjemand schickte selbst gemachte Karten, eine bestickte Decke
und eine US-Flagge, die mit meinem Namen bestickt war.
Es war alles sehr süßes Zeug. Ich bekomme solche Dinge
ziemlich oft.«

»Schreibst du deinen Fans zurück?«, fragte Oz.

Ember schüttelte den Kopf. »Nein, sie bekommen vorsi-
gnierte Bilder und andere Dinge, aber es ist nie persönlich.«

»Das könnte einen Fan verärgert haben. Wenn er irgendeine Art von Anerkennung für seine Hingabe erwartet und
sie nicht bekommen hat«, merkte Lucky an.

»Was ist mit den fiesen Briefen?«, fragte Grover. »Ich
nehme an, die hast du auch bekommen.«

»Ja«, stimmte Ember zu. »Aber denen habe ich nicht viel
Aufmerksamkeit geschenkt. Wenn ich anfange zu lesen und
merke, dass es gemein ist, höre ich auf und lege sie
beiseite.«

»Deine Mutter sagte, es gäbe noch Stapel von Post, die
du nach den Olympischen Spielen erhalten hast. Sie sagte,
sie würde alles durchgehen und nachsehen, ob es viele von

derselben Person gibt oder welche, die als besonders bedrohlich herausstechen«, sagte Trigger.

»Sollten wir eines der kalifornischen SEAL-Teams einschalten, um sich das anzusehen?«, fragte Craig. »Wir alle wissen, dass Rocco oder Wolf und ihre Teams gern nach Beverly Hills fahren und sich einen Tag Zeit nehmen würden, die Post durchzugehen.«

Ember warf Craig einen Blick zu. Sie kannte die Leute nicht, von denen er sprach, aber sie hatte keine Zweifel, dass sie jeden aufspüren könnten, der eine echte Bedrohung darstellte, wenn er ihnen vertraute.

»Ich denke, wir sollten abwarten, ob Embers Mutter etwas auffällt. Sie weiß, dass die Lage ernst ist, besonders nachdem sie sich einige der Kommentare in den sozialen Medien selbst angesehen hat«, meinte Trigger.

»Ember, erinnerst du dich an den Namen der Person, die diese letzten Geschenke geschickt hat?«, fragte Brain.

»Ähm ... jetzt, da du es erwähnst ... ich glaube, sein Name war Alex«, sagte Ember leise.

»Derselbe Name wie derjenige, der die Drohkommentare auf Instagram hinterlassen hat«, sagte Brain, als er auf sein Handy blickte.

»Alex ist ein geläufiger Name«, merkte Oz an. »Möglicherweise ist es nicht dieselbe Person.«

»Oder vielleicht doch und er ist sauer, dass Ember seine Geschenke nicht gewürdigt hat«, entgegnete Brain.

»Wir müssen die Poststempel prüfen und sehen, ob wir eine Absenderadresse oder einen Nachnamen herausfinden können«, stellte Lucky fest.

»Ich werde mich darum kümmern«, versprach Trigger. »Ich spreche heute Nachmittag mit Deborah.«

»Du nennst meine Mutter bei ihrem Vornamen?«, fragte Ember ehrlich überrascht. Sie zog es normalerweise vor, von Leuten, die sie nicht kannte, Mrs. Maxwell genannt zu werden.

Trigger grinste. »Allerdings, und Cedric auch.«

»Heilige Scheiße, Dad lässt sich von dir auch mit Vornamen anreden? Ich lebe in einem Paralleluniversum«, sagte Ember kopfschüttelnd.

»Ich muss zugeben, dass ich nach den Olympischen Spielen nicht sehr beeindruckt von ihnen war«, sagte Trigger. »Aber jetzt, da sie verstehen, dass uns dein Wohl und deine Sicherheit am Herzen liegen, haben sie ihren Ton geändert.«

Ember sah sich im Raum um und betrachtete die Männer um sie herum. »Warum nehmt ihr euch das so zu Herzen? Es gab schon immer Leute, die mich hassen, und die wird es immer geben. Es gehört irgendwie dazu, wenn man bekannt in den sozialen Medien ist. Ich sage nicht, dass es mir gefällt, aber ich nehme es hin. Warum seid ihr über ein paar Kommentare so besorgt? Vor allem, wenn die Zahl der Menschen mit dem Namen Alex auf dieser Welt astronomisch sein muss.«

»Es ist nicht normal, dir anstößige Namen zu geben und zu schreiben, dass man sich wünscht, du wärst tot. Das ist verdammt verrückt«, sagte Lucky.

»Und dieser Typ, der gesagt hat, er hoffe, dass dich jemand entführt und foltert? Das ist eine direkte Bedrohung«, stimmte Brain zu.

Lefty beugte sich vor. »Niemand bedroht jemanden, den wir lieben. Wir wissen aus erster Hand, wie beschissen das Leben zu jemandem sein kann. Wenn wir verhindern können, dass den Menschen um uns herum etwas zustößt, werden wir es tun.«

Ember schluckte schwer, als ihre Gefühle sie zu überwältigen drohten. Sie wusste, was Leftys Frau Kinley durchgemacht hatte. Sie nickte.

»Nach allem, was unseren Lieben passiert ist, werden wir diese Spirale nicht außer Kontrolle geraten lassen. Wenn wir es jetzt im Keim ersticken können, werden wir das tun«, sagte Craig.

»Nun, ich weiß das zu schätzen. Aber ich kann mein Leben nicht führen, wenn ich ständig über meine Schulter schauen muss. Es würde mich paranoid machen und ich würde mich wahrscheinlich in meiner Wohnung verkriechen und nie wieder herauskommen«, erklärte sie ihnen ehrlich.

»Dafür sind wir da«, versicherte Grover ihr. »Um dir den Rücken freizuhalten, damit du nicht ständig über deine Schulter schauen musst.«

»Vielen Dank. Das meine ich ernst«, sagte Ember zu ihnen.

»Gern geschehen. In der Zwischenzeit verhalte dich einfach klug«, sagte Brain zu ihr. »Sag Doc immer, wohin du gehst und wann du zurückkommst. Wenn du allein irgendwo hingehst, ist es wahrscheinlich am besten, einen Hut zu tragen und zu versuchen, dich so unauffällig wie möglich zu verhalten. Ich sage nicht, dass du von niemandem erkannt wirst, aber es macht auch keinen Sinn, die Tatsache zur Schau zu stellen, dass Ember Maxwell unterwegs ist ... wenn du verstehst, was ich meine.«

Ember nickte. »Das tue ich. Und ich hatte bereits beschlossen, keine Selfies mehr von mir auf Instagram zu posten. Das muss nicht sein. Es ist sowieso narzisstisch. Ich bin viel lieber künstlerisch aktiv oder teile Bilder von anderen als von mir selbst.«

Die Männer nickten alle. »Gut. Und du hast einen

Sicherheitsdienst für das Fitnessstudio eingestellt, richtig?«, fragte Oz.

»Ja, die Leute fangen morgen an. Ich möchte dafür sorgen, dass es ein sicherer Ort für die Kinder ist.«

»Und für dich«, fügte Craig hinzu.

Ember zuckte mit den Schultern. »Ja, das auch.«

»Die Sicherheitsleute, die du angeheuert hast, wissen, wer du bist?«, fragte Lefty.

»Ja, das tun sie.«

»Gut. Vielleicht schaue ich morgen vorbei und unterhalte mich mit jemandem, der gerade Dienst hat«, sagte Craig.

Ember wollte wegen seiner übertriebenen Fürsorge am liebsten mit den Augen rollen, aber insgeheim gefiel es ihr irgendwie.

»Was sind eure Pläne für heute?«, fragte Brain.

Craig stöhnte und Ember kicherte.

»Sie wird von dem Moment an, in dem sie zu ihrer Wohnung zurückkehrt, beschäftigt sein, bis ich sie später am Abend zwingen werde, sich hinzusetzen und sich zu entspannen«, sagte Craig zu seinen Freunden.

»Du bist nicht die Art von Mensch, die still sitzen kann, hm?«, fragte Trigger.

»Kein bisschen«, antwortete Craig für sie.

»Hast du vielleicht Zeit, vorbeizuschauen und nach Riley zu sehen?«, fragte Oz.

»Geht es ihr nicht gut?«, fragte Ember besorgt. Sie hatte die andere Frau gerade erst kennengelernt, aber sie mochte sie sehr.

»Doch, aber ich denke, sie ist etwas überwältigt davon, mit einem neuen Baby und Logan und Bria zu Hause zu sein, die noch Sommerferien haben«, sagte Oz. »Wir haben den ganzen Tag Besprechungen, also werde ich heute nicht nach Hause kommen können, um sie zu entlasten.«

»Natürlich«, sagte Ember sofort. Sie würde einige ihrer Termine verschieben, damit sie Riley besuchen konnte.

»Warum hast du nicht früher etwas gesagt?«, mischte Brain sich ein. »Ich kann auch Aspen mit Chance rüberschicken.«

»Gillian hat heute einen wichtigen Termin mit einem potenziellen Kunden, aber ich bin sicher, sie könnte später ebenfalls vorbeischauen.«

»Das weiß ich zu schätzen, Leute«, sagte Oz. »Und ich weiß, dass die anderen Frauen sofort alles stehen und liegen lassen würden, aber Riley drängt sich nicht gern auf.«

»Das tut sie ja auch nicht«, wandte Lefty kopfschüttelnd ein. »Diese Frauen stehen sich näher als jeder andere. Ich werde mit Kinley sprechen. Ich bin sicher, sie wird gern einen Zeitplan ausarbeiten, damit sich alle abwechseln können, sie zu besuchen und zu helfen ... und sie wird es spontan aussehen lassen, nur für den Fall, dass Riley es sich in den Kopf setzt, stur zu sein.«

Ember war so dankbar, dass sie irgendwie in diese Gruppe von Freunden geraten war. Sie konnte nicht einmal beschreiben, wie gut sie sich dabei fühlte. »Ich schaue vorbei, sobald die Degen und Fechtuniformen eingetroffen sind. Der Typ, bei dem ich sie gekauft habe, war so nett, mir anzubieten, sie vorbeizubringen. Julio kann den Bauunternehmer beaufsichtigen, der heute kommt, um mit den Arbeiten an den Umkleideräumen zu beginnen, und Marie kann sich mit dem Landschaftsgärtner treffen. Das gibt mir anderthalb Stunden Zeit, um Riley zu besuchen. Ist das in Ordnung?«

»Das ist großartig, danke«, sagte Oz. Die Erleichterung in seiner Stimme war deutlich zu hören.

Craig beugte sich vor und küsste ihre Schläfe, bevor er aufstand. »So schön das alles auch ist, Ember hat in einer Stunde eine Besprechung und sie muss vorher nach Hause und duschen, bevor sie zu *The Modern Kid* fährt, um mit der Arbeit zu beginnen.«

Alle standen auf und verließen den Kraftraum. Ember bedankte sich bei jedem von ihnen auf dem Weg nach draußen, dann machten sie und Craig sich auf den Weg zu seinem Durango. Er hielt ihr die Tür auf und schloss sie, sobald sie sich gesetzt hatte. Er fuhr sie zurück zu ihrer Wohnung und begleitete sie zur Tür.

»Kommst du rein?«, fragte sie.

»Das würde ich gern«, gab er leise zu. »Ich will deine Muschi lecken, bis du an meiner Zunge kommst, und dich dann hart und schnell ficken.«

Ember spürte, wie sie bei seinen Worten sofort feucht wurde.

»Aber du hast weniger als eine Stunde, bevor du zur Arbeit musst. Wenn ich jetzt reinkomme, werden wir beide zu spät kommen.«

Das war scheiße, aber er hatte recht.

Craig legte ihr langsam eine Hand in den Nacken und zog sie zu sich. Ember gab willig nach. Er küsste sie langsam, bis sie dachte, sie würde verbrennen.

Schließlich zog er sich zurück und hielt sie fest. »Ich weiß nicht, ob sich etwas daraus ergibt, wenn wir uns diese Widerlinge ansehen, die deine Beiträge kommentieren, aber bitte sei wachsam, okay?«

»Das werde ich.«

»Wir wissen nicht, wer diese Arschlöcher sind oder wo sie sich aufhalten. Ich würde es begrüßen, wenn du für eine Weile vermeiden könntest, allein irgendwohin zu gehen.«

»Ich werde mein Bestes geben.«

»Ich versuche hier nicht, ein kontrollierender Arschlochfreund zu sein«, versicherte er ihr. »Ich liebe dich und kann den Gedanken nicht ertragen, dass dich jemand bedroht. Und täusche dich nicht, diese Kommentare sind Drohungen.«

»Ich weiß. Ich hasse den Gedanken, dass es da draußen jemanden gibt, der mich ernsthaft verletzen will. Aber wenn das weitergeht oder sogar schlimmer wird, habe ich auch nichts dagegen, meine Konten ganz zu löschen. Ja, ich möchte Gutes für die Welt tun und Dinge wie Sierras Bild teilen, um zu versuchen zu helfen, aber wenn die Leute mich so sehr hassen, dass sie mich buchstäblich tot sehen wollen ... ist es das nicht wert.«

Craig holte tief Luft und schloss für einen Moment die Augen, als hätten ihre Worte ihn irgendwie berührt.

»Craig?«

»Dadurch fühle ich mich besser«, sagte er zu ihr. »Aber ich glaube nicht, dass wir so weit gehen müssen. Lass deine Mutter die Post durchsehen und Trigger wird die Kommentare weiter untersuchen. Brain hat Beth kontaktiert, die sich um die Rückverfolgung der IP-Adressen kümmern wird. Dann werden wir sehen, ob wir uns Sorgen machen müssen. Falls ja, werden wir etwas dagegen unternehmen, zur Polizei gehen oder vielleicht zum FBI, da du im Internet bedroht wirst. Wenn sich herausstellt, dass ein Haufen vorpubertärer Jungs dahintersteckt oder eifersüchtige Frauen, können wir auch darauf entsprechend reagieren.«

»Danke.«

»Kein Grund, mir zu danken. Bleib einfach aufmerksam.«

»Das werde ich.«

»Okay, jetzt gehe ich wirklich. Wenn ich es nicht tue, werde ich nicht mehr in der Lage dazu sein.«

»Ich liebe dich«, sagte Ember schüchtern. Die Worte fühlten sich richtig an, aber so früh in ihrer Beziehung war es dennoch seltsam.

»Ich liebe dich auch. Wir sehen uns heute Abend, wenn du nach Hause kommst. Kommst du zu mir oder soll ich herkommen?«

Ember fand es toll, dass es keine Frage war, *ob* sie sich sahen, sondern nur *wo*. »Ich werde zu dir kommen.«

»Klingt gut. Bis später.«

»Bis später.«

Ember sah Craig hinterher, bis er außer Sichtweite war, dann schloss sie seufzend die Tür. Craig hatte ihr geholfen, einen Riegel anzubringen, und nachdem sie sich sicher eingeschlossen hatte, ging sie in die Dusche. Es würde ein weiterer langer Tag werden, aber sie freute sich darauf loszulegen. Die Renovierungsarbeiten im Fitnessstudio würden fortgesetzt, sie würde mit Julio und Marie besprechen, was sie morgen mit der ersten Gruppe von Kindern machen wollten, und sie würde Riley sehen. Sich Zeit für Freunde und harte Arbeit zu nehmen ... das schien nur eine Kleinigkeit zu sein, aber Ember war glücklicher als je zuvor in ihrem Leben.

Alex blickte finster drein und beobachtete Ember Maxwell, als sie durch das Fitnessstudio huschte. Es war ärgerlich, sie so sorglos und glücklich zu sehen. Wie konnte sie überhaupt ihr Gesicht in der Öffentlichkeit zeigen, nachdem sie bei der Olympiade so spektakulär gescheitert war? Sie war eine Schande. Und jetzt dachte sie, sie könnte ein Fitnessstudio eröffnen, um Kinder im Fünfkampf zu trainieren? Was für ein Witz.

Ember war der letzte Mensch, der andere trainieren sollte. Sie hatte ihre Chance gehabt und hatte sie vertan. Diese verdammte Farce konnte so nicht weitergehen.

Es lag an Alex, es ein für alle Mal zu beenden und Ember dieses selbstgefällige, alberne Lächeln aus dem Gesicht zu wischen.

Sie hätte besser aufpassen sollen. Sie hätte all die Geschenke anerkennen sollen, die sie erhalten hatte. Hätte den Menschen um sie herum danken sollen, die sie an die Spitze gebracht hatten. Stattdessen hatte sie ihr Aussehen und ihr Geld benutzt und alle anderen nur ausgenutzt. Und wofür? Dafür, eine große Verliererin zu sein.

Es war an der Zeit, sie davon abzuhalten, den Leuten weiter vorzumachen, sie sei etwas Besonderes. Und Alex wusste genau, was zu tun war. Das Ende von Ember konnte nicht heute eintreten – aber es würde passieren. Sie würde lernen, wie es sich anfühlt, hilflos zu sein und weggeworfen zu werden, als würde sie nichts bedeuten. Wie es war, der Gnade eines anderen ausgeliefert zu sein.

Dann, und nur dann, würde Alex sich bestätigt fühlen.

Er hatte darauf geachtet, keine Hinweise zu hinterlassen oder Ember vor dem zu warnen, was kommen würde. Das wäre kolossal dumm gewesen. Es würde Embers neuen Freund noch wachsamer machen ...

Das war eine weitere Sache, die Alex sauer machte. Es war nicht fair, dass Ember so verdammt zufrieden war. Sie sollte sich über dieses lächerliche Unternehmen Sorgen machen, aber stattdessen lächelte sie und sah glücklicher aus als je zuvor. Und dieses Arschloch behandelte sie wie eine verdammte Prinzessin. Weitere Leute, die sich um die kostbare Ember Maxwell kümmerten, konnte Alex nicht gebrauchen. Ihr Freund könnte alles ruinieren.

Nein, der Plan würde funktionieren. Alex musste sich

nur gedulden. Noch ein paar Tage und Ember würde nicht mehr existieren.

Ein breites Lächeln zog sich über sein Gesicht. Embers Schicksal war besiegelt. Bald würde sie tot sein und andere nicht mehr ausnutzen können. Alex konnte es kaum erwarten.

KAPITEL FÜNFZEHN

Doc fuhr sich frustriert mit der Hand durch die Haare. So gut die Dinge mit Ember auch liefen, die Dinge bei der Arbeit waren nicht annähernd so gut. Das SEAL-Team, das die Höhlen in der Nähe des Stützpunktes in Afghanistan untersucht hatte, hatte nichts gefunden, also waren sie mit einer anderen Mission an einen anderen Ort geschickt worden. Und Informationen vom General vor Ort zu bekommen war wie Zähne ziehen. Trigger und das Team wussten nicht, ob er Angst hatte, Ärger zu bekommen, wenn er zu viele Informationen über die verschwundenen Angestellten preisgab, oder ob es ihm egal war, da es sich nicht um Soldaten handelte.

Grover war nicht glücklich. Trigger war nicht glücklich. Kommandant Robinson war nicht glücklich. Die Situation war unmöglich und ohne Informationen waren ihnen die Hände gebunden. Sie konnten nicht einfach nach Afghanistan fliegen, wenn niemand zugab, dass es ein Problem gab. Aber seit Grover diesen Brief von Sierra erhalten hatte, war er überzeugter denn je, dass sie entführt worden war.

Doc konnte nicht widersprechen. Der Rest des Teams auch nicht. Aber sie mussten noch warten, bis sie konkretere Beweise dafür hatten, dass Shahzada hinter ihrem Verschwinden steckte.

Die Dinge mit Ember liefen jedoch erstaunlich gut. Mit ihr zusammen zu sein fühlte sich gut an, natürlich. Sex war noch nie so befriedigend gewesen wie mit ihr und er sehnte sich buchstäblich nach der Frau. Doc wusste, dass es ihm schlaflose Nächte bereiten würde, wenn er auf Mission musste. Das bereitete ihm etwas Sorgen. Er hatte sich daran gewöhnt, sie in seinen Armen zu halten, und konnte nicht leugnen, dass er jedes Mal, wenn sie ihn markierte, eine große Befriedigung empfand. Die Männer hatten sich lustig gemacht, als er an diesem Morgen sein Hemd ausgezogen hatte und sie die Knutschflecke gesehen hatten, aber es war ihm egal. Sie hatte recht gehabt, als sie sagte, dass er jedes Mal an sie denken würde, wenn er einen Blick darauf erhaschte.

Er plante später einen besonderen Abend für sie. Er hatte Törtchen mit der Aufschrift »Herzlichen Glückwunsch« gekauft und für das Abendessen gesorgt. Es war der Eröffnungstag von *The Modern Kid* und er freute sich darauf, ihn heute Abend mit ihr zu feiern. Er hasste es, dass er nicht dabei sein konnte, aber sie hatte ihm versichert, dass es in Ordnung sei. Nachdem alle Renovierungsarbeiten abgeschlossen waren und wenn sie erst mal einen größeren Kundenkreis hatte, würde sie eine große Eröffnungsfeier schmeißen, um das Fitnessstudios offiziell einzuweihen. Im Moment war sie froh, dass ihr erster Tag mit der kleinen Anzahl von Kindern, die sich angemeldet hatten, nicht ganz so hektisch war.

Es war fünfzehn Uhr und das Team hatte die neuesten Informationen aus Übersee viermal durchgesehen und nach irgendetwas gesucht, das ihnen einen Grund geben könnte, auf die Jagd nach Shahzada geschickt zu werden. Sie waren müde und mürrisch und machten sich Sorgen um jeden einzelnen der Vermissten, die dort drüben ihrem Land auf ihre eigene Weise dienten.

Doc war bereit, das Thema zu wechseln. »Hattest du heute Gelegenheit, mit Embers Eltern zu sprechen?«, fragte er Trigger.

»Ja, die hatte ich. Und mir gefällt nicht, was ich gehört habe.«

Doc spannte sich an. »Was?«

»Ihre Mutter erzählte mir, dass mehrere Postsäcke wegen der Olympischen Spiele und dem, was danach passiert ist, nicht durchgesehen wurden«, sagte Trigger. »Sie sagte, zunächst sei nichts auffällig. Es gab viele Glückwunschschreiben und Geschenke von Fans, sowie die üblichen negativen Briefe. Aber als sie und Cedric alles sortierten, stellten sie fest, dass es mehrere Briefe von derselben Person gab. Von jemandem namens Alex, mit Poststempel aus Los Angeles.«

»Scheiße, wieder Alex. Was stand drin?«, hakte Brain nach.

»Der erste Brief, der noch vor den Olympischen Spielen verschickt wurde, war übertrieben begeistert formuliert. Alex schwärmte davon, wie toll Ember war und wie stolz er auf sie war. Danach änderte sich der Ton. Der Inhalt wurde kritischer, geradezu wütend. Der letzte Brief war fünf Seiten lang und voller weitschweifiger, anklagender Scheiße darüber, dass sie sich nicht genügend Mühe gegeben hatte. Dass sie all ihre Fans im Stich gelassen hätte und ...« Trigger verstummte.

»Und was?«, fragte Doc.

»Er hat ihr gedroht. Er schrieb, er wisse, dass sie Los

Angeles verlassen habe, sie könne sich jedoch nirgendwo verstecken. Das Karma würde sie einholen.«

»Warum interessiert es diesen Kerl überhaupt? Hat Embers Mutter erwähnt, ob sie sich von jemandem getrennt hat? Vielleicht ist Alex ein Ex-Freund?«, fragte Lucky.

Trigger schüttelte den Kopf. »Nein, sie hatte schon seit Jahren keinen Freund mehr.«

»Also all dieser Hass, nur weil jemand meint, er würde sie aus den sozialen Medien kennen und eine Verbindung zu ihr haben?«, wunderte sich Brain.

»Du vergisst, dass dieser Typ ihr monatelang Geschenke geschickt hat. Wenn er also dachte, sie hätten eine Verbindung, hat Embers Abschneiden bei den Olympischen Spielen und dann die Neuausrichtung ihrer sozialen Medien ihn vielleicht verärgert. Aber es hört sich danach an, als wäre der Auslöser ihre Leistung in Südkorea gewesen«, sagte Doc.

»Was hat Beth bei den Hintergrundüberprüfungen und ihren Nachforschungen bezüglich der Kommentare herausgefunden?«, fragte Lefty Brain.

»Ich habe gestern Abend mit ihr gesprochen und noch einmal während unserer letzten Pause. Ich wollte euch davon erzählen, wenn wir einen Moment Zeit haben«, sagte Brain. »Sie hat die Hintergrundüberprüfungen von Julio oder Marie noch nicht durchgeführt, da wir das Nachverfolgen der IP-Adressen priorisiert haben. Sie hat die letzten Tage damit verbracht. Nachdem Ember über die Eröffnung ihres Fitnessstudios gepostet hatte, gab es eine Reihe neuer hasserfüllter Kommentare, die Beths Arbeitsbelastung erhöht haben. Sie hat sich die schlimmsten Kommentare angesehen und ihr Bestes getan, um die Adressen nachzuverfolgen, insbesondere die von diesem Alex.« Brain schüttelte den Kopf. »Ich werde nie verstehen, warum manche

Menschen so schrecklich sein müssen. Warum können sie andere nicht glücklich sehen? Wie auch immer, Beth sagte, dass die IP-Adressen aus Städten im ganzen Land stammen. Seattle, New York, Birmingham, Dallas ... aber es gab auch ein paar hier aus Killeen.«

Doc setzte sich aufrechter hin. »Müssen wir uns darüber Sorgen machen?«

»Absolut«, sagte Brain. »Ich hatte Beth gebeten, die Bedrohung aus Killeen weiter einzugrenzen und tatsächliche Adressen und echte Namen herauszufinden, damit diese Personen untersucht werden können. Aber das mindert nicht die Bedrohungen, die von außerhalb von Texas stammen. Wir wissen alle, dass sich jemand auf den Weg hierher machen kann, wenn er Ember ernsthaft schaden will.«

Doc seufzte. Er verstand, was sein Freund sagte. Die Tatsache, dass es hier in Killeen Menschen gab, die das Bedürfnis verspürten, ihre Wut über ihre Tastatur abzulassen, war nicht überraschend. Aber das Ziel ihrer Gemeinheit war nicht irgendjemand. Es ging um Ember, die Frau, die er liebte. »Haben wir irgendwelche Adressen von den Leuten in der Stadt, die diesen fiesen Scheiß abgelassen haben?«, hakte er nach.

»Ein paar, ja. Sie hat noch ein paar Kommentare vor sich. Mit den Namen ist es jedoch schwieriger, da es buchstäblich jeder Bewohner im selben Haus sein könnte, der die Kommentare hinterlässt. Es muss nicht zwangsläufig die Person sein, unter dessen Namen der Internetanschluss läuft.«

»Ist jemand darunter mit dem Namen Alex?«, fragte Oz.

»Nein. Das war das Erste, was sie überprüft hat«, antwortete Brain.

»Was ist mit denen aus Los Angeles?«, fragte Doc.

»So weit ist Beth noch nicht. Sie sagte, es hätte fast die ganze Nacht gedauert, um an die Informationen zu kommen, die sie bisher hat. Das steht als Nächstes auf ihrer Liste ... zusammen mit den Hintergrundüberprüfungen von Julio und Marie sowie ihren ehemaligen Managern – insbesondere von diesem Alexis. Sie will aber auch alle anderen Leute durchleuchten, die für die Maxwells in Kalifornien gearbeitet haben.«

Doc presste die Lippen zusammen. Er wusste, dass Ember das nicht gern hören würde. Er würde abwarten, was Beth herausfand, bevor er ihr die Neuigkeiten überbrachte. Hoffentlich könnte er ihr dann sagen, dass alle Leute in Ordnung waren.

»Willst du meine Meinung hören?«, fragte Lefty.

Doc nickte sofort. »Na sicher.«

»Vergiss nicht, dass dies von jemandem kommt, dessen Frau entführt und fast getötet wurde ... Ich würde zusätzlichen Schutz für Ember einstellen. Sie hat in Beverly Hills hinter den Mauern der Villa ihrer Eltern gelebt, also glaube ich, dass sie immer noch etwas naiv ist. Ich weiß, dass sie ihre Unabhängigkeit will, aber ich glaube nicht, dass sie genau versteht, worauf sie achten muss, falls jemand ihr Schaden zufügen möchte.«

Doc nickte. »Das wird ihr nicht gefallen.«

Lefty zuckte mit den Schultern und hielt seinen intensiven Blick auf Doc gerichtet. »Vielleicht nicht, aber glaub mir, die Alternative ist nicht akzeptabel.«

»Ich werde mit ihr reden. Heute war der Eröffnungstag und obwohl sie nicht so viele Kinder dort hatte, war sie aufgeregt und nervös. Ich habe ein paar SMS von ihr bekommen und sie sagte, es liefe gut.«

»Keine Probleme?«, hakte Grover nach.

Doc war froh, dass sein Freund an dem Gespräch teilnahm. Er war den größten Teil des Tages ruhig gewesen, außer wenn es darum ging, seiner Frustration über die Geschehnisse in Afghanistan Ausdruck zu verleihen.

»Ich glaube, Julio hatte heute Morgen schlechte Laune. Ember musste ihn tadeln und ihm sagen, er solle sich zusammenreißen.«

»Wie hat er darauf reagiert?«, fragte Lucky.

»Er war nicht glücklich darüber.«

»Ich werde dafür sorgen, dass Beth heute Abend die Hintergrundüberprüfung durchführt«, sagte Trigger.

»Das weiß ich zu schätzen«, entgegnete Doc. »Aber ich habe in der letzten Pause eine SMS von ihr bekommen und sie sagte, dass er jetzt besser drauf sei. Die Arbeit mit den Kindern hat seinen Ärger verblassen lassen.« Doc sah auf die Uhr. »Sie hat noch eine Stunde, bis die Kinder von ihren Eltern abgeholt werden sollen. Sie wollte noch mit Julio und Marie reden, wie die Dinge gelaufen sind. Dann fährt sie nach Hause.«

»Die Sicherheitskräfte, die sie angeheuert hat, werden bleiben, bis sie weg ist, oder?«, fragte Lucky.

»Ja. Ich weiß auch, dass der Einbau eines Sicherheitssystems auf ihrer Agenda steht. Sie hatte es schon vorher geplant, musste die Installation aber aus irgendeinem Grund verschieben.«

»Es ist besonders schwierig, für die Sicherheit zu sorgen, weil die meisten Sportarten außer dem Fechten außerhalb des Geländes durchgeführt werden müssen, oder?«, fragte Brain.

»Ja, sie wird das nötige Zubehör fürs Fechten und Krafttraining im Fitnessstudio haben und will mit dem Christlichen Verein Junger Menschen zusammenzuarbeiten, um dort schwimmen zu gehen. Schließlich möchte sie Pferde kaufen, mit denen die Kinder trainieren können, und natürlich können sie überall laufen gehen. Aber morgen fährt sie mit Julio und Marie los, um sich Land anzusehen, auf dem sie einen Cross-Country-Parcours und Laserschießstationen errichten wollen.«

»Es ist gut, dass sie nicht allein geht«, merkte Lefty an.

»Ich habe sie gebeten, nirgendwo allein hinzugehen, bis wir die Bedrohungen im Griff haben«, sagte Doc zu seinen Freunden.

»Wenn du bei irgendetwas Hilfe benötigst, musst du uns nur Bescheid geben«, sagte Trigger.

»Ich weiß, und ich weiß das zu schätzen.«

»Und ich bin mir sicher, dass Ghost und sein Team auch helfen würden.«

Doc nickte. »Ich habe vor, bald mit ihm zu sprechen.«

»Nichts für ungut, aber ist es das wert, eine Freundin zu haben, die so verdammt berühmt ist?«, platzte Grover heraus.

Doc musste nicht einmal über seine Antwort nachdenken. »Definitiv. Ich gebe zu, anfangs konnte ich mir nicht vorstellen, wie das funktionieren würde, wenn sie überall erkannt wird und ich in meinem Job versuche, unauffällig zu bleiben. Aber ehrlich gesagt schaut mich niemand zweimal an, wenn wir in der Öffentlichkeit sind. Und Ember macht sich nicht das Geringste aus ihrem Ruhm oder ihrem Aussehen. Seit sie hier ist, hat sie kaum Make-up getragen. Sie konzentriert sich zu hundert Prozent auf ihr Fitnessstudio.«

»Wenn du meine Meinung hören willst ... sie ist die coolste berühmte Person, die ich kenne«, erklärte Brain mit einem Grinsen.

»Du kennst keine anderen berühmten Personen«, entgegnete Oz mit einem Augenrollen.

»Richtig, das macht sie also immer noch zur coolsten berühmten Person, die ich kenne«, beharrte Brain.

»Wird sie weiterhin mit uns trainieren?«, fragte Lucky.

»Das hoffe ich«, sagte Doc. »Sie sagte, dass sie es genießt zu trainieren, ohne einen Trainer beeindrucken oder sich Sorgen machen zu müssen, dass ein Konkurrent nach Schwächen sucht, die er ausnutzen kann.«

»Das stimmt«, sagte Lefty mit einem Nicken.

»Wirst du ihr dafür danken, dass sie Riley gestern besucht hat?«, fragte Oz.

»Na sicher. Aber ich denke, es war auch gut für Ember«, sagte Doc zu seinem Freund. »Sie erzählte mir, dass sie viel Spaß hatten und es schön war, sich einfach über nichts Besonderes zu unterhalten. Sie wollen sich schon in ein paar Tagen wiedertreffen.«

»Bria hat mir gestern Abend gesagt, dass sie lernen will, wie man Fünfkämpferin wird«, sagte Oz mit einem Grinsen. »Logan ist zu beschäftigt und vernarrt in Baseball, aber ich denke, Ember hat Bria bereits bekehrt.«

»Gut«, sagte Doc mit einem Lächeln.

Trigger sah auf die Uhr. »Ich weiß nicht, wie es euch geht, aber ich bin erledigt. Ich bin bereit, nach Hause zu fahren und nach meiner Frau zu sehen.«

Alle stimmten zu, obwohl Grover Doc aufhielt, bevor er den Raum verließ. Nachdem er sich von den anderen verabschiedet hatte, wandte er sich seinem Freund zu. »Was ist los?«

»Ich wollte nur, dass du weißt, dass du nur Bescheid sagen musst, wenn du Hilfe brauchst, um auf Ember aufzupassen. Ich muss mich beschäftigen und da die anderen alle mit ihren Frauen und Familien beschäftigt sind, melde ich mich gern freiwillig.«

Doc legte eine Hand auf die Schulter seines Freundes. »Danke, Grover, das bedeutet mir die Welt.«

»Ich möchte nur nicht, dass sie wie Sierra verschwindet. Ich weiß, es ist komisch, dass ich mir um diese Frau so viele Sorgen mache, aber ich kann nicht anders. Als wir uns kennenlernten, ist etwas zwischen uns passiert, und nicht zu wissen, wo sie ist, ist wie Folter.«

»Du musst mich nicht davon überzeugen, dass ihr eine Verbindung habt«, sagte Doc ehrlich. »Ich bin der letzte Mensch, der dich dafür verurteilt, dass du dich zu jemandem hingezogen fühlst, den du nur ein paarmal gesehen hast. Außerhalb unseres Kreises würden die Leute wahrscheinlich nicht verstehen, wie ich innerhalb weniger Tage vom Singledasein dazu übergehen konnte, jede freie Minute mit Ember verbringen zu wollen. Sie würden wahrscheinlich denken, dass ich sie aus irgendeinem blöden Grund benutze. Aber das ist nicht so. Sie ist anders als alle anderen, die ich je kennengelernt habe, und ich kann mir nicht vorstellen, wie es wäre, wenn sie spurlos verschwindet.«

Grover nickte. »Ich weiß, dass ich in letzter Zeit launisch war, aber fürs Protokoll, ich mag Ember. Sie tut dir gut.«

»Ich hoffe, ich tue ihr auch gut«, sagte Doc mit einem leisen Lachen.

»Das tust du.«

»Danke. Und ich werde dein Angebot auf jeden Fall annehmen, wenn ich muss.«

»Gut.«

»Grover?«

»Ja?«

Doc hielt inne und dachte angestrengt darüber nach, ob er seinem Freund die nächste Frage stellen sollte ... schließlich beschloss er, dass er es tun musste. »Glaubst du wirklich, dass sie noch am Leben ist?«

»Ja. Und ich weiß, das ist verrückt, weil sie schon so lange vermisst wird. Aber etwas tief in meinem Inneren sagt mir, dass sie da draußen ist und darauf wartet, gefunden zu werden. Das tut am meisten weh. Hier«, sagte Grover und legte eine Hand auf sein Herz. »Ich kann nicht aufhören, darüber nachzudenken, was sie im letzten Jahr durchgemacht haben könnte. Es macht mich buchstäblich krank.«

»Wir werden alles tun, um sie zu finden«, versprach Doc seinem Freund. »Und du hast recht, die meisten Leute denken wahrscheinlich, dass sie tot und in einer Höhle irgendwo in den Bergen Afghanistans begraben ist. Aber wir alle haben schon einige ziemlich wundersame Dinge erlebt. Wenn du denkst, dass sie da draußen ist, dann ist sie es. Ich werde dich unterstützen, so gut ich kann, und mit Trigger sprechen, ob er den Kommandanten nicht ein wenig unter Druck setzen könnte, uns mehr tun zu lassen, als wir bis jetzt tun konnten ... was im Grunde nichts als Herumsitzen und Abwarten ist.«

»Ich möchte nach Afghanistan fliegen und mir die Dinge vor Ort selbst ansehen«, gab Grover leise zu.

Doc ließ sich seine Überraschung nicht anmerken. »Ich dachte, das ist es, worauf Trigger drängt.«

»Er versucht, den Kommandanten dazu zu bringen, uns alle zu schicken. Ich möchte allein gehen«, stellte Grover klar.

»Ich bin mir nicht sicher, ob das eine so gute Idee ist«, sagte Doc leise. »Wir arbeiten als Team.«

»Ich weiß, aber zu siebt würden wir kaum unbemerkt bleiben, wenn wir die Situation untersuchen. Sobald wir auf der Jagd sind, können wir uns verdeckt halten, aber wenn wir alle zusammen dort ankommen? Es würde sofort auffallen, wer wir sind und warum wir dort einmarschieren. Wenn ich allein gehe, kann ich mit den Soldaten auf dem Stützpunkt sprechen und mir einen Eindruck von der Lage machen. Ich könnte mit den Angestellten sprechen – mit denen, die noch da sind – und ihre Meinung zu den Dingen einholen, um zu sehen, welche Einzelheiten ich über Shahzada herausbekommen kann und ob er überhaupt involviert ist. Vielleicht kann ich auch unter vier Augen mit dem General sprechen, um zu sehen, ob ich persönlich schlauer aus ihm werde als aus seinen verdammten Berichten und E-Mails. Ich muss das tun, Doc.«

»Wie lange denkst du, wirst du weg sein?«

»Vielleicht eine Woche. Nicht für immer. Ich werde sehen, welche Informationen ich bekommen kann. Wenn ich denke, dass es sich lohnt, Verstärkung einzufordern, um Shahzada aus seinem Versteck zu locken, könntet ihr euch mir anschließen.«

Doc musste zustimmen, dass Grovers Plan nicht schlecht war. »Hast du schon mit Trigger gesprochen?«

»Das werde ich, aber ich hatte gehofft, dass du vielleicht auch ein paar Worte mit ihm wechseln könntest ... lass ihn wissen, dass du die Idee unterstützt.«

»Das kann ich tun«, versprach Doc ihm.

»Ich würde es sehr schätzen. Und Doc, ich freue mich wirklich für dich und Ember.«

»Danke.«

Grover nickte ihm zu und die beiden verließen den Konferenzraum und gingen den Flur hinunter. Doc zückte sein Handy und schickte Ember eine kurze SMS, um zu sehen, wie die Dinge liefen. Er musste anhalten und ihr Abendessen abholen, dann hatte er hoffentlich noch Zeit, alles in seinem Haus vorzubereiten, bevor sie eintraf.

· · ·

Ember: Der heutige Tag war wundervoll! Wir warten noch auf einen Elternteil, dann mache ich mich auf den Heimweg. Bist du fertig mit deinem Tag?

Doc: Ich fahre gleich los.

Ember: Großartig. Soll ich anhalten und etwas holen?

Doc: Nein. Schicke mir eine SMS, wenn du aufbrichst, und sorge dafür, dass der Sicherheitsdienst dich zu deinem Wagen begleitet.

Ember: Hast du etwas herausgefunden, worüber ich mir Sorgen machen sollte?

Doc: Nicht ausdrücklich. Wir reden später.

Ember: Okay.

Doc: Pass auf dich auf. Ich liebe dich.

Ember: Das werde ich. Ich liebe dich auch. Bis später.

Doc: Bis später.

Doc steckte sein Handy in die Tasche und versuchte, das Jucken in seinem Nacken zu ignorieren. Er hatte manchmal das gleiche Gefühl, wenn sie auf einer Mission waren und etwas nicht zu stimmen schien. Es passierte normalerweise, kurz bevor die Kacke am Dampfen war.

Aber Ember ging es gut. Soweit er wusste ging es auch allen in seinem Team gut. Wahrscheinlich war er nur wegen der Online-Drohungen etwas überempfindlich. Die Kommentare, die er gesehen hatte, waren hasserfüllt, giftig und schwer aus dem Kopf zu bekommen. Er hatte Ember gerade erst gefunden. Er konnte sie nicht wieder verlieren.

Doc schüttelte sein Unbehagen ab und tat sein Bestes, sich auf die kleine Feier zu konzentrieren, die er für heute Abend geplant hatte. Er war stolz darauf, wie viel sie in so kurzer Zeit erreicht hatte. Sie hatte sich den Hintern aufgerissen und er hatte keinen Zweifel daran, dass ihr

Fitnessstudio nicht nur erfolgreich sein würde, sondern auch eine positive Veränderung für ihre Gemeinde bedeutete. Es war ehrgeizig und großzügig, Kindern zu helfen, die sonst nie die Chance gehabt hätten, zu reiten, schwimmen zu lernen, zu fechten oder sogar zu schießen, besonders wenn sie den Großteil der Kosten für die Teilnehmer selbst übernahm. Doc hatte bisher nicht mit Ember über Geld gesprochen, aber er wusste, dass sie mehr als genug hatte, um alle Geschäftsausgaben auf lange Sicht zu decken.

Er fühlte sich leichter, als er in seinen Wagen stieg, und wusste, es lag daran, dass er Ember bald sehen würde. Er liebte seine Arbeit und die Männer in seinem Team, aber es hatte etwas unglaublich Beruhigendes, einen Partner zu haben, mit dem man reden und seine Hoffnungen und Ängste teilen konnte, ohne dafür verurteilt zu werden. Nicht dass sein Team ihn verurteilen würde, nicht einmal annähernd. Aber er wusste, dass Ember ihn immer vorbehaltlos unterstützen würde. So wie er es für sie tun würde.

Ember konnte nicht aufhören zu lächeln. Der Eröffnungstag war nicht nur gut gelaufen, Craig hatte sie auch mit einem fantastischen Abendessen überrascht – und Kuchen! Okay, Törtchen, aber das waren eigentlich Kuchenstücke, die in mundgerechte Stücke portioniert waren.

Jetzt saß sie in seinen Armen auf der Couch und hatte ihm gerade von den tollen Mädchen und Jungen erzählt, die heute in ihrem Fitnessstudio gewesen waren, und wie alles gelaufen war.

»Es wird dir schwerfallen, das Training deinen Mitarbeitern zu überlassen, nicht wahr?«, neckte Craig sie.

Ember lachte. »Ja. Julio und Marie waren heute großartig, aber ich konnte nicht anders, als selbst mitzumachen.«

»Was glaubst du, war Julios Problem heute?«

Ember seufzte. »Ganz ehrlich? Ich glaube, er hat ein bisschen Heimweh.«

Craig schnaubte. »Heimweh?«

»Ja, es ist sein erstes Mal außerhalb von Kalifornien und du musst zugeben, dass Texas anders ist als andere Orte in diesem Land. Alle sagen ›howdy‹ und ›y'all‹. Die übertriebene Freundlichkeit ist auch ein bisschen seltsam für Leute, die in Kalifornien aufgewachsen sind, wo die meisten Menschen Arschlöcher sind.«

Sie fühlte, wie Craigs Lachen durch ihren Körper hallte. Seine Arme waren um ihre Brust geschlungen und sie benutzte ihn als Rückenlehne. Sie hatten sich nicht die Mühe gemacht, den Fernseher einzuschalten, da sie ihm viel lieber von jeder Sekunde ihres Tages erzählen wollte.

»Texaner sind größtenteils ziemlich freundlich«, stimmte Craig zu. »Glaubst du, Julio könnte irgendeinen Groll hegen?«

Ember drehte sich um und sah zu Craig auf. »Was genau meinst du?«

Sie sah, wie er seufzte, bevor er sagte: »Die Frau, die sich die IP-Adressen einiger der bösen Kommentare angesehen hat, sagte, ein paar stammen aus Killeen. Julio ist noch nicht lange hier, aber unter dem letzten Bild, das du hochgeladen hast, waren mehrere Drohungen, und er war hier, als das passierte.«

»Glaubst du, Julio könnte hinter einigen der fiesen Briefe und Sachen stecken, die ich bekommen habe?«

Craig begegnete ihrem Blick, was Ember zu schätzen wusste. »Ich weiß nicht, wer dahinterstecken könnte. Es ist einfach, ein Konto in den sozialen Medien unter falschem

Namen zu erstellen, was es wiederum erleichtert, Drohungen auszusprechen. Es gibt den Leuten das Gefühl, dass sie nicht entdeckt werden können.«

»Es ist nicht Julio«, sagte Ember bestimmt. »Wir trainieren jetzt schon eine ganze Weile zusammen und ich glaube, ich hätte eine Art Groll von ihm gespürt, wenn er es auf mich abgesehen hätte.«

»Und wo ich dabei bin, alles offenzulegen ... Beth wird auch Hintergrundüberprüfungen der Leute durchführen, die du für die Sicherheit eingestellt hast, sowie Alexis, Samer und alle anderen, die für deine Eltern gearbeitet haben.«

Ember lehnte sich gegen Craig und schätzte seine Offenheit. »Glaubst du wirklich, dass das alles nötig ist?«, fragte sie.

»Ja.«

Ember hatte das Gefühl, dass er genau das sagen würde.

»Ich weiß, dass du ein normales Leben führen möchtest, aber du bist in gewisser Weise nicht normal. Du bist Ember Maxwell. Die Tatsache, dass du hier schon so viel tun konntest, ohne dass die Presse sich darauf gestürzt hat, ist ein kleines Wunder. Ich finde es toll, dass du etwas Gutes in der Welt tun willst, aber es ist naiv zu glauben, dass niemand hofft, dass du scheiterst. Es gibt viele Leute, die dich allein deswegen hassen, weil du hübsch und reich bist.«

»Und Afroamerikanerin«, fügte Ember hinzu.

»Ja, das auch. Und mit mir zusammen zu sein ist wahrscheinlich auch nicht hilfreich.«

Sie drehte sich wieder in Craigs Armen um. »Was meinst du?«

»Nur, dass wir beide wissen, dass es immer noch Menschen gibt, die Rassentrennung befürworten. Es ist beschissen, aber manche kommen nicht damit klar, dass wir alle einfach nur Menschen sind. Bei diesen Typen geht es eher um das Äußere als um das Innere.«

»Nun, diese Leute können sich verpissen«, sagte Ember mit einem Schnauben, als sie sich wieder an ihn lehnte. Sie drückte seine Arme fester um sich. »Ich weiß, dass ich in einem privilegierten Haushalt in Beverly Hills aufgewachsen bin, aber ich bin mir des Rassismus und der Diskriminierung bewusst. Ich habe beides am eigenen Leib erfahren. Aber das heißt nicht, dass ich nicht auch das Gute in den Menschen sehen kann. Das kann ich. Ich denke, es gibt mehr Menschen, die gut und freundlich sind und wirklich an den Spruch ›Liebe ist Liebe‹ glauben, als solche, die sich weigern zu glauben, dass Menschen, die sich äußerlich von ihnen unterscheiden, genauso viel wert sind.

Glaube ich, dass es Probleme in unserer Gesellschaft gibt? Ja. Aber ich glaube auch, dass es mehr gute Polizisten als schlechte gibt. Dass es mehr Menschen gibt, die ihre schwulen, lesbischen und transsexuellen Kinder respektieren, als solche, die sie meiden. Dass es mehr Menschen gibt, die bereit sind, sich gegen Ungerechtigkeit zu wehren, als diejenigen, die den Kopf wegdrehen und so tun, als gäbe es sie nicht. Ich weiß, dass es Leute gibt, die wollen, dass ich scheitere, die es gefreut hat, dass ich bei den Olympischen Spielen keine Medaille gewonnen habe. Leute, die behaupten, dass es daran liegt, dass ich Afroamerikanerin bin und bekommen habe, was ich verdiene, und dass ich nicht einmal hätte versuchen sollen, in diesem Sport anzutreten. Aber scheiß auf sie!«

Ember war sich bewusst, dass sie fluchte, konnte aber nicht aufhören und setzte sich auf Craigs Schoß. »Und wenn sie mich dafür hassen, wen ich liebe, dann lass sie. Ich werde eher oben auf den Stufen des Weißen Hauses stehen und in die Welt hinaus schreien, dass ich dich liebe, bevor ich mir von jemandem sagen lasse, dass es unnatürlich ist oder dass ich meinem Erbe nicht gerecht werden würde. Ich liebe es, Afroamerikanerin zu sein. Ich bin stolz darauf. Ich möchte es gar nicht anders haben.«

Sie nahm Craigs Kopf zwischen ihre Hände und beugte sich vor. »Ich weiß, du denkst, dass ich die Kommentare und Drohungen nicht ernst nehme. Aber ehrlich gesagt liegt das nicht daran, dass ich mir keine Sorgen mache. Ich bin diesen Dingen gegenüber nur etwas taub geworden. Es wird immer Leute geben, die mich aus dem einen oder anderen Grund hassen. Ich kann nicht zulassen, dass ihre Probleme mein Leben beeinflussen. Ich muss so leben und handeln, dass ich nachts mit gutem Gewissen schlafen kann. Und benachteiligten Kindern zu helfen ist das, was mich antreibt. Okay, jetzt bin ich fertig«, sagte sie und atmete aus.

Craig lächelte, nahm ihre Hände in seine und küsste ihre Handflächen.

Dann sagte sie: »Nein, eigentlich bin ich noch nicht fertig. Eine Sache noch. Wenn du eine Hintergrundüberprüfung aller Personen durchführen willst, die ich einstelle, bin ich damit einverstanden. Nicht weil ich glaube, dass sie heimlich versuchen, mich zu sabotieren, sondern weil ich dumm wäre, diese Möglichkeit komplett auszuschließen. Du hast recht, ich bin Ember Maxwell. Ich wollte vielleicht nie berühmt sein, aber ich bin es, und das kann ich jetzt nicht mehr ändern. Ich bin damit einverstanden, dass du diese Kontrollen durchführst, weil es bedeutet, dass du dich um mich sorgst. Weil es bedeutet, dass du hinter mir stehst ... und das fühlt sich verdammt gut an.«

»Ich stehe definitiv hinter dir«, stimmte Craig zu. »Aber du musst versprechen, gleichzeitig auf dich selbst aufzupassen. Achte auf deine Umgebung. Du hast recht, es gibt Leute da draußen, die dich gern scheitern sehen würden oder die selbst berühmt werden wollen ... indem sie Ember Maxwell töten.«

Ember nickte nüchtern. »Das verspreche ich.«

»Das ist alles, was ich verlangen kann.«

»Kann ich die Informationen sehen, die diese Beth über meine Mitarbeiter ausgräbt?«

»Ja«, antwortete Craig, ohne zu zögern. »Es ist nicht mein Ziel, dir etwas vorzuenthalten. Ich glaube zufälligerweise, dass Wissen Macht ist. Und wenn sie nichts zu verbergen haben, ist alles in Ordnung.«

»Craig?«

»Ja?«

»Danke für diese kleine Feier.«

Er grinste. »Gern geschehen.«

»Ich kann mich nicht erinnern, wann sich das letzte Mal jemand die Mühe gemacht hat, das zu tun, was du heute Abend für mich getan hast.«

»Davon kannst du noch viel mehr erwarten. Ich liebe es, dich strahlen und glücklich zu sehen.«

Ember fummelte an dem obersten Knopf des Hemdes herum, das er angezogen hatte, als er von der Arbeit nach Hause kam. Sie öffnete ihn und bemerkte, wie er schwer schluckte. Grinsend beugte sie sich vor und leckte über die Vertiefung in seiner Kehle, die sie gerade freigelegt hatte. »Ist meine Feier vorbei oder hast du noch mehr Überraschungen für mich auf Lager?«, fragte sie schüchtern.

Ohne ein Wort stand Craig abrupt auf und ließ Ember überrascht aufkreischen, als sie zurück auf die Couch fiel. Dann lachte sie, als er sie in die Arme nahm und zur Treppe ging.

»Vielleicht werde ich irgendwann, in zehn Jahren oder so, deinen Spielchen widerstehen können ... aber im Moment kann ich das nicht«, sagte er.

Ember schlang die Arme um seinen Hals, beugte sich vor und nahm sein Ohrläppchen zwischen ihre Zähne. Sie wusste, was das mit ihm machte, und hoffte, dass sie ihn über den Abgrund stoßen könnte. Sie wollte, dass er sie hart und schnell nahm. Später würde sie vielleicht die Chance bekommen, ihm einen zu blasen. Er behauptete, er könne ihren Mund an ihm nicht ertragen, weil er zu früh kommen würde, aber vielleicht ließ er sie etwas spielen, nachdem er seinen ersten Orgasmus gehabt hatte. Es war schließlich ihre Feier.

»Sollte ich Angst vor dem haben, worüber du nachdenkst?«, fragte Craig, als er sie in sein Schlafzimmer trug.

»Oh nein«, sagte sie mit einem Grinsen. »Du solltest aufgeregt sein.«

»Gott steh mir bei«, sagte Craig, als er ihre Beine senkte, sodass sie neben der Matratze stand. »Zieh dich aus, Frau.«

Und sie tat es.

Stunden später, als Ember zufrieden die Augen schloss, konnte sie nicht anders, als Mitleid mit all den bigotten Menschen auf der Welt zu haben, denen möglicherweise ihr perfekter Partner entging, weil sie nicht über den äußeren Schein hinausblicken konnten. »Ich liebe dich«, flüsterte sie gegen Craigs nackte Brust.

»Ich liebe dich auch. Schlaf jetzt.«

Über seine herrische Art grinsend und ihn dafür umso mehr liebend, weil er ihr Bestes im Sinn hatte, tat sie, was er verlangte. Sie schlief tief und fest in dem Wissen, dass sie geliebt wurde.

KAPITEL SECHZEHN

»Hey Leute, wie lief der Einzug in eure Wohnungen?«, fragte Ember Julio und Marie, als sie am nächsten Tag nach dem Mittagessen eintrafen. Sie hatten beide den Vormittag freigehabt, um ihre Wohnungen einzurichten. Ihre Möbel und Habseligkeiten sollten erst morgen ankommen, aber heute Morgen war der offizielle Einzugstermin.

»Gut. Ich bin früh in den Laden gegangen und habe viele kleine Sachen gekauft, von denen ich weiß, dass ich sie brauchen werde. Reinigungsmittel, Toilettenpapier, Papierhandtücher, einen Duschvorhang und solche Dinge«, sagte Julio.

»Großartig. Wenn du Dekorationsideen brauchst ... frag nicht mich«, neckte Ember ihn.

»Aber ich dachte, du hast Verbindungen? Hast du nicht immer solchen Einrichtungsmist auf deinem Instagram-Konto gepostet?«, fragte er.

Ember lachte. »Erstens habe ich das nicht gepostet, sondern meine Manager, und zweitens weißt du genauso gut wie ich, dass der meiste Mist auf meinem Instagram-Profil im Grunde genommen bezahlte Werbung war.«

Julio schüttelte den Kopf, aber das Lächeln blieb auf seinem Gesicht. »Ich finde es immer noch verrückt, wie sehr du dich von dem unterscheidest, was jahrelang über dich in den sozialen Medien verbreitet wurde.«

»Ja, das war alles Mist. Man muss jemanden persönlich kennenlernen, bevor man über ihn urteilen kann. Aber trotzdem bin ich froh, dass mit deiner Wohnung alles in Ordnung zu sein scheint. Bleibst du heute Nacht schon dort oder noch im Hotel?«

»Im Hotel. Ich möchte noch einen Morgen mit einem Frühstück genießen, das für mich zubereitet wird, bevor ich mich selbst versorgen muss.«

Ember lachte. Sie wusste, dass Julio kein guter Koch war. Er hasste es sogar zu kochen. Sie hatte das Gefühl, dass er in Zukunft viel Pizza essen würde. Zumindest bis er eine Freundin gefunden hatte. Er behauptete, er sei noch nicht bereit, sich niederzulassen, aber er machte auch kein Geheimnis daraus, dass er gern mit Frauen ausging ... oder dass er sich darauf verließ, dass sie das Kochen übernehmen würden.

»Was ist mit dir, Marie?«, fragte Ember ihre andere Angestellte.

»Mir geht es großartig«, zwitscherte sie.

Ember blinzelte überrascht. Nicht weil sie überrascht war, dass Marie so gute Laune hatte, es lag eher daran, dass sie sie noch nie so ... begeistert gesehen hatte. »Freut mich zu hören«, sagte Ember.

»Ich bin heute Morgen aus irgendeinem Grund mit wirklich guter Laune aufgewacht«, erklärte Marie mit einem weiteren umwerfenden Lächeln.

»Das ist toll.«

»Ich habe das Gefühl, der Rest des Tages wird fantastisch.«

»Das hoffe ich«, sagte Ember grinsend. Ihre gute Laune war ansteckend und sie war froh, dass sie glücklich zu sein schien. »Alles in Ordnung mit deiner Wohnung?«

»Na sicher. Warum sollte es das nicht sein? Du hast sie für Julio und mich ausgesucht, also wussten wir, dass sie fantastisch sein würden.«

»Bleibst du heute Nacht dort?«, fragte Ember.

»Auf jeden Fall. Ich kann es kaum erwarten, mein eigenes Heim zu haben.«

»Hast du etwas zum Schlafen?«, fragte Ember, besorgt darüber, dass Marie auf dem Boden übernachten würde.

»Mach dir keine Sorgen um mich. Mir geht es gut.«

»Okay, aber wenn du etwas brauchst, zögere nicht, es mir zu sagen.«

»Ember Maxwell zur Rettung«, entgegnete Marie mit einem breiten Grinsen.

Ember war sich nicht sicher, wie sie das aufnehmen sollte, aber weil ihre Freundin so gute Laune zu haben schien, wollte sie es nicht infrage stellen. »Sicher. Alles klar, hier ist der Plan für heute. Ich habe in einer halben Stunde einen Termin mit der Direktorin einer der örtlichen Grundschulen. Dann komme ich hierher zurück und hole euch ab, damit wir uns das Land für die Laufstrecke ansehen können, okay?«

»Klingt gut«, sagte Julio. »Was sollen wir in der Zwischenzeit hier machen?«

»Glaubt ihr, ihr könntet ein paar Malerarbeiten übernehmen?«, fragte Ember mit gerümpfter Nase. »Ich weiß, es ist nicht sonderlich aufregend, aber sobald wir die Grundierung auf dieser riesigen Wand da drüben haben, kann ich den Künstler, den ich engagiert habe, dazu bringen, unser Logo aufzubringen.«

»Kein Problem«, sagte Julio.

»Super«, stimmte Marie zu.

»Das schätze ich sehr. Und wenn ihr die Nase voll davon habt, könnt ihr die Fechtausrüstung testen. Wir müssen sicherstellen, dass alles so funktioniert, wie es soll, und dass es sicher für die Kinder ist.«

»Mach dir um uns keine Sorgen«, sagte Marie mit einem Lächeln. »Wir haben hier alles im Griff. Geh zu deinem Termin, wir sehen uns später.«

»Danke. Ich sollte in ungefähr zwei Stunden zurück sein. Ich schreibe euch eine SMS, sollte es länger dauern.«

Julio und Marie nickten und machten sich an die Arbeit. Ember verließ das Fitnessstudio, erleichtert, dass sie so begeisterte und fröhliche Menschen an ihrer Seite hatte. Sie hatten noch viel harte Arbeit vor sich, aber am Ende würde sich alles auszahlen. Das wusste sie einfach.

Das Treffen mit der Schulleiterin verlief außerordentlich gut. Die Frau freute sich über die Gelegenheit für die Kinder, sich im Herbst an einigen einzigartigen Sportarten beteiligen zu können. Zumal Ember ihr gesagt hatte, dass es niemanden einen Cent kosten würde. Sie hatte erklärt, dass sie vorhatte, Spendenaufrufe an örtliche Unternehmen zu versenden, die als Gegenleistung ihre Werbung auf der Ausrüstung anbringen könnten. Sie hatte viel von ihren Eltern und der Zeit als Influencerin gelernt. Wenn sie ihren Namen und Ruhm nutzen konnte, um Leute dazu zu bringen, Geld und andere notwendige Dinge für ihr Fitnessstudio zu spenden, wären all die Mühen, die ihre Eltern gehabt hatten, es wert gewesen.

Als sie zum Fitnessstudio zurückkam, um Julio und Marie abzuholen, war es schon nach drei. Es würde in Zukunft Zeiten geben, in denen sie alle länger arbeiten mussten, aber solange sie nicht jeden Tag Kinder in der Einrichtung hatten, wollte sie versuchen, alle vor fünf nach

Hause zu schicken. Das Land, das sie sich ansehen wollten, lag nur zehn Minuten außerhalb von Killeen, was ideal war. Sie wollte mit den Kindern nicht weit fahren müssen.

Ember hoffte, das Land würde sich für eine Laufstrecke und einen Schießstand eignen. Aber darüber hinaus dachte sie auch darüber nach, wo sie die Pferde unterbringen könnte, wenn sie sich dagegen entschied, eine bereits etablierte Ranch zu mieten. Sie brauchte Platz für eine Scheune und einen Parcours fürs Springreiten. Sie konnte es kaum erwarten zu sehen, ob das Grundstück dafür geeignet wäre.

»Hey, Ember, stört es dich, wenn ich heute nicht mitkomme?«, fragte Julio.

»Warum? Stimmt etwas nicht?«

»Nein, alles in Ordnung. Ich habe nur einen Anruf bekommen, dass der Umzugswagen früher ankommt. Sie wollten wissen, ob sie die Möbel vor fünf liefern könnten. Da ich nicht viele Sachen habe, glauben sie, dass alles ziemlich schnell gehen wird.«

»Oh, das ist toll. Na sicher, geh!«

»Vielen Dank. Ich bleibe heute Nacht trotzdem noch im Hotel, wenn das in Ordnung ist.«

»Warum sollte es das nicht sein?«, fragte Ember verwirrt.

»Nun, du bezahlst dafür. Und jetzt, da ich meine Sachen habe, könnte ich eigentlich in meiner Wohnung bleiben«, sagte Julio.

»Das ist kein Problem. Es ist sowieso zu spät, um das Zimmer zu stornieren. Und ich würde es hassen, wenn du morgen ohne Frühstück auskommen musst.«

Er lachte. »Sehr nett von dir.«

»Was ist mit deinen Sachen?«, fragte Ember Marie. »Sind sie auch schon angekommen?«

»Nicht dass ich wüsste«, sagte sie mit einem Lächeln

und einem Achselzucken. »Aber es ist okay. Ich bin sicher, sie werden morgen geliefert.«

Ember nickte. »Okay, du kannst gehen, Julio. Wir sehen uns dann morgen. Die Kinder werden wieder hier sein und wir haben zwei neue, die sich uns anschließen.«

»Cool«, sagte er. »Können wir morgen mit der Einführung ins Fechten beginnen?«

Lachend sagte Ember: »Klar. Ich weiß, dass du darauf brennst, diese Degen in die Hände der Kinder zu bekommen.«

»Ich werde ihnen einen Clip aus ›Die Braut des Prinzen‹ zeigen, um sie zu begeistern. Dann fangen wir mit den Grundlagen an«, sagte Julio fröhlich. »Ich gehe jetzt. Bis morgen!«

»Auf Wiedersehen!«, rief Marie, während sie winkte.

Ember ging neben Marie zu ihrem BMW. Sie stiegen in den Wagen und, nachdem Ember die Adresse in das Navi eingegeben hatte, fragte sie: »Wie lief es heute?«

»Großartig. Wir sind allerdings nicht mit dem Malen der Wand fertig geworden, weil Julio zu sehr vom Fechten begeistert war«, sagte Marie mit einem Grinsen.

»Warum bin ich nicht überrascht, dass er den Degen nicht widerstehen kann?«, fragte sie mit einem Kopfschütteln.

Marie lachte fast hysterisch ... und Ember konnte nicht anders, als sich zu fragen, was um alles in der Welt in die andere Frau gefahren war. Aus irgendeinem Grund schien sie fast hyperaktiv zu sein. Aber zumindest war sie nicht so schlecht gelaunt wie Julio am Tag zuvor.

Es war etwas schwierig, die Abzweigung zu dem Grundstück zu finden, das sie sich ansehen wollten. Sie musste zweimal wenden, bis Ember endlich den Feldweg am Rand der Nebenstraße fand. Obwohl sie nur zehn Minuten von

Killeen entfernt waren, schien es, als wären sie mitten im Nirgendwo.

Embers Gedanken wirbelten um Dinge, die sie gern mit diesem Stück Land getan hätte. Sie müssten die Einfahrt verbreitern, irgendeine Art Schild aufstellen, wahrscheinlich einen Zaun, aber als sie den Feldweg weiter in Richtung Mitte des Grundstücks hinunterfuhr, hatte sie das Gefühl, dass es perfekt war.

Es gab ein paar flache Hügel, aber nichts zu Extremes. Viele Bäume, aber nicht genügend, dass sie für die Laufstrecke welche fällen lassen müsste. Sie könnte den Laufweg um die Bäume herum anlegen. Ember hielt ihren BMW an, stellte den Motor ab und stieg aufgeregt aus, um sich umzusehen.

Sie konnte Vögel zwitschern hören und es fühlte sich an, als wäre sie in diesem Moment der einzige Mensch auf der Welt. Ember schloss die Augen und ließ den Frieden und die Stille der Landschaft in ihre Seele sinken. Sie hatte ihr ganzes Leben in einer überfüllten Stadt verbracht und es schien fast unglaublich, die Gelegenheit zu bekommen, dieses Stück Land zu kaufen. Sie öffnete die Augen und begann vorwärtszugehen.

»Da«, sagte sie zu Marie, die endlich aus dem Fahrzeug gestiegen war. »Dort können wir eine Art Klubhaus bauen, in dem die Kinder im Schatten ausruhen und warten können, bis sie an der Reihe sind, um zu laufen und zu schießen.« Sie drehte sich um und zeigte nach rechts. »Ich denke, der Parcours könnte dort drüben beginnen, zwischen diesen beiden großen Bäumen hindurch, dann nach links durch das Wäldchen und dann hierher zurück. Den Schießstand können wir in der Nähe des Klubhauses aufstellen, sodass wir die Zielscheiben nicht so weit schleppen müssen. Was denkst du?«

Ember sah zu ihrer Freundin hinüber – und runzelte überrascht die Stirn. Noch vor einer Sekunde war Marie glücklich gewesen. Jetzt sah sie ernst und düster aus ... fast wütend. »Was ist los?«

»Ich bin mir nicht sicher, ob dies der beste Ort fürs Schießen ist. Ich denke, es könnte dort drüben besser funktionieren, näher an dem Hügel. Wir könnten es als Hintergrund verwenden, um die Laserziele aufzustellen.«

Ember beäugte den Hügel, auf den Marie hingewiesen hatte. »Ich weiß nicht«, sagte sie diplomatisch. »Ich dachte, dort könnten wir den Stall und die Sprunganlage für die Pferde einrichten.«

»Wir könnten es ausprobieren«, schlug Marie vor. »Du hast doch ein paar Zielscheiben im Wagen. Ich habe sie gesehen. Warum stellen wir sie nicht auf und probieren es aus?«, fragte Marie.

Ember zuckte mit den Schultern. »Okay, sicher. Warum nicht?« Es war keine schlechte Idee. Marie folgte ihr zurück zum Wagen und stellte sich neben sie, als Ember zwei Zielscheiben herausnahm. Sie war ein wenig irritiert, dass Marie nur dastand und zusah, anstatt zu helfen, aber sie zuckte nur mit den Schultern.

Die andere Frau beugte sich vor und hob zwei der Laserpistolen auf, dann gingen sie zu dem Bereich, den Marie gemeint hatte. Ember ging schnell voran und sprang über ein paar zottelige Unkräuter, von denen sie glaubte, dass es tatsächlich Steppengras sein könnte. Sie hatte es noch nie persönlich gesehen. Es war nicht so, als würde es durch die Straßen von Beverly Hills rollen, so viel war sicher.

Ember verlor sich in ihren Gedanken darüber, an einem Ort zu leben, an dem es echtes Steppengras gab, als ihr klar wurde, dass Marie nicht mehr neben ihr war.

Sie drehte sich um, um nach der anderen Frau zu sehen, und blinzelte überrascht.

Marie stand jetzt über zehn Meter hinter ihr – und richtete eine der Laserpistolen direkt auf Ember.

»Marie?«, fragte Ember verwirrt. Während ihrer Ausbildung hatten die Trainer immer wieder darauf hingewiesen, dass die Waffen niemals auf Menschen gerichtet werden sollten. Die Laser waren nicht wie Kugeln, aber wenn jemand beim Drücken des Abzugs direkt in das Licht sah, könnte es die Person blenden. Jeder Trainer, den sie jemals hatte, wiederholte diese Einführung in die Waffensicherheit, als wären die Laserpistolen tatsächlich tödliche Waffen.

Und da Marie in den letzten paar Jahren das gleiche Training bekommen hatte, war Ember verwirrt über das, was um alles in der Welt sie da tat.

Plötzlich dröhnte das Geräusch der abgefeuerten Waffe laut und obszön durch die ruhige Landschaft.

Sofort schoss der Schmerz in Embers Wange und sie ließ die Zielscheiben fallen, als ihr Körper nach hinten geschleudert wurde. Sie landete mit dem Hintern auf dem harten Boden inmitten der wilden Gräser und schlug dabei mit dem Kopf auf.

Ein zweiter Schuss ertönte, genauso laut und erschreckend wie der erste. Direkt neben ihr wirbelte eine Staubwolke auf. Embers Kopf drehte sich, als sie versuchte herauszufinden, was zum Teufel vor sich ging.

Marie hatte kein Wort gesagt. Sie hatte einfach auf sie geschossen.

Als sie den brennenden Schmerz in ihrem Gesicht registrierte, wurde Ember klar, dass es keine der Laserpistolen war, die Marie benutzte. Sie war kleiner und enthielt offensichtlich scharfe Munition.

Marie hatte absichtlich versucht, sie zu töten. Sie könnte sie immer noch umbringen. Ember hatte keine Ahnung, wie viele Kugeln in der Waffe waren, aber es waren bestimmt mehr als nur zwei.

Als sich Schritte näherten, schloss Ember die Augen und tat ihr Bestes, um ihre Atmung zu verlangsamen. Instinktiv wusste sie, dass Marie erneut schießen würde, wenn sie glaubte, dass Ember noch am Leben war.

Verdammt, sie würde vielleicht so oder so schießen, nur um sicherzugehen, dass sie tot war.

Sie konnte spüren, wie das Blut über ihr Gesicht lief. Sie versuchte verzweifelt, ihren Körper schlaff und ihre Augen geschlossen zu halten. Es war gegen jeden Instinkt, den sie in sich hatte. Ember wollte aufspringen und kämpfen, aber Marie hatte die Oberhand.

Die Schritte stoppten direkt neben ihr und Ember hielt den Atem an, versuchte, ihre Brust nicht auf und ab zu bewegen und Marie darauf aufmerksam zu machen, dass sie atmete.

»Schlampe!«, hörte sie Marie murmeln, bevor sie Ember in die Seite trat. Heftig.

Ember musste sich zusammenreißen, um nicht zu reagieren. Ein stechender Schmerz durchfuhr ihre Seite, wo Marie sie getreten hatte ... aber ihr Mangel an Reaktion bewirkte genau das, was Ember gehofft hatte. Es überzeugte die andere Frau, dass ihre Kugeln das getan hatten, was sie beabsichtigt hatte.

Ember hielt die Augen geschlossen und blieb regungslos liegen, als Maries Schritte sich entfernten. Nach einigen angespannten Sekunden hörte sie, wie ihr Wagen gestartet und vom Grundstück gefahren wurde.

Marie hatte nicht nur auf sie geschossen, sondern auch noch ihren Wagen gestohlen und sie dem Tod überlassen.

Ember war in großen Schwierigkeiten. Sie musste aufstehen und Hilfe suchen. Aber ihr Gesicht tat weh. Es tat verdammt weh. Und ihre Seite pochte. Es fiel ihr auch schwer, sich mit der Tatsache auseinanderzusetzen, dass Marie gerade versucht hatte, sie umzubringen.

Sie hatten sich Sorgen um eine namenlose, gesichtslose Person in den sozialen Medien gemacht, obwohl die Gefahr die ganze Zeit direkt vor ihrer Nase gewesen war.

Ember bemühte sich, die Augen zu öffnen. Der Schmerz in ihrer Wange war fast unerträglich. *Ich werde nur einen Moment lang still daliegen ... und meine Kräfte sammeln.*

Das war Embers letzter Gedanke, bevor sie das Bewusstsein verlor.

Doc und der Rest des Teams hatten gerade eine obligatorische Schulung zum Thema Belästigung am Arbeitsplatz absolviert, als sein Telefon vibrierte. Da er die Nummer nicht kannte, aber sah, dass sie aus San Antonio stammte, nahm er ab.

»Doc hier.«

»Doc, Beth am Apparat, die Freundin von Tex.«

»Hallo«, sagte er.

Sie kümmerte sich nicht um weitere Höflichkeiten. »Ich habe die Hintergrundüberprüfungen der Personen fertig, die ich untersuchen sollte.«

Doc gefiel ihr Ton nicht. »Und?«

»Die Sicherheitskräfte, die sie eingestellt hat, sind sauber. Da gibt es nichts Besorgniserregendes. Samer ist auch in Ordnung. Ich arbeite immer noch daran, mehr Informationen über diesen Alexis zu bekommen, um den du so besorgt warst, aber ehrlich gesagt sieht er für mich nur wie ein gewöhnlicher Idiot aus. Julio McMillian ist auch ziemlich sauber. Als er fünfzehn war, ist er einmal irgendwo eingebrochen, aber es scheint, als hätte ihn das abgeschreckt. Abgesehen von ein paar Strafzetteln gab es keine weiteren Vorfälle mit der Polizei. Er besitzt ein paar Konten in den sozialen Medien, aber auf keinem von ihnen ist etwas Besorgniserregendes. Ich bin seine Kommentare durchgegangen und sie scheinen alle normal für jemanden in seinem Alter zu sein. Ich habe mir auch seine E-Mail-Konten angesehen und mich in seinen Laptop gehackt. Abgesehen von einigen Pornoseiten und einigen interessanten Google-Suchanfragen bin ich überzeugt, dass er harmlos ist.«

Doc blinzelte. »Heilige Scheiße, hast du das alles gemacht, seit Brain das letzte Mal mit dir gesprochen hat?« Er fühlte sich ein wenig unwohl dabei, wie tief Beth in seine Privatsphäre eingedrungen war, aber er konnte nicht leugnen, dass er erleichtert war, das Ergebnis zu hören.

»Ja«, sagte sie und wischte seinen Unglauben beiseite. »Aber deswegen rufe ich nicht an. Es geht um Marie Riggs.«

»Was ist los? Schalte auf Lautsprecher«, forderte Trigger, als er Docs plötzliche Unruhe bemerkte. Die sieben Männer standen im Flur vor dem Raum, in dem sie an der Schulung teilgenommen hatten. Alle anderen hatten das Gebäude bereits verlassen und es waren nur noch sie dort.

Doc nahm das Telefon von seinem Ohr und drückte auf die Lautsprechertaste. »Wir hören alle zu«, sagte er zu Beth. »Was hast du über Marie herausgefunden?«

»Zunächst einmal, ihr Name ist nicht Marie. Zumindest nicht ihr eigentlicher Vorname. Sie heißt Alexandria Marie Riggs. Sie wurde in Los Angeles geboren und hatte eine schreckliche Kindheit. Ich werde jetzt nicht auf alle Details eingehen, da es nicht wichtig ist, aber sie hatte definitiv einen schweren Start ins Leben. Sie wurde zwischen Verwandten hin- und hergereicht und niemand schien sie gewollt zu haben. Sie hat nie länger als zwei oder drei Jahre bei jemandem gelebt.«

»Warum?«, fragte Oz.

»Laut den Aufzeichnungen verschiedener Psychologen und Ärzte hat sie eine ganze Reihe von Problemen. Dissoziative Identitätsstörung – was früher als multiple Persönlichkeiten bekannt war – unter anderem schizoaffektive Störung und Borderline-Persönlichkeitsstörung.«

»Heilige Scheiße«, murmelte Trigger.

»Ja«, stimmte Beth zu. »Unterm Strich war es schwer, mit ihr zu leben, selbst im Alter von zehn Jahren. Also wurde sie immer wieder zu verschiedenen Familienmitgliedern weitergereicht. Sie wurde mit offenen Armen empfangen, dann, nachdem sie sich ein paar Jahre lang mit ihren Ausbrüchen auseinandergesetzt und vergebens versucht hatten, sie zu disziplinieren, wurde sie zu jemand anderem geschickt. Als sie achtzehn war, konnte sie nirgendwo mehr hin und einer ihrer Schwimmtrainer nahm sie auf. Er führte sie in den modernen Fünfkampf ein und sie fand es wirklich toll. Wusstet ihr, dass sie zweiunddreißig Jahre alt ist?«

»Ernsthaft? Ich dachte, sie wäre Mitte zwanzig, genau wie Ember«, sagte Doc.

»Ist sie nicht. Es sieht so aus, als hätte sie ihre psychischen Erkrankungen einige Jahre im Griff gehabt und es ging ihr tatsächlich besser. Aber nach einer Weile verschlimmerte sich ihre Borderline-Persönlichkeitsstörung wieder. Oder vielleicht hat sie aufgehört, ihre Medikamente zu nehmen. Wer weiß. Ihre Stimmungslage wurde immer instabiler und sie begann, impulsiv zu handeln. Sie wurde aus ihrer Wohnung geschmissen und musste in eine billige Wohnwagensiedlung ziehen.«

»Wie konnte Ember nichts davon wissen?«, fragte Doc.

»Ich schätze, Marie war ziemlich geschickt darin, diese Seite von sich zu verbergen«, sagte Beth. »Aber jetzt kommt der alarmierende Teil. Die Postleitzahl, die ihr mir gegeben habt ... die von den Geschenken und Briefen, die Ember in Kalifornien erhalten hat, ist dieselbe wie die des Wohnwagenparks, in dem sie lebte. Nun, das bedeutet nicht, dass sie die Absenderin war, aber die IP-Adresse von Alex, der die bösen Kommentare auf Embers Profil hinterließ, gehört zu dem Hotel, in dem Marie derzeit wohnt. Ich hatte das Hotel vorher nicht geprüft, weil ich nicht wusste, wo sie untergekommen war. Ihr habt es mir nie gesagt und ich habe nicht daran gedacht zu fragen. Aber während ich die Killeen-IPs erneut prüfte, hackte ich mich in ihre Datenbank, um auf die Gästeliste zuzugreifen, und entdeckte, dass Marie und Julio dort übernachten. Zusammen mit allem anderen, was wir jetzt über Marie wissen, macht mich das nervös.«

Doc schüttelte den Kopf. Nein, Marie konnte nicht diejenige sein, die hinter all den Hassbriefen und Kommentaren steckte ... oder doch?

»Ich könnte euch noch mehr Beweise geben, die euch extrem misstrauisch gegenüber der Frau machen sollten – aber es war der Kommentar, den sie vor ungefähr anderthalb Stunden unter einem von Embers Beiträgen hinterlassen hat, der mich dazu gebracht hat, zum Telefon zu greifen und anzurufen, sobald ich es gesehen hatte.«

Doc spannte sich an, als Beth weitersprach.

»Er war irgendwie unter all den anderen Kommentaren begraben, die in den letzten paar Tagen hinterlassen worden waren, aber sie schrieb, und ich zitiere: ›Heute ist der letzte Tag, an dem wir Embers dumme Beiträge ertragen müssen ... weil ich sie töten werde.‹«

Die Männer waren für eine Sekunde sprachlos, bevor

Doc sagte: »Schick Trigger, was du herausgefunden hast. Ich muss Ember finden.«

»Das werde ich. Und ich werde für sie beten«, fügte Beth hinzu und legte dann auf.

Doc klickte sofort auf Embers Namen auf seinem Handy und wartete mit klopfendem Herzen darauf, dass sie antwortete. Der Anruf ging direkt auf die Mailbox.

»Scheiße«, murmelte er, drehte sich dann um und stolzierte den Flur entlang.

Sein gesamtes Team folgte ihm.

»Wo sollte sie jetzt sein?«, fragte Lucky.

»Ich weiß es nicht genau, aber sie wollte sich mit Julio und Marie das Stück Land ansehen, das sie in eine Lauf- und Schießanlage verwandeln will.«

»Ruf Julio an«, befahl Grover.

Während er ging, tat Doc genau das. Das Telefon klingelte zweimal, bevor Julio abnahm. Doc verschwendete keine Zeit mit Höflichkeiten. »Wo ist Ember?«

»Tut mir leid, wer ist da?«, fragte Julio.

»Doc. Wo ist sie? Ist sie bei dir?«

»Nein, der Umzugswagen kam früher und sie hat mich gehen lassen, um in meine Wohnung einzuziehen. Wieso? Was ist los?«

»Ist Marie bei ihr?«

»Ja, sie sind losgefahren, um sich das Land anzusehen.«

»Wie lange ist das her?«, fragte Doc.

»Vielleicht etwas mehr als eine Stunde. Wieso? Was zur Hölle ist los?«

»Hast du von einem von beiden gehört?« Doc konnte sich nicht die Zeit nehmen zu erklären, dass Ember in Gefahr sein könnte.

»Nein.«

»Scheiße. Okay. Wenn du von ihr hörst, kannst du mich sofort anrufen und mir Bescheid geben?«

»Ja. Ist sie in Schwierigkeiten? Was kann ich tun, um zu helfen?«

Doc mochte Julio. Er kannte den Mann nicht wirklich, aber er schätzte seine Sorge und sein sofortiges Hilfsangebot. »Ich bin auf dem Weg zu dem Grundstück, das sie sich ansehen wollten. Ich melde mich.«

»Soll ich mitkommen?«, fragte Julio.

Doc hatte keine Zeit, ihm zu erklären, was los war, aber er wollte Julio auch nicht ahnungslos und verwundbar zurücklassen, für den Fall, dass Marie auch für ihn eine Bedrohung darstellte. »Nein, bleib ruhig. Und wenn Marie vorbeischaut, mach nicht die Tür auf. Ruf mich sofort an.«

Julio war offensichtlich nicht dumm. Docs Warnung reichte ihm aus, um ihm klarzumachen, dass Marie in das verwickelt war, was vor sich ging. »Oh Mist. Okay. Wenn ich aber irgendetwas tun kann, lass es mich bitte wissen.«

»Das werde ich.« Er legte ohne ein weiteres Wort auf.

»Ich fahre«, sagte Trigger zu Doc.

Er beschwerte sich nicht. Es wäre sowieso keine gute Idee, sich jetzt ans Steuer eines Wagens zu setzen. Als sie auf dem Parkplatz zu Triggers Fahrzeug gingen, versuchte Doc erneut, Ember zu erreichen. Der Anruf ging wieder zur Mailbox.

»Verdammt«, murmelte er, als er sich auf den Beifahrersitz von Triggers Blazer setzte. Lefty und Brain setzten sich auf die Rückbank und die anderen machten sich auf den Weg zu Oz' Expedition. Es gab keine Diskussion darüber, dass Doc überreagiert oder ob sie alle gehen sollten. Es war eine Selbstverständlichkeit, dass sie sich alle zusammenschlossen, wenn jemand aus ihrem Kreis in Gefahr war.

Bitte sei in Ordnung, dachte Doc bei sich, als Trigger auf das leer stehende Grundstück zuraste.

Ember erlangte das Bewusstsein wieder und die Erinnerungen an das, was Marie getan hatte, kamen sofort zurück. Sie konnte nicht länger im Dreck liegen und nur darauf hoffen, dass zufällig jemand vorbeikam. Sie wollte auch nicht riskieren, dass Marie zurückkehrte, um sich davon zu überzeugen, dass sie sie tatsächlich getötet hatte. Sie hatte großes Glück, dass die Frau nicht aus nächster Nähe auf sie geschossen hatte, als sie über ihr stand.

Ihre Seite pochte immer noch und ihr Gesicht tat höllisch weh, aber Ember zwang sich, sich aufzusetzen. Die Welt drehte sich um sie herum, während sie versuchte, sich zu orientieren. Ember tat ihr Bestes, um das Blut, das von ihrem Kinn tropfte, mit der Schulter wegzuwischen. Sie wagte es nicht, ihre Wange zu berühren, wo der Schuss sie getroffen hatte. Sie hatte keine Ahnung, ob die Kugel noch in ihrem Gesicht steckte oder ob es nur ein Streifschuss gewesen war. Im Moment war das ihre geringste Sorge.

Ember rollte sich auf die Knie, um aufzustehen, und wusste sofort, dass das keine gute Idee war. Ihr war viel zu schwindelig, um sicher irgendwohin gehen zu können. Ein Blick auf die mindestens ein Dutzend Meter entfernte Stelle, an der ihr Wagen geparkt gewesen war, brachte sie fast dazu, sich verzweifelt wieder auf den Boden zu legen.

Wie zum Teufel sollte sie zur Straße gelangen, wenn sie nicht einmal gehen konnte?

Dann tauchte Craigs Gesicht in ihren Gedanken auf.

Sie war nicht bereit aufzugeben. Nicht wenn sie jemand so Erstaunliches in ihrem Leben hatte.

Ember war noch nie eine Drückebergerin gewesen und sie würde jetzt nicht damit anfangen. Sie stellte sich die verschiedenen Trainer vor, die sie im Laufe der Jahre gehabt hatte, die sie angeschrien und ihr gesagt hatten, sie solle weitermachen und aufhören, sich wie ein Baby zu verhalten. Um das Tempo zu erhöhen. Um diesen Scheiß zu erledigen.

All die Kilometer des Laufens, die unzähligen Runden im Schwimmbecken, die Liegestütze und Sit-ups ... All das diente der Vorbereitung auf diesen Moment. Nicht die Olympischen Spiele, sondern um sich aus dem Dreck zu erheben und Hilfe zu finden.

Zentimeter für Zentimeter kroch Ember von der Stelle weg, an der Marie auf sie geschossen hatte, und steuerte auf den Feldweg zu. Dort angekommen, wusste sie, dass sie fast zwei Kilometer gehen musste, bevor sie die asphaltierte Straße erreichte ... aber sie würde es schaffen, selbst wenn es die ganze verdammte Nacht dauern würde.

Als sie langsam dahinkroch, wurde Ember wütend. Sie hatte keine Ahnung, was zum Teufel Maries Problem war, aber sie würde dafür sorgen, dass die Frau dafür bezahlte, dass sie versucht hatte, sie zu töten. Selbst wenn es das Letzte war, was sie jemals tat.

Irgendwann auf dem Weg zum Feldweg stieß Ember auf ihr zerschmettertes Handy. Marie musste das getan haben, bevor sie abgehauen war. Am liebsten hätte sie geweint, aber sie kroch weiter und ignorierte, wie ihre Knie und Hände von den Steinen aufgeschrammt wurden.

Dann hörte Ember etwas, das nicht zu der ruhigen Atmosphäre der Umgebung passte.

Es war das Geräusch eines Wagens. Und er kam schnell auf sie zu.

Sie geriet in Panik, weil sie dachte, Marie hätte doch

beschlossen zurückzukehren. Ember sah sich nach einem Versteck um. Die andere Frau würde dafür sorgen, dass es ihr diesmal gelang, sie zu töten. Leider war das freie Feld denkbar ungeeignet, um sich zu verstecken. Embers einzige Chance war, sich mit Steppengras zu bedecken und zu beten, dass Marie in Panik geraten und die Gegend nicht gründlich absuchen würde, wenn sie feststellte, dass Ember nicht mehr hier war.

Ember kroch so weit sie konnte in das Gestrüpp und tat ihr Bestes, die scharfen Steppenläufer über ihren Körper zu ziehen.

Diesmal schloss sie die Augen nicht. Wenn Marie sie fand, war Ember bereit zu kämpfen. Selbst wenn sie erneut angeschossen würde, würde sie dafür sorgen, dass Marie nicht unversehrt davonkam. Wenn sie ihr Gesicht, ihre Hände oder sie auf irgendeine andere Weise verletzen könnte, würde die Polizei misstrauisch werden. Schließlich war sie der letzte Mensch, der sie gesehen hatte. Das würden die Beamten mit Sicherheit herausfinden.

Ember hielt den Atem an und lauschte, als ein Fahrzeug mit extrem hoher Geschwindigkeit auf das Grundstück fuhr. Sie hörte, wie die Reifen durch den Dreck rutschten. Dann hörte sie, wie die Wagentüren knallten, als die Insassen ausstiegen.

Moment, Türen? Mehr als eine? Hatte Marie Verstärkung mitgebracht?

Waren das wirklich ihre letzten paar Sekunden auf Erden? Es war so verdammt unfair. Es gab so viel, was Ember noch tun wollte.

»Ember?«, rief eine tiefe Männerstimme.

»Ember, bist du hier?«, ertönte eine andere.

Es dauerte eine Sekunde, bis Ember klar wurde, was sie

hörte. Als sie es verstand, liefen ihr sofort Tränen aus den Augen, ohne dass sie es überhaupt merkte.

Craig war gekommen, genau wie er es ihr versprochen hatte. Und er hatte sein Team mitgebracht.

Nur für eine Sekunde ließ sie sich von der Erleichterung überwältigen, dass sie gerettet worden war – dann setzte neue Panik ein.

Was, wenn sie wieder wegfuhren, bevor sie ihre Aufmerksamkeit erregen konnte? Sie musste reagieren. Sofort!

»Em!«, rief Doc erneut. Er suchte das Gebiet mit seinen Blicken ab und ihm wurde das Herz schwer, als er nichts als das hohe Gras sah, das in der leichten Brise wehte.

»Reifenspuren«, sagte Brain und deutete mit dem Kopf auf den Boden. »Sie waren hier.«

»Sieh mal ... ich glaube, das ist ein Telefon«, sagte Lefty, als er auf etwas zuging, das wie Plastikteile auf dem Boden aussah.

»Was ist das?«, fragte Grover und zeigte auf etwas. Sie alle liefen etwa dreißig Meter vorwärts und sahen Laserzielscheiben, die Fünfkämpfer benutzen. Zwei davon lagen auf dem Boden – aber das war nicht der Grund, warum Docs Herzschlag für einen Moment aussetzte.

Es war die kleine Blutlache daneben.

»Scheiße«, flüsterte Lucky.

Doc konnte kaum schlucken. Er konnte lediglich verneinend den Kopf schütteln.

»Um nichts in der Welt kann Marie Ember allein hochgehoben haben«, stellte Trigger fest. »Und es gibt keine

Schleifspuren. Aber ... da ist eine Spur.« Er deutete auf Spuren im Dreck, die von dem Blut wegführten.

Doc blickte in die Richtung der Spur und begann sofort, ihr zu folgen. Er war nur fünf Schritte gegangen, als er etwas hörte. Seine Aufmerksamkeit war auf den Boden gerichtet, aber er blickte auf, um zu sehen, was das Geräusch verursacht hatte.

»Ember«, flüsterte er. Sein Körper erstarrte für eine halbe Sekunde. Dann lief er los.

Die Frau, die er liebte, hockte auf Händen und Knien am Boden. Ihr Haar war voller Unkraut und ihr Gesicht war verletzt. Aber der Blick aus ihren wunderschönen braunen Augen war wachsam und auf ihn gerichtet.

»Craig«, flüsterte sie, als er näher kam.

Er wurde langsamer, kurz bevor er sie erreichte. Hinter sich konnte er jemanden am Telefon hören, der einen Krankenwagen rief und den Standort durchgab. Wieder einmal dankbar, dass sein Team hinter ihm stand und es ihm ermöglichte, sich hundertprozentig auf die Frau zu konzentrieren, die er liebte, ging Doc vor ihr auf die Knie.

»Em!«, sagte er mit Angst in der Stimme.

»Es war Marie«, sagte sie, ohne zu zögern. »Sie konnte noch nie gut schießen. Deshalb wird sie es auch niemals in die Nationalmannschaft oder zu den Olympischen Spielen schaffen.«

»Schhh, rede nicht. Wir wissen es bereits. Beth hat angerufen, nachdem sie die Informationen der Hintergrundüberprüfung hatte«, sagte Doc zu ihr. Er schlang seine Arme um sie und setzte sich auf den Boden. Steine gruben sich in seinen Hintern, aber er spürte sie nicht einmal. Er legte Ember auf seinen Schoß und drehte ihren Kopf zu ihm. »Oh, Em«, flüsterte er.

Ihre Wange war aufgerissen und Blut quoll immer noch

aus der Wunde, lief über ihr Gesicht und tropfte von ihrem Kinn auf ihr Hemd.

»Mir geht es gut«, murmelte sie. »Das ist nur eine Fleischwunde.«

Ein bellendes Gelächter ertönte neben ihnen.

»Die Frau wurde angeschossen und zitiert Monty Python. Wenn ich nicht unsterblich in Kinley verliebt wäre, würde ich ihr vielleicht gleich einen Heiratsantrag machen«, scherzte Lefty.

Trigger kniete sich neben sie, hob eine Hand und neigte sanft Embers Kopf, um die Wunde zu untersuchen. »Es sieht übel aus, aber ich glaube, es ist nur ein Streifschuss.«

»Bist du noch woanders verletzt?«, fragte Doc eindringlich.

»Nein«, flüsterte Ember. »Nicht wirklich. Sie hat mich in die Seite getreten, aber ich glaube, der zweite Schuss hat mich verfehlt.«

Docs Wut drohte ihn zu überwältigen. Er wollte Marie finden und sie mit bloßen Händen töten. Er könnte ihr das Genick brechen und würde nicht die geringste Reue dabei empfinden.

Als wüsste Ember, was er dachte, legte sie ihre Hand auf seinen Arm und drückte ihn leicht.

Als er auf die dünnen Blutflecke hinabsah, die sie auf seiner Haut hinterlassen hatte, fiel es Doc noch schwerer, seine Wut zu zügeln. Ihre Handfläche war vom Herumkriechen auf dem Boden aufgerissen. Aber bevor er die Fassung verlor, spürte er, wie Ember gegen ihn sackte und sich immer weiter an ihn lehnte.

»Em?«, fragte er alarmiert.

»Mir geht es gut«, murmelte sie und schloss die Augen. »Ich bin nur müde und mir ist schwindelig. Ich werde etwas meine Augen schließen.«

Doc sah Trigger besorgt an. Aber bevor er von ihr verlangen konnte, wach zu bleiben und weiterzureden, wurde sie schlaff.

Brain und Oz halfen ihm, mit Ember in seinen Armen auf die Beine zu kommen. Sie gingen neben ihm her und stützten ihn, als sie zu den Fahrzeugen gingen.

»Der Krankenwagen ist unterwegs«, sagte Grover.

»Wir warten nicht«, befahl Trigger. »Wir fahren ihm entgegen.«

Niemand widersprach. Als Doc mit Ember auf den Rücksitz von Triggers Geländewagen glitt, konnte er den Blick nicht von ihr abwenden. Er wollte genau wissen, was hier draußen passiert war, aber mehr noch, er musste dafür sorgen, dass es Ember gut ging. Irgendwann würden sie alle Details erfahren und Marie würde für das bezahlen, was sie getan hatte. Aber im Moment galt seine ganze Konzentration der Frau in seinen Armen.

»Ich liebe dich«, flüsterte er ihr ins Ohr, als Trigger den Weg zurückfuhr, den sie gekommen waren.

Ember reagierte nicht. Sie lag schlaff in seinen Armen und Doc betete mehr als jemals zuvor in seinem Leben, als sie auf die Hilfe zusteuerten, die Ember brauchte.

KAPITEL SIEBZEHN

Zwei Tage später war Ember kurz davor zu schreien. Aber wenn sie es täte, würde es ihre Wange verletzen, also musste sie sich damit begnügen, den Mann, den sie liebte, anzustarren.

Craig war die letzten zwei Tage fantastisch gewesen, aber er machte sie immer noch verrückt. Sie wollte dieses Krankenhaus sofort verlassen, aber er hatte den Arzt überredet, sie noch eine Nacht länger dazubehalten.

»Mir geht es gut«, sagte sie zu ihm. »Ich möchte nach Hause. Ich hasse es hier. Es ist laut und ich kann verdammt noch mal nicht schlafen. Das Essen ist auch scheiße.«

»Du bleibst«, sagte Craig und schien von ihrem Gejammer überhaupt nicht beeindruckt zu sein.

»Ich habe Dinge zu erledigen«, argumentierte Ember.

»Nein, du musst nur hier liegen und heilen«, sagte Craig zu ihr. Dann beugte er sich vor und seine Stirn berührte fast ihre. »Noch einen Tag, Em. Dann bringe ich dich nach Hause und mache dir zu essen, was du willst. Außerdem kommt der Schönheitschirurg heute noch einmal vorbei, um nach dir zu sehen.«

Ember seufzte. Wie konnte sie weiter dagegen argumentieren, wenn es offensichtlich war, wie gestresst Craig war? Als sie aufgewacht war, konnte sie die Panik in seinem Gesicht sehen. Er hatte sich während der letzten zwei Tage geweigert, von ihrer Seite zu weichen. Selbst als ihre Eltern gekommen waren, war er nicht gegangen. Selbst als seine Teamkameraden kamen, um mit ihm zu sprechen, wich er nicht von ihrer Seite.

Was bedeutete, dass sie alles gehört hatte, was die Suche nach Marie betraf.

Sie schätzte das mehr, als sie sagen konnte. Sie wollte wissen, was los war und wohin die andere Frau verschwunden war.

Marie hatte tatsächlich ein Bild von Ember gepostet, wie sie mit einem tödlich aussehenden Kopfschuss im Dreck lag.

Die Presse hatte natürlich den Verstand verloren und Craig hatte sich in den ersten vierundzwanzig Stunden nach der Schießerei auch darum gekümmert. Einer seiner Freunde namens Tex kümmerte sich jetzt um die Medien. Und als Ember einen Blick auf Craigs Telefon geworfen hatte, während er geschlafen hatte, hatte sie erfahren, dass Tex es irgendwie geschafft hatte, einen Beitrag in den sozialen Medien zu veröffentlichen, in dem sie sagte, dass es ihr gut ginge und das Bild schlimmer aussah, als es war.

Er hatte sogar Samer angerufen, der beeindruckende Arbeit geleistet hatte, ihre Follower zu beruhigen. Sie war dankbar, dass sie sich zu allem anderen nicht auch noch damit auseinandersetzen musste.

Ember wusste, dass sie wahrscheinlich früher oder später eine offizielle Erklärung abgeben musste, aber im Moment war sie froh darüber, die gesamte Situation dem mehr als fähigen Tex überlassen zu können.

»Okay«, sagte sie zu Craig.

Er schloss die Augen und seufzte. »Danke. Ich weiß, dass du es hasst, hier zu sein, aber ich möchte ganz sichergehen, dass es dir gut geht.«

»Das tut es«, sagte Ember. »Meine Rippen waren nicht einmal gebrochen von dem Tritt, den Marie mir verpasst hat. Ich habe nur einen riesigen blauen Fleck und meine Wange wird bald verheilen. Es ist mir egal, ob ich eine Narbe habe oder nicht. Der Teil meines Lebens, in dem ich Photoshop-Bilder von mir selbst poste, ist vorbei. Ich möchte einfach ich sein. Und wenn eine Narbe zu mir gehört, die beweist, dass ich stärker bin als das Böse, das versucht hat, mich auszuschalten ... dann soll es so sein.«

»Du verzeihst schneller als ich«, sagte Craig.

»Ich verzeihe überhaupt nicht. Ich möchte, dass Marie gefunden wird, und ich möchte, dass sie für das bezahlt, was sie getan hat«, entgegnete Ember entschlossen.

Genau in diesem Moment öffnete sich die Tür und Trigger, Oz und Lucky traten ein. Überraschenderweise war Julio ihnen auf den Fersen.

Craig stand auf, blieb aber neben ihrem Bett stehen.

»Hallo«, sagte sie.

Die drei Deltas lächelten nicht einmal.

»Was ist los?«, fragte Ember.

»Marie wurde gefunden«, informierte Trigger sie.

Ember atmete scharf ein. »Tatsächlich?«

»Ja, sie ist tot«, sagte Trigger unverblümt. »Sie wurde in einem Motelzimmer südlich von Fort Worth aufgefunden. Dein Wagen stand auf dem Parkplatz. Sie hat eine Überdosis Pillen geschluckt.«

»Sie hat auch eine Nachricht hinterlassen«, fügte Oz hinzu.

Ember wusste nicht, ob sie froh sein sollte, dass die Frau,

die versucht hatte, sie zu töten, nun selbst tot war, oder enttäuscht, dass sie Marie nicht mehr fragen konnte, warum sie versucht hatte, sie umzubringen nach allem, was Ember für sie getan hatte.

»Beth hat die Briefe und Geschenke zusammen mit all den Kommentaren, die sie gepostet hat, analysiert. Zusammen mit der hinterlassenen Notiz scheint klar zu sein, dass Maries Persönlichkeitsstörung sie schließlich übermannt hat«, sagte Lucky.

»Ich möchte die Notiz lesen«, sagte Ember so bestimmt sie konnte.

»Nein«, protestierte Craig.

»Doch«, entgegnete Ember.

»Das ist keine gute Idee«, sagte Trigger sanft. »Es sind zehn Seiten, in denen über Dinge geschimpft wird, die keinen Sinn ergeben.«

»Ich muss«, beharrte Ember. »Ich muss wissen, ob ich etwas getan habe, um sie dazu zu bringen, das zu tun.«

»Das hast du nicht«, sagten Trigger, Craig und Oz gleichzeitig.

Ember schüttelte stur den Kopf. »Das weiß ich zu schätzen, aber ihr habt mich erst kürzlich kennengelernt. Marie kannte mich seit zwei Jahren. Ich habe mit ihr trainiert. Wir haben durch unsere Trainer viel zusammen durchgemacht. Wenn ich etwas gesagt oder getan habe, das dazu geführt hat, dass sie mich gehasst hat, muss ich es wissen, damit ich es nicht wieder tue.«

»Sie hatte psychische Probleme«, betonte Craig. »Nichts, was du getan oder gesagt haben könntest, wäre jemals so schlimm, dass es sie dazu bringt, dich töten zu wollen.«

»Das weißt du nicht«, argumentierte Ember frustriert.

»Ich werde die Notiz lesen«, platzte Julio hinter den anderen Männern heraus.

Alle drehten sich um und starrten ihn an.

»Ich kenne dich auch, Ember. Ich arbeite seit Jahren mit dir zusammen, länger als Marie. Ich kann ihren Brief lesen und dir sagen, ob etwas drinsteht, das auch nur einen Funken Wahrheit enthält. Auf diese Weise musst du ihre hasserfüllten Worte nicht lesen.«

Ember wollte weiter protestieren und darauf bestehen, dass sie den Brief selbst lesen musste. Aber die Wahrheit war, dass sie tief im Inneren die hasserfüllten Worte, die Marie wahrscheinlich in ihrem Abschiedsbrief hinterlassen hatte, nicht lesen wollte.

»Bist du dir sicher?«, fragte Craig und nahm ihr die Worte direkt aus dem Mund.

»Ich bin mir sicher«, versicherte Julio ihnen.

»Sie hat nie den Umzug ihrer Möbel oder ihres Wagens hierher organisiert«, sagte Trigger. »Ich glaube, als Julios Sachen kamen, wusste sie, dass ihr die Zeit davonlief und du bald herausfinden würdest, dass ihre Sachen gar nicht verschickt wurden. Ich bin mir ziemlich sicher, dass Julio auch erschossen worden wäre, wenn er mit euch gefahren wäre, um sich das Anwesen anzusehen. Sie brauchte Hilfe, Ember. Hilfe, die sie von ihrer Familie nie bekommen hat. Und sie war ziemlich gut darin, vor allen zu verbergen, wie krank sie war. Sie hatte keine Freundinnen und wenn sie nicht trainierte, verbrachte sie die meiste Zeit am Computer ... oder schrieb dir Briefe.«

Oz gab Julio sein Handy. »Hier, lies es, damit du Ember beruhigen kannst«, sagte er.

Sie konnte sich nicht an dem Small Talk beteiligen, der um sie herum stattfand. Sie konnte lediglich Julios Gesicht beobachten, als er Maries Abschiedsbrief las. Er brauchte zehn Minuten, aber schließlich senkte er das Handy und begegnete ihrem Blick.

»Das ist voller Scheiße«, knurrte er. »Nichts, worüber sie schimpft, entspricht der Wahrheit. Ich kenne dich seit Jahren, und keins von den Dingen, über die sie sich beschwert, ist mir jemals an dir aufgefallen. Du warst immer hilfsbereit und großzügig und als du es zu den Olympischen Spielen geschafft hast, hast du dir alle Mühe gegeben, jedem Einzelnen von uns zu danken, der mit dir zusammengearbeitet hat.«

Julio ging näher ans Bett und nahm ihre Hand in seine. »Sie brauchte wirklich Hilfe, Ember«, sagte er sanft. »Ich denke, du warst einfach ein bequemes Ziel für sie, um ihre Frustrationen herauszulassen. Marie und ich haben im Laufe der Jahre ziemlich viel über unsere Ziele und Träume gesprochen. Bei den Olympischen Spielen dabei zu sein, berühmt und verehrt zu werden, war ihr größter Wunsch. Sie war so glücklich, mit dir trainieren zu können. Aber ich denke, als du bei den Olympischen Spielen keine Medaille gewonnen hast, hat Marie irgendwie die Hoffnung verloren, es jemals selbst dorthin zu schaffen. Als du den Sport dann ganz aufgegeben hast und umgezogen bist, hat sie irgendwie komplett den Verstand verloren. Aber noch einmal, das lag alles an ihr und nicht an dir.«

Embers Lippen zitterten. »Vielen Dank.«

»Keine Ursache.«

Sie starrten sich einen Moment lang an, während Ember ihr Bestes tat, um ihre Gefühle unter Kontrolle zu bekommen. Sie holte tief Luft und sagte: »Erzähl mir vom Fitnessstudio. Wie laufen die Renovierungsarbeiten? Sind die Malerarbeiten fertig? Was ist mit dem Wandbild? Haben die Leute, die ich angerufen habe, um unser Logo auf die Wand zu malen, jemals vorbeigeschaut, um einen Kostenvoranschlag zu machen? Lief es heute Morgen allein mit den

Kindern okay? Ich werde bald jemanden finden, der dich unterstützen kann.«

»Nein«, sagte Craig und unterbrach Julio, bevor er antworten konnte. »Deinem Fitnessstudio geht es gut. Julio leistet großartige Arbeit bei der Verwaltung der Dinge in deiner Abwesenheit. Du wirst bald wieder da sein und alles überwachen können. Im Moment besteht deine einzige Aufgabe darin, hier zu liegen und zu heilen.«

Die anderen Männer lachten leise und Ember konnte nicht anders, als selbst zu lächeln. »In Ordnung. Aber wenn du etwas brauchst, Julio, zögere nicht, Craig Bescheid zu geben. Er kann sich darum kümmern, bis er mich wieder von der Leine lässt«, sagte Ember bissig.

»Deine Eltern waren eine große Hilfe«, informierte Julio sie.

»Wirklich?«, fragte Ember skeptisch.

»Ja. Sie haben heute Morgen mit den Kindern geholfen und hatten sehr viel Spaß.«

Es war für Ember schwer vorstellbar, dass ihre Eltern mit Kindern spielten, aber andererseits kannten sie die Besonderheiten des modernen Fünfkampfs.

»Ich fahre zurück ins Fitnessstudio und vergewissere mich, dass alles in Ordnung ist, bevor ich nach Hause fahre«, sagte Julio.

»Danke«, sagte Ember zu ihm.

»Gern geschehen. Und das meine ich so. Ich weiß es zu schätzen, dass du mich eingestellt hast, um im Fitnessstudio zu helfen. Es ist eine wunderbare Sache und ich bin stolz darauf, ein Teil davon zu sein«, sagte Julio zu ihr. »Das mit Marie tut mir leid. Nicht weil sie tot ist, sondern weil sie nicht sehen konnte, was für eine erstaunliche Frau du bist, innerlich und äußerlich.«

Dann verließ Julio ohne ein weiteres Wort den Raum.

»In diesem Sinne werden wir uns auch auf den Weg machen«, sagte Trigger. »Grover möchte mit dem Team sprechen.«

»Er will allein nach Afghanistan aufbrechen«, sagte Craig.

»Ja. Ich nehme an, er hat mit dir darüber gesprochen?«, fragte Trigger.

»Er hat es kurz erwähnt. Ich wollte es ansprechen, hatte aber noch keine Chance.«

»Was hältst du davon?«, fragte Oz.

Craig seufzte und erneut war Ember gerührt, dass sie frei vor ihr sprachen. Es gab ihr wirklich das Gefühl, ein Teil der Gruppe zu sein. Nicht dass Gillian, Kinley, Aspen, Riley und Devyn, die in den letzten zwei Tagen zu Besuch gewesen waren, das nicht getan hätten. Sie waren aufgetaucht, sobald sie Besuch bekommen durfte, und wechselten sich ab. Dadurch waren die zwei Tage, die sie hier gewesen war, viel schneller vergangen und sie wusste, dass sie bereits vorhatten, in regelmäßigen Abständen zu Craigs Haus zu kommen, um sie zu unterhalten, bis sie wieder auf den Beinen war.

»Ich denke, es ist keine schlechte Idee«, sagte Craig zu seinen Teamkameraden. »Ich mache mir nur Sorgen, dass er etwas Unüberlegtes tun könnte, wenn er einen Hinweis darauf findet, wo Sierra sein könnte.«

»Das ist auch meine Sorge«, stimmte Trigger zu. »Aber wir bekommen nicht die Informationen über Shahzada, die wir brauchen, und wir können ihn nicht von hier aus aufspüren. Alle Informationen treffen nur verzögert ein und sind praktisch nutzlos, wenn sie auf unseren Schreibtischen landen. Wenn Grover persönlich mit den Leuten sprechen kann und sich sofort bei uns meldet, könnte das wirklich einen Unterschied machen.«

»Er weiß, dass wir hinter ihm stehen«, sagte Craig zu seinem Teamleiter. »Wenn die Kacke am Dampfen ist, werden wir kommen, um ihn zu unterstützen ... und Sierra und alle anderen Vermissten.«

»Okay, ich werde dich wissen lassen, wie sich die Dinge entwickeln, wenn wir mit ihm und Kommandant Robinson gesprochen haben.«

»Ember sollte morgen früh entlassen werden«, sagte Craig zu seinen Freunden. »Wir sind bei mir zu Hause, wenn ihr mich braucht.«

»Klingt gut. Schön, dass es dir schon besser geht, Ember«, sagte Trigger.

Die anderen beiden nickten zustimmend, dann war sie wieder allein mit Craig.

»Warum fährst du nicht nach Hause und schläfst etwas?«, schlug sie ihm vor.

»Du denkst, ich kann ohne dich in meinen Armen schlafen? Auf keinen Fall«, erwiderte Craig mit einem Kopfschütteln. Er zog den Stuhl zurück an die Seite ihres Bettes und nahm erneut ihre Hand in seine. »Es wird eine Weile dauern, bis ich das Bild dieser Blutlache auf dem Boden aus meinem Kopf bekomme.«

»Es tut mir leid«, flüsterte Ember.

»Es gibt nichts, was dir leidtun müsste«, sagte Craig zu ihr. »Mir wurde in diesem Moment erst klar, wie sehr ich dich wirklich liebe. Ich meine, ich habe die Worte zwar ausgesprochen, aber mir wurde klar, wie viel ich verloren haben könnte. Du bist alles für mich, Ember. Egal was passiert, ich werde niemals eine andere Frau so lieben, wie ich dich liebe.«

»Mir ging es genauso. Es gab so viel, was ich noch nicht tun konnte«, sagte sie zu ihm. »Einschließlich, dich zu heiraten, eine Familie zu gründen und ein Leben mit dir an meiner Seite zu führen.«

»Du hast mich für immer«, sagte er und küsste sie ehrfürchtig auf den Handrücken.

Ember schloss zufrieden die Augen. Sie wusste nicht, wohin ihr Leben sie von hier aus führen würde, aber sie wusste, dass sie Craig an ihrer Seite hatte. Was konnte sie sich noch wünschen?

EPILOG

»Härter«, stöhnte Ember, als Doc sie sanft liebte.

»Nein«, sagte er zwischen zusammengebissenen Zähnen. Er wusste, dass es wahrscheinlich zu früh dafür war, aber er konnte Ember nicht widerstehen, als sie ihn anflehte. Sie hatte ihm versichert, keine Schmerzen zu haben, und als sie angefangen hatte, sich selbst zu befingern, hatte er nachgegeben. Aber er würde es auf seine Weise tun. Langsam und sanft. Auch wenn es ihn umbrachte.

Als er auf Ember hinunterblickte, zuckte er innerlich bei jedem Blick auf ihre Wange zusammen. Der Schönheitschirurg hatte gute Arbeit geleistet, aber es würde noch ein paar Monate dauern, bis die Narbe verblasste. Sie würde wahrscheinlich nie verschwinden, aber zu Embers Ehre schien sie das nicht im Geringsten zu interessieren.

Sie hatte ihm vor einer Woche, als sie aus dem Krankenhaus entlassen worden war, gesagt, dass sie es als Ehrenabzeichen betrachte. Sie war dem Bösen von Angesicht zu Angesicht begegnet und hatte überlebt. Sie würde sich nicht von einer Narbe auf ihrer Wange unterkriegen lassen, solange sie noch am Leben war.

Doc war in der Lage gewesen, sie vierundzwanzig Stunden zu Hause zu behalten, bevor sie sich durchgesetzt und darauf bestanden hatte, in ihr Fitnessstudio zurückzukehren. Sie war fest entschlossen, *The Modern Kid* zu einem Erfolg zu machen. Die Sicherheitsleute, die sie angeheuert hatte, hielten die Presse auf Distanz, und im Moment machte ein weiterer Skandal in Hollywood die Runde, was die Aufmerksamkeit von Ember ablenkte. Aber der Medienrummel hatte auch einen Vorteil – die Anzahl der Kinder, die sich in ihrem Fitnessstudio angemeldet hatten, hatte sich bereits verdoppelt. Sie schloss den Kauf des Landes ab, auf dem sie angeschossen worden war. Doc hatte die Vorstellung nicht gefallen, dass sie jemals dorthin zurückkehrte, aber er war von Embers praktischer Seite überstimmt worden.

Ihre Eltern waren am Vortag abgereist und sie war überrascht und erfreut über ihre Ermutigungen über ihr Vorhaben. Sie hatten ihren Umzug und die Eröffnung des Fitnessstudios anfangs nicht unterstützt, aber nachdem sie gesehen hatten, was sie in so kurzer Zeit erreicht hatte, und sie die Kinder gesehen hatten, die an ihrem Programm teilnahmen, hatten sie ihre Meinung geändert.

Seine Eltern, Mama Luisa und Jaime, planten ebenfalls bald eine Reise nach Texas, um sie kennenzulernen. Ember war nervös, sie zu treffen, aber Doc hatte keinen Zweifel daran, dass sie sie lieben würden ... genau wie die meisten Menschen.

Samer die Übernahme ihrer Online-Konten zu überlassen war eine der besten Entscheidungen, die sie je getroffen hatte. Sie musste sich keine Sorgen mehr machen, die dort geposteten Hasskommentare zu lesen, und Samer hatte kein Problem damit, jegliche Drohungen an Doc weiterzuleiten. Er war genauso entsetzt über das, was ihr passiert war, wie alle anderen und versprach, alles zu tun, um sie zu beschützen.

Doc hatte auch mit Embers Sicherheitsteam gesprochen. Er würde ihre Sicherheit nicht wieder für selbstverständlich halten. Er hatte seine Lektion gelernt.

»Craig, wenn du mich nicht bald kommen lässt, muss ich dir wehtun.«

Doc lachte und konzentrierte sich wieder auf die Frau unter ihm. Er liebte es, dass sie im Bett anspruchsvoll war und keine Scham hatte, wenn es darum ging, zum Orgasmus kommen zu wollen. Er führte seine Hand zwischen sie und fing an, ihre Klitoris so zu berühren, wie sie es mochte. Hart und schnell.

Er wusste, dass er kurz davor war, selbst zu kommen, und würde verdammt sein, wenn er vor ihr käme. »So ist es richtig, Em, langsam und leicht. Ich will dir nicht wehtun.«

Aber sie ignorierte ihn und drückte ihre Hüften so gut sie konnte nach oben, obwohl er sie festhielt. Als sie schließlich explodierte, konnte Doc nicht anders, als ihr zu folgen. Sie war so verdammt schön und sie gehörte ganz allein ihm. Bevor er sich beherrschen konnte, war er gekommen. Er füllte das Kondom und freute sich schon auf den Tag, an dem er sie mit seinem Sperma füllen und sie Babys machen konnten.

»Oh mein Gott, Craig, ja!«, stöhnte sie.

Er konnte nicht sprechen, als seine Leidenschaft ihn überwältigte.

Als er fertig war, löste Doc sich von ihrem Körper und ging ins Badezimmer. Er wollte sie lecken, damit sie noch einmal kam, aber er musste es ruhig angehen lassen. Es war noch nicht lange her, dass sie angeschossen wurde und beinahe gestorben wäre. Er machte einen Waschlappen mit warmem Wasser nass und brachte ihn ins Schlafzimmer, um sie zu säubern. Dann schlüpfte er neben sie unter die Decke und hielt sie in seinen Armen.

»Ich liebe dich«, sagte er leise.

»Ich liebe dich auch«, erwiderte sie. »Ich habe das Gefühl, dich schon ewig zu kennen, aber wenn ich auf den Kalender schaue, bin ich schockiert, wie wenig Zeit seit den Olympischen Spielen vergangen ist.«

»Ich war noch nie so glücklich wie jetzt. Es ist mir egal, ob es ein Tag oder fünfzig Jahre her ist. Ich werde dich immer lieben. Eines Tages – nicht heute –, aber eines Tages werde ich dich bitten, mich zu heiraten.«

»Und ich werde Ja sagen«, gab sie sofort zurück. »Aber ich bin zufrieden, wie es jetzt läuft. Ich denke, wenn die Leute erfahren, dass Ember Maxwell angeschossen wurde, und nur zwei Sekunden später bekannt wird, dass sie sich verlobt hat, würden sie sich nie davon erholen.«

Doc lachte. »Das stimmt wahrscheinlich.«

»Ich bin sicher, die Leute werden Hochzeitsdetails wollen«, warnte sie ihn.

»Sie können ein Bild von deinem Ring und ein Bild von dir an unserem Hochzeitstag bekommen, aber das ist alles«, sagte Doc zu ihr.

»Ich möchte, dass jeder sieht, wie gut aussehend der Mann ist, den ich liebe«, schmollte Ember.

»Das geht nicht«, sagte Doc ein wenig traurig.

»Ich weiß. Aber ich will trotzdem mit dir angeben.«

»Wie wäre es, wenn wir ein Foto machen, wenn ich dich zum ersten Mal in deinem Kleid sehe?«, schlug Doc als Kompromiss vor. »Du kannst im Mittelpunkt der Aufnahme stehen, während ich mit dem Rücken zur Kamera stehe. Also werde ich im Bild sein, aber niemand wird mein

Gesicht sehen.« Er würde alles tun, um diese Frau glücklich zu machen. Einschließlich ihr die Erlaubnis zu geben, sein Bild in den sozialen Medien zu posten – in gewisser Weise.

»Abgemacht.« Sie kicherte. »Ist es seltsam, dass wir über unsere Hochzeit sprechen, wenn keiner von uns bereit dafür ist?«

»Keineswegs. Denn wir werden es sein. Das wissen wir beide. Du musst mich nicht wegen der Sozialleistungen des Militärs heiraten. Du hast genügend Geld, um für dich selbst zu sorgen. Und sollte mir etwas zustoßen, kümmert sich mein Team um dich. Es besteht also keine Notwendigkeit durchzubrennen. Aber ... noch mal ... ich werde eines Tages um deine Hand anhalten.«

»Und noch mal ... ich werde Ja sagen«, gab Ember zurück.

Doc zog seine Arme fester um sie. Er war zufriedener als je zuvor in seinem Leben.

Sie lagen satt und zufrieden da und schwelgten einige Minuten lang in dem Gefühl der Liebe zwischen ihnen, als Docs Telefon auf dem Nachttisch vibrierte.

Weil es so spät war, zögerte er nicht, danach zu greifen.

»Doc hier.«

»Trigger am Apparat. Wir brechen morgen früh auf. Null Sechshundert. Du musst um fünf hier sein.«

»Was ist los?«, fragte Doc alarmiert, als er Triggers Ton hörte.

»Es geht um Grover. Der verdammte Idiot ist erst ein paar Tage im Land und wurde schon entführt. Es gibt Videobeweise, die zeigen, wie er von Shahzadas Anhängern zusammengeschlagen wird. Die Armee hat ihn offiziell zum Kriegsgefangenen erklärt. Wir müssen ihn finden und nach Hause holen.«

»Scheiße. Ich werde da sein. Halte mich auf dem

Laufenden, wenn du vor morgen früh neue Informationen erhältst.«

»Wird gemacht. Bis dann.«

»Bis später.«

Doc legte auf und Ember fragte: »Was ist los?«

»Grover wurde entführt.«

»Entführt? Aber ... das ergibt keinen Sinn!«

»Ich weiß«, stimmte Doc zu. Grover war ein verdammt guter Delta. Wenn er tatsächlich entführt wurde, bestand die Möglichkeit, dass er sich vorsätzlich hatte gefangen nehmen lassen. Doc hatte keine andere Erklärung dafür.

»Wann musst du los?«

»Morgen früh.«

Anstatt sich aufzuregen, nickte Ember sofort. »Was müssen wir heute Abend tun, damit du startklar bist?«

Ihre Reaktion war ein weiterer Grund, warum Doc wusste, dass er Glück gehabt hatte, sie zu finden. Widerwillig schlug er die Decke zurück. Er musste sicherstellen, dass er alles gepackt hatte, was er brauchte. Ember folgte etwas langsamer.

»Ich hasse es, dich zu verlassen«, sagte er zu ihr.

Ember zuckte nur mit den Schultern. »Grover braucht dich im Moment mehr als ich. Außerdem habe ich das Gefühl, dass das alles Teil seines Plans war.«

»Welcher Plan?«

»Der Plan, nach Übersee zu fliegen, herauszufinden, wo Sierra ist, und sich selbst entführen zu lassen, damit ihr dann kommen und sie beide befreien könnt.«

Doc blieb abrupt stehen und starrte die Frau an, die er liebte. Er war nicht überrascht, dass sie auf denselben Gedanken gekommen war wie er.

»Aber lasst euch nicht auch gefangen nehmen, okay?

Denn ich werde nach Afghanistan fliegen und eure Ärsche selbst da rauszerren, wenn es sein muss.«

Doc konnte nicht anders, als zu lachen. »Das würdest du tun, nicht wahr?«

Sie lief nackt um das Bett herum und Doc konnte nicht anders, als sie zu bewundern. Sie war gleichzeitig muskulös und kurvig, und er spürte, wie sein Schwanz zuckte.

Sie umarmte ihn, schaute dann auf und begegnete seinem Blick. »Ich würde alles tun, um dich nach Hause zu holen. Dich und dein Team. Genau wie ihre Frauen. Das ist unsere Familie, und ich werde jeden Cent ausgeben, den ich besitze, um sie zu schützen, wenn es sein muss.«

»Gott, ich liebe dich.«

»Und ich liebe dich. Lass uns jetzt deine Sachen packen, damit du etwas schlafen kannst, bevor du gehen musst.«

Jawohl. Sie war perfekt. Praktisch und fürsorglich.

Doc küsste sie noch einmal, lange und tief und zeigte ihr ohne Worte, wie sehr er sie liebte. Als er den Kopf hob, flüsterte er: »Nichts wird mich davon abhalten, zu dir nach Hause zurückzukehren.«

»Gut«, sagte sie leise. »Sucht nach Grover und seiner Frau und dann kommt bald wieder nach Hause.«

»Das werden wir.« Es war ein Versprechen, das er ohne Probleme abgeben konnte.

Sierra saß in der Höhle, in die sie vor einem Monat geworfen worden war ... oder waren es zwei? Sie konnte die Tage nicht mehr zählen.

Ihre Entführer hatten die ganze Seite des Berges untertunnelt. Sie hatten sogar kleine Nischen in die Wände geschlagen und es geschafft, Stangen vor jeder anzubringen.

Zeitweise waren in allen vier Nischen Gefangene, aber heute Morgen war es für eine Weile nur Sierra gewesen. Sie bevorzugte es so. Die Wärter ignorierten sie meistens, wenn sie allein dort war. Erst wenn sie jemand Neues einsperrten, schienen sie sich daran zu erinnern, wie viel Spaß es machte, sie zu quälen.

Und den Geräuschen in der kleinen Nische neben ihr nach zu urteilen hatten sie sehr viel Spaß dabei, ihre Foltertechniken zu perfektionieren. Sie hatten kurz zuvor einen neuen Gefangenen hineingeschleppt, aber sie konnte ihn nicht richtig sehen. Sein Kopf hing nach vorn und es waren zu viele Männer um ihn herum gewesen.

Sierra fürchtete, dass sie ihre Aufmerksamkeit wieder auf sie richteten, sobald sie mit dem neuen Gefangenen fertig waren. Aber andererseits dachte sie, dass sie vielleicht doch kein Interesse hatten, nachdem sie sich so lange mit dem neuen Typen beschäftigt hatten.

Sie verhielt sich sehr ruhig, um keine Aufmerksamkeit auf sich zu ziehen, und war äußerst erleichtert, als die drei Männer – zusammen mit Shahzada dem Arschloch selbst – die Höhle verließen. Sie hörte, wie Shahzada einem seiner Männer befahl, dafür zu sorgen, dass das aufgenommene Video an so viele Nachrichtensender wie möglich gesendet wurde.

Sie hatte Mitleid mit dem Mann, der gefangen genommen worden war. Sie glaubte nicht, dass es sich um einen zivilen Angestellten handelte, weil sie in der Vergangenheit nicht wichtig genug waren, um während der Folter gefilmt zu werden.

Sierra fragte sich immer noch, wer der arme Kerl war, als sie den Mann aus der Zelle neben ihr stöhnen hörte.

Sie kroch zur Vorderseite ihres Käfigs und lauschte still. Sie konnte nicht sehen, wer es war, aber wenn sie sich auf die Seite legte und ihren Arm durch die Gitterstäbe steckte und die Person in der Nische neben ihr dasselbe tat, könnten sich ihre Hände tatsächlich berühren.

Sie hatte das einmal mit einem anderen Gefangenen gemacht. Sie hatte Händchen mit dem Mann gehalten und versucht, ihn zu trösten, als er im Sterben lag. Er war ein Bauarbeiter mit Diabetes gewesen. Und da er seine Medikamente nicht bekam, wusste er, dass er nach den Schlägen sterben würde.

Sierra hatte sich schrecklich über die Erleichterung gefühlt, als er endlich gestorben war. Aber zumindest hatte sein Leiden ein Ende.

Aber ihres ging weiter.

»Ist da jemand?«, fragte der Mann neben ihr leise.

»Ja«, antwortete Sierra. Ihre Stimme brach, weil sie so lange nicht mehr gesprochen hatte.

»Kennst du eine Frau namens Sierra Clarkson? Sie wird seit über einem Jahr vermisst.«

Sierra blinzelte überrascht. Die Stimme des Mannes war undeutlich, als wären sein Gesicht und sein Mund geschwollen. Er war höchstwahrscheinlich immer wieder ins Gesicht geschlagen worden. Shahzadas Männer liebten es, Menschen ins Gesicht zu schlagen.

»Hallo? Bist du noch da? Ich heiße Fred Groves und ich suche Sierra Clarkson. Hast du andere Frauen gesehen, die hier gefangen gehalten wurden?«

»Grover?« Sie schnappte nach Luft.

»Sierra?«, fragte der Mann neben ihr und klang genauso schockiert wie sie.

Sierra konnte nur nicken. Ihre Kehle war wie zugeschnürt und es war unmöglich zu sprechen.

»Ich wusste, dass du lebst. Ich wusste es«, sagte Grover.

»Mein Team wird bald hier sein, um uns rauszuholen. Halte durch.«

Sierra hatte eine Million Fragen, aber im Moment fiel ihr nur ein Wort ein. »Okay.«

Holen Sie sich jetzt Buch von Delta Team Zwei,
Ein Held für Sierra !

BÜCHER VON SUSAN STOKER

BIOGRAFIE

Susan Stoker ist die New York Times, USA Today und Wall Street Journal Bestsellerautorin der Buchreihen »Badge of Honor: Texas Heroes«, »SEAL of Protection«, »Die Delta Force Heroes« und einigen mehr. Stoker ist mit einem pensionierten Unteroffizier der US-Armee verheiratet und hat in ihrem Leben schon überall in den Vereinigten Staaten gelebt – von Missouri über Kalifornien bis hin zu Colorado. Zurzeit nennt sie die Region unter dem großen Himmel von Tennessee ihr Zuhause. Sie glaubt ganz und gar an Happy Ends und hat großen Spaß daran, Geschichten zu schreiben, in denen Romantik zu Liebe wird.

Besuchen Sie Susan im Netz!
www.stokeraces.com
facebook.com/authorsusanstoker
twitter.com/Susan_Stoker
bookbub.com/authors/susan-stoker